insel taschenbuch 5003
Tessa Hansen
Das kleine Bücherschiff

AF216709

Miri ist frisch getrennt. Mit ihrer besten Freundin Katja will sie einen Lebenstraum verwirklichen: eine eigene Buchhandlung eröffnen. In einer alten Barkasse am Hamburger Hafen finden sie genau den Ort dafür. Mit Leidenschaft und Hingabe bauen die beiden Freundinnen den ramponierten Kahn zum Bücherschiff um. Bald kommen täglich Stammkunden wie die alte Frau Tietgen, die Zeitungen berichten begeistert, und erste Lesungen finden statt. Besser könnte es nicht laufen, finden Miri und Katja. Auch in Liebesdingen geht es für Miri bergauf, mit ihrem Nachbarn Henning, einem alleinerziehenden Vater, könnte sie sich mehr vorstellen als nur freundlichen Small Talk im Treppenhaus. Doch dann kommt eins zum anderen: Die Miete für die schwimmende Buchhandlung wird erhöht, das Schiff soll luxussaniert werden, und das ausgerechnet von Hennings Architekturbüro. Für Miri und Katja bricht eine Welt zusammen. Können sie ihr Bücherschiff vor den Immobilienhaien retten?

Tessa Hansen ist das Pseudonym der 1966 in Wuppertal geborenen Autorin Regina Mengel. Nach einer kaufmännischen Ausbildung und einem BWL-Studium arbeitete sie zunächst in Marketing und Vertrieb, inzwischen widmet sie sich ganz dem Schreiben. Ihr Herz schlägt für romantische Komödien und für Hamburg, wo ihr Bücherschiff beheimatet ist.

TESSA HANSEN

Das kleine Bücherschiff

ROMAN

INSEL VERLAG

2. Auflage 2023

Erste Auflage 2023
insel taschenbuch 5003
Originalausgabe
© Insel Verlag Anton Kippenberg GmbH & Co. KG, Berlin, 2023
Alle Rechte vorbehalten. Wir behalten uns auch eine Nutzung
des Werks für Text und Data Mining im Sinne von § 44b UrhG vor.
Umschlaggestaltung: zero-media.net, München
Umschlagabbildungen: FinePic®, München
Satz: Satz-Offizin Hümmer GmbH, Waldbüttelbrunn
Druck: CPI books GmbH, Leck
Printed in Germany
ISBN 978-3-458-68303-2

www.insel-verlag.de

Kapitel 1
Olivia Jones hängt schief

»Wir haben's gleich. Nur noch ein kleines Stück.« Miri schnaufte. »Danach machen wir erst mal Pause.«

Katja nickte stumm.

Noch einmal holten sie tief Luft und hievten den Ohrensessel in einer gemeinsamen Kraftanstrengung über die Gangway. Zum Glück war dies das letzte Möbelstück, das sie heute an Bord bringen mussten.

Als der Sessel endlich an seinem Platz im Inneren der Hafenbarkasse stand, ließ sich Miri mit einem Aufstöhnen in das Polster plumpsen.

»Puh!« Katja strich sich die schweißnassen Haare aus der Stirn. »Ich stinke wahrscheinlich wie ein Iltis.«

»Aber nicht doch. Eine Dame stinkt nicht. Sie duftet höchstens wie ein Iltis.« Miri grinste schief. »Hätte ich gewusst, wie viel Arbeit die Einrichterei macht, wäre ich noch ein paar Wochen in Stade geblieben. Es herrschte zwar Grabeskälte in der Praxis, aber eine Weile hätte ich sicher noch durchgehalten.«

»Du hättest mir die ganze Arbeit allein überlassen? Danke, nein! Aber du hättest es keinen Tag länger mit deinem Ex in derselben Praxis ausgehalten. Ich weiß sowieso nicht, wie du so ruhig bleiben konntest. Ich hätte diesem Karsten Frohn und seiner Sexmaus längst den Hals umgedreht.« Katja hob die Hände und erwürgte die Luft neben Miri.

»Vertrag ist Vertrag, und Kündigungsfristen sind Kündigungsfristen. Ich habe kurz darüber nachgedacht, mich krankschreiben zu lassen. Aber Dr. Senkenbach, unser gemeinsamer Chef, konnte schließlich nichts dafür. Na ja, nun ist es vorbei.« Miri schickte einen Stoßseufzer zum Himmel. »Und hier ist es so viel schöner.«

Tatsächlich nahm ihre Umgebung langsam die Form an, die sie sich vor sechs Monaten ausgemalt hatten.

»Immerhin hatte Karsten das perfekte Timing, oder wie meine Oma immer sagt: ›Wenn sich eine Drehtür schließt, öffnet sich anderswo ein Kellerfenster.‹ Stell dir vor, ich hätte ihn erst ein paar Wochen später mit Sandra erwischt, dann wäre die Barkasse vielleicht schon vermietet gewesen, und wir hätten niemals diese Chance bekommen.«

»Schickst du dem untreuen Urologen jetzt eine Danksagung?« Katjas Kopfschütteln zeigte deutlich, wie sie zu Miris Exfreund stand.

»Die Karte ist schon in der Post.« Die Ironie troff nur so aus Miris Worten. »Dankbar bin ich ihm sicher nicht. Dem Schicksal aber schon. Nicht jede bekommt die Chance, ihren Jugendtraum zu leben. Wir planen die Buchhandlung, seit wir in der Siebten waren. Und jetzt stehen wir kurz davor, sie endlich zu eröffnen.«

Einen Moment lang betrachtete Miri den frisch renovierten Salon des ehemaligen Lastkahns. Schon bald würden Kunden herumstöbern, hier auf der alten Barkasse im Oevelgönner Museumshafen, die Katja und Miri zu einer schwimmenden Buchhandlung umgebaut hatten. Was nur ging, da die Miete des Kahns so unfassbar günstig war und sie die Renovierung und Einrichtung selbst gestemmt hatten. Aber ihren ungewöhnlichen Traum in die Tat umzusetzen, war jede Mühe wert gewesen.

Als Jugendliche hatten sie den Film Notting Hill gesehen und sich prompt in den kleinen Reisebuchladen verliebt. Genauso eine Spezialitätenbuchhandlung würden sie später eröffnen, hatten sie sich damals vorgenommen, am besten in einem besonderen Ladenlokal. Irgendetwas mit Geschichte und Atmosphäre sollte es sein, und es sollte ihrer beider Charaktere und Vorlieben widerspiegeln. Katja mochte es bunt, farbenfroh, aber stimmig, so hatte sie auch ihre Wohnung eingerichtet, wie ein gut komponierter Blumenstrauß. Und für Miris Hang zum Chaos wollten sie auch ein Ventil schaffen, vielleicht eine Leseecke mit besonderen Möbeln und hoch aufgestapelten Büchern. Sie müssten lediglich aufpassen, dass Miri dort nicht den ganzen Tag läse und ein Buch nach dem anderen in sich aufsaugte.

Seit sie Buchstaben aneinanderreihen konnte und sich daraus Wörter ergaben, verschlang Miri ein Buch nach dem anderen. Astrid Lindgren hatte sie am meisten gemocht, nur einmal wollte sie wie Ronja Mattisdottir allem trotzen, was sich ihr den Weg stellte, oder sich in Cornelia Funkes Tintenwelt hineinlesen lassen. Zumindest aber wollte sie mit ihrer besten Freundin eine Buchhandlung eröffnen.

Doch dann war alles ganz anders gekommen. Katja war gleich nach dem Schulabschluss nach Hamburg gegangen, um ihrer anspruchsvollen Mutter zu entkommen. Dort hatte sie zwar nach einer Ausbildungsstelle zur Buchhändlerin gesucht, aber nach der dreißigsten Bewerbung aufgegeben und schließlich einen Ausbildungsplatz als Floristin angenommen.

Miri hingegen war in Stade hängen geblieben. Sie war schon

immer weniger mutig gewesen als ihre beste Freundin. So hatte sie, als sich in der Kleinstadt keine Möglichkeit fand, Buchhändlerin zu werden, ihren Traum der Realität geopfert und eine Ausbildung zur Medizinischen Fachangestellten in der überregionalen, urologischen Praxis von Dr. Senkenbach angefangen. Dort war sie später auch Karsten Frohn begegnet, als dieser eine Stelle in der Praxis angetreten hatte.

Doch nun erfüllte sich der Traum der Freundinnen. Und das, obwohl sie beide keine Buchhändlerinnen waren. Sie hatten ihr Möglichstes gegeben, um sich die Grundlagen draufzuschaffen. Miri hatte zwei Wochen in einer Buchhandlung mitgearbeitet und sich alle Abläufe erklären lassen, während Katja an einem Buchhaltungskurs und einem Businesscoaching teilgenommen hatte. Dennoch würden sie wahrscheinlich erst nach der Eröffnung feststellen, wo es noch hakte. Aber als gestandene Frauen würden sie schon klarkommen, davon waren sie überzeugt. Mangelndes Wissen würden sie eben durch Engagement und ganz viel Liebe wettmachen. Bei dem Gedanken schlug Miris Herz schneller. Hoffentlich gefiel den Kunden die Barkasse so gut wie ihnen. Bei der Entscheidung, wie ein Bücherschiff von innen aussehen musste, waren sich die Freundinnen schnell einig gewesen: maritim, hamburgisch nordisch und natürlich mit altmodischer Gemütlichkeit. Diesem Motto hatten sie alles untergeordnet. Und jetzt strahlte die alte Barkasse mitsamt den Originalteilen, die Miri und Katja beim Abbau der alten Verschalung entdeckt hatten, in neuem Glanz. Vor allem der Boden und die Vertäfelung aus Teakholz hatten es ihnen angetan. Nun, nach einer gründlichen Überholung, schimmerte das Holz in einem warmen, dunklen Honigton.

Auch einige Klampen und sogar zwei mit Messing umrandete Bullaugen hatten sie retten können. Die Schrauben, die die Fenster verschlossen, hatten gefehlt, aber zum Glück gab es im Museumshafen genug Liebhaber alter Kähne, die ihnen halfen, passende Ersatzteile zu beschaffen.

Überhaupt erwiesen sich die Mitglieder des Hafenvereins immer wieder als extrem hilfreich. Von ihnen hatten Miri und Katja nicht nur die Genehmigung bekommen, das Bücherschiff direkt im Museumshafen zu betreiben, sondern auch die Adressen der Handwerker, an die in den letzten sechs Monaten beinahe ihre ganzen Ersparnisse geflossen waren. Aber das Ergebnis konnte sich sehen lassen. Die Barkasse wirkte innen wie außen so einladend, dass es den Freundinnen bei jedem Anschauen den Atem verschlug.

Statt einer Persenning trug die Barkasse nun über die komplette Länge ein festes, tragfähiges Dach, auf das eine Treppe an der äußeren Heckwand führte. Eine umlaufende Reling sicherte den Bereich, sodass sie ihn bei schönem Wetter nutzen konnten. Vielleicht würden sie später dort ein kleines Outdoorcafé eröffnen, aber das war Zukunftsmusik und mindestens Stufe zwei oder drei ihres Businessplans.

Unterhalb des Brückenaufbaus, der ein gutes Stück über den Salon aufragte, gab es eine winzige Schlafkabine, eine ebenso kleine Kombüse und einen telefonzellengroßen Toilettenraum. Der ursprüngliche Salon, der bereits beim Stapellauf vorhanden gewesen war, bildete nun zusammen mit dem Neubau einen großen Verkaufsraum, den man durch die Original-Eingangstür betrat. Miri und Katja hatten sie höchstpersönlich abgeschliffen, gestrichen und an den neuen Zugang angepasst. Nun leuchtete sie von Weitem sichtbar in einem kräftigen Korallenrot.

Auf Miris Wunsch hin hatten sie zu guter Letzt noch eine Dachluke erhalten, die sich im vorderen Bereich des Salons nach oben wegklappen ließ. Sie freute sich schon darauf, sie hin und wieder aufzustoßen und frische Luft ins Innere zu lassen.

»Olivia hängt schon wieder schief.« Katja deutete mit dem Finger auf eine Plüschmöwe, deren Oberkörper, wie von einem Großwildjäger erlegt, auf einem Holzbrett prangte.

Beinahe hätten sie in einem Trödelladen eine echte, ausgestopfte Möwe gekauft, aber Miri gruselte sich vor ausgestopften Tieren – sie hätte schwören können, dass der Blick aus den Glasaugen sie verfolgte, egal, wohin sie sich drehte. Schließlich hatte sie Katja davon überzeugt, dass es besser sei, ihren Kundinnen keine Gänsehaut über den Rücken zu jagen, wenn sie Bücher verkaufen wollten. Ein paar Tage später waren ihnen dann die plüschigen Möwentrophäen begegnet, und sie hatten nicht widerstehen können, gleich drei von ihnen zu kaufen. Miri und Katja hatten sie nach wichtigen Hamburger Persönlichkeiten benannt, beim Schlüsseldienst drei Schilder aus Messing anfertigen lassen und auf dem Holzbrett angebracht.

Miri kicherte leise und trat zu Olivia Jones, der größten der drei Möwen. Sie hing neben einem Bullauge in der linken der drei winzigen Sitznischen, die Miri und Katja zwischen den Bücherregalen eingerichtet hatten. Am Anfang hatte es keine Probleme mit Olivia gegeben, aber seit Miri ihr eine Hochsteckfrisur aus pinkfarbener und hellblauer Wolle verpasst hatte, wirkte Olivia ein wenig pikiert. Ob sie aus Protest oder aufgrund des Ungleichgewichts immer wieder in ihre Schieflage zurückkehrte, so oft man sie auch geraderückte, darüber ließ sich nur spekulieren.

Eine Nische weiter hing Jan Delay neben einem goldgerahmten Bild, auf dem ein majestätischer Dreimaster in voller Takelage über von Gischt gekrönte Wellen brauste. Dass die Möwe auf den Namen des Musikers hörte, lag an dem leicht verknautschten Gesicht des Vogels. Die beiden Freundinnen hatten ihm eine dunkle Sonnenbrille aufgesetzt, so kam er mit etwas Fantasie seinem Namenspaten ziemlich nahe.

In der rechten Sitznische hatte Sylvie Meis ihren Platz neben dem zweiten Bullauge gefunden. Den Namen hatte sie sich verdient, weil sie der hübscheste der drei Vögel war. Miri hatte ihr zuerst einen Fußball an die Seite geben wollen, aber da diese Episode im Leben der echten Sylvie Geschichte war, hatte sie darauf verzichtet.

Ein Klopfen an der Tür unterbrach das aufkeimende Gespräch.

»Herein!«, riefen Miri und Katja im Chor.

Die Tür schwang ein Stück auf, und eine kleine, fast ein wenig verhutzelte alte Dame erschien im Türrahmen. »Darf man denn eintreten?«, fragte sie höflich. »Ich weiß, ich sollte nicht so naseweis sein, aber ich sehe Sie beide nun schon jeden Tag, wie Sie das Schiff herrichten. Und dann hat der Handwerker noch all die Regale gebracht. Da dachte ich mir: Da wird es doch sicher bald etwas Hübsches zu kaufen geben.«

»Sie sehen uns bei der Arbeit zu?«, fragte Katja freundlich.

»Ja, ich gehe hier morgens spazieren«, erklärte die alte Frau, wobei sie das »s« in »Spazieren« in der typischen Art des Hamburger Großbürgertums aussprach. »Außerdem wohne ich gleich am Hang. Aus meiner Stube kann ich Ihnen wunderbar zuschauen.« Wieder sprach sie das »s« auf die gleiche stimmlose Weise.

»Ich glaube, Sie lesen gern«, sagte Miri. Wer so neugierig war, der musste einfach Bücher lieben.

»Woher wissen Sie das? Lesen ist eine meiner letzten Leidenschaften. Zu einem guten Liebesroman sage ich niemals Nein.« Eine zarte Röte zog über das Gesicht der Dame.

»Nur so eine Ahnung.« Miri verkniff sich ein Lachen. Sie wandte sich an Katja. »Wollen wir das Geheimnis lüften?«

»Aber natürlich. Bei einer so netten, ersten Interessentin können wir doch gar nicht anders. Aber nur, wenn Sie später unsere erste Stammkundin werden.« Katja lachte herzhaft.

»Wird es eine Buchhandlung?« Die Stimme der alten Dame klang atemlos, und als Miri und Katja einhellig nickten, schlug sie begeistert die Hände zusammen. »Das ist ja wunderbar. Dann kann ich bald jeden Tag frischen Lesestoff bekommen. Eine hervorragende Nachricht. Und wann eröffnen Sie?«

»Ganz bald schon. In nicht mal zwei Wochen ist es so weit. Am Tag des Hafenfests«, antwortete Miri. »Wissen Sie was, Sie bekommen jetzt und hier eine exklusive Führung. Verraten Sie uns Ihren Namen?«

»Aber natürlich, mein Name ist Tietgen.«

»Katja Gerbaum«, stellte Katja sich vor. Sie ließ die Finger über einen der Regalböden gleiten. »Ich liebe dieses Holz. Ein echter Handschmeichler. Der Schreiner, der sie für uns gemacht hat, hat sich darauf spezialisiert, ehemaligen Schiffsdielen neues Leben einzuhauchen. Die Regale hat er eigens für unser Bücherboot angefertigt.« Vom Ergebnis dieser Arbeit waren Miri und Katja mehr als begeistert. Kein Span stach mehr aus dem ehemals zerfurchten Holz hervor und der leicht glänzende Bootslack, mit dem der Handwerker die Bretter versiegelt hatte, lud dazu ein, sie zu berühren. Jedes der Regale maß zweieinhalb Meter in der Höhe und einen Meter in der Breite. Damit die schmalen Möbel nicht bei jeder kleinsten Welle kippelten, hatte der Schreiner sie sorgfältig an Boden und Decke verschraubt.

»Und ich bin Miriam Cornelis«, erklärte Miri, während sie Frau Tietgen durch den Raum führte. Sie wies auf den langen Verkaufstresen gleich rechts der Eingangstür. »Hier spielt sich das Wichtigste ab. Hier wird die Kasse stehen, und hier werden wir die Neuheiten präsentieren, unsere Lieblingsbücher und besondere Empfehlungen.« Sie gingen die Theke entlang und hielten am hinteren Ende vor drei u-förmig angeordneten Regalen inne, in denen später die Kinderbücher stehen sollten. Zwischen diesen Regalen und der hinteren Wand, in der sich auch die Tür zu den Nebenräumen befand, blieb dann noch genug Platz für eine Spielecke.

»Und gegenüber …«, ergriff Katja wieder das Wort, »… befinden sich über die volle Länge die Bücherregale für die Erwachsenenlektüre. Wie genau wir das Sortiment anordnen, haben wir allerdings noch nicht entschieden. Aber es dreht sich alles ums Meer.«

Sie schritt an den zwölf Regalen vorbei, von denen jeweils drei mit etwas Abstand zueinander u-förmig angeordnet waren, wodurch sich zwischen den vier Blöcken Platz für drei winzige Sitznischen ergab. Auf diese Weise nutzten sie die gut fünfzehn Meter lange Fläche so gut wie möglich aus, auch wenn es ein wenig beengt wirken konnte, aber das gehörte eben zum Charme der schwimmenden Buchhandlung.

»Ich glaube, hier werden wir Koch-, Sach- und Reisebücher unterbringen.« Miri wies zu guter Letzt auf zwei weitere Regale, die nebeneinander an der Wand zum Bug standen, ehe sie sich der Eingangstür zuwandte und diese für Frau Tietgen öffnete. »So! Und das war es schon«, beendete sie ihre Führung.

Die beiden Freundinnen begleiteten die alte Dame nach draußen.

»Schön, dass Sie da waren«, sagte Katja.

»Herzlichen Dank für den freundlichen Empfang. Ich werde sie weiterempfehlen.« Frau Tietgen schenkte ihnen ein beinahe hoheitsvolles Lächeln, ehe sie vorsichtig über die Gangway tapste. Sie winkte noch einmal, wandte sich um und ging gemessenen Schrittes dem Elbhang entgegen.

Miri und Katja kehrten in den Salon zurück.

»Was für eine zauberhafte Dame. Unsere erste Stammkundin.« Miri wandte sich freudestrahlend den Regalen zu. »Es wird toll aussehen, wenn erst einmal die Bücher drinstehen. Ich freue mich schon auf die ersten Kunden. Ob ihnen unser Sortiment gefallen wird?«

»Ganz sicher. Es gibt doch nichts Passenderes für ein Schiff als das Meer. Und außerdem können wir ja jedes Buch bestellen, wenn jemand etwas Bestimmtes sucht.« Wie immer ging Katja die Dinge pragmatisch an.

Zum Meer passte auch das Mobiliar des Bücherschiffs. Wobei es gar nicht so einfach gewesen war, gute gebrauchte und bezahlbare Möbel im Stil einer alten Hamburger Guten Stube zu finden. Zum Glück hatten sie bei einem Händler in Buxtehude ein winziges dunkelrotes Biedermeier-Sofa mit zwei passenden Sesselchen und zwei kleine, runde Beistelltische aus dunklem Holz mit Wiener Geflecht und Glasplatte gefunden. Darauf noch ein Häkeldeckchen und die Tischchen waren perfekt.

Das Biedermeier-Ensemble passte ausgezeichnet in die Nische unter Sylvie Meis, da diese ein Stück breiter war als die anderen beiden. Lediglich einen der beiden Tische würden sie in die mittlere Nische stellen müssen.

Die beiden Ohrensessel, die sie soeben in der rechten Nische abgestellt hatten, stammten von einem ihrer Nachbarn im Museumshafen. Zugegeben, sie mussten sie extrem dicht zusammenrücken, aber Miri hatte sich nicht davon abbringen lassen, auch wenn es dadurch in der Nische ziemlich eng wurde. Gerade tätschelte sie verliebt den Lederbezug der Sessel. Er changierte in verschiedenen Honigtönen und passte hervorragend zum Teakholz. Insgesamt wirkte das Leder wie weich geknetet und so einladend, dass sie nicht anders konnte, als sich hineinzukuscheln. Miri seufzte leise, als sie darüber nachdachte, wie weit sie und Katja bereits gekommen waren. Schon in wenigen Wochen würden die ersten Kunden den Verkaufsraum bevölkern. Und auch wenn alles andere in Miris Leben gerade eine einzige Baustelle war, gab ihr das Bücherschiff jetzt schon ein derart intensives Gefühl von Heimat und Geborgenheit, dass sich der Rest schon finden würde. Da war sie sich sicher. Nach der jüngsten desaströsen Zeit in Stade konnte Miri den Optimismus, den ihr das gemeinsame Projekt mit Katja gab, gut gebrauchen. *Bücherschiff Ahoi*, dachte sie lächelnd, *nicht mehr lange, und wir kapern die Welt.*

Ein paar Tage später durchstreiften Miri und Katja das Souterrain der Hamburger Markthalle, als Miris suchender Blick an einem massiven Schaukelstuhl hängen blieb.

»Guck mal. Den brauchen wir. Wenn der nicht den Ehrentitel ›Vater aller Schaukelstühle‹ trägt, dann weiß ich es auch nicht.« Mit einer ordentlichen Portion Dramatik in der Stimme fuhr Miri fort: »Stell dir folgenden Film vor: Ein alter Seebär sitzt in ebendiesem Schaukelstuhl auf der Terrasse seines Kapitänshauses direkt an der Elbe. In der Hand hält er eine lange, geschwungene Lesepfeife mit einem Meerschaumkopf, der einem Frauenkörper im Stil einer Galionsfigur nachempfunden ist. Hin und wieder führt er die Pfeife zum Mund und pafft ein paar Rauchwölkchen aus, während er dem regen Treiben auf dem Fluss zusieht.«

»Zu teuer!« Katja ließ das Preisschild sinken und schickte sich an weiterzugehen. »Dafür kriegen wir drei andere Stühle.«

Miri blieb stehen und hielt ihre Freundin am Ärmel fest. »Wir brauchen aber nur noch einen Stuhl, sonst wird es zu voll. Nun schau doch mal genau hin. Wir stellen das überzählige Tischchen daneben, darauf einen Pfeifenständer und eine Kapitänsmütze. Das wird perfekt aussehen.«

»Du hast schon recht. Aber …«

Miri fiel ihr ins Wort. »Bitte, bitte.« Sie zog ihren unwiderstehlichsten Schmollmund. Schließlich wusste sie genau, wie sie Katja zum Lachen bringen konnte.

»Manchmal bist du schlimmer als ein Kleinkind.« Grinsend schüttelte Katja den Kopf. »Also dann, meinetwegen, aber nur, wenn du den Preis noch ein gutes Stück runterhandelst.«

»Eine meiner leichtesten Übungen. Du wartest hier draußen und passt auf, dass uns keiner das gute Stück wegschnappt. Und danach kriege ich zur Belohnung einen Lolli.« Miri zwinkerte ihrer Freundin beschwingt zu, schnappte sich das Portemonnaie und drehte sich zur Tür des Geschäfts um.

Keine Viertelstunde später kehrte sie mit einem satten Grinsen auf dem Gesicht zurück. »Sag ich doch. Und wo ist jetzt mein Lolli?«

»Oh Gott, lebt der Mann noch? Oder hast du ihn so sehr überrollt, dass er dir den Sessel vor lauter Not verkauft hat?«, fragte Katja.

»Höchstens mit meinem Charme.« Miri hielt Katja die Geldbörse hin. »Wie versprochen. Der Vater aller Schaukelstühle zum halben Preis! Und er wird geliefert. Allerdings erst nächste Woche.«

»Macht nichts. Wir haben ja noch ein bisschen Zeit bis zur Eröffnung. Du bist großartig.« Katja schenkte Miri eine Umarmung, die Miri aufseufzen ließ. Der kurze Körperkontakt tat ihr gut, hinterließ aber auch einen Stich in ihrem Herzen. Wie lange hatte sie schon niemand mehr umarmt, einfach um Freude zu teilen oder sie zu trösten. In ihrer Kehle saß ein Frosch. Sie räusperte sich leise. Um sich von den traurigen Gedanken abzulenken, zog sie den Zettel mit der Liste aller noch benötigter Dinge aus ihrem Rucksack.

»Dann lass mal sehen, was wir sonst noch brauchen«, sagte Katja und nahm die Auflistung entgegen. »Da wäre also der Rettungsring. Das Bild mit dem Dreimaster haben wir schon, das können wir streichen. Dann brauchen wir nur noch die Kaffeesäcke. Meinst du, wir haben noch Platz für eine Teekiste?«

»Eher nicht«, antwortete Miri. »Wir sollten besser den Verkaufsraum nicht zu vollstellen, wir müssen ja auch noch etwas

Platz für die Bestuhlung bei unseren Kaperfahrten mit Lesung einplanen.«

»Stimmt. Dann nur noch die Kasse und die Ausstattung für die Kinderecke. Ich glaube, so weit haben wir's.« Mit einem Strahlen im Gesicht steckte Katja den Zettel ein. »Lass mal schauen, ob wir die Säcke und den Rettungsring nicht gleich hier bekommen.« Mit diesen Worten setzte sie sich in Bewegung und zog Miri, die sich gern von ihrer Freundin mitreißen ließ, hinter sich her.

Mit jedem Tag näherte sich das Bücherschiff mehr der Vollendung. An dem Morgen, an dem der Schaukelstuhl geliefert wurde, richteten Miri und Katja gerade die Kinderecke ein. Auf den Boden lag bereits ein Spielteppich, und an der Wand hing eine Station, an der sie unterschiedlich dicke Leinen befestigt hatten. Als der Lieferant den Stuhl in der mittleren Nische abstellte, fehlten nur noch die Befestigungen für die Anleitungen zum Knüpfen der unterschiedlichsten Schiffsknoten und die beiden Spielzeugkisten, die fertig gefüllt im Lager in der ehemaligen Kajüte auf ihren ersten Einsatz warteten.

Aber zunächst mussten sie natürlich Probeschaukeln.

»Ich zuerst«, rief Miri, schubste Katja beiseite und ließ sich lachend in den Stuhl plumpsen. »Schaukelt sich herrlich«, erklärte sie nach einer Weile andächtigen Vor- und Zurückschaukelns.

»Pass auf, dass du nicht seekrank wirst.« Katja trat ungeduldig auf der Stelle. »So! Und jetzt lass mich.«

Nachdem auch sie den Schaukelstuhl ausgiebig getestet hatte, beendeten sie ihre Arbeit an der Kinderecke. Sie trugen die Spielkisten herein und stellten sie links und rechts des Spielteppichs ab.

»Da möchte ich gern noch mal zehn sein.« Lächelnd betrachtete Miri die Spielsachen. Vom Brettspiel mit dem Thema Meerjungfrau bis hin zu Puzzles mit Schiffsmotiven und einigen Stofftieren war alles vorhanden, um Kinder zu beschäftigen, damit die Eltern in Ruhe in den Regalen stöbern konnten. Natürlich blieben Miri und Katja auch bei den Stofftieren dem Thema Meer treu. Es gab einen Wal, einen Seehund, einen Seestern und eine Trottellumme, zumindest hatte Miri beschlossen, dass es sich bei dem kleinen schwarzen Vogel um eine solche handeln musste.

Eine gute Woche vor der Eröffnung widmeten sie sich ihrem letzten, größeren Projekt: Sie bauten eine ehemalige Hausbar aus Mahagoni zu ihrem Verkaufstresen um.

»Was für ein elender Lärm.« Miri hielt sich die Ohren zu, während Katja, die gut mit der Bohrmaschine umgehen konnte, Löcher in die Front des riesigen Möbelstücks bohrte. Miri hatte es genossen, sich im Verlauf des Projekts Bücherschiff viele handwerkliche Fähigkeiten anzueignen, aber ein Herz für laute, unhandliche Maschinen würde sie nie entwickeln.

»Ich bin gleich fertig«, brüllte Katja gegen das Kreischen des Bohrers an. »Danach schraube ich noch die Halter an, nur bei der Reling musst du mir helfen.«

Gemeinsam schoben sie die insgesamt fünf Meter langen Messingrohre durch die Halterungen, ehe Katja die halbrunden Endstücke aufschraubte.

»Du bist echt gut mit Werkzeug«, sagte Miri. »Wo hast du das eigentlich gelernt?«

»Selbst ist die Frau. Wenn du erst einmal eine Weile Single bist, kommt das von ganz allein. Es ist praktischer und billiger, es einfach mal selbst zu probieren, als immer auf die Hilfe eines Kollegen oder Nachbarn zu hoffen oder einen Handwerker zu bestellen.«

»Nicht schlecht. Ob ich auch mal so gut damit werde?«, fragte Miri, während sie sich mit dem dicken Tau abmühte, mit dem sie die Kanten ihres Verkaufstresen abpolstern wollten.

»Irgendwann bestimmt, vielleicht nur nicht mehr in diesem Leben.« Katja lachte und nahm Miri das Seil aus der Hand. »Lass mich mal, sonst sind wir übermorgen noch dran.« Miri schnaubte entrüstet. Aber Katja hatte schon recht, trotz ihrer wachsenden Übung mochte Miri die dekorativen Arbeiten im Vergleich zu den handwerklichen deutlich lieber.

»Ich bin fertig«, verkündete Katja eine gute Stunde später, in der Miri ein letztes Mal die Kinderecke nach ihren Wünschen sortiert hatte. »Jetzt das silberne Schätzchen.« Mit vereinten Kräften schleppten sie eine riesige, silbrig glänzende Registrierkasse aus der Kajüte in den Salon.

Eine aufgeregte Hummelschar summte in Miris Bauch, als sie die Handkurbel drehte. Es klingelte, und die Schublade öffnete sich. »Yeah!« Begeistert sprang sie auf und ab. Dann wies sie nach oben. »Und nun zu guter Letzt die Decke. Nächste Woche müssen wir dann nur noch die Bücher einräumen.«

Es dauerte nicht lange, den Rettungsring über der Kinderspielecke anzubringen. Danach ehrten sie Hamburgs Geschichte als Importhafen, indem sie in dem Bereich zwischen den Bücherregalen und dem Verkaufstresen einige Kaffeesäcke unter die Decke spannten. Und damit auch der Geruch stimmte, stellten sie gut versteckt eine Schale mit ein paar frischen Kaffeebohnen in das Regal unter ihrem neuen Tresen.

»Wie das riecht. Köstlich«, sagte Katja. »Apropos Kaffee. Erinnere mich daran, dass wir noch eine Kaffeemaschine kaufen.«

Miri lachte. »Unbedingt. Kaffee ist die halbe Miete. Aber solange noch keiner da ist, sollten wir mit Prosecco anstoßen.« Sie holte eine Flasche und zwei Gläser aus der Kombüse. Jetzt da die Arbeiten kurz vor der Vollendung standen, durchschritt sie den Raum geradezu beschwingt vor lauter kribbelndem Glücksgefühl.

»Jetzt braucht die Barkasse nur noch einen Namen«, sagte Katja.

»Ich habe schon haufenweise Ideen«, erwiderte Miri. »Aber lass uns das später besprechen. Jetzt sollten wir erst einmal anstoßen.«

»Es ist toll geworden, oder?« Katja strahlte.

»Irremegasupertoll. Ein Bücherschiff zum Verlieben.« Miri hob ihr Glas und prostete Katja zu. Noch vor ein paar Monaten hätte niemand daran gedacht, dass sie, eine Arzthelferin aus dem kleinen Stade, so etwas auf die Beine stellen könnte. Eine Träne der Rührung kitzelte in Miris Augenwinkel. Dennoch blickte sie Katja fest in die Augen, als sie auf das Bücherschiff anstießen. Endlich war sie wieder mit ihrer besten Freundin vereint. Nun fehlte nur noch ein Partner. Miri seufzte leise. Ja, ein Mann an ihrer Seite wäre schön, einer mit dem sie ihr Glück und ihren Alltag teilen konnte. Hoffentlich würde sich *Ein Bücherschiff zum Verlieben* auch als das passende Motto für ihr Privatleben erweisen.

Katja nickte leise lächelnd, vielleicht, weil sie die kurze melancholische Anwandlung auf Miris Gesicht gelesen hatte. »Auf unser Bücherschiff«, prostete sie. »Mögen wir mit Liebe überschüttet werden!«

Kapitel 2
Ein Opfer für den Partygott

»Aua! So'n Sprottenschiet!« Miri schob ihre Haare aus dem Blickfeld, ehe sie mit dem Daumen über ihre Fußsohle rubbelte. Zum Glück war sie nur in einen Stein getreten, hier mitten auf der Sternschanze hätte es ebenso gut eine Glasscherbe sein können.

Es war Samstagfrüh kurz nach Sonnenaufgang, ein paar Tage, nachdem Miri und Katja letzte Handgriffe an ihr Schiff gelegt hatten. Auf der Freifläche gegenüber dem Schulterblatt, nicht weit entfernt von Katjas Wohnung, bauten gerade die letzten Marktverkäufer ihre Stände auf. Überall standen LKW und Transporter, deren Fahrer Obst, Gemüse oder Brot ausluden, ehe sie von einem Mann in der Uniform des Ordnungsamtes zum anderweitigen Parken weggeschickt wurden. Dazwischen wuselten vereinzelte Käufer herum, während Mitarbeiter der Straßencafés, die ab sechs Uhr Frühstück anboten, Tische und Stühle nach draußen räumten. In diesem Punkt blieb sich das berühmte Hamburger Arbeiterviertel treu. Auch wenn es sich an vielen Stellen längst zur schicken Meile gewandelt hatte, in der statt Antifa und Hausbesetzer die ›Reichen und Schönen‹ Einzug gehalten hatten.

Miri, die gerade von einer Party heimkehrte, zu der sie Felix, Katjas Hipsternachbar, mitgenommen hatte, ließ ihren Blick über die Rote Flora gleiten. Das besetzte, ehemalige Theater beherbergte heute ein autonomes Kulturzentrum, das fast ein wenig verloren anmutete, wie es mit all seinen Graffiti, Plakaten und Spruchbändern zwischen den gepflegten Gründerzeitbauten hervorstach. Obwohl oder gerade weil das Gebäude mit dem zurückgesetzten Eingangsbereich und der roten Fassade stets ein wenig schmuddelig wirkte, mochte Miri es besonders, bewies es doch, dass es den Kleinen dieser Welt hin und wieder gelang, gegen die Großen zu bestehen.

Ein typischer Samstagmorgen auf dem Schulterblatt, dem Zentrum der Sternschanze, mit dem Geruch nach frisch gebackenem Brot, Kaffee und Fisch und einer beinahe infernalischen Lautstärke, zumindest für Miri, in der sich langsam eine gewisse Bettschwere breitmachte. Sie konnte kaum fassen, dass sie jetzt in Hamburg lebte, und wie lebendig die Stadt selbst am frühen Morgen war. Sie setzte sich wieder in Bewegung. Ein Quietschen begleitete jeden ihrer Schritte. Es kam von dem eiernden Rad eines Einkaufswagens, den sie nach einem morgendlichen Spontaneinkauf aus dem Supermarkt hatte mitgehen lassen. Und es nervte. So sehr, dass Miri beinahe gegen das Rad getreten hätte. Zum Glück wurde sie sich noch rechtzeitig ihrer nackten Füße bewusst. Ihre Schuhe oder besser der eine Schuh, der ihr nach der Party geblieben war, steckte in ihrer Handtasche. Die wiederum lag neben Fertigpizza, Brot, Käse, einigen Rotweinflaschen und dem ehemals schicken Glitzerjäckchen, das am Vorabend seinen großen Auftritt gehabt hatte, im Wagen. Allerdings glich es heute Morgen eher einem zerknitterten Putzlumpen als einem modischen Accessoire. Es bestand wenig Hoffnung, die Rotweinflecken jemals wieder rauszubekommen. Ein Schicksal, das in den letzten Wochen diversen von Miris Lieblingsklamotten zuteilgeworden war. Genau genommen, seit sie in Hamburg lebte. Zu Hause in Stade hatte sie stets gut auf die teuren Stücke aufgepasst, was so viel hieß, dass sie ein einsames Dasein im Kleiderschrank fristeten, wo sie auf den einen besonderen Anlass warteten, der niemals kam.

Lieber in einer wilden Nacht dem Partygott geopfert, als ewig ungetragen im Schrank gehangen, tröstete sich Miri, während sie sich langsam auf dem Bürgersteig fortbewegte. Nur um ihr liebstes Paar Peeptoes – die bequemen mit der silbergrauen Schnürung – würde sie sicher noch die eine oder andere Träne weinen. Hätte sie sie nur nicht ausgezogen. Aber selbst der bequemste Schuh wurde irgendwann zur Qual, wenn man ununterbrochen auf der Tanzfläche herumhüpfte. Deshalb hatte Miri die Peeptoes irgendwann sorgsam in einer Ecke verstaut und barfuß auf den schönen Altbaudielen weitergetanzt. Anscheinend nicht sorgsam genug, denn als sie sie in den frühen Morgenstunden hatte anziehen wollen, waren die Schuhe verschwunden – und das auf einer Hausparty! Selbst nach intensiver Suche hatte sie leider nur einen ihrer Lieblinge wiederfinden können.

Vor ihrem inneren Auge sah sie sich selbst, wie sie zunächst erfolglos unter die mattschwarzen, deckenhohen Designerregale gespäht hatte. Zum Glück hatte sich die Wohnung da schon merklich geleert. Ein paar Plastikbecher lagen herum, auf den Klötzen aus rohem Holz, die als Couchtische dienten, stapelten sich leere Gläser. Ein einzelnes Paar drehte sich im Klammerblues auf der freien Fläche vor zwei Sofalandschaften, auf denen locker eine Fußballmannschaft Platz gefunden hätte. Mehr Mobiliar gab der Raum nicht her. Leider auch keine silbergrauen Peeptoes.

Auf einem der Couchmonster wand sich ein Paar in einer Art ekstatischem Kuschelmodus. Miri hatte einen Seufzer ausgestoßen, ehe sie sich mit Todesverachtung auf den Boden geworfen hatte, um unter das freie Sofa zu kriechen. Vergebens! So hatte sie ihre ein Meter siebzig zu der zweiten Couch geschoben. Das Paar, das darauf rummachte, als gäbe es kein Morgen, ließ sich nicht stören, als Miri den Schuh hervorangelte. Sie hatte kurz darüber nachgedacht, sich demonstrativ zu räuspern, doch das wäre noch peinlicher gewesen. Selbst jetzt, als sie wieder daran dachte, spürte sie, wie ihr die Hitze in ihre Wangen stieg. Es gab einfach Dinge, die verkniff man sich in der Öffentlichkeit, fand sie, auch wenn sie wusste, dass Katja angesichts dieser Einstellung einmal mehr über sie schmunzeln würde. Sie seufzte leise. Wie sehr sie sich auch bemühte, die coole Großstadtfrau zu sein, tief in ihr steckte weiterhin das Kleinstadtmädchen, das sich nach Liebe sehnte und nicht nach einem One-Night-Stand. Immerhin, einen der Schuhe hatte Miri gefunden.

Es war kurz nach sechs auf dem Rückweg von dieser Party gewesen, als Miri auf die geniale Idee verfallen war, den Taxifahrer zu bitten, an der Ecke mit dem 24-Stunden-Supermarkt zu stoppen. Genial vor allem, weil es dort einen halbwegs guten Kaffee gab, und mit einem Becher heißen, dampfenden Kaffees in der Hand shoppte es sich gleich doppelt so gut. Immer noch ein wenig euphorisch vom vielen Wein fühlte Miri sich nicht einmal unwohl zwischen all den frisch geduschten Frühaufstehern, die durch die Reihen reich gefüllter Regale flanierten. Es ging einfach schneller, wenn sie auf dem Heimweg Nachschub für den Kühlschrank und zum Vorglühen für den kommenden Abend einkaufte. So blieb mehr Zeit zum Schlafen, für eine große Dosis Koffein am späten Nachmittag und eine Pizza Quattro Formaggi. Wie immer, wenn Miri an Käsepizza dachte, lief ihr das Wasser im Mund zusammen. Sie liebte geschmolzenen Käse.

Eigentlich hatte sie gleich geahnt, dass es keine gute Idee war, für den restlichen Weg nach Hause den Einkaufswagen mitzunehmen, aber um alles in den Händen zu tragen, hatte sie viel zu viel eingekauft. Übermüdet und immer noch ein wenig angetrunken hatte sie keine andere Lösung gesehen, als den Einkaufswagen kurzerhand mitzunehmen. Denn Tüten, die sie nicht selbst mitgebracht hatte, kamen aus Umweltschutzgründen nicht infrage, egal, ob Plastik oder Papier. Blieb also für den Transport nur der Einkaufswagen, den sie ja lediglich auslieh. Spätestens morgen würde Miri ihn zurückbringen. Sie hoffte, dass keine der Kassiererinnen bemerkte, wie sie mit dem Wagen davonhastete. Galt das Mitnehmen von Einkaufswagen eigentlich als Diebstahl?

Als Miri kurze Zeit später hinter der Roten Flora in die ruhigere Juliusstraße einbog, versperrte ihr ein Hindernis den Weg. Anscheinend hatte ein Haufen übereinandergeklebter Konzertplakate der Gewalt des Gewitters, das zwei Nächte zuvor getobt hatte, nicht standgehalten und sich von der Wand gelöst. Miri hielt Ausschau nach einer Möglichkeit, das Plakatnest zu umgehen, doch es gab kein Durchkommen, weder auf dem Gehweg noch über die Straße. Die Autos standen zu dicht – Parkplätze waren rar gesät in diesem Viertel.

Zum Glück waren die meisten Nachtschwärmer und Frühaufsteher, die um diese Uhrzeit unterwegs waren, freundliche Menschen. Ein Mittvierziger mit Vollbart und Sparkassenanzug, der kurz nach Miri in die Juliusstraße eingebogen war, fackelte nicht lange. Mit einem Ächzen hob er den Einkaufswagen an und setzte ihn oben auf den Plakatberg. Von dort ließ er ihn vorsichtig hinabrutschen, ehe er Miri galant, wenn auch ein wenig unbeholfen, die Hand hinhielt und ihr hinüberhalf.

Anfangs, als Miri vor wenigen Wochen nach Hamburg gezogen war, hatte sie sich noch gefürchtet, wenn sie allein nach Hause gehen musste, selbst, wenn es draußen bereits hell war. Inzwischen fühlte sie sich viel sicherer, zumindest, solange weitere Menschen auf der Straße waren. Sie lächelte dem Mann zu und bedankte sich freundlich, bevor er eilig weiterhastete. Wahrscheinlich arbeitete er für irgendeinen fiesen Sklaventreiber, bei dem er um Punkt sieben auf der Matte stehen musste.

Miri legte eine kurze Pause ein und betrachtete die Menschen um sich herum. Eine bunte Mischung lebte in diesem Stadtteil. Vom Hipster mit gestyltem Bart, Holzfällerhemd und handgefertigten Manufaktur-Hosenträgern bis zum langhaarigen, leicht angeschmuddelten Althippie in gebatikter Tunika, die in allen Regenbogenfarben leuchtete, über Mütter mit Babytragen und Kindern an der Hand war alles dabei. Und Miri mittendrin, dazugehörig, angekommen in ihrem kleinen persönlichen Stück Großstadtleben.

Eine Frau musterte Miri im Vorbeigehen, so wie Miri die anderen Passanten angesehen hatte, und schüttelte amüsiert den Kopf. Aus einem Impuls heraus, bei dem wohl auch noch ein gehöriger Schuss Restalkohol mitmischte, hob Miri die Hand, dann warf sie mit einem eleganten Kopfschwung ihre Locken zurück, bevor sie der Dame lachend zuwinkte. *Wie die Queen oder doch eher Cinderella für Arme*, ging es ihr durch den Kopf. Sie kicherte, als die Passantin bereits weitergegangen war. Wenn ihr Ex sie jetzt sehen könnte! So selbstbewusst und euphorisch war sie schon lange nicht mehr gewesen, was allerdings möglicherweise auch daran lag, dass die letzte Zeit mit ihrem untreuen Urologen alles andere als glücklich gewesen war. Karsten hatte sich wirklich als Sargnagel für ihr Selbstbewusstsein entpuppt.

Zurück zu Cinderella, sagte sie sich, um diese unschönen Gedanken zu vertreiben. Und wer wusste es schon: Vielleicht fand sich ja gerade hier in Hamburg demnächst der Prinz, der ihr glückstrahlend den zweiten Schuh an den Fuß steckte. Was gar nicht so unwahrscheinlich war, schließlich hatte sie in der Wohnung der Gastgeber einen Zettel hinterlassen, für den Fall, dass sich ihr bestes Stück beim Aufräumen nach der Party wiederfände. Wobei, ob ein Prinz sich melden würde, war gar nicht mal sicher. Es könnte sich ebenso gut um eine Prinzessin handeln, was daran lag, dass Miri nicht die geringste Ahnung hatte, bei wem sie in der vergangenen Nacht zu Gast gewesen war. Sie war einfach der Einladung von Felix gefolgt, der wiederum kannte jemanden, der jemanden kannte, oder so ähnlich. Nach dem riesigen Fiasko mit ihrem Ex brauchte Miri einfach ein bisschen Abwechslung, lachende Menschen um sich herum und eine Gelegenheit, die Traurigkeit, die manchmal in ihr hochkam, wenn sie an Karsten und das gruselige Ende ihrer Beziehung dachte, einfach wegzutanzen.

In Stade hätte sie sich niemals getraut, auf einer wildfremden Party aufzutauchen. Aber hier in Hamburg nahm man die Dinge nicht so bierernst, und Miri hatte schon vor ihrer Abreise fest vorgehabt, sich von der lebenslustigen Stimmung mitreißen zu lassen. Bisher hatte sie die Entscheidung herzuziehen nicht bereut, auch wenn sie im Moment noch mit Katjas schmaler Couch vorliebnehmen musste. Ein Glück, dass sie so schlank war.

Eine Gestalt schob sich in Miris Blickfeld und unterbrach ihren Gedankenfluss. Es handelte sich um einen Mann in Bluejeans und Leinenhemd, der nun dicht an den Einkaufswagen herantrat. Miri zog überrascht die Luft durch die Zähne. Wow! Das war nicht irgendein Mann. Ein kantiges Kinn, dunkle Haare, die zum Anfassen einluden, und Augen, so blau wie das Meer, wenn der Abend dämmerte. Ein gelungener Kontrast zu dem Lächeln, das um seine Lippen spielte, fand Miri. So ein Mann am frühen Morgen war nicht nur rein optisch eine ziemliche Überraschung. Mit großen Augen starrte sie ihn an.

Reiß dich zusammen, schau woandershin, Miriam!, befahl sie sich, allerdings mit mäßigem Erfolg. Ob unter dem lässigen Hemd wohl ein Sixpack steckte? Der Fremde lächelte Miri an, und sie konnte nicht anders, als verzaubert zurückzulächeln.

Während sie noch überlegte, warum er bei ihr stehen geblieben war und ob er sie vielleicht ansprechen wollte, ließ er eine Hand in die Hosentasche gleiten. Ob er jetzt sein Smartphone hervorzog, um sie nach ihrer Nummer zu fragen?

Doch zu ihrer Verwunderung hielt er ihr statt seines Handys einen Zwanzigeuroschein entgegen.

»Kaufen Sie sich neue Schuhe davon«, sagte er freundlich.

Miris Gedanken stockten. *Was hatte er gerade gesagt?*

»Ich weiß, es ist nicht viel, nehmen Sie es als Grundstock.« Er lächelte immer noch. »Bestimmt kommen bald bessere Zeiten«, fügte er hinzu. »Sie sind noch jung, Sie schaffen das.«

»Was schaffen?«, fragte sie verwirrt. *Wovon redete er denn nur?*

»Wieder auf die Beine zu kommen«, antwortete er ermutigend und steckte den Geldschein in den inzwischen leeren Kaffeebecher, den Miri mangels Mülleimer im Einkaufswagen deponiert hatte.

Jetzt erst begriff Miri, was er meinte. »Ähm …« Mehr brachte sie nicht hervor. Er hielt sie für eine Obdachlose! Sie spürte, wie ihr das Blut in die Wangen stieg und ihre Ohren heiß wurden. Bestimmt leuchtete ihr Kopf wie das rote Ampelmännchen.

Einen Augenblick stand sie stockstreif da. Dann schaltete ihr Instinkt auf Fluchtmodus, ihre übliche Reaktion auf unlösbar peinliche Situationen. Sie senkte den Kopf und setzte sich abrupt in Bewegung, so schnell es der quietschende Einkaufswagen zuließ. Erst als sie die nächste Kreuzung hinter sich gebracht hatte, erlaubte sie sich anzuhalten. Schwer atmend blickte sie sich um. Hinter ihr war niemand, auch nicht der schöne Mann. Erleichtert und zutiefst beschämt atmete Miri ein paarmal bewusst ein und aus, um dieses fiese Schamgefühl loszuwerden. Das sollte helfen, unangenehme Bilder und Gedanken loszulassen – behauptete zumindest ihre Yogalehrerin. Wie peinlich, dass ausgerechnet dieser gut aussehende Mann von ihr gedacht hatte, sie könne sich keine Schuhe leisten.

Mehr oder weniger gesammelt wollte Miri gerade die letzten paar Hundert Meter in Angriff nehmen, als ihr Blick auf den Zwanziger fiel, der in dem leeren Kaffeebecher steckte. Warum um alles in der Welt hatte sie das Geld mitgenommen, als sie geflohen war? Sie war einfach zu verwirrt gewesen von seiner Annahme, sie wäre pleite, schließlich bewiesen ihre schicken Klamotten und der sündhaft teure Longbob, den sie sich vor einer Woche hatte schneiden lassen, das Gegenteil! *Mist!* Sie hätte ihm den Zwanziger zurückgeben sollen, ehe sie geflohen war. Hatte er allen Ernstes eine Obdachlose in ihr gesehen?

Dass der Kerl die fehlenden Schuhe überhaupt bemerkt hatte ... Okay, da war noch der Einkaufswagen. Und wahrscheinlich die Ränder unter ihren Augen und vielleicht noch das nach der durchtanzten Nacht etwas verwischte Make-up. Dennoch ... Kein Grund, ihr Geld anzubieten! Irritiert und zugleich verärgert stopfte Miri den Zwanziger in die Handtasche, zog stattdessen das Smartphone daraus hervor und betrachtete sich im Selfie-Modus.

Was sie sah, ließ sie schlucken. Statt einer souveränen Großstadtfrau starrte ihr eine übernächtigte Pandabärin mit Lippenstiftresten in den Mundwinkeln entgegen. Wo waren die sorgfältig geschminkten Smokey Eyes geblieben? Und was war mit ihrem Outfit geschehen? Sie sah aus, als hätte sie in ihrer Kleidung geschlafen. Auf dem weißen Top prangte ein enormer Rotweinfleck, der rote Minirock wirkte billig im hellen Tageslicht. Kein Wunder, dass der Kerl sie für eine Obdachlose gehalten hatte. Sie bot alle Attribute, sah man einmal davon ab, dass sie nur wenig Habe und stattdessen Lebensmittel mit sich herumfuhr.

Mit einem Mal breitete sich bleierne Müdigkeit in Miri aus. Sie ließ den Blick über ihre Umgebung schweifen. Ein paar Hundert Meter entfernt beleuchtete die Morgensonne eine hellblaue Fassade. Dahinter lag Katjas Appartement. Die kleine Seitenstraße schien sich herausgeputzt zu haben, so sauber und adrett wirkten die Gebäude. Ein frisch renovierter Altbau reihte sich an den anderen. Hier ein bisschen Gründerzeit, dort ein wenig Jugendstil, an jeder Etage ein schmiedeeiserner Balkon. Miri seufzte. Hoffentlich schliefen die Nachbarn noch. Ein Walk of Shame, ob wahrhaftig stattgefunden oder nur in den Köpfen der Beobachter, war niemals nachbarschaftstauglich. Wenn ihr jemand begegnete, würde sie im Boden versinken.

Was für ein Traumtyp-Desaster! Typisch Murphys' Law, nach dem bekanntlich stets das Schlimmste passierte, was in diesem Augenblick denkbar war, so wie eine herunterfallende Toastscheibe grundsätzlich auf der Marmeladenseite landete. Andere Frauen leisteten sich vielleicht einen Bad-Hair-Day, sie hingegen präsentierte sich kurzerhand als Obdachlose. Resigniert fuhr sie sich durch die Haare. In Sachen Traumtyp lief wirklich einiges schief. Entweder machte sie sich öffentlich zum Eimer, oder sie erwischte einen selbstverliebten Kerl wie den untreuen Urologen, der sie leichten Herzens gegen eine andere eintauschte.

Während sich Miri wieder in Bewegung setzte, fasste sie einen Entschluss: So wie das Bücherschiff einen Neustart für ihre Karriere bedeutete, gelänge ihr hier in Hamburg auch ein Neustart für die Liebe. Männer wie Karsten konnten ihr gestohlen bleiben, sie würde es schon noch allen zeigen! Mit diesen ermutigenden Gedanken stapfte sie Katjas Wohnung entgegen und einer heißen Dusche, die sie hoffentlich wieder in Cinderella verwandelte.

»Großartig!« Glücklich atmete Miri die warme Sommerluft ein, während sie die Szenerie in dem alten Hamburger Innenhof auf sich wirken ließ. »Tolles Fest! Schade, dass ich erst nächste Woche hier einziehe.« Neben Katja stand sie vor der Einfahrt zum Hof eines Altbaus in der Nähe des Rathenauparks. Nur noch eine Woche, und sie würde genau hier in ihre eigene Wohnung einziehen. Vor dem weißen Gebäude mit dem Jugendstil-Stuck über den großen Fenstern hatten die Anwohner Tische und Stühle aufgebaut. Darauf standen bunt zusammengewürfeltes Geschirr und Windlichter. In dem großen Baum in der Mitte des Hofes hingen Girlanden, Wimpel und Lichterketten, die sicherlich in den Abendstunden eingeschaltet würden.

»Du hättest heute dennoch keine Zeit.« Katja lachte. »Nicht vergessen, wir wollen hier nur kurz anhalten. Unser Bücherschiff wartet.«

»Das vergesse ich ganz bestimmt nicht. Dazu bin ich viel zu aufgeregt.« Miri klatschte in die Hände wie ein Kind. »Lass mich das noch zwei Minuten in Ruhe genießen, und dann geht's weiter.«

Während sie auf dem Weg zum Hafen durch Ottensen flanierten, genossen sie das bunte Treiben in den Straßen. Viele Menschen nahmen an dem Nachbarschaftsfest teil, das ganze Viertel hatte sich herausgeputzt, an jeder Ecke fanden sich Essbuden, Verkaufsstände und zahlreiche Getränkeausschänke. Die

Polizei hatte die Gegend großzügig abgesperrt, sodass kein fahrendes Auto die festliche Stimmung trüben konnte. Überall auf den Straßen standen Tische, auf denen sich Speisen und Getränke türmten. Ein leichter Windzug trieb die verschiedenen Gerüche vor sich her. Da lag ein Hauch von Vanille und Waffeln in der Luft, aber auch der Duft von gegrilltem Fleisch und Fisch.

Miri hielt die Nase in den Wind und schnupperte genießerisch. »Yummi!« Sie wandte sich an Katja. »Ich könnte glatt was essen. Hast du auch so einen Hunger?«

»Du hast doch immer Hunger«, erwiderte ihre beste Freundin mit einem Grinsen im Gesicht. »Aber ich muss zugeben, es riecht verführerisch, da könnte ich meine guten Vorsätze fast vergessen.« Im Gegensatz zu Miri, die essen konnte, was und wie viel sie wollte, ohne zuzunehmen, kämpfte Katja dauernd mit ihrem Gewicht. *Unnötigerweise,* fand Miri. Aber schon auf dem Gymnasium in Stade, wo die beiden seit der fünften Klasse nebeneinandergesessen hatten, war das so gewesen. Es gab Frauen, die beneideten Katja um ihre weichen Rundungen. Nahm man noch die großen braunen Augen, die Stupsnase und die vollen Lippen dazu, stand man vor einer ausnehmend hübschen Frau, die mit dem Charme eines Mädchens von nebenan gesegnet war. Nur leider war Katja, die sonst in allem so selbstbewusst wirkte, was ihr Aussehen betraf, einfach blind. Miri seufzte innerlich und ignorierte Katjas Kommentar, denn weder gut zureden noch streiten half hier etwas, das wusste sie aus Erfahrung.

Einige Minuten später überquerten sie Arm in Arm die Elbchaussee und folgten nun einem der Wege durch die Grünanlage, die den Berg hinab zur Elbe führten. Am Aussichtspunkt

Schopenhauerweg hielten sie kurz inne. Jetzt im Sommer gab das dichte Blätterdach nur geringe Teile des Museumshafens preis. Gerade mal das markante quadratische Backsteingebäude des Augustinums, eines noblen Seniorenheims, unter dessen gläserner Kuppel sich ein Café befand, und das Feuerschiff Elbe 3, das das linke Ende des vorgebauten Piers bezeichnete, lugten durch die Bäume. Dafür bot sich eine herrliche Sicht auf die gestapelten Container und die lange Reihe der blau-roten Kräne des modernen Hafens. Wie riesige, stählerne Giraffen standen sie auf vier festen Beinen, den langen Kranhals mehr oder weniger hoch in den Himmel gereckt.

Erst als sie ein Stück weiter hinabgestiegen waren, gaben die Bäume den Blick auf den Museumshafen frei.

»Wow!« Dieses Mal war es Katja, die ehrfurchtsvoll stehen blieb, und Miri konnte ihr nur zustimmen.

Schon an normalen Tagen, vor allem bei schönem Wetter, wimmelte es im Oevelgönner Museumshafen von Besuchern, heute jedoch tummelten sich Menschenmassen an den Kaimauern, genauso wie auf der Brücke und dem Pier.

»Besser hätten wir es nicht hinkriegen können«, sagte Miri, deren Herz mit einem Mal bedeutend schneller schlug. Sie war ein bisschen überwältigt von so viel Andrang.

Katja nickte begeistert. Die Idee, das Bücherschiff gerade an dem Tag zu eröffnen, an dem in Ottensen das Stadtteilfest stattfand, erwies sich als geradezu genial. Zumal die Verantwortlichen des Museumshafens die Feierlichkeiten in den Straßen um ein Hafenfest erweitert hatten.

Das Fest war bereits in vollem Gange, als die Freundinnen das Gelände betraten. Auf einem der Schiffe im linken Hafenbecken war eine Bühne aufgebaut worden, auf der eine Gruppe Musiker im New-Orleans-Jazz-Stil an ihren Banjos zupfte und in die Trompeten blies. Die Musik schien den Besuchern in die Beine zu gehen, denn nicht wenige hatten sich bereits auf die Tanzfläche gewagt.

Zu Miris und Katjas Freude würden dort den ganzen Nachmittag und Abend Live-Bands auftreten und die Eröffnung des Bücherschiffs so auch musikalisch untermalen.

Miri blickte sich um. In den letzten Wochen, so arbeitsreich sie auch gewesen waren, hatte sie sich jeden Tag mehr in den Hafen, seine Schiffe und die Menschen hier verliebt. Sie bewunderte die historischen Arbeitsschiffe im Hafen, allesamt fahrbereit und liebevoll hergerichtet. Da lagen Dampfschlepper und Kutter, ein Kranschiff, ein dampfbetriebener Eisbrecher und das Feuerschiff.

Auch am Kai des Museumshafens standen Kräne, die früher zum Verladen von Lasten genutzt worden waren: ein kleiner grauer, der sich gegen seine modernen Brüder am gegenüberliegenden Containerkai wie ein Krankind ausnahm, und ein noch kleinerer schwarzer Handkurbelkran, den die Kranriesen auf der anderen Seite sicher als Kranbabylein verlachten. Katja liebte diesen süßen, kleinen Kran, zumal zu seinen Füßen die Liegestühle eines Strandcafés darauf warteten, gemütlich einen Kaffee zu trinken.

Abgesehen vom Elbstrand, der nur einen Katzensprung entfernt lag, mochte Miri besonders den roten Leuchtturm, der früher auf der südlichen Landspitze von Pagensand, einer kleinen Insel in der Elbe, den Schiffen heimgeleuchtet hatte.

Normalerweise parkten Autos vor dem Kai. Heute jedoch

stand hier ein Kinderkarussell, umringt von Müttern, Vätern und ungeduldig quengelnden Kindern, die es gar nicht erwarten konnten, eine Runde mitzufahren. Neben den ohnehin schon zahlreichen Möglichkeiten sich im Hafen zu verpflegen – da gab es Nuggis Elbkate, das Restaurantschiff Kleinhuis, die Elbterrassen und noch vieles mehr –, hielten heute diverse zusätzliche Fress- und Trinkbuden alles bereit, was das Herz der Hamburger und der Touristen begehrte. Beschwingt nahm sich Miri vor, sich später einen großen Eisbecher zu organisieren. Aber zuerst standen die Vorbereitungen für das Bücherschiff und danach die Eröffnung an.

Sie machten sich daran, die Bücher, die sie am heutigen Tag besonders präsentieren wollten, auf der Theke so zu arrangieren, dass sie gleich ins Auge fielen. Rechts von der silbernen Registrierkasse baute Katja ein paar ausgewählte Novitäten auf, bunt gemischt und bewusst nicht nach Genres sortiert. So stand neben einem neuen Abenteuer der »drei !!!« mit dem Titel ›Krimi, Krabben und ganz viel Nordsee‹, der türkisblaue Gedichtband ›In den Himmel schauen‹ aus dem Insel Verlag. Himmel und Meer passten ganz ausgezeichnet zueinander, hatte Katja erklärt, als sie vor einigen Tagen über die Bestellungen diskutiert hatten.

Gleich nebendran lag ein Stapel Krimis, dessen Cover ein Strandbild mit einer verblühenden Rose zierte. ›Mein Grab im Watt‹ lautete der aussagekräftige Titel. Auch ein Kochbuch hatte es in diese Reihe geschafft: ›Ostfriesland genießt Fisch: Gerichte und Geschichten vom Land am Meer‹.

Auf der anderen Seite der Kasse widmete sich Miri den Klassikern und all jenen, die vielleicht einmal zu solchen werden würden. So fand Melvilles ›Moby-Dick‹ seinen Platz neben Ulrike Renks ›Die Australierin‹, dem ersten Band einer dreiteiligen Auswanderersaga, die zuerst in Hamburg und später in Sidney spielte. Miri hatte sich die Reihe, die schon vor einigen Jahren erschienen war, ausgesucht, weil sie das Nachwort der Autorin ausgesprochen beeindruckt hatte. Darin schilderte sie, wie sie zu der Story gekommen war und wie viel daran auf wahren Begebenheiten beruhte. Außerdem bereicherte Frau Renk mit ihren historischen Familiengeschichten inzwischen regelmäßig die Bestsellerlisten, was sich nur positiv auf die Umsätze des Bücherschiffs auswirken konnte.

Zuletzt fanden noch ein zeitgenössischer Roman, eine romantische Liebesgeschichte und ein humorvoller Krimi auf der Theke einen Platz, allerdings nicht ganz so prominent präsentiert.

Zwei Stunden später waren sie so weit. Die letzten Bücher waren ausgepackt, die Kartons im Lager verstaut und verlockender Kaffeeduft waberte durch den Verkaufsraum.

Zu Miris und Katjas großer Freude hatte vor wenigen Tagen das Hamburger Abendblatt ausführlich über die anstehende Eröffnung der ersten schwimmenden Buchhandlung Hamburgs berichtet. Und tatsächlich schien der Artikel zahlreiche Neugierige angelockt zu haben. Am Kai standen sicher siebzig Wartende, die die große Schiffstaufe zur Eröffnung miterleben wollten.

Miri atmete ein paarmal tief durch, dann schritt sie die Gangway hinunter, um die Sektflasche an der vorbereiteten Vorrichtung zu befestigen. Katja, die neben ihr ging, schien genauso aufgeregt zu sein. Ihr normalerweise leicht dunkler Teint wirkte aschfahl.

Nebeneinander stellten sie sich vor den Bug der Barkasse. Mit einem weiteren tiefen Atemzug hob Miri die Flasche an.

»Hiermit taufen wir dich …«, vereinbarungsgemäß unterbrach sich Katja an dieser Stelle. Sie wollten den Rest des Satzes gemeinsam beenden. »… auf den Namen«, fuhren sie im Chor fort, »›Das kleine Bücherschiff‹.« Mit klopfendem Herzen ließ Miri die Sektflasche los, die auf die Außenwand des Bootes zupendelte. Plonck, ertönte es, als die unversehrte Flasche von der roten Schiffswand abprallte.

»Oh«, erklang der Chor der Zuschauer.

»Verdammter Sprottenschiet!« Miri lachte nervös. »Keine Sorge, das war nur die Generalprobe.« Einzelne Gäste stimmten in ihr Lachen ein. »Nu aber richtig.« Ein kleiner Applaus erklang. Miri suchte Katjas Blick, während sie fest die Hand ihrer Freundin drückte. »Diesmal mit Countdown ab drei«, rief sie.

Gemeinsam zählten sie – unterstützt von zahlreichen Zuschauern – rückwärts. »Drei, zwei, eins. Wir taufen dich auf den Namen ›Das kleine Bücherschiff‹!«

Dieses Mal holte Miri weit aus und stieß die Flasche mit angehaltenem Atem und aller Kraft in Richtung der Schiffswand. Das Glas zerplatzte mit einem Knall und entließ eine Fontäne schäumenden Sekts. Erst als Applaus aufbrandete, erlaubte sich Miri endlich weiterzuatmen, während Katja den Stofffetzen entfernte, der das Messingschild verborgen hatte.

»Das kleine Bücherschiff« stand in geschwungener Schrift darauf.

Die Aufregung ließ Miris Kopfhaut kribbeln. Es fühlte sich tatsächlich anders an, nur zu wissen, dass heute offiziell die Eröffnung ihrer Bücherschiffidee samt Taufe stattfand, als es jetzt schwarz auf Messing graviert lesen zu können. In diesem Augenblick begann nun also offiziell ihr Leben als schwimmende Buchhändlerin!

Nebeneinander schritten Miri und Katja über die Gangway zurück an Bord. In einer feierlichen Geste öffneten sie die rote Tür, die zum Salon der Barkasse führte.

»›Das kleine Bücherschiff‹ …«, rief Katja.

»… ist eröffnet«, beendete Miri den Satz, ehe sie hinter ihrer Freundin ins Innere trat. Sie nutzten den kurzen Augenblick, bevor die ersten Kunden eintraten, um einander einen erleichterten Blick zuzuwerfen. So weit hatte schon mal alles geklappt.

Nur wenige Atemzüge später folgten die ersten Gäste.

Die nächsten Stunden vergingen wie im Flug. Miri und Katja verteilten Sektgläser, berieten große und kleine Kunden, zeigten staunenden Kindern die Spielecke und erfreuten sich an Geschenken und Unmengen an Blumensträußen, die ihnen zur Eröffnung überreicht wurden. Schon bald hatten sie sämtliche Gefäße, in die man Blumen stellen konnte – vom Eimer bis zum Wasserglas – auf dem Dach der Barkasse verteilt, ein bunter, wunderschön chaotischer Blumenteppich, der besonders Katja begeisterte. Und natürlich verkauften sie auch zahlreiche Bücher.

Überhaupt fand die Auswahl in ihren Regalen bei den Eröffnungsgästen regen Anklang. Die Leute waren hingerissen, und selbst die Gedichtbände, die Katja unbedingt hatte bestellen wollen, wurden ihnen aus den Händen gerissen, allen voran ›Mit Rilke ans Meer‹, einem Buch, in dem sich Rilkes Gedichte mit stimmungsvollen Fotos von Küste und Meer abwechselten.

Damit hatte Miri nicht gerechnet. Sie verstand nicht viel von Lyrik, aber zum Glück hatte Katja darauf bestanden, ihr Sortiment auch dahingehend auszuweiten. »Wenn nicht das Meer, der Horizont, die Weite, das, was bei den meisten Menschen Sehnsucht, Fern- oder Heimweh weckt, das Herz für Gedichte öffnet, was dann«, hatte sie gesagt und damit recht behalten.

Schon drei Stunden nach der Schiffstaufe war klar: Dieser Tag könnte für »Das kleine Bücherschiff« und seine Besitzerinnen nicht besser laufen. Zwar verlangsamte sich der Strom der Gäste nach und nach ein wenig, aber immer noch stöberten interessierte Kunden durch das Sortiment, und alle paar Minuten klingelte die Kasse.

Als es einen Moment lang ruhiger wurde, ließ sich Miri erschöpft in einen der Ohrensessel plumpsen. Ausnahmsweise saß mal niemand darin. Ihre Beine taten weh, und sie fühlte sich ganz leer geredet von den vielen Verkaufsgesprächen, die sie geführt hatte. Dennoch oder vielleicht gerade deshalb machte sich ein glückliches Gefühl von Zufriedenheit in ihr breit. Sie sah sich um. Tatsächlich schienen sie alles richtig gemacht zu haben. Die Gäste liebten das Sortiment, und die Einrichtung hatte so manchen zu Begeisterungsstürmen verleitet. Mal ganz abgesehen von den vielen Menschen, die sich zum Probelesen eine der gemütlichen Sitzgelegenheiten ausgesucht und dort eine Weile verbracht hatten. Wer verweilte, der kehrte zurück. Diese Weisheit hatten sie in einem Marketingratgeber gefunden, den sie als Vorbereitung zu ihrer Selbstständigkeit gelesen hatten. Nach der so harten letzten Phase in ihrem Job als Arzthelferin, wo sie bis zuletzt Seite an Seite mit ihrem betrügerischen Ex hatte arbeiten müssen, fühlte Miri sich nun endlich so, als hätte sie wirklich etwas erreicht. Vor allem etwas, das ihr wichtig war. Bücher waren seit jeher ihre Zuflucht gewesen, besonders in schwierigen Zeiten. Sie konnte sich nichts Schöneres vorstellen, als diese Freude nun weiterzugeben.

Fröhlich schwätzend kam eine größere Gruppe Kunden durch die rote Eingangstür. Miri sprang auf, schnappte sich ein Tablett und ging auf die Neuankömmlinge zu.

»Herzlich willkommen auf unserem einzigartigen ›Kleinen Hamburger Bücherschiff‹! Bei uns finden Sie alles, was mit dem Meer zu tun hat, und noch einiges mehr! Und was wir nicht dahaben, können wir binnen eines Tages bestellen. Natürlich auch zu jedem anderen Thema. Einen Bellini? Oder ein Glas Saft?«, wiederholte sie die Sätze, die sie an diesem Tag schon oft gesagt hatte. Nachdem sie erklärt hatte, wo die verschiedenen Genres zu finden waren, zerstreute sich die Gruppe, um gemütlich durch den Salon zu stöbern.

»Olivia Jones hängt schief«, erklang eine freundliche Frauenstimme hinter Miri.

Miri wandte sich um. Ihr gegenüber stand eine Dame in einem schicken Kostüm und zeigte auf die besagte Möwe. »Diese Möwe führt ein Eigenleben.« Miri trat an Olivia heran und schob die Holzplatte, auf der die Möwe montiert war, wieder in eine gerade Position.

Die Frau lachte. »Sie passt zu Ihrem grandiosen ›Kleinen Bücherschiff‹. Und zu ihrer Namensgeberin«, ergänzte sie. »Wenn ich das richtig sehe, lässt sich die echte Olivia auch nicht in irgendwelche Normen pressen.«

»Es gefällt Ihnen bei uns?« Miri spürte, wie eine leichte Röte in ihre Wangen zog. Sie freute sich immer noch jedes Mal wie eine Seekönigin, wenn jemand ihr ein Kompliment über »Das kleine Bücherschiff« machte.

»Ja, sehr! Ich bin übrigens Julia Kramers vom Hamburger Abendblatt. Vor einigen Tagen habe ich mit Ihrer Partnerin telefoniert«, stellte sie sich vor.

»Freut mich.« Miri schluckte gegen die Aufregung an, die sich in ihr breitmachte. Mit einem Lächeln schüttelte sie die dargebotene Hand der Journalistin. »Ich habe Ihren Artikel gelesen. Er war toll und hat uns viele Gäste beschert.«

»So soll es sein.« Frau Kramers wirkte hochzufrieden. »Haben Sie ein paar Minuten Zeit?«, fragte sie dann. »Ich dachte mir, wo es doch gerade so gut läuft, schicken wir noch einen Artikel über die heutige Eröffnung hinterher.«

»Das wäre großartig.« Miri sah sich im Raum um. Gerade war es nicht allzu voll, sodass Katja gut ohne sie zurechtkam. »Wie wäre es mit einem Kaffee in der Kombüse? Da können wir in Ruhe reden«, schlug sie atemlos vor. »Ich gehe mal voraus.«

Wenige Minuten später saßen sich Miri und die Journalistin auf den beiden Klappstühlen, die gerade so in die winzige Küche passten, gegenüber, jede eine dampfende Tasse mit frisch gebrühtem Kaffee in der Hand. Nach und nach – nicht zuletzt durch die Freundlichkeit der Journalistin – beruhigten sich auch Miris Nerven wieder. Immerhin, die Aufregung war legitim, schließlich hatte sie noch nie so etwas wie ein Interview gegeben.

»Erzählen Sie mir doch mal ein bisschen was zum Boot, über die Geschichte der Barkasse. Und es wäre schön, wenn die Leser auch etwas darüber erfahren würden, wie aus einer alten Hafenbarkasse Ihr ›Kleines Bücherschiff‹ geworden ist.«

Miri sammelte sich und ratterte kurz die Fakten hinunter: 1938 vom Stapel gelaufen hatte der Kahn Post befördert, ehe er Jahrzehnte später zur touristischen Hafenbarkasse umgebaut worden war. »Die Vorstellung, eine Buchhandlung auf einem Schiff einzurichten, mit dem früher Passagiere durch den Hafen geschippert wurden, hat uns vom ersten Moment an begeistert«, erklärte sie. »Katja hat das Schiff gefunden, bei einem Spaziergang vor gut sechs Monaten. Da war es noch reichlich verfallen, zumindest äußerlich. Das Technische hatte der Eigentümer schon hergerichtet. Nur auf die Renovierung der Aufbauten hatte er wohl keine Lust mehr.«

»Das ist aber sicher beim Hafenverein nicht gut angekommen. Soviel ich weiß, liegen hier ausschließlich restaurierte Schiffe.«

»Das stimmt, deshalb lag die Barkasse auch sozusagen in der hintersten Ecke. Der Koch des Restaurantschiffs hat mir erzählt, dass unser Vermieter richtig Ärger bekam, weil er die Barkasse so verfallen lassen hat. Es hieß wohl: aufhübschen oder rausfliegen. Und da er sowieso schon eine Sondergenehmigung hatte – normalerweise gehören alle Schiffe, die hier liegen, dem Verein –, musste er schnell reagieren.« Miri zögerte. »Aber schreiben Sie das bitte nicht so in Ihren Artikel.«

»Keine Sorge, wir wollen niemanden diskreditieren. Es geht ja in erster Linie um die Eröffnung Ihres ›Kleinen Bücherschiffs‹«, sagte Frau Kramers. »Und wie kam es zu der Vermietung?«

»Ganz einfach. Am Boot hing ein Zettel: ›Zu vermieten‹ und die Handynummer. Katja war sofort Feuer und Flamme, und da wir schon gefühlte hundert Jahre den Traum hatten, gemeinsam eine Buchhandlung zu eröffnen, hat sie mich sofort angerufen. Katja hat dann den Vermieter kontaktiert. Als wir herausfanden, dass wir für die Renovierung verantwortlich wären, wollten wir erst ablehnen, aber dann hat er uns angeboten, dass wir das Schiff bis zum Abschluss der Renovierungsarbeiten kostenlos bekämen.«

»Rechnet sich das?« Frau Kramers blickte Miri mit gerunzelter Stirn an.

»Ja und nein. Wir haben unsere kompletten Ersparnisse reingesteckt. Immerhin mussten wir keine Schulden machen. Und da nicht nur die ersten sechs Monate mietfrei waren, sondern ab dem Monat, der auf die Eröffnung folgt, auch nur eine sehr moderate Miete fällig wird, rechnet es sich vielleicht nicht unmittelbar, aber sozusagen bald.«

»Verstehe. Dann halte ich Ihnen mal beide Daumen, dass es gut anläuft. Heute sah es ja schon recht gut aus, oder?«

»Ich denke, wir können nicht klagen. Aber bisher haben wir noch keinen Kassensturz gemacht.« Miri lachte. »Wobei die Einnahmen heute sowieso nicht das Wichtigste sind. Wir möchten erreichen, dass die Menschen sich in unserer Guten Stube wohlfühlen und oft und gern wiederkommen. Das Schiff soll eine neue Hamburger Institution werden.«

Frau Kramers nickte. »Ich denke, Sie haben gute Chancen, über die Grenzen der Stadt hinaus damit bekannt zu werden. Es ist aber auch zu gemütlich bei Ihnen. Jeder Bücherliebhaber wird hier einziehen wollen.«

»Vielleicht verlosen wir ja mal eine Nacht auf dem ›Kleinen Bücherschiff‹.« Miri machte sich in Gedanken eine Notiz. Das war tatsächlich eine gute Idee.

Sie plauderten noch eine Weile über Neuerscheinungen und

das besondere Sortiment der schwimmenden Buchhandlung, dann verabschiedete sich Frau Kramers, und Miri kehrte ausgelaugt, aber euphorisch in den Salon zurück, um Katja von dem Gespräch zu berichten. Doch sie kam nicht weit.

»Moin, ihr Quiddjes«, drang eine dröhnende Männerstimme durch den Salon. Im Türrahmen des Eingangs stand Onkel Otto, wie Otto Schmickler von seinen Mietern genannt wurde. Bei dem schlohweißen Mittsechziger handelte es sich um den Eigentümer des Altbaus, in den Miri in einer Woche einziehen würde. Der Name passte zu ihm, er sah tatsächlich so aus, wie man sich einen lieben Onkel Otto vorstellte, mit seinem kleinen Bäuchlein und dem runden, bärtigen Gesicht.

Als er Miri bei der Besichtigung gebeten hatte, ihn zu duzen und Onkel Otto zu nennen, war sie sofort darauf eingegangen. Und hatte ihm prompt für die Wohnung zugesagt, die sie besichtigt hatte. Das hätte sie wahrscheinlich auch getan, wenn die Gegend weniger ansprechend und Onkel Otto weniger herzlich gewesen wäre. Die Wohnung sprach für sich. Allein schon die hohen Decken und der Stuck gaben den Räumen ein besonderes Flair. Über den Nachteil, sich den Balkon mit einem anderen Mieter teilen zu müssen, ließ sich da leicht hinwegsehen. So hatten sie mit einem Glas Bier angestoßen und ihren baldigen Einzug per Handschlag besiegelt. Miri wäre es zwar lieber gewesen, sie hätte bereits einen unterschriebenen Mietvertrag in den Händen gehalten, aber Katja hatte sie beruhigt. Kaufleute, die die Dinge noch mit Handschlag besiegelten, gab es häufiger in der Hansestadt. Für diese Menschen war ein Handschlag oft bedeutungsvoller als ein Stück Papier, und Onkel Otto hatte ja auch versprochen, den Mietvertrag schnellstens auszustellen.

Ganz so eilig schien er es allerdings nicht zu haben, denn seit dem Handschlag waren bereits drei Wochen vergangen.

»Was sind denn Quiddjes?«, fragte Katja, die unerwartet neben Miri auftauchte.

»So nennen wir Einheimischen die zugezogenen Wahlhamburger.« Onkel Ottos Hochdeutsch klang etwas gestelzt.

»Na, so weit hergereist sind wir nun nicht. Wir stammen aus Stade«, murmelte Miri.

»Dat is eendohnt«, erklärte Otto. »Was so viel heißt wie: Das ist gleichgültig.«

»Das haben wir schon verstanden.« Katja lachte laut. »Na gut, dann sind wir eben Quiddjes. Es gibt schlimmere Dinge.«

»Na, nu mook awer mol halvlang. Bloot een beeten Hohnjökel.« Otto Schmickler grinste breit. »Euch zuliebe versuche ich mich in Hochdeutsch. Ich wollte mal sehen, was ihr hier so treibt, und ich habe Verstärkung mitgebracht.« Er wies auf vier Personen, die jetzt hinter ihm in den Salon traten. »Darf ich vorstellen, das sind Liz, Tim, Anne und Pablo, alles Mieter aus dem Haus, in das du bald einziehen wirst«, wandte er sich an Miri.

Neugierig besah die die Menschen, die demnächst ihre Nachbarn werden würden. Altersmäßig lagen sie alle halbwegs beieinander – irgendwo zwischen Anfang zwanzig und Ende dreißig. Unisono strahlten sie Miri an und grüßten herzlich. Anscheinend freuten sie sich auf die neue Nachbarin. Miris Vorfreude wuchs. Das versprach eine nette Hausgemeinschaft zu werden.

Katja schnappte sich ein Tablett mit frisch gespülten Gläsern. »Leider ist uns der Sekt ausgegangen. Was hättet ihr lieber? Weißwein oder Prosecco?«

Das Klingeln der Gläser beim Anstoßen war kaum verklungen, da sprudelte nicht nur der Prosecco in den Gläsern, sondern auch massenweise Fragen aus den Mündern ihrer neuen Nachbarn. Miri und Katja zierten sich nicht lange, und unter fröhlichem Gelächter hechelten sie die Kurzfassung ihrer Vergangenheit durch: Miris Leben in Stade, die Trennung vom untreuen Urologen und der darauffolgende Umzug auf das Sofa ihrer besten Freundin. Dazu Katjas Leben in Hamburg, ihr Job als Floristin und ihr Wunsch, sich endlich etwas Eigenes aufzubauen.

Tims braune Augen leuchteten auf, als er Katja zuhörte, aber Miri gab ihm mit einem bedauernden Kopfschütteln zu verstehen, dass er sich eher weniger Hoffnungen machen konnte. Ein Zweiundzwanzigjähriger – Tim hatte ihnen inzwischen sein Alter verraten – passte mit Sicherheit nicht in Katjas Beuteschema.

»Wir setzen also alles auf Anfang«, schloss Miri die stark gekürzte Fassung ihrer Lebensgeschichte. »Es wird Zeit, aus dem Kleinstadtmief aufzutauchen und das Leben in die Hand zu nehmen.«

»Hört, hört!«, rief Katja und klopfte Miri auf die Schulter. Katja war noch nie ein Fan von Miris zugegebenermaßen oft arrogantem Freund gewesen. Immer wieder hatte sie Miri zur Trennung und zum Umzug nach Hamburg geraten, auch schon lange bevor Miri Karsten in flagranti beim Sex mit ihrer Kollegin erwischt hatte. »Falls sie rückfällig wird, berufe ich euch alle zu Zeugen.«

Miri musterte die nickenden Gesichter um sich herum und sah sich nach dem Vermieter um. »Wo ist eigentlich Onkel Otto?«, wandte sie sich an Katja.

»Ich weiß nicht. Er wollte seine Jungs abholen. Wen er damit meint, hat er nicht gesagt. Auf jeden Fall ist er verschwunden.«

»Verwandtschaft«, meldete sich Tim zu Wort. »Er hat ihnen die andere Wohnung im ersten Stock gegeben. Die bei dir nebenan, Miri. Wir lernen sie auch erst heute kennen. Hoffentlich sind sie so charmant wie ihr.« Er warf Katja einen schmachtenden Blick zu.

»Das kannst du vergessen. Niemand ist so charmant wie wir«, sagte Miri und lachte.

»Das wird sich erst erweisen«, erklang hinter ihr eine dunkle Männerstimme, in der ein Lächeln mitschwang.

Die Stimme kam Miri vage bekannt vor. Sie drehte sich um. Zwei Schritte entfernt stand Onkel Otto, neben ihm ein dunkel gelockter Junge im Vorschulalter und daneben, unmittelbar hinter Miri, der Mann, dessen Stimme sie soeben gehört hatte. Ein Mann mit dunklen Haaren, starkem Kinn und horizontblauen Augen. Ein Mann, der Miri, als sie ihn fassungslos anstarrte, freundlich zulächelte.

»So, da wären wir also endlich vollzählig«, dröhnte Onkel Otto. Er beschrieb mit der Hand einen Bogen. »I proudly present: Henning und Finn Naujocks, ihres Zeichens mein Neffe und Großneffe schwesterlicherseits. Als ich gehört habe, dass sie dringend eine größere Bleibe suchen, habe ich ihnen natürlich sofort die freie Wohnung angeboten. Familie muss schließlich zusammenhalten.«

Miri stand wie festgefroren. Sie hatte Henning Naujocks sofort wiedererkannt. *Mist!*, schoss es ihr durch den Kopf. *Der Traumprinz, der mir den Zwanziger zugesteckt hat!* Das durfte doch nicht wahr sein! Für einen winzigen Augenblick bekam sie kaum Luft, dann zwang sie sich weiterzuatmen. Wahrscheinlich wirkte ihr Lächeln etwas verkrampft, doch das schien ihrem Gegenüber nicht aufzufallen. Obendrein schien er keinerlei Erinnerung an Miri zu haben, so wie er ihr die Hand gab und sie fröhlich schüttelte.

Henning, der schöne Mann mit dem warmen Lächeln und den Meeresaugen, wandte sich an seinen Sohn. »Finn, sag bitte den Damen guten Tag.«

Anscheinend definierte Finn die Aufforderung anders als die meisten Leute, denn anstatt Miris dargebotene Hand zu ergreifen, streckte er ihr die Zunge raus, ließ sein Bein nach hinten schwingen und trat mit der ganzen Kraft, die sein kleiner Körper hergab, gegen ihr Schienbein.

»Au-a«, entfuhr es ihr völlig verdattert. Verdammt, das war nun gar kein Sprottenschiet, das hier war ausgewachsene Möwenkacke und ausgesprochen schmerzhaft!

»Ach du je. Es tut mir leid.« Verlegen legte Henning seinem Sohn die Hände auf die Schultern, während er ihm in die Augen sah. »Sag mal? Wir haben doch darüber gesprochen. Du kannst doch nicht einfach …« Er unterbrach sich und wandte sich wieder Miri zu. »Es ist mir total unangenehm. Geht's denn?« Miri, der gerade nichts anderes einfiel, zumal sie immer noch überrumpelt war, nickte.

Henning wirkte ein wenig erleichtert. »Ich kann das erklären«, fuhr er fort. »Es tut mir wirklich leid, Finn ist derzeit in einer schwierigen Phase. Aber jetzt gerade ist kein guter Zeitpunkt, um darüber zu sprechen. Später, okay?« Er lächelte zerknirscht und fast ein wenig schüchtern.

»Okay.« Miri, der bei seinem reumütigen Anblick ganz

warm ums Herz wurde, zuckte mit den Schultern. Wie konnte er bloß so gut dabei aussehen, wenn ihm etwas Peinliches geschah? Das war wirklich unfair. Bei ihr lief das stets ganz anders. Apropos Peinlichkeit. Zum Glück beschäftigte sich Henning nicht allzu sehr mit ihr. Sie wollte ihn keinesfalls an ihre erste Begegnung erinnern. Noch schien ihm nicht klar zu sein, dass sie sich kannten und vor allen Dingen woher. Verstohlen rieb sich Miri das Schienbein. Langsam ließ der Schmerz nach. Einen reizenden Sohn hatte er da: ein Gesicht wie ein Engel, große hellblaue Kulleraugen, im Herzen aber ein echter Rabauke. Hatte denn niemand diesem Kind beigebracht, wie man seine Mitmenschen angemessen begrüßte? Was ging in ihm vor, dass er so reagierte? Miri schüttelte den Kopf. Bei Henning und Finn war die Welt anscheinend auch nicht so perfekt, wie es ihr bei der ersten Begegnung vorgekommen war.

Henning drückte seinen Sohn sanft in Richtung Spielteppich, begrüßte Katja und stellte sich dann Tim und Lizzy vor, die ihn sofort in ein Gespräch verwickelten. Miri zögerte nicht lange. Wahrscheinlich kam so bald kein besserer Zeitpunkt, um mit Katja zu sprechen. Sie stand auf und trat in den Durchgang zur Kombüse, dann winkte sie ihre beste Freundin hektisch zu sich heran.

»Du, das ist der Typ«, flüsterte sie, als Katja nahe genug herangekommen war, um die leisen Worte zu verstehen.

»Was?« Katja wirkte verwirrt. »Welcher Typ?«

»Psst! Der Typ mit den zwanzig Euro!«

»Hm?« Offensichtlich dauerte es einen Moment, bis Katja begriff, wovon Miri eigentlich sprach. Dann lachte sie hell auf. »Echt? Das ist ja witzig.«

Was gab es denn da zu lachen? Etwas unwirsch zog Miri ihre beste Freundin noch ein paar Schritte von der Gruppe fort, ehe sie leise antwortete: »Nicht lustig! Was mache ich denn jetzt? Muss der denn ausgerechnet zur Eröffnung auftauchen? Und dann auch noch in Zukunft im selben Haus wohnen?«

»Nun mach nicht so eine große Sache daraus. Am besten klärst du das Missverständnis auf. Oder du gehst drüber weg, er hat dich ja nicht einmal wiedererkannt.« Es gelang Katja kaum, ihre Belustigung zu verbergen, anscheinend nahm sie Miris Lage nicht ernst. Miri schnaubte angesichts der Tatsache, dass ihre Freundin sie leichtherzig einer solch bodenlosen Peinlichkeit aussetzte.

»Na toll. Und so etwas nennt sich Freundin.« Miri zog einen Flunsch. »Vielleicht hat er mich noch nicht erkannt, aber irgendwann kommt der Geistesblitz.«

»Wahrscheinlich, wenn er dich mal barfuß sieht.« Katja kicherte.

»Du bist fies«, sagte Miri in gespielter Empörung. Zur Strafe schlug sie ihrer Freundin leicht auf den Arm.

»Immer wieder gern. Wenn ich so genau drüber nachdenke: Am besten sprichst du die Begegnung doch direkt an, dann hast du wenigstens die Überraschung auf deiner Seite. Vielleicht hat er ja den Anstand, sich für seine falsche Einschätzung so sehr zu schämen, dass er darüber deinen Auftritt vergisst.« Katja kicherte erneut.

»Das kann ich nicht! Wie peinlich wäre das denn?«, fragte Miri leicht panisch.

»Doch! Kannst du.« Katja blickte Miri fest in die Augen. Diesem Blick hatte Miri noch nie standhalten können. Schon bald fühlte sie sich so unwohl in ihrer Haut, dass sie begann mit den Füßen zu scharren wie ein unruhiges Huhn. Sie seufzte. Ihre Freundin hatte recht. In einer Woche würden sie Wand an Wand wohnen. Wenn sie nicht bei jeder Begegnung im Treppenhaus befürchten wollte, dass Henning plötzlich ein Geistesblitz überkam, musste sie die Sache aus der Welt schaffen.

»Alles klar?«, fragte Katja schließlich. Sie verzog ihr Gesicht zu einem mitfühlenden Ausdruck, auch, wenn sie sich unverkennbar dabei das Lachen verkniff.

Miri seufzte. »Du gibst ja doch keine Ruhe. Und recht hast du wahrscheinlich auch noch.«

»Na also. Dann komm, lass uns wieder zu unseren Kunden gehen, wir haben schließlich immer noch Eröffnungstag. Und wenn wir hier gleich schließen und im Hafen feiern gehen, packst du dir Henning und klärst die Sache auf.« Katja hakte sich bei Miri unter und zog sie zurück in den Salon.

Eine Stunde später checkten sie zum letzten Mal ihre E-Mails und den WhatsApp-Account der schwimmenden Buchhandlung auf Bestellungen – man konnte ja nie wissen –, sortierten die letzten Bücher zurück ins Regal und bereiteten das Wechselgeld für den nächsten Morgen vor. Dann schlossen sie die rote Tür des »Kleinen Bücherschiffs« hinter sich ab und stapften die Gangway hinunter mitten hinein in das turbulente Treiben. Miris neue Nachbarn waren bereits vorausgegangen. Sie saßen an einer Biergartengarnitur vor einem Getränkewagen und winkten Miri und Katja einladend zu.

Miri stieß die Luft durch die Zähne. Einen Moment haderte sie mit ihrer Entscheidung, dann ließ sie sich mit einem tiefen Einatmen auf den freien Platz neben Henning gleiten. Sie nickte ihm zu, schnappte sich sein halb volles Bierglas und leerte es in einem Zug. Henning lächelte etwas irritiert. Offensichtlich wartete er darauf, dass sie etwas sagte. Doch sie widmete sich ganz dem Bier. So ein kräftiger Schluck Astra weckte die Lebensgeister wenigstens ein bisschen. Zum Mutantrinken fehlte allerdings noch mindestens ein halber Liter. Als Miri nicht sofort sprach, wandte sich Henning Tim zu, der neben ihm saß und ihn Aufmerksamkeit heischend am Arm gepackt hatte, während er wild gestikulierend eine Geschichte erzählte.

Miri stieß einen leisen Seufzer aus. Verdammt, worauf hatte sie sich nur eingelassen? Vielleicht wäre sie doch besser im beschaulichen Stade geblieben, dann würde sie nicht alle Nase lang über die Fallstricke der Großstadt stolpern. Ach Quatsch! Sie wischte den Gedanken beiseite. Es war ohnehin Unfug anzunehmen, ihre kleinen Katastrophen hätten irgendetwas mit Hamburg zu tun. Es lag einfach in ihrer Natur. Auch in Stade war sie oft genug von Fettnäpfchen zu Fettnapf zu Fetteimer gehüpft – weitere Steigerungen nicht ausgeschlossen.

»Okay«, feuerte sich Miri in Gedanken an, während sie in ihrer Handtasche nach dem Portemonnaie fischte. »Einfach abreißen das Pflaster, mit einem Ruck, dann tut es nicht so weh.« Sie nestelte einen Zwanzig-Euro-Schein hervor, strich ihn glatt und hielt ihn Henning unter die Nase. »Das hier wollte ich dir zurückgeben«, sagte sie leise.

Henning, der einem leicht angetrunkenen Tim gelauscht hatte, starrte erst den Schein, dann Miri irritiert an. »Keine Ahnung, wovon du sprichst«, sagte er nach einer Weile mit einem kleinen Kopfschütteln.

»Es ist ein, zwei Wochen her«, erklärte Miri. »Ja, also …« Sie zögerte, während sie tief einatmete. »Also, es war so. Du hast mir zwanzig Euro in einen Kaffeebecher gesteckt an diesem Morgen. Wahrscheinlich hast du mich verwechselt. Es kann auch an dem Einkaufswagen gelegen haben. Du musst wissen, ich kaufe keine Tüten, niemals. Und um alles in der Hand zu tragen, hatte ich zu viel eingekauft. Vielleicht lag es auch daran, dass ich barfuß unterwegs war. Auf jeden Fall hast du mir Geld für neue Schuhe in den Kaffeebecher gesteckt. Und ich war so perplex, da hab ich das Geld mitgenommen, ich war einfach total überrumpelt in dem Moment. Und ...«

Henning hob die Hand. »Halt, halt«, rief er. »Das warst du?« Mit großen Augen starrte er Miri an.

Sie zog den Kopf zwischen die Schultern. Wie eine Schildkröte blickte sie zu ihm auf, ehe sie zaghaft nickte. »Ja-a«, brachte sie geradeso heraus.

Henning, der auf Miri bisher selbstbewusst und gelassen gewirkt hatte, lief knallrot an. »Oh, Scheibenkleister.« Er sah sich nach seinem Sohn um, der ein Stück entfernt auf einer Decke saß und mit einigen Matchboxautos spielte. »Scheiße, ist das unangenehm. Wie konnte mir so etwas nur passieren?« Das Rot in seinem Gesicht intensivierte sich noch ein wenig. Er griff sich an den Kragen, öffnete zwei Hemdknöpfe und wedelte mit dem Stoff ein paarmal vor und zurück. »Es tut mir so leid. Ich habe nur deinen Aufzug gesehen ...« Er unterbrach sich. »Also ich meine natürlich nicht, dass du wie eine Pennerin ausgesehen oder irgendwie gerochen hättest. Nein, nein. So natürlich nicht.« Henning verhedderte sich immer mehr in seinen Worten. »Aber du warst ja barfuß und deine Füße echt dreckig. Und ich habe nur die Rotweinflaschen gesehen in dem Einkaufswagen. Ich hätte wohl … Also, ich konnte nicht so hingucken, weil Finn schon wieder zwischen den Autos stand. Er rennt mit Vorliebe auf die Straße, da muss man schnell sein. Und wir wollten ja auch noch Brötchen holen. Frühstück. Du weißt schon. Ich hätte wirklich mehr …« Er unterbrach sich und holte tief Luft. »Also, was ich sagen will: Es tut mir leid. Es ist mir extrem unangenehm.«

Beinahe hätte Miri gelacht, wenn da nicht immer noch das Schamgefühl gewesen wäre, das in ihr rumorte. Je mehr sich Henning allerdings in Grund und Boden redete, desto mehr kitzelte das Lachen an ihrem Zäpfchen. Sie kicherte leise.

Henning verstummte sofort. Er starrte Miri an, die angesichts seines peinlich berührten Blicks – eine Mischung aus waidwundem Reh und aufgescheuchtem Kaninchen – nun richtig lachen musste. Einen Moment versuchte sie, ruhig zu bleiben. Sie legte die Hand vor den Mund und gab sich alle Mühe, tief und gleichmäßig durchzuatmen. Sie wollte Henning nicht auslachen, das wirklich nicht. Aber die ganze Situation jetzt und, wenn sie ehrlich mit sich war, auch die Szene an dem Morgen, an dem Henning ihr die zwanzig Euro gegeben hatte, war einfach zu komisch.

Was rausmusste, musste raus. Sosehr sie sich auch bemühte, es gelang ihr nicht länger, das Lachen zu unterdrücken.

Auf Hennings Gesicht zeigten sich wechselnde Emotionen wie auf einer Kinoleinwand, doch schließlich entspannte sich seine Wangenmuskulatur, Erleichterung machte sich auf seinen Zügen breit, und er lachte ebenfalls. Wahrscheinlich blieb ihm keine andere Wahl, denn Miris Gelächter wirkte derart ansteckend, dass bereits alle Umsitzenden mitlachten, auch wenn sie – bis auf Katja – keinerlei Ahnung hatten, worum es eigentlich ging.

Irgendwann beruhigte sich Miri. Sie wischte die Lachtränen weg und gab Henning einen Händedruck, der sagen sollte: Alles ist gut.

Henning lächelte sie dankbar an. Miri lächelte zurück, während sie ihm in die Augen sah. Gerade, als er den Mund öffnete, um etwas zu sagen, fuhr Finn dazwischen und forderte Hennings Aufmerksamkeit ein. Sofort wandte er sich seinem Sohn zu. Miri, die gern gewusst hätte, was der Ausdruck auf seinem Gesicht zu bedeuten hatte, blieb ein wenig enttäuscht zurück.

Da Henning nun also abgelenkt war, setzte sich Miri zu Katja, wo sie sich einen der gut gefüllten Teller griff, die ihre beste Freundin in der Zwischenzeit an einer der Fressbuden erstanden hatte. Sehr gut! Kartoffelsalat und Fleischbällchen. Sie brauchte jetzt Kohlenhydrate und eine ordentliche Portion Proteine. So ein Lachanfall war schließlich anstrengend, beinahe ein Workout.

Als sie den Teller bis auf den letzten Tropfen Mayonnaise leer gegessen hatte, spülte sie mit einem Glas Astra nach. Dann lehnte sie sich mit einem zufriedenen Seufzer zurück.

»Das war ein Tag, was?«, wandte sie sich an Katja. »Ich glaube, ich war noch nie so glücklich wie heute. Alles hat geklappt, und die Leute waren begeistert. Findest du nicht auch?« Sie seufzte theatralisch, während sie Katjas Hand ergriff. »Ab sofort heißt es: Katja, Miri und ›Das kleine Bücherschiff‹.«

Katja lächelte breit. »Es hat so viel Spaß gemacht.« Sie unterbrach sich. »Hast du dieses skurrile Ehepaar mitgekriegt, das sich nach Erotikromanen für ihren fünfzehnjährigen Sohn erkundigt hat? Der Sex sollte ruhig explizit sein, meinte die Mutter. Sie hat allen Ernstes gesagt, sie wolle ihn bei der Lektüre begleiten, ihr Junge solle schließlich etwas über Sexualität lernen. In der Schule sei das ja alles viel zu abstrakt.«

»Das will ich wohl glauben.« Miri prustete los. »Himmel, der arme Kerl. Wie unfassbar peinlich muss es für ihn sein, wenn seine Eltern ihm die Feuchttraumlektüre überreichen und dann auch noch mit ihm darüber reden wollen. So entspannt kann doch kein Teenager sein. Ich wäre auf jeden Fall im Boden versunken, wenn meine Mutter mit so einem Buch angekommen wäre.«

Die Wärme des Tages wich angenehmen Temperaturen, von überall her erklang Gelächter und freundliche Rufe durchschnitten die Luft. Auch Miri und Katja waren Teil dieses Stimmengewirrs. Sie unterhielten sich noch eine ganze Weile über die Bücher, die sie verkauft hatten, die sympathischsten Kunden und die lustigsten Begegnungen des Tages.

Die Dämmerung brach herein, und überall um sie herum leuchteten Lichterketten auf. Wie Dutzende bunter Glühwürmchen wiegten sie sich in der leichten Brise, die der Abend mitbrachte. Die geschmückten und beleuchteten Schiffe, der Geruch nach Gegrilltem und einem Hauch Diesel, die Irrlichter der Lämpchen, die bunten Girlanden, das Klirren der Gläser, die mehr oder weniger leisen Gespräche der Menschen überall um sie herum. Über alldem lag der Zauber des Besonderen. Ein Zauber des Neuanfangs. Ein Zauber, der Miri, Katja und »Das kleine Bücherschiff« umfing.

Etwas abseits saß Henning mit seinem Sohn. Henning schien ein aufmerksamer Vater zu sein. Umso mehr wunderte sie Finns

Benehmen vorhin, als er ihr einfach so gegen das Schienbein getreten hatte. Dafür musste es einen Grund geben, zumal Henning erwähnt hatte, er würde später etwas dazu erklären. Miri erhob sich und ging zu dem Tisch hinüber, an dem die beiden saßen. Henning nahm ihr Kommen mit einem Nicken zur Kenntnis. Dennoch wirkte er nicht erfreut, vielmehr warf er seinem Sohn einen wachsamen Blick zu.

Da sprang Finn auch schon auf. Mit zusammengepressten Lippen trat er einen Schritt auf Miri zu.

»Finn!«, erklang Hennings Stimme. »Was immer dir gerade vorschwebt. Lass es! Miriam hat dir nichts getan.«

Der Junge schnaufte. Zwei Atemzüge lang blickte er seinem Vater fest in die Augen, dann wandte er sich mit einem erneuten Schnaufen um und ging. Erst als er sich ein gutes Stück entfernt hatte, hielt er an und setzte sich an einen leeren Biertisch.

Perplex beobachtete Miriam die Szene. So wie Finn davonschritt, wirkte er mehr wie ein Erwachsener als ein beleidigter Sechsjähriger. Was war nur los? Sie wandte sich Henning zu. »Geht es ihm gut? Hätte ich nicht rüberkommen sollen?«

»Nein, nein, es geht schon wieder.« Henning seufzte leise. Mit hängendem Kopf saß er da und sah zu seinem Sohn hinüber, der seine Matchboxautos aus der Hosentasche zog und mit ihnen spielte, als wäre nichts geschehen. In Hennings Blick lagen Sorge und Mitgefühl.

Ohne nachzudenken, legte Miri eine Hand auf seinen Unterarm. »Hey«, versuchte sie zu trösten, »das wird bestimmt wieder.« Sie bereute ihre Worte sofort. Wie dämlich konnte man eigentlich sein? Plattitüden hatten noch niemanden weitergebracht.

»Bestimmt. Es ist nur eine Frage der Zeit. Weißt du, er mag manche Frauen nicht so gern gerade.« Henning zögerte und seufzte noch einmal. »Ich erzähle es eigentlich nicht gleich beim Kennenlernen. Aber da du die Wut meines Sohnes am eigenen Leib erfahren musstest …« Er lächelte, doch dann verschleierte sich sein Blick. »Es liegt an der Beziehung zu seiner Mutter. Sie hat uns vor zwei Jahren verlassen. Einfach so, von jetzt auf gleich, ohne ein Wort. Ich saß im Büro, als ein Anruf der Kita kam, weil Aileen nicht zum Abholen erschienen war. Ich bin dann hin, habe Finn eingesammelt, und wir sind heimgefahren. Ich habe mir natürlich größte Sorgen gemacht, dass meiner Frau was passiert sein könnte. Doch als wir zu Hause ankamen und die Wohnung bis auf die Küche, die Betten und Finns und meine Klamotten komplett leer geräumt vorfanden, da lag es eigentlich auf der Hand. Ich habe es trotzdem erst ein paar Tage später wirklich geglaubt, nachdem ich einen Blick auf unseren Kontostand geworfen hatte. Leer geräumt bis auf zweihundert Euro. Warum sie die hat stehen lassen, weiß der Himmel.«

In Miri zog sich alles zusammen, so schmerzhaft klang das für sie.

»Krass, das tut mir wahnsinnig leid! Gab es denn gar keine Nachricht von ihr, keinen weiteren Kontakt, noch nicht einmal zu Finn?« Entsetzt schüttelte Miri den Kopf. Natürlich kannte sie solche Geschichten, aber sie hatte sie bisher eher im Reich der urbanen Mythen angesiedelt. Wie den Mann, der ohne ein Wort des Abschieds Zigaretten holen ging und nie wieder heimkehrte. Nun jemanden zu kennen, dem so etwas tatsächlich passiert war, jagte ihr einen Schauder über den Rücken.

»Du meinst einen theatralischen Abschiedsbrief? So etwas

in der Art: Es ist nicht deine Schuld, sondern meine?« Henning grinste traurig. »Nein, Aileen war immer schon Ms. Hundred Percent. Ganz oder gar nicht, anders ging es nicht bei ihr. Die Geschichte lief nicht schön, und wenn es nur mich betroffen hätte, wäre ich schon damit klargekommen, aber da war ja noch Finn. Der Kleine hat seine Mutter verloren. Ohne jeden Abschied, ohne eine Umarmung oder Erklärung. Er war wie ein kleiner Baum, dem man eine seiner beiden Wurzeln gekappt hat. Es hat mich verdammt viel Mühe gekostet, ihm wieder Halt zu geben. Es läuft gut, nur mit manchen Frauen ist er etwas schwierig, solange er sie nicht besser kennt. Er vertraut ihnen nicht und – du hast es ja erlebt – begegnet ihnen mit einer sehr körperlichen Art der Abwehrhaltung. Du kannst froh sein, dass er dich gerade eben nicht angeschrien hat. Mein Sohn ist leider manchmal eine unheilige Mischung aus auskeilendem Esel und schimpfendem Rohrspatz.« Henning hob entschuldigend die Schultern.

»Ist schon gut.« Miri winkte ab. »Den blauen Fleck werde ich schon verkraften. Man kann es ihm ja kaum verdenken. Was hat sich deine Frau denn nur dabei gedacht? Hat sie sich mal erklärt?«

»Exfrau. Zum Glück!« Ein bitteres Lachen drang aus Hennings Kehle. Offensichtlich hatte er ihr noch nicht verziehen.

Na ja, dachte Miri bei sich. *Wahrscheinlich würde ich ihr auch nicht vergeben.* Dem untreuen Urologen begegnete sie schließlich auch nicht mit Wohlwollen, und wenn sie ihm etwas gönnte, dann höchstens vom Bus angefahren zu werden oder vielleicht einen fiesen Hautausschlag, der juckte und nässte und ihn bis zum Lebensende quälte.

Henning erzählte weiter. Er berichtete von dem Kinderpsychologen, mit dessen Hilfe es ihm gelungen war, Finn zu stabilisieren, davon wie er nur noch halbtags als angestellter Architekt gearbeitet hatte, weil Finn zu Anfang nicht mehr in den Kindergarten gehen wollte. Er erzählte aber auch davon, wie mies es ihnen finanziell in dieser Zeit ergangen war, von dem Traum, sich als Architekt selbstständig zu machen, den er hatte aufgeben müssen, weil Aileen auch das dafür zurückgelegte Geld mitgenommen hatte.

»Apropos, die zwanzig Euro nehme ich gern zurück, wir haben es immer noch nicht so dicke«, warf er zwischendurch mit einem breiten Grinsen ein.

Dann sprach er über die Scheidung, die ewig gedauert hatte, weil seine Frau unauffindbar gewesen war und er dies aufwendig hatte nachweisen müssen. Und schlussendlich noch von seinen Hoffnungen für die Zukunft. Am Ende des Sommers stand Finns Einschulung an, und er hoffte, dann wieder ein bisschen mehr Zeit für sich zu haben.

Miri hörte ihm zunächst still zu, doch nach und nach entwickelte sich zwischen ihnen ein intensives Gespräch. Auch sie erzählte ihre Geschichte, warum sie Stade verlassen und wie sie ihr bisheriges Weltbild zu Grabe getragen hatte.

»Noch vor wenigen Monaten war ich fest davon überzeugt, in der heilen Welt meiner Jugendträume zu leben. Eine Weile habe ich mir sogar eingebildet, der Job als medizinische Fachangestellte in der Praxis eines weithin bekannten Urologen wäre mein Traumberuf. Als ob sein Renommee auf mich abstrahlen würde. Als Karsten in der Praxis anfing, fand sich dann auch der passende Mann zu dem Weltbild, das mir meine Eltern von klein auf eingetrichtert hatten. Es dauerte nicht allzu lange, dann bin ich zu ihm gezogen in sein schickes Einfamilienhaus. Ich habe es geliebt, vor allem den großen Garten. Und Frau Mücke, die Haushälterin, die mehrmals die Woche kam.« Mit einem bitteren Lächeln unterbrach Miri ihren Redefluss. Als Kochmuffelin hatte sie Frau Mücke geliebt, nicht zuletzt, weil sie ihnen jeden Tag ein köstliches Mahl auf den Tisch gezaubert hatte. Tatsächlich war die liebevolle Fürsorge von Frau Mücke das Einzige, was sie aus der Zeit mit Karsten wirklich vermisste. Miri war und blieb einfach eine Niete im Kochen.

»Wo war ich?«, fragte Miri. »Ach ja, das Zusammenleben mit dem untreuen Urologen. Also: Im Grunde hätte nur noch eine feierliche Trauung im Prinzessinnenkleid und die Geburt zweier niedlicher Kinderlein gefehlt, um das Idyll zu vollenden – natürlich zuerst ein Stammhalter, dann ein Mädchen. Das hätte seine Vorstellung von der perfekten Familie erfüllt. Na ja … meine sicher auch. Allerdings nur so lange, bis ich ihn mit meiner Lieblingskollegin im heimischen Bett vorgefunden habe. Kein schöner Anblick, das kann ich dir sagen. Die Bilder sind mir noch wochenlang nachgelaufen.«

Miri spürte Wut in sich aufsteigen. Ihre Augen brannten. Oh nein. Falscher Zeitpunkt. Sie wollte nicht weinen, zumal es schon seit einer Weile nicht mehr Tränen der Traurigkeit waren. Aber manchmal trieb ihr eben auch der Zorn die Tränen in die Augen. Karstens Betrug ließ sich nicht so leicht verzeihen.

Miri zerbiss sich fast die Lippen, bis der Drang zu weinen nachließ. Als sie endlich zu Henning aufsah, fürchtete sie sich ein wenig davor, was sie in seinem Gesicht lesen würde. Hielt er sie für naiv? Dafür, dass sie betrogen worden war von jemandem, den sie heiraten wollte? Er erwiderte ihren Blick mit ernster Miene, kein Mitleid stand auf seinen Zügen. Erleichtert atmete Miri auf. Henning nickte ihr aufmunternd zu, und so holte sie tief Luft und erzählte weiter: Wie sie ganz neu durchgestartet war, als sie die Barkasse gefunden hatten. Vom Umbau und von den Wochen, in denen sie es eingerichtet hatten. Und natürlich erzählte sie von den Partys und den Fettnäpfen, durch die sie gewandert war, daran hatte er schließlich persönlichen Anteil.

»Leider kann ich mich einfach viel zu gut blamieren. Egal, ob ich in der U-Bahn einschlafe und erst im Bahndepot aufwache oder mich verlaufe, obwohl ich den Weg schon Hunderte Male gegangen bin. Es ist wie verhext«, berichtete sie mit einiger Selbstironie. Nach der Geschichte mit Karsten fühlte sich ihr Innerstes roh an, als hätte jemand die Schutzschicht um ihre Seele entfernt und nur den verletzlichen Kern zurückgelassen. Sie machte sich immer noch Vorwürfe, vor allem, dass sie Karstens Betrug nicht hatte kommen sehen. Auf Verstandesebene wusste sie natürlich, dass sie keine Schuld daran trug. Aber ihre Gefühle signalisierten ihr immer wieder etwas anderes. Hätte sie all das vielleicht doch verhindern können? Wenn sie sich anders – besser oder klüger – verhalten hätte? Wie so oft haderte sie mit sich.

Es fiel Miri nicht leicht, ihre Fehler und Peinlichkeiten derart schonungslos in den Blick zu nehmen. Aber es fühlte sich richtig und wichtig an nach der schmerzhaften Geschichte, die Henning ihr erzählt hatte, etwas von ihr mit ihm zu teilen. Sie wünschte sich von Herzen, er möge sich nicht allein fühlen mit seiner Offenheit, so schonungslos er Miri alles erzählt hatte. Man hatte sie beide auf eine unmögliche Art und Weise verlassen. Sie verspürte eine starke Nähe zu Henning, dessen ernste blaue Augen all diesen Schmerz und dennoch so viel Wärme in sich trugen. Miri wollte, dass er sie kennenlernte, so wie sie war, ungeschminkt, ungeschickt und fern der Heimat. So waren sie beide nicht allein damit, die Scherben ihres Lebens zusammenzuklauben und neu zu beginnen. Zu Miris Freude schien sich Henning für alles an ihr zu interessieren. Mit einer Feinfühligkeit, die Miri einem Mann gar nicht zugetraut hätte, schwieg er in den richtigen Momenten, fragte nach, wenn ihre Worte aus dem Takt gerieten, und sprach Erkenntnisse aus, die Miri sich selbst noch gar nicht eingestanden hatte.

Hin und wieder unterbrachen sie die Unterhaltung. Dann stand Henning auf und ging zu Finn hinüber, der immer noch an derselben Stelle saß und seine Spielzeugautos ein Rennen nach dem anderen fahren ließ. Finn wirkte zufrieden, sah man einmal von den Blicken ab, die er Miri zuwarf.

Die kurzen Unterbrechungen störten nicht, im Gegenteil, so fand Miri Zeit zum Nachdenken. Es war schon erstaunlich, wie selbstverständlich sie einander ihre Lebensgeschichten anvertrauten. Ein Gespräch wie die Meeresbrandung, fand Miri. Teils plätscherte es fröhlich glucksend, dann wieder wogten wilde Wellen an Land.

»Ich glaube, ich habe noch nie so intensiv mit jemandem über die schlimmste Zeit meines Lebens gesprochen«, gestand sie Henning irgendwann unter den Lichtern der Nacht. Das Lachen der Menschen um sie herum klang in ihren Ohren wie ein angenehmer Hintergrundchor. Miris Herz klopfte, als sie hinzufügte: »Ich fühle mich dir so nah, als würden wir uns schon ewig kennen.«

»Das geht mir genauso«, sagte Henning. Die Wärme in seiner Stimme ließ Miri schlucken. Er legte seine Hand auf ihre. Sanft strich er mit dem Daumen über ihren Handrücken.

Als der Abend zu Ende ging, wussten sie fast alles voneinander. Nur über ihre Zukunftspläne hatten sie nicht gesprochen. Aus irgendeinem Grund hatten beide das Thema vermieden, so als wollten sie sich lieber nicht festlegen, jetzt, da sie sich getroffen hatten. Wer wusste schon, welche Abzweigungen sich dadurch auf ihren Lebenswegen ergaben?

Es war bereits mitten in der Nacht, als das Fest endete und damit auch ihr gemeinsamer Abend. Finn, der zwischenzeitlich auf einer Bierbank eingeschlafen war, erwachte. »Wo sind wir?«, fragte er schlaftrunken, um gleich darauf in Tränen auszubrechen. »Ich will in mein Bett!« Wie ein nasser Sack hing er in den Armen seines Vaters. Henning, der offensichtlich mit dem schlechten Gewissen kämpfte, weil er seinen Sohn viel zu lange hatte aufbleiben lassen, machte sich zügig auf den Heimweg.

Miri verabschiedete sich wie in Trance. Still stand sie da und sah ihnen nach, bis Henning und Finn aus ihrem Sichtfeld verschwunden waren. Dann erst ließ sie sich von Katja davonziehen. Sie holten die Einnahmen aus der Kasse, um sie auf dem Heimweg im Nachttresor ihrer Bank zu deponieren, prüften, ob alle Fenster und Türen des »Kleinen Bücherschiffs« richtig verschlossen waren und klappten schließlich die Gangway hoch und verschlossen sie. Dann machten sie sich zu Fuß auf den Weg zu Katjas winziger Wohnung. Irgendwo unterwegs würden sie sich ein Taxi schnappen.

Während Katja ununterbrochen von dem Fest, Miris netten Nachbarn, dem Megaerfolg ihrer Eröffnung und dem Ambiente im Museumshafen plapperte, stapfte Miri schweigend neben ihr her, erfüllt von einem Tag, der ungewöhnlicher nicht hätte sein können. Sie hörte kaum, was Katja sagte, ihre Gedanken kreisten um all die Geschehnisse des zurückliegenden Tages. Und immer wieder blieben sie bei Henning hängen, wie er sie angesehen hatte, wie sich ihre Hand in seiner anfühlte, wie er duftete: nach frischen Holzspänen, Pfingstrosen und gerösteten Kaffeebohnen.

Mechanisch verrichtete sie ihre Zubettgehroutine, putzte sich die Zähne und zog sich aus. Schließlich kroch sie mit einem leisen Seufzen unter die Decke, doch statt einzuschlafen, durchlebte sie noch einmal die Ereignisse der letzten Nacht. Nicht nur Hennings Nähe, auch seine Worte hatten sich tief in ihr Herz gegraben. Es lag Melancholie darin, doch zugleich Wärme und Hoffnung: eine Liebeserklärung an das Leben.

Als Miri sich am nächsten Morgen aus den Laken hervorwühlte, hatte sie keine Minute geschlafen, und trotzdem fühlte sie sich stark und bereit für einen wunderbaren, neuen Tag.

Kapitel 4
Verliebt mit Schockeffekt

»Miriam Cornelis, du stehst schon wieder im Weg herum. Lass die Herren mal durch.« Katjas amüsiert-genervte Stimme riss Miri aus den Gedanken.

»Alles gut.« Sie trat einen Schritt zur Seite, damit die Möbelpacker, die Miris Habe aus Stade brachten, die Türen des LKWs öffnen konnten.

»Du bist echt keine Hilfe.« Katja klang halb verärgert. »Guck, da steht sein Möbelwagen. Du wirst ihn in ein paar Minuten wiedersehen.«

Miri krauste die Nase. Wenn es nach ihr gegangen wäre, hätte sie keine ganze Woche auf dieses Treffen gewartet. Aber ihre beste Freundin hatte ihr wiederholt gut zugeredet. Schließlich bereiteten nicht nur sie einen Umzug vor, sondern auch Henning. Als alleinerziehender Vater würde er wahrscheinlich ziemlich im Stress sein.

Schlussendlich hatte Miri Katjas Argumenten nachgegeben und nur ganz heimlich in den Suchmaschinen und den sozialen Medien nach ihm geforscht, wenn der Andrang auf dem »Kleinen Bücherschiff« ihr dazu Zeit gelassen hatte, was selten der Fall gewesen war, denn der Artikel im Hamburger Abendblatt schien nachzuwirken. So viele Neugierige hatten auf der Barkasse vorbeigeschaut, sich mit großen Augen umgesehen und die beiden Inhaberinnen mit Fragen bombardiert, deren Antworten mehr oder weniger offensichtlich waren. »Warum haben Sie sich für das Thema Meer entschieden?« oder »Und jetzt haben Sie sich Ihren Lebenstraum erfüllt?«. Natürlich hatte sich auch so mancher nach Lesestoff umgesehen. Die Titel, die Miri und Katja seit dem Eröffnungsabend auf dem Tresen präsentierten, waren gut angenommen worden. Die Stapel hatten sich deutlich gelichtet. Demnächst würden sie nachbestellen oder umdekorieren müssen. Abgesehen davon hatten die Freundinnen auch schon einiges gelernt: Dass sie zum Beispiel dringend ein Instagram und TikTok-Profil benötigten. Seit der erste Teenager sich nach einem Buch erkundigt hatte, das er unter dem Hashtag Booktok gesehen hatte, tüftelte Katja an diesen Accounts.

Miri gestaltete derweil schicke Gutscheine, denn zu ihrem Erstaunen hatte sich herausgestellt, dass wesentlich mehr Gutscheine gekauft wurden, als sie erwartet hatten. Inzwischen hatte sie den Entwurf fertiggestellt. Es handelte sich um eine Zeichnung des »Kleinen Bücherschiffs« vor einem Ausschnitt der Hamburger Skyline. Auf dem Deck standen in Bücher vertiefte Leserinnen, und darüber schwebten hellblaue Wölkchen und einige Möwen. In roter Schrift prangten die Worte ›Gutschein‹ und natürlich ›Das kleine Bücherschiff‹ auf dem Deckblatt. Im Inneren konnte man dann den gewünschten Betrag einsetzen.

Katjas Stimme brach in Miris Gedankenfluss.

»Eigentlich sollte dich Herr Schmickler hier erwarten. Hoffen wir mal, dass der Schlüssel im Schloss steckt. Wenigstens gibt es hier unten kein Problem.« Katja wies auf die Haustür, die sperrangelweit offen stand. Sie wandte sich an die Möbelpacker. »Meinetwegen können Sie loslegen. Erster Stock, die rechte Tür.«

Sofort schnappten sich die Männer die ersten Kartons von

der Ladefläche, als wögen sie nichts, und verschwanden damit im Haus. Wenige Atemzüge später kehrten sie zurück, die Kartons immer noch auf den Schultern.

»Meinten Sie die linke Tür?«, wandte sich einer von ihnen an Katja. »Rechts wird schon anderweitig eingezogen.« Er wies auf zwei Packer, die gerade ein Sofa von der Laderampe des anderen LKWs wuchteten.

»Was?« Miri schüttelte verwirrt den Kopf. »Wenn Sie auf dem Treppenabsatz stehen, die rechte Tür.«

»Jepp. Sind nur zwei Türen. Das kriegen wir gerade noch hin.« Der Mann klang gelassen, wahrscheinlich gab es nichts, was Möbelpacker aus der Ruhe bringen konnte.

»Aber …« Miri griff nach Katjas Arm und zog sie mit sich. »Komm mit! Wir sollten uns das ansehen.«

Die Tür zur Wohnung stand offen. Eigentlich wollte Miri auf der Türschwelle innehalten, doch Katjas Schwung riss sie mit. Erst in der Wohnzimmermitte bremsten sie ab und blickten sich um. An einer Wand stapelten sich zahlreiche Kisten, und in einer Ecke standen ein Sessel samt Beistelltisch.

»Hallo, die Damen.«

Henning! Miri hätte seine Stimme überall erkannt. Sie wirbelte herum.

»Ebenfalls Hallo. Ist dir klar, dass du dich in der Wohnung geirrt hast? Dies hier ist mein neues Zuhause.«

Henning runzelte die Stirn. »Wie kommst du darauf?« Er hielt einen Schlüsselbund hoch. »Das ist die Wohnung, die Onkel Otto mir gezeigt und für die er mir heute früh die Schlüssel übergeben hat.«

»Aber Miri hat die Wohnung gemietet, schon vor vier Wochen«, sagte Katja. »Das hier ist doch die Zweizimmerwohnung, richtig?«

»Richtig!« Hinter Henning trat Onkel Otto in den Raum.

Miri atmete auf. Prima, jetzt ließe sich das Missverständnis ruckzuck aufklären. »Moin«, grüßte sie den Vermieter.

»Moin, Quiddjes«, erwiderte Otto Schmickler mit einem verschmitzten Lächeln. »Entschuldige das Missverständnis, Miriam. Es ist tatsächlich so, dass ich mich entschlossen habe, meinem Neffen und seinem Sohn die Zweizimmerwohnung zu überlassen. So ein Kind braucht Platz«, wandte er sich entschuldigend an Miri, die ihn mit offenem Mund anstarrte, »und du brauchst ja nicht so viel Platz wie zwei, oder?«

»Nicht Ihr Ernst.« Katja klang alles andere als begeistert, während Miri erst mal sprachlos war. Wie immer sprang Katja für sie in die Bresche. »Da machen Sie es sich aber zu leicht. Auch eine mündliche Vereinbarung ist ein gültiger Vertrag. Den können Sie nicht einfach so einseitig aufkündigen!«

»Nun beruhig dich mal wieder. Henning und Finn waren in einer schwierigen Lage, das versteht ihr beide sicher. Und da wollte ich ihnen aushelfen – würdest du das nicht genauso machen, Miriam?« Onkel Otto hob beschwichtigend die Hände. Er lächelte immer noch, als hätte er nicht gerade eine Bombe platzen lassen.

»Ich. Bin. Ruhig.« Oh je, den Ton kannte Miri. Katja sprach nur dann derart leise und pointiert, wenn sie kurz davorstand, zu platzen. Es wurde dringend Zeit, sich einzumischen. Miri warf Henning und Finn einen prüfenden Blick zu, beide standen sie mit gesenktem Kopf da und schienen mit der Situation unglücklich zu sein. Und auch, wenn sie selbst die Entwicklung ihr gegenüber als ausgesprochen ungerecht ansah, Henning und Finn konnte sie kaum böse sein. Nur stellte sich die Frage: Wo blieben eigentlich ihre Bedürfnisse? Und was sollte nun aus ihr werden?

»Lasst uns das mal in Ruhe auseinanderdröseln. Onkel Otto, warum hast du mir denn nichts gesagt? Jetzt steh' ich hier und bin obdachlos, wenn du deine Zusage nicht einhältst.« Ein schwerer Stein lag in Miris Magen. Mündliche Vereinbarung hin oder her, ohne schriftlichen Mietvertrag saß Otto am längeren Hebel, und selbst wenn sie vor Gericht recht bekämen, kostete es Zeit, und so lange musste sie mit ihren Möbeln irgendwo unterkommen. Otto gehörten mehrere Wohnhäuser, bestimmt würde er eine freie Wohnung für sie haben.

Onkel Otto ließ sich auf den Sessel sinken, schob sich den Beistelltisch zurecht und legte seine Füße darauf ab. »Es gibt kein Problem, für das Onkel Otto keine Lösung wüsste«, erklärte er im Brustton der Überzeugung.

Beinahe hätte Miri fassungslos den Kopf geschüttelt angesichts seines Selbstbewusstseins, auf der anderen Seite bewunderte sie ihn für die Selbstverständlichkeit, mit der er sich für den Nabel der Welt hielt.

»Anders gesagt: Es hat nie ein Problem gegeben.« Otto griff in die Tasche seines Tweedsakkos und zog einen Schlüsselbund hervor. »Ich lass doch mein Quiddje nicht im Stich. Du bekommst natürlich die Wohnung nebenan! Die ist fast wie diese hier, nur ein bisschen kleiner. Du hast mir doch selbst erzählt, wie eng ihr beide gerade wohnt. Da wird es sich nebenan wie Luxus anfühlen so ganz allein. Und billiger ist die Bude auch noch. Ich weiß doch, dass du jeden Cent in euer Bücherschiff gesteckt hast. Stand so zumindest im Abendblatt.« Er blickte Miri ernst an, dann lächelte er strahlend. »Und, hat der liebe Onkel Otto das gut gemacht? Oder hat er das gut gemacht?«

Miri warf einen verunsicherten Blick auf ihre beste Freundin. Deren Gesichtsausdruck glich einer versteinerten Maske. Ebenso steif stand sie da, mit hängenden Armen. Nur die Hände öffneten und schlossen sich in einer stetig pumpenden Bewegung. Kein gutes Zeichen. Miri kannte Katja gut genug, um zu wissen, dass sie sofort handeln musste, wollte sie den Ausbruch des Vulkans vor Ottos und Hennings Augen verhindern. So rational, ruhig und gelassen Katja normalerweise agierte; wenn jemand ihr derart von oben herab kam, Zusagen nicht einhielt und ihr Gefühl für Fairness empfindlich störte, vergaß sie ihre gute Erziehung.

»Ich schaue mir die Wohnung mal an«, sagte Miri besänftigend. Sie warf einen Blick auf Henning, der immer noch verlegen dastand, und ein bisschen Wut auf ihn kam in ihr hoch. Hatte er womöglich gewusst, dass er ihre Wohnung bekommen sollte und nichts gesagt? Bevor sie ihm irgendwas unterstellen konnte, trat sie schnellen Schrittes zu Onkel Otto, ergriff die Schlüssel mit der einen und Katjas Handgelenk mit der anderen Hand und setzte sich so schwungvoll in Bewegung, dass ihrer besten Freundin nichts anderes übrig blieb, als hinter ihr herzustolpern. Was Katja konnte, konnte Miri schon lange.

Kaum hatten sie die Wohnungstür hinter sich zugezogen, schoss es aus Katja heraus. »Was soll das? Ich wollte denen da drüben gerade meine Meinung sagen.«

»Pst!« Miri legte einen Finger an die Lippen. »Schrei bitte nicht so. Bei den leeren Räumen verstehst du nebenan jedes Wort.«

»Na und? Sie können ruhig wissen, dass du sauer bist. Oder zumindest ich. Kannst du mir mal sagen, warum du hier den Friedensengel spielst?«

»Du weißt genau, dass ich mich nicht gern streite«, sagte Miri leise.

»Ach richtig, das scheue Kleinstadtreh mag ja keine Konflikte«, giftete Katja.

»Es gibt keinen Grund, deinen Ärger an mir auszulassen«, sagte Miri mit gesenkter Stimme. »Ja, ich vermeide Konflikte meistens, vor allem dann, wenn sie zu nichts führen. Was soll es uns bringen, wenn du jetzt ausrastest und Onkel Otto beschimpfst? Im schlimmsten Fall setzt er mich auf die Straße, wo ich dann wieder bei dir oder unter der Brücke schlafen müsste, bis ich was Neues gefunden habe. Ja, mir passt es auch nicht, wenn man mit mir umgeht wie mit einem Möbelstück, und ich würde am liebsten laut schreien. Das nutzt aber nichts. Für den Moment habe ich keine andere Wahl, als gute Miene zum bösen Spiel zu machen und mich mit dieser Wohnung zu arrangieren. Dann fange ich halt wieder an zu suchen, und für die Umzugskosten lasse ich Otto zahlen. Er wird klug genug sein, mir das Geld zu erstatten, statt es drauf ankommen zu lassen.«

Katja stieß ein Grummeln aus. Mit zusammengebissenen Zähnen murmelte sie: »Ich hasse es, wenn du so verdammt vernünftig bist. Das ist eigentlich mein Part.«

»Eine von uns muss halt immer herhalten, wenn die andere mal durchdreht. Schön, wenn man auch mal die Rollen tauschen kann.« Miri grinste breit. »Und jetzt lass uns die Bude mal in Ruhe anschauen.«

Tatsächlich glich die Wohnung nebenan der Zweizimmerwohnung, nur dass es seitenverkehrt eben lediglich einen Wohn-Schlafraum gab, der von einem kleinen Flur abging. Das Badezimmer lag auf der anderen Seite. Durch ein kleines Fenster ging der Blick in den Innenhof. Das Zimmer war recht klein, verfügte aber über bogenförmige Sprossenfenster und eine Tür zum Balkon. Die hohen Decken mit den Stuckleisten und den Ornamenten in den Ecken ließen den Raum größer erscheinen. Miri seufzte. Mit ihren Möbeln würde es eng werden. Dennoch behielt Onkel Otto recht: Im Vergleich zu Katjas Wohnung, in der sie sich gegenseitig auf die Füße traten, war sie hier geradezu im Luxus gelandet.

Miri betrachtete die Stuckarbeiten unter der Decke. Die üppige Rosette in der Mitte schrie geradezu nach einem Kronleuchter. Der cremeweiß gestrichene Putz passte ausgezeichnet dazu, genauso wie das dunkle Parkett im Fischgrätmuster. Eigentlich sollte sie sich hier wohlfühlen, auch wenn ein Zimmer fehlte. Sie hielt nach Katja Ausschau.

Die stand vor der Küchenzeile, die eine Wand des Raumes einnahm. Die Schränke waren in einem dezenten Hellgrau gehalten und wirkten makellos. Auch die Herdplatten, der Ofen und die Spülmaschine schienen neueren Datums zu sein als nebenan. Alles wirkte hell und einladend.

»Und, was denkst du?«, fragte Miri.

»Schwierig. Wenn erst mal dein Kleiderschrank, dein Bett und das Sofa stehen, bleibt hier nicht mal Platz für einen Tisch. Wo willst du essen?« Katja zögerte einen Augenblick, ehe sie weitersprach. »So eine schicke Bude hätte ich mir gewünscht, als ich auf die Schanze gezogen bin.«

Miri lachte. »Also, was meinst du? Kann ich hier leben?« Mit dem ausgestreckten Arm beschrieb sie einen Bogen.

Katja seufzte. »Die Frage ist müßig. Dir bleibt nichts anderes übrig. Oder möchtest du wieder zu mir?«

»Auf keinen Fall. Nicht, wenn uns unsere Freundschaft lieb ist. Außerdem verbringen wir jeden Tag einen großen Teil unserer Arbeitszeit miteinander. Wenn wir dann noch zusammen wohnen …« Miri unterbrach sich. »Komm, lass uns noch mal auf den Balkon gehen.«

Nebeneinander standen die Freundinnen an der Brüstung. Die verschnörkelte schmiedeeiserne Balkoneinfassung glänzte schwarz lackiert in der Sonne. Schwere Holzdielen bedeckten den Boden.

»Hier stelle ich einen großen Tisch hin, mit sechs Stühlen«, erklärte Miri. »Dann kann ich mit meinen Gästen wenigstens bei schönem Wetter gemütlich zusammensitzen und essen.«

»Und im Winter verzichtest du auf Besuch?« Katja lachte.

Ein paar Atemzüge schwiegen beide. Dann unterbrach Miri die Stille.

»Du, Katja«, sagte Miri. »Bevor wir jetzt rübergehen. Meinst du, er hat es letzte Woche schon gewusst?«

»Wer? Henning?« Katja hob die Schultern. »Ich weiß es nicht. Ich denke, wir kennen ihn noch nicht gut genug, um das einschätzen zu können.«

»Dann sind wir nicht sauer auf ihn?«

»Natürlich bin ich sauer. Selbst, wenn er es nicht gewusst hat. Spätestens als sein Onkel eben davon sprach, dass er dir die Wohnung ohne Absprache weggenommen hat, muss ihm klar geworden sein, dass du ältere Rechte daran hast.«

»Stimmt.« Miri strich sich über die steile Falte, die sich zwischen ihren Augen gebildet hatte. Tatsächlich … Wäre sie in seiner Situation gewesen, hätte sie sofort angeboten, die Wohnung zu räumen und die kleinere zu nehmen. Da könnte ihr Onkel noch so viel von Familie faseln. Es war einfach eine Frage der Fairness und des Anstands, sich nicht etwas zu nehmen, das anderen zustand. Allerdings hatte sie kein Kind, für das sie sorgen musste, das änderte möglicherweise alles.

»Ich glaube, Männer ticken da anders«, sagte Katja, als hätte sie Miris Gedanken gelesen. »Wahrscheinlich ist er gar nicht auf die Idee gekommen, dass auch er gehen könnte. Und Finn verändert die Lage natürlich zusätzlich.«

Miri schüttelte den Kopf. Vielleicht hatte Katja recht. Aber reichte das als Entschuldigung, dass er ihr nichts davon gesagt und auch soeben einfach geschwiegen hatte? »Unwissenheit schützt vor Haue nicht«, hatte ihre Oma immer gesagt. Miri stieß die Luft durch die Zähne. Darüber würde sie in aller Ruhe nachdenken müssen. Jetzt allerdings galt es erst einmal mit Onkel Otto zu sprechen und den Einzug zu Ende zu bringen. Und dieses Mal würde sie auf einen schriftlichen Mietvertrag bestehen. Heute noch. Und wenn sie die Nacht auf Ottos Bettkante verbringen musste, bis er das Ding ausstellte. Ohne würde sie sich nicht abspeisen lassen.

Zwei Stunden später standen alle Möbelstücke in der Wohnung, die Packer hatten sich verabschiedet und Miri mit dem Kartonstapel und der Entscheidung, wie sie das Mobiliar stellen wollte, zurückgelassen. Onkel Otto hatte sich erstaunlich kooperativ gezeigt. Tatsächlich war er gleich nach Miris Aufforderung verschwunden, um eine gute halbe Stunde später mit dem Vertrag zurückzukehren. Dieser Umstand und die Tatsache, dass er aufrichtig zerknirscht wirkte, erleichterten Miri den Start. Dennoch würde er sich erst als zuverlässig erweisen müssen, ehe sie ihm ganz vergab. Von Henning hatte sie nach der Auseinandersetzung nichts mehr gesehen. Angeblich musste er Finn zu einem Termin bringen. Ob er die Wahrheit sagte, wusste sie nicht. Wie schon so oft piesackten sie Zweifel. Seit der Sache mit Karsten schlich sich sofort eine Portion Misstrauen ein, wenn Männer egoistisch rüberkamen. Und die Sache am Morgen fühlte sich schon ein wenig wie ein Betrug an. Miri trank einen Schluck Wasser, in dem verzweifelten Versuch, den Kloß loszuwerden, der in ihrem Hals klemmte wie ein riesiger Kieselstein. Gerade jetzt wollte sie sich an ihrer neuen Bleibe freuen und nicht über Betrug oder Unehrlichkeit nachdenken.

Mit Katjas Hilfe schob Miri das große Regal noch ein Stück in Richtung Fenster, ehe sie den ersten Bücherkarton öffnete und damit begann, die Taschenbücher einzuordnen. Es dauerte nicht lange, und sie faltete die ersten Kartons zusammen und räumte sie in den Flur. Später würde sie den Stapel nach unten in den Kellerraum bringen, der zur Wohnung gehörte.

Der Tag schritt schnell voran. Gemeinsam leerten sie einen Karton nach dem anderen, die Regale und der Kleiderschrank füllten sich immer mehr, bis nur noch das Bett, das sie erst vor wenigen Tagen gekauft hatte, übrig blieb. Miri schlitzte die Klebestreifen der Kartons auf.

Sie wollte gerade auf den Balkon treten, wo Katja frische Luft schnappte, um ihre Freundin um Hilfe beim Bettaufbau zu bitten, als sie Henning draußen erspähte. Sie bremste ab. Nach einem Gespräch mit ihm stand ihr gerade nicht der Sinn. Sie wartete, bis Katja wieder ins Zimmer trat.

»Kannst du mir helfen, das Bett aufzubauen?«, fragte sie ihre beste Freundin. »Man braucht mindestens drei Hände, um das hinzukriegen.«

Während sie Holzdübel festklopften und mit einem winzigen Werkzeug allerhand Schrauben festzogen, sprach Miri das Thema Henning erneut an. Es brannte ihr einfach zu sehr auf der Seele.

»Gerade wäre ich ihm beinahe auf dem Balkon in die Arme gelaufen«, sagte Miri leise.

»Für eine Weile kannst du ihm sicher aus dem Weg gehen, aber ewig wird das nicht funktionieren.« Katja hob die Schultern. »Ehrlich gesagt, ich weiß auch nicht, wie ich an deiner Stelle mit der Situation umgehen würde.«

»Wenn wir nicht ausgerechnet den Balkon teilen müssten. Am liebsten würde ich eine Mauer zwischen seinem und meinem Teil bauen.« Miri wischte sich die Haare aus der Stirn, während sie den nächsten Schritt der Bauanleitung studierte.

»Laut deinem Vermieter macht da der Denkmalschutz nicht mit. Außerdem wünscht sich Onkel Otto doch Frieden, Freundschaft und Harmonie zwischen allen Mietern.« Katja ahmte Ottos joviale Art nach. »Seine Herangehensweise ist allerdings fragwürdig.«

»Hennings auch. Erst hält er mich für eine Obdachlose, dann nimmt er mir die Wohnung weg! Ich weiß nicht mehr, ob ich ihm wirklich vertrauen kann.« In Miris Stimme mischten sich Schmerz und Irritation. Hatte sie sich ihre Verbindung am Abend der Eröffnung nur eingebildet? »Obendrein hat er ja auch noch ein Kind. Was an sich ja nichts Schlimmes ist, aber es verkompliziert die Dinge schon«, fügte sie hinzu.

»Und was für eins.« Katja grinste, wurde jedoch gleich wieder ernst. »Aber so oberflächlich bist du nicht. Ich kenne dich. Du magst Kinder. Dass er einen Sohn hat, macht dir nicht wirklich was aus.«

»Das stimmt generell schon. Aber Finn tritt aus. Wie soll ich denn damit umgehen?«

Katja lachte. »Ja, das will wohlüberlegt sein. Für den Moment ist es allerdings wurscht. Erstens weißt du noch gar nicht, wie Henning zu dir steht, und zweitens bist du gerade sauer auf ihn. In ein paar Tagen, wenn du ihm verziehen hast …«

Miri unterbrach den Satz ihrer Freundin. »Wer sagt denn, dass ich ihm verzeihe? Geschweige denn in ein paar Tagen?«

Katja lachte laut auf. »Hast du dir zugehört in der letzten Woche? Henning hier, Henning da, schwärm, seufz. Henning hinten, Henning vorn.«

Miri, die spürte, wie ihr die Röte ins Gesicht stieg, winkte ab. »Du spinnst. Hilf mir lieber mal mit der Matratze.«

Mit vereinten Kräften wuchteten sie die schwere Matratze auf den Lattenrost.

»So, fertig.« Miri holte Bettwäsche aus dem Schrank und begann das Bett zu beziehen. »Ab heute werde ich himmlisch schlafen!«

»Und von Henning träumen.« Katja kicherte. »Sprich ihn einfach drauf an. Umso schneller könnt ihr euren Balztanz wieder aufnehmen.«

»Ich glaube nicht, dass es so einfach ist«, grummelte Miri.

»Dann warte ab, wie es sich entwickelt. Manchmal muss man

die Dinge auf sich zukommen lassen. Irgendwann wird sich das Gespräch ergeben, auch wenn du es nicht forcierst.« Katja drehte sich um. »Ich fang an, die Küchensachen einzuräumen. Du kannst ja derweil Probe liegen und darüber nachdenken, wie du es angehen willst.«

Miri seufzte. Wie so oft – das wusste sie – hatte Katja recht.

In den nächsten Tagen ging sie Henning aus dem Weg, denn verletzt war sie schon. Zum Glück blieb ihr nicht viel Zeit, um darüber nachzudenken, denn die Arbeit auf dem »Kleinen Bücherschiff« lenkte sie ab. Sie liebte die schwimmende Buchhandlung. Schon beim Aufstehen kribbelte die Vorfreude in Miris Bauch. Und wenn sie etwas später die Gangway hinaufstapfte und die Tür aufsperrte, blieb sie erst einmal im Rahmen stehen, schaute sich um und erfreute sich an dem Anblick – es war ein bisschen wie nach Hause kommen, fand sie. Allein schon der Duft, der sie umfing: diese einzigartige Mischung von Papier, Leim und den Kaffeenoten, die dem Duftöl entströmten, das Katja in der Frühe höchstpersönlich in ein Schälchen unter der Verkaufstheke träufelte. Miri durfte das Fläschchen nicht mehr anfassen, nachdem sie das Öl an Tag zwei nach Eröffnung großflächig verschüttet hatte. Den ganzen Tag über hatten sie die Tür offen halten müssen, damit ihnen der penetrante Kaffeegeruch nicht die Kunden vertrieb.

Doch zunächst galt es, die graue Wanne mit den am Vortag bestellten Büchern auszuräumen, mit der jeweiligen Bestellung zu versehen und alphabetisch nach den Namen der Kunden in das dafür vorgesehene Bord unter dem Tresen einzusortieren. Miri hatte den Lieferfahrer, der allmorgendlich die Bücher brachte, noch nie gesehen. Er kam in aller Herrgottsfrühe und verfügte über einen Schlüssel zur Barkasse.

Miri und Katja kamen meist beinahe gleichzeitig auf dem »Kleinen Bücherschiff« an, und da sie sich die wenigen Handgriffe teilten, blieb ihnen in aller Regel noch die Zeit, um einen Kaffee oder Tee zu trinken, ehe sie die Tür für die Kunden entriegelten. Danach gab es deutlich weniger Gelegenheiten für kurze Pausen.

Schon am zweiten Tag nach der großen Eröffnungsfeier hatte sich herausgestellt, dass sie – obschon zu zweit – gut und gern noch mehr Hände und Köpfe gebrauchen könnten. Zum Glück benötigten nicht alle Kunden Beratung. Vor allem die Kinder, die meist in Begleitung ihrer Eltern kamen, konnte man in Ruhe stöbern lassen, sofern man hin und wieder mal bei ihnen vorbeischaute, um sich zu vergewissern, dass es keine Fragen gab.

Zu Katjas und Miris Freude nahmen auch die Kleinsten unter ihren Kunden das Sortiment des Bücherschiffs mit Begeisterung an. Unter den Neuerscheinungen der Kinder- und Jugendbuchverlage fanden sich erstaunlich viele Bücher, die sich mit dem Meer und den darin lebenden Tieren beschäftigten. So reichte die Palette von Büchern wie ›Die Bucht des blauen Oktopus‹ von Antonia Michaelis, das die etwa Zehnjährigen auf ein sommerliches Abenteuer in ein Dorf an Griechenlands Küste mitnahm, über Sachbücher wie ›Blauwal, Seestern, Oktopus‹, das Kinder ab fünf Jahren, aber auch Erwachsene mit seinen wunderschönen, großformatigen Illustrationen begeisterte. Miri mochte besonders das Bild des Langschnäuzigen Seepferdchens auf Tafel dreißig. Gut liefen auch Rätsel- und Knobelbücher wie zum Beispiel ›Mach10! Abenteuer Ozean‹ aus dem Duden-Verlag.

Jeden Tag um die Mittagszeit wunderten sich Miri und Katja, wie schnell der Vormittag vergangen war. Dann zauberte eine der beiden in der Kombüse einen einfachen Salat. Dazu gab es ein Brötchen oder auch mal eine Frikadelle, die Miri auf dem Restaurantschiff nebenan abholte.

Es hatte sich herausgestellt, dass Mark, einer der Beiköche ein großer Buchliebhaber war: allerdings ein etwas seltsamer, wie die Freundinnen schnell festgestellt hatten. Von Montag bis Freitag hatte er seine Mittagspause auf dem »Kleinen Bücherschiff« verbracht, intensiv im Sortiment gestöbert, wobei er keine konkrete Vorliebe zu haben schien, und dann jeweils einen Buchgutschein über zehn Euro erstanden. Am Samstagnachmittag, kurz vor dem Ende der Öffnungszeit war er dann mit den fünf Gutscheinen in der Hand auf die Barkasse gekommen, um diese gegen Lesestoff einzutauschen. Weder Miri noch Katja hatten sich getraut nachzufragen, was dieses merkwürdige Vorgehen zu bedeuten hatte. Sie wollten Mark, der ihnen wirklich sympathisch war, nicht brüskieren. Außerdem gehörte er, neben der alten Frau Tietgen, zu den allerersten Stammkunden der schwimmenden Buchhandlung. Obendrein gab es noch Katharina, eine Maschinenbaustudentin, die zu der Crew des Feuerschiffs Elbe 3 gehörte. Ihre Einkäufe waren stets spektakulär. Sie, die selbst so ausgeglichen wirkte, liebte es in gedruckter Form blutig. Die Bücher bekannter Thrillerautoren wie Sebastian Fitzek oder Marc Elsberg bedachte sie mit den Adjektiven brav oder langweilig. Weshalb sich Miri und Katja inzwischen tief in die Programme einiger kleinerer Nischenverlage hineingearbeitet hatten, deren Cover auch schon mal vor abgetrennten Gliedmaßen und Gedärm nicht zurückschreckten.

Nachmittags änderte sich das Publikum grundlegend. Kamen morgens überwiegend Hamburger auf das Schiff, fielen nach 14.00 Uhr vermehrt die Touristen ein. Dann hieß es Erklären, Erklären, Erklären. Viele verstanden nicht auf Anhieb, warum es auf dem Bücherschiff keine Geschenk- oder Merchandise-Artikel gab, wie man sie oft in den großen Buchhandelsketten vorfand. Aber wenn Miri ihnen dann von der Geschichte der Barkasse erzählte und warum sie sich für eine Spezialitätenbuchhandlung entschieden hatten, schienen sich die meisten Souvenirjäger bei ihnen wohlzufühlen und fündig zu werden.

Zum Glück hatten sich die beiden Freundinnen mit einer kleinen, aber feinen Auswahl an Geschenkbüchern, Postkarten und Fotokalendern bevorratet. Schließlich hatten sie gewusst, dass ihnen der Liegeplatz im Museumshafen eine Menge Touristen an Bord spülen würde. Außerdem … Wer sagte denn, dass sich nicht auch einer der witzigen Küstenkrimis von Regine Kölpin wie ›Der Möwenschiss-Mord‹ oder ›Den letzten beißen die Robben‹ hervorragend als Mitbringsel eigneten? Auch heitere Liebesgeschichten wurden gern zum Verschenken gekauft.

Ein junges Mädchen, sie schien auf einer Klassenreise zu sein, suchte ein Geschenk für ihre Mutter, die für ihr Leben gern auf Hawaii leben würde. Als Miri daraufhin gezielt ins Regal mit den Liebesromanen griff und ›Aloha und alles auf Anfang‹ von Annicken R. Day hervorzog und ihr dann noch ›Aloha: Das Hawaii-Kochbuch‹ für ein anderes Mal ans Herz legte, kaufte sie begeistert gleich beide Bücher. Dabei ging ihr ganzes Taschengeld drauf, weshalb Miri ihr spontan zwei Postkarten dazuschenkte.

Mit solcherlei Beratungen verging der Nachmittag ebenso schnell wie der Vormittag. Kurz vor Feierabend ließ der Touristenstrom nach, entweder fuhren die Busse, in denen sie angereist waren, bald ab, oder die Gäste verteilten sich auf die umliegenden Restaurants zum Abendessen. Dann änderte sich das Publikum erneut, es kamen wieder mehr Menschen aus den anliegenden Vierteln, vorwiegend die, die tagsüber selbst hatten arbeiten müssen. Auch die Leseratten unter den Mitgliedern des Museumshafenvereins schauten um diese Uhrzeit vorbei, ehe sie sich dem Schiff widmeten, zu dessen Crew sie gehörten. Bereits in der ersten Woche hatten Miri und Katja neben Krimis auch so manches Buch über Hamburgs historische Schlepper und andere Berufsschiffe bestellen dürfen.

Und dann wurde es Zeit zu schließen. Sie zählten das Geld aus der Kasse, ließen den Laptop errechnen, ob die Bar- und Plastikgeldeinnahmen stimmten, und suchten den Fehler, als Katja einmal irrtümlich zehn Bücher statt eines als verkauft gekennzeichnet hatte. Dann räumten sie die grauen Plastikwannen an die Tür. Dort würden später auch die Remittenten hineinkommen. Doch noch blieben die Kisten leer, für Rücksendungen war ihre Buchhandlung noch zu jung.

Zu guter Letzt überprüfte Miri, ob alle Bullaugen und die Dachluke ordentlich geschlossen waren, ehe mal sie und mal Katja die Einnahmen in die Tasche steckten, um sie bei der Bank einzuwerfen. Sie hatten sich entschieden, sich mit dem kleinen Umweg zur Bank abzuwechseln, auch weil sie beide nicht gern so viel Geld mit sich herumtrugen und froh waren, wenn das Geld sicher verwahrt im Banktresor lag.

Katja oblag es, die korallenrote Tür zum Verkaufssalon hinter ihnen zwei Mal abzuschließen. Danach führte sie ihr Weg über die Gangway, und wenn sie diese hochgeklappt und mit einer Kette samt Vorhängeschloss gesichert hatten, traten sie den Heimweg an. Das Stück den Elbhang hinauf legten sie oft noch gemeinsam zurück, falls Katja nicht gleich unten am Hafen in einen Bus stieg, der sie zur Schanze brachte.

Miri ging zu Fuß nach Hause. Sie genoss das kurze Stück, selbst wenn es regnete. Einmal kurz durchatmen nach einem spannenden Tag, ehe sie sich in ihre neue Wohnung begab und mit den dort lauernden Herausforderungen fertigwerden musste, allen voran Henning.

Jedes Mal, wenn sie heimkehrte, lauschte sie erst einen Moment an der Tür, und nur, wenn absolute Stille herrschte, betrat sie das Treppenhaus. Obschon eine Woche vergangen war, fühlte sie sich nicht bereit, mit Henning zu sprechen.

An diesem Abend lag die Hitze wie eine schwere Bettdecke über Hamburg, kein Lufthauch schien hindurchzudringen. Die Stadt kochte im eigenen Saft. Wer die Möglichkeit besaß, flüchtete an die Elbe oder verließ die Stadt in Richtung Ostsee.

Im Radio erzählte die Moderatorin gerade irgendetwas von aufregenden Sommernächten, die laut Horoskop den Jungfraugeborenen bevorstünden. Miri schmunzelte. Sie glaubte nicht an Horoskope. Ihre nächsten aufregenden Sommernächte würden eher mit der heißen Romanze von Nora Roberts zu tun haben, die sie gerade las. ›Zeit der Träume‹ hieß der erste Band der neuen Trilogie, bei der die Leserinnen nach Herzenslust mitschmachten konnten, für Miri zum Abtauchen und Gehirnausschalten zur Abwechslung mal genau das Richtige.

Sie schnappte sich den Roman und öffnete die Balkontür. Vorsichtig schob sie den Kopf nach draußen und spähte nach links und rechts. Zum Glück war Henning nirgends zu sehen. Sie trat hinaus und ließ sich in den gemütlichen Korbstuhl fallen, den Katja ihr zur Einweihung der Wohnung geschenkt hatte. Eine große Yucca-Palme davor bot ein wenig Privatsphäre.

Während der nächsten Atemzüge lauschte Miri sprungbereit, doch als sich nichts rührte, lehnte sie sich zurück, stützte die Füße in das Balkongitter und vertiefte sich in die Geschichte, aber nur so tief, dass sie immer noch mit einem Ohr nach nebenan horchte. Das dachte sie zumindest.

»Miriam.« Hennings Stimme riss sie mitten aus einer romantischen Szene.

Erschrocken blickte sie auf. Henning stand neben ihr auf dem Balkon, gekleidet in helle Bermudashorts und ein schwarzes T-Shirt, und grinste sie zaghaft an. Einen Atemzug lang bekam Miri Panik. Sie dachte daran, aufzuspringen und wegzulaufen. Aber wie sähe das aus, wenn sie ohne eine Begründung einfach verschwand? Also blieb sie sitzen. Es wurde Zeit, sich von ihrer souveränen Seite zu zeigen. Sie zwang sich zu einem Lächeln. »Was kann ich für dich tun?«, fragte sie kühl.

»Ich bin froh, dich endlich anzutreffen. In einer ruhigen Minute.« Henning ließ sich zu ihren Füßen auf die hölzernen Dielen gleiten, wo er seine langen Beine zum Schneidersitz zusammenfaltete.

Miri zögerte. Es gefiel ihr nicht, wie er so selbstverständlich Raum einnahm. Dennoch entschied sie, darüber hinwegzusehen, und erwiderte stattdessen: »Wie du sagst, eine ruhige Minute. Es wäre schön, wenn ich diese bald fortsetzen könnte. Komm also bitte zur Sache.«

»Du bist noch sauer!« Henning hielt ihr die Hand entgegen, etwas Bittendes in seinem Blick. »Und das kann ich gut verstehen. Ich möchte dich um Entschuldigung bitten. Es tut mir wirklich leid. Ich wusste nicht, dass Onkel Otto dir die Wohnung ebenfalls versprochen hatte. Ich dachte von Anfang an, du ziehst in die kleinere.« Henning zögerte. »Können wir die Sache nicht einfach hinter uns lassen und uns wieder vertragen?«, fragte er schließlich.

»Du machst es dir verdammt leicht.« Ärger kochte in Miris Bauch hoch. »Hast du eigentlich mal eine Sekunde in Erwägung gezogen, zurückzutreten und an meiner Stelle hier einzuziehen?« Unwirsch wedelte sie mit den Händen vor seinem Gesicht herum, als wollte sie ihn aufwecken. »Ich an deiner Stelle hätte genau das getan, wenn es jemand mit älteren Rechten gibt. Zumal dir die Wohnung durch Vitamin B in den Schoß gefallen ist. Das ist eine Sache der Gerechtigkeit.« Sie zwang sich dazu, ihn nicht anzuschreien. Tief atmete sie ein, um sich zu beruhigen. Sie wollte ihn nicht vor den Ohren der kompletten Nachbarschaft abkanzeln.

Henning antwortete nicht, doch auf seinen Zügen lag ein verwirrter Gesichtsausdruck.

»Ich verstehe«, Miri seufzte leise. »Es scheint, als ob deine Vorstellung von Gerechtigkeit anders aussieht als meine. Da kann man dann wohl nichts machen.« Sie klappte das Buch zu und schickte sich an aufzustehen.

»Warte!« Seine Stimme klang gehetzt. »Lauf bitte nicht weg.

Du hast vollkommen recht, das ist mir absolut durchgerutscht. Ich verstehe es selbst nicht. Wirklich, du musst mir das glauben. Ich bin normalerweise nicht so. Vielleicht lag es daran, dass ich so froh war, endlich die passende Bleibe für mich und Finn gefunden zu haben. Mehr als zwei Zimmer können wir uns derzeit einfach nicht leisten, aber mit dem Kind sind zwei Zimmer eben auch das Minimum. In ein, zwei Jahren, wenn ich die Schulden abbezahlt habe, suchen wir uns was Größeres.« Er hielt einen Moment inne. »Ich habe mich von Onkel Ottos Erklärung einlullen lassen: wie sinnvoll und hilfreich es für dich sei, wenn du weniger Miete zahlst, weil doch alle deine Ersparnisse im ›Kleinen Bücherschiff‹ stecken.« Er hielt einen Augenblick inne. »Ehrlich gesagt, ich weiß gar nicht, wie ich es wiedergutmachen soll. Ich würde dir am liebsten anbieten, zu tauschen. Aber bei allem Wunsch nach Fairness, es geht nicht. Wir kommen gerade aus einer Einzimmerwohnung. Finn braucht endlich ein eigenes Zimmer und ich ehrlich gesagt auch.«

»Okay«, murmelte sie leise. Natürlich verstand sie die Situation. Und selbstverständlich brauchte er mit seinem Kind mehr Platz, dennoch hatte sie der vermeintliche Verrat schwer getroffen.

»Also verzeihst du mir?« Über Hennings Züge huschte ein hoffnungsfrohes Lächeln.

Miri zögerte. So leicht hatte sie es ihm eigentlich nicht machen wollen. Im Gegenteil, vor einer halben Stunde war ihr Plan noch gewesen, ihm weiterhin aus dem Weg zu gehen. Aber lag das nicht viel mehr daran, wie sehr sich ein generelles Misstrauen Männern gegenüber in ihr festgesetzt hatte? Sie versuchte all die schlechten Gedanken abzuschütteln und die Situation mit

Henning und der Wohnung ganz neutral zu betrachten. Tatsächlich leuchtete ihr seine Platznot als alleinerziehender Vater absolut ein. Normalerweise würde sie von ihm erwarten, alle Möglichkeiten auszuschöpfen, um seinem Sohn ein schönes Leben zu bereiten, vor allem nach dem, was der Kleine durchgemacht hatte. Nicht mehr und nicht weniger versuchte Henning.

Und jetzt hockte er wie ein reumütiger Junge zu Miris Füßen. Sie schüttelte einmal heftig den Kopf, um ihre Gedanken zu entwirren.

»Du verzeihst mir nicht?« Er klang verunsichert.

»Doch, doch«, sagte Miri leise. Als sie ihn ansah, löste sich etwas in ihr. Es gelang ihr einfach nicht, ihm länger böse zu sein. Hoffnung keimte in ihr auf und der Wunsch, Henning doch vertrauen zu können.

»Wirklich?«, erwiderte Henning ebenso leise. Er sprang auf und stellte sich dicht neben ihren Korbstuhl.

Miri erhob sich ebenfalls. »Wirklich.« Ihre Stimme war kaum hörbar.

Henning beugte sich zu ihr herab. »Warum flüstern wir?«, fragte er.

Sein Atem kitzelte an ihrem Ohr. Stocksteif stand Miri da, ihr Herz schlug schnell. Sie wagte nicht, sich zu bewegen, um den Moment nicht zu zerstören.

»Papa?«, erklang Finns Stimme aus der Nachbarwohnung.

Erschrocken trat Miri einen Schritt zurück.

»Hier bist du. Ich warte auf dich. Du hast gesagt, du sprichst nur mal ganz kurz mit der.« Finn deutete mit dem Finger in Miriams Richtung.

»Bitte, Finn, sei nicht so unhöflich. Man nennt Menschen

bei ihren Namen, wenn man über sie spricht, und man zeigt nicht auf sie«, sagte Henning.

»Wenn es sein muss.« Finn sah seinen Vater mit hängenden Mundwinkeln an. »Wann kommst du denn endlich wieder rein? Du hast versprochen, mit mir zu spielen. Versprochen heißt versprochen und wird auch nicht gebrochen!«

»Ich komme gleich, sag doch bitte Miriam auch Hallo, schließlich sind wir jetzt Nachbarn. Einverstanden?«

Finns Mundwinkel sackten noch ein Stück tiefer, sofern das überhaupt möglich war. Miris Herz sank, als sie den kleinen Jungen beobachtete. Zögerlich trat er auf Miri zu. Sie streckte die Hand aus und wollte gerade den Mund zu einem freundlichen Gruß öffnen, als Finns Fuß nach vorne schoss. Seine Fußspitze traf gegen ihr Schienbein, genauso schmerzhaft wie schon beim ersten Mal.

Nicht schon wieder! »So'n Sprottenschiet«, Miri sprang ein Stück zurück, nur weg von diesem Bengel. Aua, das tat ordentlich weh. Finn hatte zielgenau dieselbe Stelle erwischt wie bei seiner ersten Attacke vor einer Woche. Der blaue Fleck war nicht einmal vollständig verblasst.

»Finn!« Henning fasste seinen Sohn bei den Schultern. »Was ist denn los mit dir? Du wirst dich bei Miriam entschuldigen. Sofort!« Seine Stimme klang scharf.

Doch Finn ließ sich nicht beeindrucken. Er presste die Lippen aufeinander und schwieg beharrlich. Einige Augenblicke verharrten sie so. Das Schweigen stand wie eine eisige Wand zwischen ihnen.

Finns Schultern wirkten eingefallen unter den großen Händen seines Vaters. Sosehr Miri sich über ihn ärgerte, so konnte sie doch den verletzten kleinen Jungen unter der Wut sehen. Nur machte das den Umgang mit ihm auch nicht leichter. Schließlich versuchte Miri die Situation aufzulösen. »Ist schon gut«, murmelte sie, »vielleicht sagst du mir beim nächsten Mal einfach ganz normal Hallo, oder, Finn?«

»Ganz und gar nichts ist gut.« Henning gab seinem Sohn einen sanften, auffordernden Schubs. »Letzte Chance. Entweder Entschuldigung oder Computerverbot.«

Finn rührte sich nicht.

»Ab nach drinnen.« Henning seufzte resigniert und schob seinen Sohn vor sich her durch die Tür. »Ich entschuldige mich jetzt an deiner Stelle bei Miriam. Und später reden wir beide.« Er drehte sich um und kehrte zu Miri zurück. »Es tut mir wirklich leid. Wenn er dich besser kennt, dann hört das auf. Versprochen. Tut es sehr weh?« Henning wirkte zerknirscht. Die Sache war ihm offensichtlich extrem unangenehm.

»Es geht schon. Zum Glück ist er nicht schon eins neunzig groß, so wie du.« Miri probierte ein schiefes Lächeln. Vor allem war sie enttäuscht, dass Finn den Augenblick der Nähe, den sie mit Henning geteilt hatte, so unsanft unterbrochen hatte.

»Stimmt.« Henning blickte zur Balkontür, durch die er Finn gerade geschoben hatte. »Sorry, ich sollte ihn besser nicht allzu lange allein lassen.«

»Klar, geh ruhig!«, sagte Miri leise. Der innige Moment ließe sich ohnehin nicht wiederherstellen.

Auch Henning wirkte enttäuscht. Er hielt inne und suchte Miris Blick. Einige Atemzüge lang sahen sie einander in die Augen. Dann wandte Henning sich ab und ging auf die Balkontür zu.

Mist, verdammter! In Miris Kopf fuhren die Gedanken Achterbahn. Sie wollte ihn nicht gehen lassen, nicht so. Aber was konnte sie tun oder sagen? Ein gemeinsames Essen?

»Warte kurz!«, stoppte sie ihn unmittelbar, bevor er die Balkontür erreichte. »Am Samstag. Ein spätes Abendessen bei mir«, schoss die Einladung aus ihr heraus. »Du bringst Finn ins Bett, und sobald er schläft, kommst du rüber. Katja setzt sich bei euch ins Wohnzimmer, falls Finn wach wird. Ich koche was Feines. Was meinst du?«

Henning zögerte kurz. Auf seinen Gesichtszügen spiegelten sich die unterschiedlichsten Überlegungen.

»Katja kriegt das hin. Sie kann gut mit Kindern«, versicherte Miri, so überzeugend sie konnte.

»Okay.« Henning nickte. »Dann machen wir es so. Samstag also.« Lächelnd winkte er ihr zu, ehe er aus ihrem Blickfeld verschwand.

Ein warmes Gefühl stieg in Miri hoch, als sie allein auf dem Balkon zurückblieb. So schnell änderte sich also ihre Meinung, erst wollte sie Henning aus dem Weg gehen, jetzt wollte sie ihn gleich wiedersehen! Sie schmunzelte über sich selbst. Wäre es doch nur schon Samstagabend!

Kapitel 5
Mit dem Bücherschiff auf Kaperfahrt

»Moin, Quiddjes!«, erklang es lachend im Chor.

Miri fuhr herum. Gerade stand sie im Eingang des Bücherschiffes, nachdem sie letzte Handgriffe an die Klappstuhlreihen für die Lesung gelegt hatte. Aufregung schäumte wegen des Events in ihrem Magen wie ein frisch geöffneter Prosecco. So tat es ihr gut, einige freundliche bekannte Gesichter zu sehen. »Hey, wie schön, dass ihr gekommen seid«, begrüßte sie ihre neuen Nachbarn, die bis auf Henning vollständig erschienen waren. »Woher wusstet ihr, dass hier heute was stattfindet?«

»Ihr habt doch bei der Eröffnung Flyer verteilt«, erklärte Liz. »Logo, dass wir bei der ersten Tour dabei sein müssen, schon aus Solidarität. Außerdem ist es irre gemütlich hier.«

Miri strahlte. »Ja, nicht? Ich liebe es auch sehr. Unser zweites Zuhause.«

»Apropos Zuhause. Deine Wohnung musst du uns auch noch vorführen.« Das kam von Tim.

»Ich erwarte mindestens eine zünftige Einweihungsparty«, ergänzte Pablo.

»Kommst du aus Bayern?«, erwiderte Miri.

»Nö, aus Buxtehude. Warum fragst du?«

»Weil du das Wort ›zünftig‹ benutzt hast. Das klingt so gar nicht nach Hamburg, eher nach Oktoberfest«, gluckste Miri amüsiert.

»Ich bin halt polyglott. Und belesen.« Auf Pablos Gesicht lag ein breites Grinsen, als er sich in einer übertriebenen Geste die Haare aus dem Gesicht wischte. »Einfach ein Intellektueller.« Er zog die Nase kraus und nieste völlig unerwartet.

»Eher ein Bakterieller!« Tim lachte lauthals.

Miri schmunzelte. Die Nachbarn waren ihr schon am Eröffnungstag sympathisch gewesen. Nun bestätigte sich dieser Eindruck.

Da Miri erst wenige Wochen in Hamburg wohnte, hatte sie noch keine allzu große Gelegenheit gehabt, sich einen Freundeskreis aufzubauen. Zu Anfang war sie in Katjas Windschatten gelaufen, inzwischen kannte sie eine Handvoll Menschen, mit denen sie sich regelmäßig zum Ausgehen verabredete. Aber das waren Partypeople. Ob sie zu echten Freunden taugten, musste sich noch erweisen. Diese eingeschworene Nachbarschaftstruppe wirkte hingegen auf Miri perfekt. Zumal sie sich auch auf dem »Kleinen Bücherschiff« wohlzufühlen schienen.

»Ich bin nicht erkältet. Das ist der blöde Heuschnupfen.« Pablo nieste noch einmal.

»Gesundheit!« Katja hatte ihren Platz am Eingang zur Kombüse verlassen und trat nun zu ihnen. »Aber nicht, dass du uns die Lesung störst«, fuhr sie augenzwinkernd fort. Dann wandte sie sich an Miri. »Kannst du noch die restlichen Gäste einlassen? Ich wollte schnell den Begrüßungsprosecco vorbereiten.«

Miri nickte und verließ die Gruppe. Im Weggehen hörte sie Liz' Stimme. »Oh, es gibt Alkohol. Großartig! Dann kommen wir jetzt öfter.« Miri lächelte.

Fünfzehn Minuten später schaltete Katja das Mikrofon ein und bat die Gäste, ihre Plätze einzunehmen. Den Autor hatten sie absichtlich erst einmal versteckt. Er wartete in der Kombüse auf seinen großen Auftritt. Natürlich wussten die Zuhörerinnen, wer heute lesen würde, aber so lag eine leichte Spannung in der Luft, die Gäste sahen sich nach dem Schriftsteller um, und einige, die nicht wussten, wie er aussah, spekulierten, wer von den Männern, die in der ersten Reihe saßen, es wohl wäre. Aufgeregt sah Miri auf die Uhr. Es war bereits kurz nach acht. Sie spähte nach draußen, ob sich noch jemand dem Bücherschiff näherte, und als sie niemanden sichtete, ging sie hinein und schloss die rote Tür hinter sich.

Am Nachmittag hatten sie zu den bereits vorhandenen Sitzgelegenheiten knapp zwanzig Stühle, die sie sich vom Restaurantschiff geliehen hatten, hinzugefügt. Viel mehr Raum bot der Salon nicht. Eigentlich hatten sie für ihre erste Lesung, trotz der Flyer, die sie seit dem Eröffnungsabend verteilten, nicht mit allzu viel Andrang gerechnet, obwohl sie mit Ludger Nometz einen beliebten Hamburger Autor hatten gewinnen können. Aber das Bücherschiff gab es einfach noch nicht lange genug, um schon bei allzu vielen Leuten, die regelmäßig zu Lesungen gingen, bekannt zu sein. Allerdings waren zu Miris Erstaunen immer mehr Gäste erschienen. Vielleicht lag es an dem Krimi, der vor allem wegen seines mystischen Settings gerade rauf und runter in den Medien besprochen wurde. Außerdem war der Autor für seine atmosphärischen Lesungen bekannt.

Gespannt verfolgte Miri, wie die Menschen zu ihren Plätzen strebten. Anscheinend hatte der eine oder andere sich gleich beim Reinkommen eine der gemütlichen Ecken gesichert. *Wie im Urlaub*, dachte Miri. Erst einmal das Handtuch auf die Liege. Nur, dass es sich hier und heute eher um Jacken, Schals oder Handtaschen handelte, die die begehrtesten Plätze sicherten.

Als endlich alle ihre Hintern auf den Stühlen und Sesseln geparkt hatten und hinten sogar noch ein paar Leute standen, ließ Miri das Bild auf sich wirken. Gerade einmal zwei Stühle waren frei geblieben.

Die Freundinnen hatten für die Lesung nicht viel umräumen müssen. Lediglich hatten sie versucht, die Stühle so anzuordnen, dass jeder, auch diejenigen, die in den hinteren Reihen saßen, gut sehen konnten. Und das Konzept schien aufzugehen: Auf den Gesichtern der Gäste spiegelten sich die unterschiedlichsten Emotionen, aber allesamt schienen sie gespannt darauf zu warten, was ihnen am heutigen Abend geboten wurde.

Katja betrat den Salon. Vor dem Bauch balancierte sie ein riesiges Tablett, auf dem zahlreiche gut gefüllte Sekttulpen standen.

Miri sammelte sich. Sie hatte lange gebraucht, um sich für das grüne Kleid zu entscheiden, das sie heute trug und das ihren Körper nach Katjas Aussage wie ein Schleier umschmeichelte. Noch mehr Zeit hatte es allerdings Katja gekostet, Miri dazu zu überreden, die Begrüßung zu sprechen. Jetzt machte sich Lampenfieber in ihr breit und lähmte sie für einige Augenblicke. Sie zwängte die Empfindung zurück und schluckte ein paarmal gegen den trockenen Mund an, bevor sie tief einatmete und ans Mikro trat. Wie geübt, stieß sie einen anerkennenden Pfiff aus. »Nun wissen Sie, warum ich mit einer Partnerin arbeite«, erklärte sie und versuchte, den Witz mit mehr Selbstbewusstsein vorzutragen, als sie gerade empfand. »Müsste ich den Prosecco servieren, hätten wir hier längst eine Riesensauerei.«

Die Gäste lachten, während Katja geschickt durch die Reihen tänzelte und jedem Anwesenden das Tablett hinhielt, um bequem ein Glas herunternehmen zu können. Miri entspannte sich derweil ein wenig, das funktionierte ja schon mal ganz gut mit der Rede. Es dauerte nicht lange, bis alle versorgt waren. Katja stellte das Tablett auf dem Verkaufstresen ab, schnappte sich die letzten beiden Gläser und trat zu Miri, die eines davon entgegennahm.

»Herzlich willkommen auf unserem ›Kleinen Bücherschiff‹. Unter dem Motto ›Wir kapern gute Bücher‹ möchten wir Sie herzlich zu unserer allerersten Kaperfahrt begrüßen. Lassen Sie uns darauf erst einmal anstoßen.« Miri hob ihr Glas, und das Publikum tat es ihr gleich. »Auf Hamburgs einziges und schönstes Bücherschiff!« Sie nahm einen tiefen Schluck, ehe sie fortfuhr ihren eingeübten Text aufzusagen.

»Zukünftig, beginnend mit dem heutigen Abend, werden wir hier in regelmäßigen Abständen ein abwechslungsreiches Lesungsprogramm anbieten. Und wenn ich hier sage, dann meine ich nicht hier, den Museumshafen von Oevelgönne, sondern hier, auf dem ›Kleinen Bücherschiff‹, dieser wunderschönen ehemaligen Hafenbarkasse, die sich geradezu darauf freut, endlich wieder Passagiere zu transportieren.« Miri wandte sich in Richtung der Brücke, um zu sehen, ob Kapitän Jansen sein Stichwort bemerkt hatte. In ihrem Magen flatterte es, als mit einem satten Blubbern der Schiffsmotor startete. Die Tour konnte beginnen! Hoffentlich lief alles glatt.

Katja trat einen Schritt nach vorn und übernahm zu Miris Erleichterung das Mikrofon. Auf diesem Schiff war Katja viel eher die Rampensau als Miri. »Wir haben das große Glück, dass Kapitän Jansen seinen Ruhestand mehr als Unruhestand versteht, und er, als wir ihn gefragt haben, sofort bereit war, sich wieder hinter das Steuer einer Barkasse zu klemmen. Einen kleinen Applaus bitte für unseren jung gebliebenen alten Seebären!«

Die Gäste klatschten lächelnd Beifall, und Kapitän Jansen ließ das Schiff zur Antwort einen langen Hupton ausstoßen. Katja fuhr in ihrer Rede fort.

»Wir freuen uns, dass Sie heute mit uns gemeinsam den Premierenabend erleben möchten. Dazu werden wir die Möglichkeiten, die so ein Bücherschiff bietet, voll ausnutzen. Der Kriminalroman, aus dem unser heutiger Stargast lesen wird, spielt im Hamburger Hafen. Was läge da also näher, als die Schauplätze der Morde und Ermittlungen live aufzusuchen und an Ort und Stelle zu lesen. Ein Hoch auf die Wasserstraßen- und Schifffahrtsämter Hamburg, die diese Tour durch ihre Genehmigung erst möglich gemacht haben!« Nun hob Katja das Glas in Richtung der Gäste, und als diese die Geste erwiderten, trank sie einen Schluck.

»Aber nun will ich Sie nicht länger auf die Folter spannen. Es geht los: Wir verlassen den Hafen. ›Das kleine Bücherschiff‹ streckt seine Nase in den Wind und seinen Hintern ins tiefe Elbwasser, wir aber tauchen ab in Ludger Nometz' mystischen Krimi: ›Das Tor zur Welt – Der Hafenmörder‹.«

Applaus brandete auf, als der Schriftsteller hinter dem Verkaufstresen hervortrat und seinen Platz gegenüber den Zuschauern einnahm. Miri richtete das Mikrofon aus und schenkte ihm ein Glas Wasser ein. Erleichtert, endlich aus dem Rampenlicht treten zu können, setzte sie sich neben Katja auf einen der letzten beiden Plätze.

Zu Beginn der Tour fuhren sie zunächst die Orte an, an denen im Buch die Leichen aufgefunden wurden. Während der Fahrt erzählte Ludger Nometz von der Entstehung des Buches, was ihn dazu inspiriert hatte und wie ihm eines Nachts im Traum der Mörder erschienen war. Und natürlich durften die Zuhörer Fragen stellen, die der Autor geduldig beantwortete.

Leider konnte Miri nur kurz entspannen und Nometz' ersten Worten lauschen. Kapitän Jansen hatte Miri und Katja zu Matrosen bestimmt, irgendjemand musste schließlich bei den Manövern helfen. So befolgten sie, wenn es ans Anlegen oder Ablegen ging, brav seine Anweisungen. Katja sprang dann an Land. Miri, bei der eher zu befürchten stand, dass sie statt auf der Kaimauer im öligen Hafenwasser landete, hatte der alte Herr dafür eingeteilt, Katja die Leinen zuzuwerfen oder sie wieder in Empfang zu nehmen, wenn sie zum nächsten Halt der Lesung durchstarteten. Das war alles sehr neu und aufregend und ließ Miri kaum Zeit, die Reaktionen der Gäste während der Manöver zu beobachten.

Kaum hatten sie jedoch am Ort des Geschehens angelegt und Miri wieder Zeit zum Durchschnaufen, veränderte sich die Atmosphäre im Salon. Ludger Nometz' eindringliche Lesung floss in jede Ritze des »Kleinen Bücherschiffs«. Nometz verstand es, die gruseligsten Momente allein durch Pausen und winzige Nuancen in seiner Stimme so heraufzubeschwören, dass die Zuhörer Gänsehaut bekamen. Miri konnte richtiggehend spüren, wie die Gäste sich auf die Geschichte einließen. Auch sie fühlte sich tief in den Roman hineingesogen. Zumal inzwischen ein leichter Nebel über der Elbe waberte, ein seltenes Phänomen, das nur in warmen Nächten vorkam.

So fuhren sie von Schauplatz zu Schauplatz, und nicht nur

die Leichen begegneten ihnen. Mitten in der Speicherstadt, ganz in der Nähe des Wasserschlosses, stießen sie auf den Mörder oder wären zumindest beinahe auf den Mörder gestoßen, denn es gelang ihm gerade noch, hinter dem Gebäude zu verschwinden, als das Boot anlegte. Nach dieser Episode lösten sie zum letzten Mal die Leinen. Es ging zurück zum Museumshafen.

»Nun wird es ein bisschen kabbelig«, rief Kapitän Jansen von der Brücke, als, kurz bevor sie den Altonaer Fischmarkt passierten, vor ihnen ein Containerschiff aus dem Vorhafen in die Fahrrinne Richtung Nordseemündung einbog. Hinter diesem dicken Pott wirkte »Das kleine Bücherschiff« wie ein Spielzeug. Einige der Gäste bestaunten den Größenunterschied, ohne zu ahnen, was da auf sie zukam, und Miris Herz klopfte schnell. Hoffentlich passierte der Barkasse nichts! Sie wechselte einen Blick mit Katja, die jedoch völlig entspannt wirkte.

Gleich darauf erreichten sie die Heckwellen des vorausfahrenden Riesen. Zum Glück hatte Kapitän Jansen die Sache im Griff. Dennoch schaukelte das Bücherschiff heftig auf und ab, als die Wellen an den Rumpf schlugen. Einige Gäste stießen leise überraschte Rufe aus.

Katja griff schnell nach dem Mikrofon, während Miri tief Luft holte. »Kein Grund zur Sorge«, beruhigte Katja die ängstlicheren Gemüter. »So ein bisschen Wogentanz macht uns Fischköppen doch nichts aus, oder? Es gehört schließlich zum Schifffahren wie das Plockern des Motors und der Dieselgeruch.« Auch Miri lächelte den Gästen jetzt aufmunternd von der Seite zu. »Jetzt wissen Sie übrigens, warum jedes unserer Bücherborde im unteren Drittel über so eine hübsche Messingleiste verfügt.

Die Lektüre soll ja den Weg in Ihren Kopf finden und nicht auf Ihren Kopf!«

Katjas Witz schien das Publikum wieder zu entspannen, und Miri atmete auf.

Wenige Minuten später erreichten sie ihren Liegeplatz in Oevelgönne. Ludger Nometz beendete seine Lesung mit einem letzten Ausflug in das Labyrinth des Hamburger Hafens. Es folgte ein langer Applaus, und der offizielle Teil des Abends ging allmählich zu Ende. In Miri sickerte ein warmes Gefühl des Erfolgs. Bisher war alles gut gelaufen, sogar besser als erwartet!

»Herzlichen Dank an Herrn Nometz.« Katja wandte sich an den Schriftsteller. »Es war wunderbar, Ihrem großartigen Vortrag lauschen zu dürfen. Sie haben uns in eine andere Welt entführt.« Noch einmal applaudierten die Zuhörer. Katja fuhr fort: »Herr Nometz hat sich bereit erklärt, noch ein Weilchen zu bleiben. Er signiert gern mitgebrachte oder hier erworbene Bücher und steht auch für Fragen zur Verfügung. Machen Sie gern ausführlich Gebrauch davon. Und denken Sie immer daran: Autoren leben nicht vom Schreiben ihrer Bücher, sondern von deren Verkauf!«

Während Miri beobachtete, wie die Gäste aufstanden und sich schnell eine Schlange vor dem Verkaufstresen bildete, tippte ihr jemand auf die Schulter. Sie wandte sich um. »Moin, Frau Cornelis. Julia Kramers vom Hamburger Abendblatt, Sie erinnern sich?«

»Selbstverständlich.« Miri lächelte erfreut und reichte der Journalistin die Hand. »Ich hatte Sie nur gar nicht wahrgenommen, ich war ziemlich eingespannt die ganze Zeit.«

»Das macht ja nichts. Ich bin schon an Bord gekommen, als Frau Gerbaum die Eintrittskarten kontrolliert hat, und habe mich in ein ruhiges Eckchen verzogen, um den Abend auf mich wirken zu lassen. Olivia Jones hängt übrigens schon wieder schief.«

»Na, die nu wieder.« Miri lachte. »Und? Hat Ihnen die Lesung gefallen?« Während sie die Frage stellte, drückte sie innerlich beide Daumen.

»Ich bin so begeistert! Das alles hier …« Frau Kramers hob die Hände und drehte sich einmal im Kreis. »Ist es peinlich, wenn einer Journalistin die Worte fehlen?«

Miri lachte leise. »Bestimmt nicht. Eher menschlich, denke ich.«

»Eigentlich hat mich Ihr ›Kleines Bücherschiff‹ vom ersten Augenblick an fasziniert«, erklärte die Reporterin. »Bücher, Buchhandlungen und Bibliotheken habe ich schon als Kind geliebt, seit meine Mutter mich in die Kinder- und Jugendbücherei mitgenommen hat. Ich war und bin wohl das, was man eine Leseratte nennt. ›Professors Zwillinge‹ oder ›Die Kinder von Bullerbü‹ habe ich geliebt und natürlich ›Pippi Langstrumpf‹ und später ›Lord Schmetterhemd‹ und ›Hanni und Nanni‹.«

»Da ticken wir ähnlich.« Miri nickte wissend. Auch sie hatte viele freie Stunden in Stades Stadtbücherei verbracht. »Sind Sie gekommen, um wieder einen Artikel über uns zu schreiben?«

»Ursprünglich bin ich rein zum Privatvergnügen hier. Aber schon während der Lesung habe ich beschlossen, eine Art Kritik über die Veranstaltung zu verfassen. Ich kann Ihnen schon verraten, dass es eine Lobeshymne werden wird!«

»Oh …« Miri wusste nicht, was sie antworten sollte. Glück machte sich in ihr breit und ließ sie strahlen.

Julia Kramers lächelte. »Ich oute mich als Fan des ›Kleinen Bücherschiffs‹. Ganz sicher haben Sie mich hier nicht zum letzten Mal gesehen. So, nun muss ich aber los.«

»Sie sind uns immer herzlich willkommen.« Miri schüttelte zum Abschied noch einmal die Hand der Journalistin und begleitete sie zum Ausgang.

Die Gäste zerstreuten sich langsam. Die Signierschlange vor der Ecke des Tresens, an dem Ludger Nometz sich eingerichtet hatte, zählte gerade noch vier Wartende. Miri trat zu Katja, die gerade die übrig gebliebenen Exemplare des Krimis aufeinanderstapelte und unter dem Tresen verstaute.

»Und, wie ist es gelaufen?«, flüsterte sie.

»Bisher habe ich es nur überschlagen. Aber, wenn ich richtig gezählt habe, hatten wir heute 35 Gäste. Das heißt, dass wir allein schon durch die Eintrittsgelder Nometz' Gage drin haben. Zusätzlich haben wir über zwanzig Exemplare des Krimis und noch einige andere Titel verkauft.«

»Wow! Dass wir mit unserem ersten Lesungsabend sogar Gewinn machen, habe ich nicht erwartet!« Miri pfiff durch die Zähne.

»Na ja, Gewinn wäre zu viel gesagt. Wir müssen auch noch den Kapitän bezahlen und den Diesel und unsere Zeit müssen wir auch in Geld umrechnen. Ich denke, wenn wir leicht im Minus rausgehen, haben wir ein gutes Geschäft und vor allem tolle Werbung für uns gemacht.« Katja wirkte überaus zufrieden.

»Jepp, zumal wir die Lesungen ja vor allem veranstalten, weil sie uns selbst so viel Spaß machen. Und wenn sich dann mit der Zeit eine Gruppe von Stammkunden herausbildet, rechnet sich jeder Cent und jede Minute, die wir in die Lesungen investieren.« Miri nickte ihrer Freundin zu. »Apropos Stammkunden. Hast du dran gedacht, am Ausgang die Liste für den E-Mail-Verteiler auszulegen?«

»Na klar. Und wenn ich das richtig sehe, haben sich beinahe alle eingetragen.« Katja blies die Wangen auf und ließ die Luft mit einem Prusten entweichen. »Ehrlich gesagt, dieser schnelle Erfolg macht mir schon fast Angst. Es läuft so gut, zu gut und irgendwie zu glatt.«

»Wer wird denn hier unken?«, erklang Pablos Stimme hinter ihnen. »Natürlich läuft hier alles glatt. Weil ihr alles perfekt durchdacht, vorbereitet und umgesetzt habt und weil ihr euer kleines Bücherschiffchen liebt. Das spüren die Leute. Nicht mehr und nicht weniger.« Liz, Tim und Anne nickten bekräftigend zu seinen Worten.

»Genau!« Miri schlug die Hände zusammen. »Pablo hat bestimmt recht. Alles läuft doch so gut an!«

»Ebent«, sagte Pablo.

»Jetzt berlinert er auch noch.« Katja schlug in gespielter Empörung die Hände über dem Kopf zusammen.

»Polyglott halt. Sag' ich ja.« Pablo grinste breit. »Nu aber mal was anderes. Kriegen gute Freunde hier eigentlich nichts zum Trinken?« Er hielt Miri eine leere Sekttulpe entgegen.

Ein paar Minuten später verließen die letzten Gäste mit guten Wünschen das Schiff. Nur Liz, Pablo, Tim und Anne blieben an Bord. Mit der einzigen übrig gebliebenen Proseccoflasche ließen sie sich in der Biedermeier-Ecke nieder. Miri und Katja zogen sich jeweils einen der Stühle heran und plumpsten mit dramatischem Seufzen darauf nieder. »So, nun sind wir rechtschaffen müde«, erklärte Katja.

»Papperlapapp!«, fiel ihr Anne ins Wort. »Schlafen könnt ihr, wenn ihr tot seid. Jetzt haben wir erst mal ein paar Fragen.«

»Fragen? Was denn für Fragen?« Katja schüttelte verwirrt den Kopf.

»Nicht an dich. An sie.« Anne deutete mit dem Finger auf Miri, die erschrocken vom Nachschenken aufblickte. »Also, Butter bei die Fische: Läuft schon was zwischen dir und Henning? Und wenn nicht: Geht da noch was? Beim Hafenfest habt ihr euch ja ganz schön angeschmachtet.«

»Jepp«, fügte Liz hinzu. »Ich wette mein iPhone, dass ihr ein Paar werdet. Oder seid ihr's schon?« Sie bewegte die Finger, als könnte sie damit Neuigkeiten hervorlocken.

Miri spürte, wie Hitze in ihren Wangen aufstieg. Sollte sie tatsächlich mit beinahe Fremden ihr Privatleben besprechen? Sie wand sich ein bisschen. Sie mochte die Nachbarn, aber noch kannte sie die vier nicht allzu gut. Sie zögerte, ihnen gleich ihre Geheimnisse anzuvertrauen?

»Nu, zier dich nicht so. Trink noch einen Schluck, dann wirst du gesprächiger.« Vor Miris Augen wedelte Tim mit der Proseccoflasche, die er ihr kurzerhand abgenommen hatte.

»Mannomann!«, Miri verdrehte die Augen. »Ihr seid ja lästiger als Schmeißfliegen.«

»Darauf kannst du wetten!« Tim verzog keine Miene. »Du hast eh keine Chance, also rede.«

»Okay, okay, aber viel zu erzählen gibt es nicht«, begann Miri ihren Bericht. »Der Abend nach der Eröffnungsfeier war schon ziemlich besonders. Ich glaube, ich habe mich noch nie mit jemandem so intensiv unterhalten.« Bei der Erinnerung stiegen die wärmenden Gefühle des Abends erneut in ihr auf, vor allem wenn sie an Hennings tiefblaue Augen dachte, in denen sie beinahe versunken wäre.

»Seelenverwandte«, krähte Anne begeistert.

»Langsam. Schließlich hat er mir gleich danach die Wohnung geklaut.« Miri berichtete, was am Tag des Umzugs geschehen war.

Eine Weile diskutierte die Gruppe darüber, ob Henning eine Mitschuld trüge oder nicht. Schließlich hob Miri die Stimme.

»Im Grunde ist es jetzt wurscht. Ich hab' ihm ja vergeben, immerhin braucht er mit seinem Sohn wirklich mehr Platz. Und es gab da so ein Gespräch auf dem Balkon.«

»Hört, hört«, rief Tim »Und dann habt ihr geknutscht, stimmt's?«

»Nein, haben wir nicht. Ich hab ihn zum Essen eingeladen. Mehr nicht.« Miri war der Sekt wohl ein bisschen zu Kopf gestiegen, dass sie das alles erzählte, aber die Wärme in ihren Wangen stammte nicht nur vom Alkohol.

»Das kommt noch. Mach dir keine Sorgen.« Anne legte Miri eine Hand auf die Schulter. »Endlich sind wir im Bilde. Da haben wir ja hoffentlich bald unsere eigene Romanze im Haus! Apropos, jetzt aber nichts wie ab nach Hause. Ich weiß ja nicht, wie es euch geht, aber ich bin hundemüde.«

Gemeinsam machten sie sich auf den Heimweg. Die Nachbarn plauderten fröhlich miteinander, doch Miri hörte gar nicht zu. Stumm trottete sie neben ihnen her, hing ihren Gedanken nach und genoss die Schmetterlinge in ihrem Bauch. Sie fragte sich nicht, woher sie kamen, ob sie wegen des gelungenen Abends herumflatterten oder wegen der Gedanken an Henning. Sie genoss sie einfach und mit ihnen diesen Moment, in dem sie sich seit Langem einmal wieder völlig mit sich und ihren Entscheidungen im Reinen fühlte.

Kapitel 6
Dinner mit Hindernissen

Zum Glück stand das Menü endlich. Noch am Vortag hatte Miri mit zunehmender Verzweiflung die Kochbücher auf dem »Kleinen Bücherschiff« rauf und runter gewälzt, ehe sie sie allesamt als ungeeignet befunden hatte. Das lag vor allem am Thema Meeresküche, denn sowohl für Fisch als auch für Meeresfrüchte reichten Miris dürftige Kochkünste nicht aus. Auch die Idee von Frau Tietgen, die ihr unbedingt ihr Rezept für Labskaus hatte geben wollen, kam definitiv nicht infrage. Allein der Gedanke an Corned Beef, Matjes und rote Bete sorgte dafür, dass Miri sich schütteln musste.

Das Rezept, für das sie sich schließlich entschieden hatte, klang aufwendig, sollte aber nicht übermäßig kompliziert zuzubereiten sein. So lautete zumindest die Aussage des Foodblogs, auf dem Miri schließlich die Kochanleitung entdeckt hatte. Dennoch hatte sie sich für den Nachmittag freigenommen. Ein paar Stunden kam Katja auf dem Schiff auch allein klar. Ihr Menü für Henning lautete nun also folgendermaßen:

Wachtelei an Kresseschaum

Kalbsbäckchen auf einem Bett aus
Mairübchen an Rotweinjus

Erdbeermousse in schokolierter Waffel

Ein romantisches Dinner mit nicht zu viel Aufwand, viel Wirkung und zum Glück auch für Anfängerinnen geeignet, so hieß es.

Gut … Dass Mairübchen Mairübchen hießen, weil es sie nur im Mai zu kaufen gab, darauf hätte man kommen können. Aber daran sollte es nicht scheitern. Ohnehin wusste Miri nicht, wie Mairübchen schmeckten. Also kaufte sie Karotten. Mit karamellisierten Karotten lag man niemals falsch.

Auch mit den Kalbsbäckchen lief nicht alles glatt. In den Supermärkten Nummer eins und zwei blitzte Miri mit ihrem Anliegen ab. In Supermarkt Nummer drei fand sich dann zum Glück ein netter Metzger, der zwar auch keine Kalbsbäckchen vorrätig hatte, ihr aber eine geeignete Alternative vorschlug.

Voller Zuversicht und mit prall gefüllten Einkaufstaschen kehrte Miri in die Wohnung zurück und machte sich hoch motiviert an die Arbeit. Sie würde das Menü schon rocken.

Die Rezepte und ein grober Ablaufplan lagen bereits auf der Arbeitsfläche. Zuerst leerte Miri eine Flasche Rotwein in einen Topf und fügte Rinderknochen, Gewürze und klein geschnittenes Wurzelgemüse hinzu, und dann hieß es köcheln lassen. In zwei Stunden sollte der Ansatz durchpassiert werden und anschließend weiter einkochen, bis eine sämige Soße übrig bliebe.

So weit, so gut. Innerlich jubilierte Miri. Das lief doch wie am Schnürchen. Wenn sich die Zubereitung weiter so unkompliziert gestaltete, wäre das Kochen ein Kinderspiel.

Allerdings ergaben sich bei der Vorbereitung der Ersatz-Bäckchen, also der alternativen Körperteile des Tieres, erste Unsicherheiten. Der Metzger hatte die Zubereitung genau erklärt. Nur hatte sie in ihrer Freude, endlich eine Lösung gefunden zu haben, leider nicht richtig – genau genommen gar nicht – zugehört.

Miri studierte das Rezept. Es würde sicher nicht schaden, sich daran zu halten. Einen Augenblick dachte sie darüber nach, den Braten in kleine Stücke zu zerteilen, um der Größe der Bäckchen nahezukommen. Andererseits machte ein zerstückelter Braten nicht halb so viel her. Eine Stunde Garzeit stand im Rezept. Kurz entschlossen stellte Miri die Zeitschaltuhr ihres Ofens auf 90 Minuten ein. Eineinhalb Stunden reichten ganz bestimmt. Sie nickte ihrer Spiegelung in der Backofentür zu und stellte die Wärmeeinstellung auf 130 Grad ein. Irgendwo hatte sie gelesen, dass Fleisch bei niedrigen Temperaturen besonders saftig blieb.

Einige Minuten später lag der Braten gemeinsam mit Wurzelgemüse, Rotwein und Gewürzen in der Fettpfanne des vorgeheizten Backofens. Miri schickte ein Stoßgebet zum Himmel. Möge der Braten zart und köstlich wieder hervorkommen!

Weiter ging es mit der Erdbeermousse oder einem Dessert, das dem gleichkäme. Schließlich handelte es sich bei einer Mousse auch nur um einen aufgemotzten Pudding, der viel mehr Arbeit verursachte, ohne deutlich besser zu schmecken. So hatte Miri, statt sich auf das Abenteuer Wasserbad einzulassen, eine fertige Creme zum Anrühren mit Milch gekauft. Diese schlug sie nun mit dem Handrührgerät auf, mischte ein paar frische Früchte hinein und pimpte das Ganze mit geschlagener Sahne, die sie anweisungsgemäß vorsichtig unterhob. Sie schüttelte den Kopf. ›Unterheben‹, schon wieder so ein typisches Wort aus der Rezeptsprache. Immerhin kannte sie die Bedeutung dieses Begriffs, so manche andere Formulierung hatte sie erst einmal bei der guten alten Tante Google nachschauen müssen. ›Schokolieren‹ zum Beispiel. Danach hatte sie beschlossen, auf die schokolierten Waffeln zu verzichten. Was war verwerflich daran, das Erdbeererlebnis, wie sie die Nachspeise kurzerhand taufte, in profanen Glasschalen zu servieren?

Nachdem sie die Kühlschranktür geschlossen hatte, hackte Miri die Kresse für den Vorspeisenschaum. Danach gönnte sie sich eine Pause. Es würde noch eine ganze Weile dauern, bis Henning endlich eintraf, schließlich konnten er und Katja erst die Plätze tauschen, wenn Finn eingeschlafen war. Netterweise hatte sich Katja trotz des allein auf dem »Kleinen Bücherschiff« verbrachten Arbeitstages auch noch bereit erklärt, den Abenddienst mit Finn zu übernehmen. Katja hatte echt was gut bei ihr.

Ihre verspannten Schultermuskeln entlockten Miri ein Stöhnen. *Morgen habe ich wahrscheinlich Muskelkater vom Kochen*, ging es ihr durch den Kopf. Himmel, wenn sie so einen Satz in der Öffentlichkeit von sich gäbe, würden sie die meisten Frauen und ein Großteil der Männer auslachen. Irgendwann müsste sie wirklich einmal richtig kochen lernen. Vor allem, da nun ein Mann mit Kind am Horizont aufgetaucht war, wenn auch noch ganz zaghaft. Wie Finn wohl auf ihr bestes Rezept reagieren würde? Lecker Grießbrei mit Himbeersaftkonzentrat. Wahrscheinlich würde er ihr noch kräftiger als sonst vor das Schienbein treten, dieses Mal allerdings zu Recht.

Sie dehnte ihre Muskeln und gähnte herzhaft. Vielleicht wäre jetzt ein guter Zeitpunkt für ein Nickerchen? Ein halbes Stündchen war sicherlich drin. Was sollte schon schiefgehen? Die Vorbereitungen hatte sie weitestgehend abgeschlossen. Vorsichtshalber kontrollierte sie noch einmal den Soßentopf, ehe sie in das gemütliche Bett kroch. Sie kuschelte sich in die Kissen und war gleich darauf eingeschlafen.

Katjas Stimme riss Miri unsanft aus dem Schlaf. »Ich bin mir ziemlich sicher, dass der Soßenansatz so nicht sein soll.«

»Was?« Miri schrak auf. Wo kam Katja denn so plötzlich her?

»Wie bist du reingekommen?«

»Mit dem Ersatzschlüssel, den du mir gegeben hast. Auf mein Klingeln hast du nicht reagiert.«

»Verdammter Sprottenschiet!« Miri rappelte sich erschrocken hoch, es musste mindestens acht Uhr sein, wenn Katja schon da war. Ihr Herzschlag flatterte. »Ich komme.« Sie warf die Bettdecke von sich und sprang aus dem Bett. »Was war das mit der Soße?«

»Sie ist angebrannt. Riechst du das nicht?«

Miri hielt schnuppernd die Nase in die Luft. »Jetzt, wo du es sagst.« Sie eilte zum Herd, riss den Deckel vom Soßentopf und ließ ihn gleich wieder fallen. »Heiß, heiß, aua«, entfuhr es ihr. Einen Augenblick stand sie völlig orientierungslos herum. Was sollte sie zuerst tun? Nach der Soße sehen oder sich um die pochende Hand kümmern? Leicht panisch entschied sich Miri zum Multitasking, zum Glück war die Küche klein genug. Während sie die verbrannten Finger unter den eiskalten Wasserstrahl hielt, kramte sie mit der anderen Hand in einer Schublade nach den Topflappen. Als sie endlich fündig geworden war, hob sie den Deckel an und spähte in den Topf.

»Verdammter Mist!«, stieß sie hervor. Kein einziger Tropfen Flüssigkeit befand sich mehr darin. Stattdessen klebten die leicht angekohlten Überreste des Gemüses und die Knochen, die sie zum Auskochen mit hineingetan hatte, am Topfboden.

»Die kannst du vergessen«, sagte Katja hinter ihr. Miri konnte ihre Grimasse geradezu hören. »Aber immerhin lässt sich der Topf retten.«

»Mist, Mist, Mist!« In Miris Augen brannten Tränen. Sie schluckte dagegen an. Jetzt nicht losheulen, schließlich handelte es sich nur um so etwas Profanes wie eine Soße. ›Aufstehen, Krone richten, weiterkochen‹, lautete das Motto jeder Prinzessin, vor allen Dingen, wenn sie ihr Schicksal selbst verschuldet hatte. Was hatte sie sich auch zum Schlafen hinlegen müssen? Miri stieß die Luft durch die Zähne, schnappte sich den Topf vom Herd und stellte ihn in die Spüle. »Müssen wir eben ohne Soße auskommen.« Sie nickte ihrer besten Freundin zu, zum Zeichen, dass sie die Sache im Griff hatte. »Oder irgendwie improvisieren. Mir fällt schon was ein.«

Sie wandte sich dem Backofen zu. Hoffentlich war der Braten nicht auch verbrannt. Zum Glück wirkte das Fleisch, das in der Fettpfanne des Backofens lag, saftig und bereits leicht gebräunt. Erleichtert schloss sie die Backofentür wieder, schaltete aber vorsichtshalber den Ofen aus und die Warmhaltefunktion ein. Noch mehr verkohltes Essen konnte sie heute nicht verkraften. Immerhin würde sie Fleisch servieren können, wenn auch ohne Soße.

Also weiter im Text. Miri warf einen Blick auf den Zeitplan, während es sich Katja mit einem Glas Wein und einer Zeitschrift auf dem Sofa gemütlich machte, um Miris Bemühungen aus dem Off zu kommentieren. Als Nächstes stand Tischdecken auf dem Programm. Sie hatte ihr Lieblingsgeschirr, das mit den hingetupften Mohnblüten, bereitgestellt. Nun richtete sie damit den Tisch auf dem Balkon her und dekorierte ihn mit frischen Blumen, die Katja mitgebracht hatte. Zu guter Letzt stellte sie noch ein paar Teelichter auf. Eigentlich hatte Miri die silbernen Kerzenständer, die sie von ihrer Oma bekommen hatte, verwenden wollen. Aber die waren so groß, dass sie wahrscheinlich im Weg stünden, wenn sie einander in die Augen schauen wollten.

Gerade rückte Miri die letzte Gabel zurecht, als ein Windstoß die Tischdecke auffliegen ließ. Sie sah zum Himmel auf. In der Ferne bildeten sich graue Wolken. Alarmiert betrachtete Miri eine Weile das kleine Wolkengebirge, das sich da auftürmte, doch es bewegte sich derart gemächlich, dass sie bestimmt längst mit dem Essen fertig waren, ehe die Wolken über ihrem Balkon ankämen.

Fünfzehn Minuten später riss ein mehrfaches Plinggeräusch von herabfallenden Regentropfen Miri aus ihren Gedanken. Sie ließ alles fallen und stürzte zum Balkon. Einer der Papierbögen, auf dem sie die Rezepte ausgedruckt hatte, schwebte in langsamen Kreisen zu Boden. In diesem Moment erleuchtete ein Blitz den Himmel, dicht gefolgt von einem ohrenbetäubenden Donnerschlag.

»Das darf doch nicht wahr sein!«, fluchte Miri lautstark. Spätestens jetzt lag es auf der Hand. Irgendeiner da oben versuchte ihr Liebesleben zu sabotieren. Aber das würde sie nicht zulassen. Von so ein bisschen Regen ließ sie sich nicht einschüchtern. Aber zuerst musste alles, was sie so sorgfältig arrangiert hatte, wieder nach drinnen.

Dummerweise stand Katja gerade in Miris Badezimmer unter der Dusche, um sich für ihre Aufgabe als Babysitterin frisch zu machen. So nahm Miri mit Todesverachtung allein den

Kampf gegen ein Gewitter auf, das sich richtig ins Zeug legte. Dicke Tropfen peitschten in ihr Gesicht und durchnässten ihre Kleidung. Sie hatte noch nicht einmal die Teller zusammengeräumt, da war sie bereits komplett durchnässt. Dreimal musste sie nach draußen, bis sie alles zurück in die Küche getragen hatte.

Am Ende stand sie seufzend an der Spüle und kippte das Wasser aus den Gläsern. Ihre Sandalen waren völlig durchweicht und quietschten bei jeder Bewegung, ihre orangefarbene Bluse wirkte tiefrot vor Nässe. Aus Miris Haaren sickerte Wasser. Es tropfte auf ihre Nase oder rann ihr in den Nacken.

Als Katja endlich das Badezimmer frei machte – nicht ohne bei Miris Anblick in schallendes Gelächter auszubrechen –, riss sie sich die durchnässte Kleidung vom Leib. Dann wickelte sie sich in das weichste Handtuch, das sie finden konnte, und blieb erst einmal einen Moment auf der Badewannenkante sitzen, um niedergeschlagen darüber nachzudenken, wie sie den Abend noch retten konnte. Schließlich trocknete sie sich gründlich ab und schlüpfte in ihr Lieblingskleid, ein hellblau gemustertes Maxikleid mit mehreren Stufen, dessen weicher Stoff zum Darüberstreichen einlud. Eigentlich konnte doch jetzt nicht noch mehr schiefgehen. Oder doch? Wie hatte ihre Oma immer gesagt: »Erst wenn du das tiefe Tal durchschritten hast, siehst du, dass es hinter der Kurve erst richtig abwärts geht.«

Aber davon wollte sie sich jetzt nicht runterziehen lassen. Seufzend klappte Miri den winzigen Tisch, den sie zwischen Küchenzeile und Bett angeschraubt hatte, von der Wand und holte zwei Klappstühle aus dem Schrank. Einer ließ sich problemlos hinstellen, der andere kollidierte mit dem Bett. »Oh Mann!«, murmelte sie. So viel zur Gemütlichkeit ihrer Einzimmerwohnung. Sie würde auf dem Bett sitzen müssen. Nach einem eleganten Dinner sah das nun wirklich nicht aus. Aber irgendwo mussten sie ja essen.

Immerhin, zwei Teller, zwei Gläser und Geschirr fanden geradeso Platz auf dem Tisch. Auf Deko mussten sie verzichten. Aber, das wiederholte Miri im Geiste ein ums andere Mal, sie würde schon irgendwie improvisieren – ihr Mantra des heutigen Tages. Es kam ja auf die Gesellschaft an, nicht auf die Deko.

Als Henning endlich an der Tür klingelte und den Platz mit Katja tauschte, war es bereits nach 21 Uhr. Miri atmete auf und verdrängte den Gedanken an ihre Oma. Auch wenn der ganze Tag von Katastrophen durchsetzt gewesen war, ab jetzt musste es einfach aufwärts gehen.

Sie begrüßte Henning an der Tür. Ihr Herz machte einen Hüpfer, als er sie mit strahlend weißen Zähnen anlächelte. Auch er hatte sich schick gemacht. Er trug ein tailliertes hellblaues Hemd und cremefarbene Chinos mit einem braunen Ledergürtel und sah einfach insgesamt fantastisch aus mit seinem kantigen Kinn, den dunklen Haaren und den unwiderstehlichen Augen. Miri wusste nicht, ob sie ihn zur Begrüßung umarmen sollte, und so standen sie einen Moment verlegen voreinander, bevor Miri ihn schließlich hereinwinkte.

»Nun verstehe ich erst richtig, warum dir die Zweizimmerwohnung so wichtig war«, sagte Henning, als sein Blick auf den winzigen Tisch fiel.

Miri grinste. »Gut, dass du es einsiehst. Nur leider zu spät.« Sie zwinkerte ihm zu und unterbrach sich. Besser sie wärmte dieses Thema nicht wieder auf, sie hatte ihm ja eigentlich schon vergeben, es leuchtete ein, dass Finn ein eigenes Zimmer brauchte. Der Abend sollte nicht mit einem Streit beginnen oder gar schneller enden als geplant.

»Eigentlich wollte ich draußen decken. Besser gesagt: Ich habe zuerst draußen gedeckt und dann eine kalte Dusche abbekommen«, sagte Miri zu Henning mit einer schiefen Grimasse.

»Oh nein, du Arme. Hättest du doch was gesagt – wir hätten das Essen auch verschieben können.« Henning lächelte mitfühlend.

»Auf keinen Fall, da war ich schon so gut wie fertig. Apropos fertig«, sagte sie. »Setz dich schon mal hin. Ich muss nur noch kurz Hand an die Vorspeise legen.«

Tatsächlich ging dieses Mal nichts schief. Die Wachteleier ließen sich problemlos mit einem scharfen Messer aufschlagen. Auch die Milch mit der gehackten Kresse schäumte einwandfrei, sodass Miri schon nach wenigen Minuten zwei Teller auftrug, gefüllt mit jeweils drei Wachtel-Spiegeleiern, geröstetem Brot und einem großen Klecks Kresseschaum.

Erleichtert atmete sie auf. So hatte sie sich das vorgestellt. Optisch zumindest, denn kulinarisch fand sie das Ergebnis nicht gerade spannend. Spiegelei war Spiegelei, dazu ein bisschen Kresse, etwas Milch und Salz. Aber immerhin sah der Teller schick aus, und Henning schien es zu schmecken. Er grinste breit und stieß immer mal wieder ein leicht übertriebenes »Hmm« aus. Wahrscheinlich galt sein Lob mehr dem spanischen Rotwein, den Miri großzügig nachschenkte.

»Das war lecker«, erklärte Henning, als er den Löffel niederlegte.

»Freut mich«, antwortete Miri, die sich mehr über seine freundlichen Worte freute, als dass sie ihnen glaubte. Als nächstes kam der Hauptgang und damit der Moment der Blamage, schließlich fehlte es bei diesem Gang an allem: an Soße, an Kalbsbäckchen und an den Mairübchen. Besser, sie bereitete Henning darauf vor.

»Bei der Rotweinjus ist mir leider ein Missgeschick passiert. Sie ist mir derart angebrannt, dass ich sie wegwerfen musste. Ich hätte sie nur noch als Kohlejus servieren können.« Sie trank einen Schluck Rioja und kicherte verhalten. Eigentlich war ihr nicht nach Lachen zumute, aber nach ihrer Erfahrung machte ein bisschen Humor das Leben ein Stück leichter. Ganz sicher auch eine verbrannte Soße.

»Ach, das kann doch jedem mal passieren.« Henning winkte ab. »Hätte ich gekocht, gäbe es zu allen drei Gängen nichts als Spiegelei. Nur vielleicht etwas größere als deine.«

Miri ließ die Schultern hängen. »Ich wusste es, die Vorspeise war nicht so dein Ding.«

»Aber nicht doch. Ich mag Spiegelei. Finn auch. Wir machen uns jeden Sonntag zwei Stück mit Speck und Zwiebeln.«

»Du meinst wohl, nicht so fade wie meine Wachteleier.« Miri konnte ein peinlich berührtes Lachen nicht unterdrücken. »Ich hoffe, der nächste Gang wird besser.« Sie nahm die Teller auf und trat an die Küchenzeile, um die Hauptspeise anzurichten.

Der Braten wirkte zum Glück unverändert. Vorsichtig hob Miri die Fettpfanne aus dem Ofen und stellte sie auf den Herd. Sie verteilte das Gemüse aus dem Bratenfond auf den Tellern und schob vorsichtig jeweils eine Handvoll karamellisierter Karotten daneben, ehe sie den Braten auf ein Brett legte, um mühsam zwei dicke, innen noch deutlich rote Fleischlappen abzusäbeln.

Mit hochgezogenen Brauen beäugte sie die angerichteten Teller. So ganz ohne die Jus wirkte das Ensemble verdammt trostlos. Henning schenkte ihr dennoch ein Lächeln, als sie die Teller auf dem Tisch abstellte. Halbwegs beruhigt öffnete Miri die zweite Flasche Wein und füllte die Gläser, ehe sie das Besteck zur Hand nahm. »Guten Appetit.«

»Englisch gegart«, sagte Henning tonlos, ehe er nach Messer und Gabel griff.

Miri tat es ihm gleich. Vorsichtig pikste sie mit der Gabel in eine karamellisierte Möhre. Die Karotte zerfiel in zwei Teile und ließ sich beim besten Willen nicht aufspießen. Da war das Gemüse wohl schon ein wenig zu durchgegart. Kurzerhand schob Miri die beiden Stücke mit dem Messer auf die Gabel und führte diese zum Mund.

»Igitt«, entfuhr es ihr. Das, was sie gerade am Gaumen zerdrückte, glich keinem Gemüse mit Anstand. Diese Matsche könnte ebenso gut aus einem Glas mit Babynahrung stammen. Es fehlte an allem, an Konsistenz, an Salz, an Geschmack.

Henning musterte derweil das Messer in seiner Hand mit einem Stirnrunzeln. Seine Gabel steckte in dem Fleischstück auf seinem Teller. »Das Messer ist vielleicht ein wenig stumpf«, erklärte er mit merklichem Zögern.

Miri blinzelte irritiert. Sie verstand nicht, was er damit sagen wollte. Statt nachzufragen, griff sie nach ihrem Glas und nahm einen kräftigen Schluck Rotwein.

Henning hatte offensichtlich eine Antwort erwartet. Als diese nicht kam, sah er Miri mit einem verunsicherten Lächeln an und widmete sich wieder dem Fleischlappen auf dem Teller. Mehrmals führte er das Messer vorsichtig hin und her. Allerdings ohne Ergebnis. Nur der Tisch wackelte ein wenig. Henning verstärkte seine Bemühungen. Das Fleisch gab zwar minimal nach, gleichzeitig legte jedoch der Klapptisch ein Tänzchen aufs Parkett. Endlich hatte Henning ein Stück abgesäbelt. Er beäugte es misstrauisch und führte es schließlich zum Mund. Miri nahm währenddessen einen weiteren Schluck aus dem Rotweinglas.

Henning kaute. Miri trank einen Schluck Rioja. Eine angenehme Wärme machte sich in ihrem Inneren breit. Henning kaute immer noch. Miri trank vom Rioja. Inzwischen fühlte sie sich schon ein wenig angeheitert. Henning kaute kräftiger. Miri trank. Schließlich seufzte er leise. Mit schuldbewusstem Gesichtsausdruck nahm er die Serviette zur Hand und spuckte das Ergebnis seiner Bemühungen hinein. Miri musterte ihn, während sie ihr Glas seufzend abstellte.

»Satz mit X?« Sie zog eine schiefe Grimasse, die Bedauern und Belustigung zugleich bedeuten sollte. »Ich schätze, kochen gehört nicht zu meinen Kernkompetenzen«, fügte sie hinzu. Sie stützte die Ellenbogen auf den Tisch und ihr Kinn in die Hände. »Wahrscheinlich wäre es lustig, wenn es nicht so traurig wäre.«

»Ach Quatsch!« Henning griff über den Tisch nach Miris Hand. »Das Essen ist doch zweitrangig. Hauptsache, wir verbringen Zeit miteinander.« Er grinste. »Vielleicht sollten wir das einfach wegräumen und vergessen. Ich bin ohnehin nicht sehr hungrig.« Sein knurrender Magen ließ das Gegenteil vermuten.

»Ich glaube, dein Körper sieht das anders.« Miri sprang auf, um wenigstens noch den Nachtisch anzubieten. Allerdings zu schwungvoll nach dem vielen Rotwein. Sie schwankte leicht, bekam sich aber zum Glück schnell wieder in den Griff. Das nächste Glas würde sie besser langsamer leeren, vor allem, solange sie kaum etwas gegessen hatte.

»Ich stelle diese Katastrophe jetzt weg und hole den Nachtisch. Der ist auf jeden Fall gelungen. Außerdem habe ich vier Portionen vorbereitet, so kriegen wir wenigstens ein bisschen was in den Magen«, erklärte sie rigoros.

»Nicht nötig.« Henning winkte ab. »Vielleicht gehen wir besser kein Risiko ein?« In seiner Stimme lag ein fragender Unterton. Offensichtlich gab er sich alle Mühe, Miri nicht zu beleidigen.

»Nein, nein. Keine Sorge. Ich habe das Dessert probiert. Es ist wirklich gut.« Mit neu gewonnenem Enthusiasmus trat Miri an den Kühlschrank, um gleich darauf mit vier großen Schalen voller Erdbeerpudding zurückzukehren. Sie stellte zwei Schüsselchen auf den Tisch, die beiden übrigen parkte sie vorsichtig am Kopfende ihres Bettes auf der Matratze. Dann nickte sie Henning zu. »Probier mal, bitte. Ich setze mich erst, wenn du grünes Licht gibst. Wenn es dir nicht schmeckt, bestellen wir Pizza.« Sie hielt ihr Smartphone wie zum Beweis in die Höhe.

Henning lachte. »Na dann.« Er tunkte den Löffel ins Dessert und führte ihn zum Mund. Ein strahlendes Lächeln zog über sein Gesicht. »Hm. Köstlich. Du hast völlig recht. Der Nachtisch ist wirklich sehr lecker. Du darfst dich also setzen.«

Miri grinste und ließ sich mit einem erleichterten Aufatmen auf die Bettkante plumpsen. Das leise Klirren von Glas erklang. Sie beachtete es nicht weiter, sondern griff nach ihrer Puddingschale.

»Oh, oh!«, drang Hennings Stimme in den ersten zufriedenen Augenblick, den Miri seit Beginn dieses Essens empfand. »Dein Bett.«

»Mein Bett?« Verwirrt folgte Miri Hennings Blick. Oh nein, das durfte doch nicht wahr sein! Sie blinzelte zweimal, um sicherzugehen, dass sie sich die Katastrophe nicht nur einbildete. Aber das Schicksal verhielt sich nicht gnädig. Hilflos schaute sie zu, wie aus den umgekippten Glasschüsseln Erdbeerpudding über Matratze und Kopfkissen rann. Ein Fiasko in Rosa, das sich in gemächlichem Fließtempo immer weiter ausbreitete. Gebannt, regelrecht erstarrt betrachtete Miri das Elend. Dann schüttelte sie den Kopf, griff nach ihrem Weinglas und leerte es vor lauter Verzweiflung in einem Zug.

Henning reagierte sofort. Blitzschnell räumte er das Geschirr zur Seite und klappte den Tisch an die Wand. Miri hatte ihn wie ferngesteuert beobachtet. Sie stand einfach nur da – die rosa Erdbeersoße schien ein Sinnbild für ihren momentanen Zustand zu sein.

»Miri? Alles okay bei dir?«

»Okay wäre geschmeichelt«, stieß sie frustriert aus. »Vielleicht sollte ich den Kontakt mit Männern einstellen. Immer, wenn ihr Kerle was damit zu tun habt, läuft alles schief. Mein Verlobter betrügt mich. Mein Chef behält lieber ihn als mich in der Praxis. Du schnappst mir die Zwei-Zimmer-Wohnung weg und für mich bleibt nur diese winzige Bude, in die kein Tisch passt, und dann kriege ich nicht einmal das einfachste Essen hin. Ich bin absolut lebensunfähig!«, sagte sie halb scherzend, halb ernst.

Henning ignorierte ihr Männerbashing. Stattdessen lachte er ihr ins Gesicht. »Das kommt dir nur so vor. Jeder hat mal einen schlechten Lauf. Außerdem hast du ›Das kleine Bücherschiff‹, und wenn das kein Erfolg ist, dann weiß ich es auch nicht.« Er ging auf sie zu und ergriff ihre Hand. »Außerdem haben wir auch mittlerweile schon die zweite Flasche Wein offen.«

»Du hast leicht reden«, murmelte Miri.

»Oh nein, keineswegs. Du erinnerst dich an meinen Sohn? Finn. Der Sechsjährige, der von seiner Mutter – übrigens genau wie ich – verlassen wurde und der dir so gern vor das Schienbein tritt?«

Miri schrak auf. *Ups!,* ging es ihr durch den Kopf. Wie hatte sie das vergessen können? Das, was Henning und Finn in den letzten zwei Jahren durchgemacht hatten, war um einiges schlimmer gewesen als ihr Ding mit Karsten.

Henning trat einen Schritt näher. Er roch nach einer Mischung aus Miris Lieblingsweichspüler und Aftershave, ein guter, starker Geruch, der ihr auf Anhieb gefiel.

Ein Lächeln huschte über Hennings Züge. Auch Miri lächelte, während sie sein Gesicht musterte. Schließlich blieb ihr Blick an seinen Augen hängen. Henning schwieg, die Intensität, mit der er sie ansah, drang tief in Miris Seele. Lange standen sie einfach da, blickten einander in die Augen und lauschten dem Schlagen ihrer Herzen.

Henning griff nach Miris Hand. Sofort beschleunigte sich ihr Atem. Einen Moment verharrten sie so, verbunden in einem Blickkontakt, der alles versprach und nichts verbarg. Dann neigte Henning den Kopf und lehnte sich Miri entgegen. Während er sich langsam näherte, hielt Miri den Atem an, bis sich endlich ihre Lippen berührten.

Sein Kuss schmeckte nach Erdbeeren, honigsüß, köstlich, verheißungsvoll. Ein süßer Genuss und dennoch nur ein Vorge-schmack. Miri schob sich näher an ihn heran, er erwiderte ihr Drängen, schlang einen Arm um sie und zog sie fest an sich. Als sie atemlos den Kuss unterbrachen, legte Miri ihren Kopf an seine Schulter, sie spürte seinen Herzschlag an ihrem Ohr. Er schien den ihren zu ergänzen. Ba-bumm, Ba-bumm. Hen-nings Herz schlug das Ba und ihres das Bumm. Ba-bumm, Ba-bumm.

Miri entfuhr ein Seufzen. Dieser Augenblick fühlte sich so unglaublich richtig an. Sie rückte ein Stück von ihm ab, um noch einmal in seine meerblauen Augen zu schauen. Ein zärt-liches Lächeln umspielte seine Mundwinkel. Sie sahen einander an, versanken geradezu in den Blicken des anderen. Schließlich presste Henning erneut seine Lippen auf Miris. Hatte der erste Kuss nach Verheißung geschmeckt, so schmeckte der zweite nach Sehnsucht.

Als sie sich schließlich voneinander lösten, atmeten sie beide schwer. Eigentlich wollte Miri etwas sagen, doch sie brachte kein Wort heraus. Die Schmetterlinge, die zuvor noch in ihrem Magen herumgeflattert waren, flogen zu ihrer Kehle auf und versagten ihr die Sprache.

Dieses Mal ergriff sie die Initiative. Sie drängte sich Henning erneut entgegen, hob den Kopf und küsste ihn sanft. Sie knab-berte an seiner Unterlippe und ließ ihre Zunge über seine Ober-lippe gleiten. Doch nur kurz.

Er erwiderte ihren Kuss so leidenschaftlich, dass auch sie alle Selbstbeherrschung fallen ließ und sich ganz der Sehnsucht hingab, die seine Hände auf ihrem Körper weckten. Wo er sie berührte, schien ihre Haut zu brennen.

»Mir ist heiß«, murmelte sie.

»Und mir erst.« Seine Stimme klang gedämpft, während er sich mit seinen Lippen zärtlich von ihrem Ohrläppchen zum Schlüsselbein hinabarbeitete.

Nur mit Mühe unterdrückte Miri ein Stöhnen. Ein Schweißtropfen fiel aus ihren Haaren in den Nacken und rann ihren Rücken hinunter. Sie atmete tief ein. Die Hitze ihrer beider Körper schien fast zu groß für den winzigen Raum.

Dann klopfte es. Für einen kurzen Moment wusste Miri nichts mit dem Geräusch anzufangen.

»Es tut mir leid, euch zu stören«, drang Katjas Stimme durch die Tür. »Ich muss sofort los. Felix hat angerufen, wir haben einen Wasserrohrbruch im Haus und anscheinend ist das Leck in meiner Wohnung. Außerdem ist Finn durch das Dudeln des Telefons aufgewacht. Und er wirkt not amused.« Sie klang ein wenig atemlos.

Henning reagierte sofort. Er löste sich von Miri, warf ihr einen entschuldigenden Blick zu und erreichte mit zwei schnellen Schritten die Tür.

»Ich muss gehen.« Er hielt inne und wandte sich noch einmal zu ihr um. »Aber wir sind hier noch nicht fertig.« Auf seinen Lippen lag ein beinahe unverschämtes Lächeln. Dann verließ er das Zimmer. Keine zwei Atemzüge später fiel die Wohnungstür hinter ihm ins Schloss.

»Ich brauch noch meine Schlüssel. Liegen die hier irgendwo?« Katja, die gerade hereinkam, sah sich suchend um. »Sorry, das ist dumm gelaufen. Aber bei dir wohl auch.« Sie wies auf Miris Bett und die erdbeerrosa Lache, die an den Rändern bereits eintrocknete. »Unfall oder Absicht?«

»Was denkst du denn?« Miri stieß einen tiefen Seufzer aus. Für den Moment schwebte sie noch ein wenig zwischen Traum und Wirklichkeit, so tief war sie in Hennings Augen versunken. Es dauerte ein paar Atemzüge, bis sie sich mühsam wieder der Realität stellen konnte.

»Also ein Unfall.« Katja nickte verständnisvoll. »Hauptsache, der Rest hat gestimmt.«

Miri musste lachen. »Sagen wir, der Teil nach dem Puddingfiasko war ziemlich gelungen, und über das Essen breiten wir den Mantel des Schweigens, okay?« Aber sie grinste Katja an, zu euphorisch, um sich von der Arbeit, die nun vor ihr lag, runterziehen zu lassen. »Vielleicht kommt er ja später noch mal zurück …«, überlegte sie laut.

Katja schüttelte den Kopf. »Damit würde ich nicht rechnen, so wach, wie Finn jetzt wieder war.«

»Schade!« Miri warf ihrer besten Freundin ein breites Grinsen zu. »An deinem Timing müssen wir noch mal arbeiten. Aber egal wie der Abend verlaufen ist. Das war zumindest verdammt noch mal der großartigste erste Kuss, den ich je erlebt habe.«

Kapitel 7
Kriegen sie sich oder kriegen sie sich nicht

»Heute ist so ein heißer Tag, da habe ich Ihnen einen Eiskaffee mitgebracht.« Mit leicht zittrigen Händen stellte Frau Tietgen zwei Pappbecher auf dem Kassentresen des Bücherschiffs ab, ehe sie zu ihrem Stammplatz hinüberging. Sie hängte ihre Handtasche an die Lehne des Schaukelstuhls und wandte sich den Regalen zu, um ihre tägliche Dosis Lesestoff auszusuchen.

Gerderuth Ermina Floriane Tietgen – so hatte sie sich vorgestellt – besuchte »Das kleine Bücherschiff« tatsächlich beinahe täglich, genau wie sie es bei ihrem Besuch vor der Eröffnung angekündigt hatte. Manchmal kam sie sogar zwei Mal am Tag. Dann saß sie im Schaukelstuhl, wippte sanft vor und zurück, mehr war in der winzigen Nische auch nicht möglich, und schmökerte in einem Liebesroman ihrer aktuellen Lieblingsschriftstellerin Jojo Moyes, den sie sich, sobald sie ihn ausgelesen hatte, würde einpacken lassen, um ihn ihrer Sammlung zu Hause hinzuzufügen. Manchmal schaute sie auch einfach Miri und Katja bei der Arbeit zu oder sie schlummerte über ihrer Lektüre ein. Miri hatte die alte Dame sofort ins Herz geschlossen.

Auf Zehenspitzen tapsten die anderen Stammkunden dann um die Schlafende herum. Mal handelte es sich um Mark, den Beikoch des Restaurantschiffs, der wieder mal einen Buchgutschein gekauft hatte, mal um Katharina, die nach neuem, blutigem Lesestoff suchte. Am häufigsten kam natürlich eines der vier Mitglieder der Nachbarsclique vorbei, die »Das kleine Bücherschiff« inzwischen als ihre zweite Heimat angenommen hatten und sich dort herumtrieben, wann immer es ihre Zeit zuließ.

Auch die meisten Anwohner, die »Das kleine Bücherschiff« hin und wieder besuchten, kannten die alte Dame, die allein in einer kleinen schneeweißen Jugendstilvilla mit Blick auf den Elbstrand und den Museumshafen wohnte, ihr Elternhaus, wo sie das Licht der Welt erblickt hatte und wo sie diese Welt auch wieder zu verlassen gedachte, wie sie einmal erklärt hatte.

So verliefen Frau Tietgens Nickerchen meist ungestört, außer wenn Touristen an Bord kamen. Aber der Strom der auswärtigen Besucher setzte meist erst in den Mittagsstunden ein, und da hatte Gerderuth Ermina Floriane Tietgen bereits ausgeschlafen.

Zu Miris und Katjas großer Freude kamen mit jedem Tag mehr Kunden. Tatsächlich hatten Julia Kramers' Artikel »Das kleine Bücherschiff« weit über Hamburgs Grenzen hinaus bekannt gemacht. Außerdem listeten die Internetportale, die Reisende üblicherweise als Orientierungshilfe für ihr Hamburg-Sightseeing nutzten, das Bücherschiff inzwischen unter den Top Ten. Und nicht zuletzt schienen Katjas Bemühungen, einen ansprechenden und werbewirksamen Auftritt der Barkasse in den sozialen Medien aufzubauen, immer mehr zu greifen.

Miri riss sich aus ihren Gedanken. »Das ist wirklich lieb von Ihnen«, bedankte sie sich etwas verspätet bei Frau Tietgen. »Ich koche auch schon innerlich.« Sie hob den Becher an die Lippen und nippte genießerisch. »Hm, lecker.«

»Ich öffne mal die Ladeluke.« Katja stieg auf die kleine Leiter, die auch dazu diente, Bücher von den oberen Regalbrettern herunterzuholen, und löste die Verriegelungen für die Dachluke. Mit geübtem Griff klappte sie die Holzkonstruktion auf und steckte den Kopf nach draußen. »Herrlich, frische Luft. Zum Glück wird es langsam wieder kühler.«

»Wie spät ist es eigentlich?« Miri warf einen Blick auf die Uhr. »Oh, schon sieben. Da sind Sie aber heute spät dran«, wandte sie sich an Frau Tietgen.

»So altes Gewächs wie ich sitzt bei Hitze immer noch am besten im Dunkeln und kommt erst raus, wenn der Abend näher rückt.« Die Stimme der alten Dame klang ein wenig kratzig.

»Haben Sie genug getrunken?« Miri griff nach einer Wasserflasche, füllte ein Glas und stellte es auf das Tischchen neben dem Schaukelstuhl.

»Sieh an, wer da kommt«, rief Katja, die immer noch auf der Leiter stand.

Das Gepolter auf der Gangway verhieß, dass gleich mehrere Personen im Anmarsch waren. Miri grinste. So einen Krach verursachte in der Regel nur die Nachbarschaftstruppe.

Die rote Tür flog auf, und die vier Singles aus Miris Wohnhaus, Anne, Liz, Pablo und Tim, traten ein.

»Moin, Quiddjes«, rief Tim, der die Begrüßung nun endgültig von Onkel Otto übernommen zu haben schien, mit seinem üblichen Enthusiasmus. »Was läuft denn hier so?«

»Heute vor allem der Schweiß«, antwortete Miri lächelnd. Tatsächlich hatten an diesem Tag weniger Kunden als sonst »Das kleine Bücherschiff« besucht, kein Wunder bei dem heißen Wetter. »Das wird hoffentlich gleich besser.« Sie wies auf Katja, die immer noch ihr feuchtes Haupt lüftete.

Katja winkte, ohne Anstalten zu machen, von der Leiter zu steigen.

»Wir haben zwei Flaschen Wein mitgebracht«, erklärte Anne und hielt einen Isolierbeutel hoch. »Schließlich haben wir allerhand zu besprechen.«

»Was denn zu besprechen?«, fragte Miri, obwohl ihr schon schwante, was das sein könnte. Sie hob abwehrend die Hände. »Außerdem, Leute, können wir hier nicht jeden Abend saufen.«

»Wir saufen nicht, wir trinken gepflegt ein Glas Wein.« Liz zog sechs Weingläser aus ihrem Rucksack. »Mit zwei Flaschen kommen wir ohnehin nicht weit.«

»Und dann geht wieder einer von euch rüber zu Nuggi und holt Nachschub. Das kennen wir schon.« Miri schmunzelte. Ihr neuer Freundeskreis hatte sich in den letzten Tagen und Wochen als ausgesprochen trinkfest erwiesen. Sie selbst hingegen zählte mehr zu der Kategorie entweder nur ein Gläschen oder ›trinkfreudig mit Kloschüsselkontakt‹, wenn sie nicht sorgsam auf die Menge achtete. Und gestern hatte sie ja schon mit Henning mehr als ein Glas getrunken. Der Gedanke an den Abend ließ das Kribbeln in ihr wieder aufleben.

»Euch bekommt das Singleleben viel zu gut, so wie ihr im Training seid. Da werde ich nie hinkommen.«

»Im Augenblick bin ich gern Single«, sagte Liz. »Mein Ex war so ein ähnliches Gezücht wie dein untreuer Urologe.« Sie seufzte, während Miri schon beim Gedanken an Karsten das Gesicht verzog. »Da ist man eine ganze Weile gebranntes Kind. Aber irgendwann kommt schon wieder einer daher, dem man vertrauen kann.«

Anne nickte stumm. Ihre letzte Trennung, das wusste Miri inzwischen, war auch nicht ohne Komplikationen verlaufen.

»Mir kannst du vertrauen«, erklärte Tim im Brustton der Überzeugung.

»Mir auch«, echote Pablo.

»Meinem Friseur kann ich auch vertrauen. Aber will ich deshalb gleich mit ihm ins Bett gehen?« Anne schüttelte mit einem angewiderten Gesichtsausdruck den Kopf.

Tim und Pablo murmelten irgendetwas Unverständliches, schienen aber nicht vorzuhaben, sich über ihre eigenen Erfahrungen auszulassen. Stattdessen warfen sie sich mit Schwung auf das Biedermeiersofa. Die Ecke mit dem kleinen roten Sofa und den zwei Sesselchen hinten links war inzwischen eine Art Stammsitz der Nachbarschaftstruppe geworden.

»Hey«, tadelte Katja, als das Sofa bedenklich quietschte. »Seid gefälligst vorsichtig! So ein gutes altes Stück muss man mit Liebe behandeln.«

»Genau«, erklang es aus dem Schaukelstuhl, gefolgt von einem leisen Glucksen. Das musste man Frau Tietgen lassen: Sie hatte Humor.

»Jetzt setzt euch endlich!«, wandte sich Tim an Liz und Anne. »Eure miesen Exkerle haben wir zur Genüge durchgehechelt, jetzt geht es um Miri und Henning.«

»Ach?«, sagten Miri und Katja im Chor. Verdutzt hielten sie inne und sahen sich an. Dann begannen sie zu lachen.

»Ein Kopf und ein Arsch«, erklärte Katja.

»Früher sagte man: ›Zwei Dumme, ein Gedanke‹«, erklärte Frau Tietgen mit tadelnder Stimme. »Hätte ich das böse Wort mit dem A auch nur gedacht, meine Mutter hätte mir den Mund mit Seife ausgewaschen.«

»Amazon?«, antwortete Miri mit einem breiten Grinsen.

Frau Tietgen schien den Witz nicht zu verstehen.

»Der Onlinehändler«, erklärte Katja. »Hin und wieder liest man vom ›bösen A‹, weil dieser Branchenriese für den Buchhandel vor Ort eine große Konkurrenz darstellt. Besonders die kleinen, unabhängigen Buchläden leiden sehr unter der Kundenabwanderung. Wenn man sich nicht ein besonderes Konzept einfallen lässt, mit dem man die Kunden immer wieder aufmerksam macht und an sich bindet, kann es schnell schwierig werden. Das ist mit ein Grund, warum wir regelmäßig Lesungen und andere Events veranstalten. Es macht uns natürlich auch viel Spaß. Gerade sitzen wir an der Planung eines neuen Formats, den Mottomonaten. Da bieten wir dann einen Monat lang ausgewählte Titel rund um ein besonderes Thema an, samt Lesungen und Gewinnspielen. So ganz haben wir das allerdings noch nicht zu Ende gedacht.«

»Wie gut für Sie, dass ich mit diesem Internetz nichts am Hut habe«, antwortete Frau Tietgen, während sie Miri zu zwinkerte.

»Da haben Sie absolut recht. Wir würden Sie als Stammkundin auch nicht missen wollen.« Katja trat zu der alten Dame und strich ihr liebevoll über die Schulter. »Noch ein Glas Wasser?«, fragte sie.

Die Eingangstür öffnete sich mit einem leisen Quietschen. Eine junge Frau trat ein, grüßte freundlich und sah sich dann staunend um. »Das ist aber hübsch hier«, sagte sie. »Da möchte man ja gleich einziehen. Übrigens, die linke Möwe hängt schief.«

»Ja, die gute Olivia hat gestern etwas über die Stränge geschlagen, deshalb hat sie heute Schlagseite. Sie war mit Jan Delay einen trinken. Sylvie ist ihr ein wenig zu spießig.« Miri lächelte über Katjas Worte. Katja hatte wirklich ein Talent dafür, locker mit den Kunden umzugehen. Miri selbst war eher reserviert, dafür umso hilfsbereiter.

Die Kundin erwiderte Miris und Katjas Lächeln. »Versoffene Möwen, na bei euch gibt's wirklich was zu entdecken.«

»Kann ich konkret etwas für Sie tun oder möchten Sie sich lieber in Ruhe umschauen? Sie können ein bisschen Schiffsknoten üben oder sich gemütlich hinsetzen und ein wenig in den Büchern stöbern, ganz wie Sie mögen.« Miri wies auf die Ohrensessel. »Bestimmt freut sich Sylvie Meis über Gesellschaft, wo sie doch nicht mit auf die Piste durfte gestern Abend.«

»Ich habe gerade mein letztes Buch ausgelesen, und es muss dringend etwas Neues her. Ich suche nach Inspiration, was ich als Nächstes lesen könnte. Am besten gucke ich einfach mal durch, was mich so anspringt.«

»Tun Sie das. Und wenn Sie eine Empfehlung brauchen, lassen Sie es mich oder meine Kollegin wissen.« Miri wies auf Katja.

Erstaunlich schnell wurde die Kundin fündig. Lächelnd trug sie ihre Beute zum Kassentresen. »Das wollte ich immer mal lesen. Ich weiß gar nicht, wie viele Leute es mir schon empfohlen haben.«

Miri nahm das Buch zur Hand. »Ah, ›Die Kathedrale des Meeres‹. Waren Sie schon mal in Barcelona?« Als die Kundin verneinte, sagte Miri: »Es macht Spaß, auf den Spuren des Romans durch die Stadt zu ziehen und Santa Maria del Mar zu besichtigen. Die Bastaixos, die Steinträger, die die Steine bis zur Kirche geschleppt haben, findet man am Kirchenportal verewigt. Am besten liest man das Buch kurz vor einer Barcelona-

Reise. Die Viertel rund um die Kathedrale sind sehr hübsch, und noch recht ursprünglich. Man ist gleich mittendrin.« Miri geriet ins Schwärmen. »Ich kann wohl nicht verbergen, dass ich ein Fan von Barcelona bin. Es ist wirklich eine der schönsten Städte, die ich je kennengelernt habe. Fast so schön wie Hamburg. Unbedingt eine Reise wert. Aber den Roman können Sie natürlich auch ohne genießen.«

Katja trat hinzu. Sie nahm Miri das Buch aus der Hand und schlug es in Seidenpapier ein. »Brauchen Sie eine Tüte?«

Als die Kundin bezahlt und den Salon des »Kleinen Bücherschiffs« verlassen hatte, kehrten Miri und Katja zu den Freunden in der Biedermeierecke zurück.

»Das wurde aber auch Zeit«, maulte Pablo.

Ehe Miri antworten konnte, öffnete sich die Eingangstür erneut. Henning stand, seinen Sohn Finn an der Hand, im Türrahmen. Heute trug er ein lockeres gelb gestreiftes Hemd und eine Leinenhose. Bei seinem Anblick wurde Miri schon wieder ziemlich warm, zumal er sofort Miris Blick suchte. Als er ihr sein umwerfendes Lächeln schenkte, beschleunigte sich Miris Puls, ob sie es wollte oder nicht. Sie atmete tief durch, als Henning sich abwandte und sich im Salon umsah, bis er mit einem fragenden Gesichtsausdruck an der kleinen Versammlung hängen blieb.

»Hey, Henning«, rief Tim. »Kommt rüber. Wir können Verstärkung gut gebrauchen, die Damen sind in der Überzahl.«

Henning ließ sich nicht lange bitten und gesellte sich zu der Truppe. Dicht neben Miri blieb er stehen. »Was ist das denn hier? Ein Nachbarschaftstreffen, zu dem ich nicht eingeladen bin?« Er sagte es mit einem Lächeln im Gesicht. Allerdings meinte Miri darin eine Spur Misstrauen zu entdecken. Oder fühlte er sich einfach ausgeschlossen?

»Kein heimliches Treffen. Keine Angst«, erklärte Liz. »Es hat sich einfach so ergeben. Ich schätze, ›Das kleine Bücherschiff‹ ist so eine Art Stammlokal geworden. Allerdings eines, wo man sich seine Getränke selbst mitbringen muss. Es tut uns leid, dass wir dich nicht eingeladen haben. Aber als alleinerziehender Vater … Da wussten wir einfach nicht, ob du für uns überhaupt noch Zeit übrig hast.«

»Hm«, gab Henning von sich. Die Erklärung schien ihm nicht zu gefallen, aber sie war nicht von der Hand zu weisen.

»Sie tauchen immer recht spontan hier auf«, versuchte Miri zu vermitteln. »Da bringt es wahrscheinlich nicht viel, dich zu fragen, ob du mitgehen möchtest. Aber vielleicht könnt ihr vier ja auch mal etwas weniger spontan handeln und ein paar Tage vorher Bescheid sagen?«

»Selbstverständlich können wir das versuchen«, sagte Anne. »Es ist ja nicht so, als hätten wir etwas gegen deine Gesellschaft.«

»Nein, nein«, widersprach Henning. »Lebt ihr mal euer Leben, wie ihr es immer tut. Das ist nun mal das Los von alleinerziehenden Elternteilen. Man verpasst das eine oder andere. Aber die Kinder werden größer, und mit der Zeit wird es besser.«

»Bis sie in die Pubertät kommen, dann wird es doppelt schlimm«, trug Frau Tietgen ihren Teil zum Gespräch bei.

Das brachte alle zum Lachen. Mitten in das Gelächter hinein sagte Finn: »Papa, du hast mir versprochen, dass wir ein Buch über Kraken kaufen.«

Henning wandte sich an Miri. »Habt ihr ein Buch über Kraken? Finn hat gerade ein lustiges Kinderbuch über einen Oktopus gelesen und möchte nun mehr über die Tiere wissen.«

Mit einem Lächeln, das sowohl Henning als auch Finn galt, trat Miri an die Kinderbuchregale und zog ein buntes Buch hervor. Sie ging neben Finn in die Hocke, hielt ihm das bunte Bändchen hin und blätterte ein paar Seiten um. »Schau mal hier. Ich glaube, das ist genau das Richtige für dich. Es heißt ›Die Krakencrew – Alles über Tintenfisch, Oktopus und Co‹. Da steht zum Beispiel drin, was Kraken so fressen, wie sie sich umziehen und wie unglaublich schlau sie sind. Interessiert dich das? Wenn nicht, suchen wir ein anderes Buch. Gefallen dir die Bilder?«

»Okay.« Finn schien heute kein Freund vieler Worte zu sein. Doch Miri würde sich nicht beschweren. Immerhin hatte er geantwortet, wenn auch ein wenig mürrisch, und nicht wie bisher ausgeholt und zugetreten. Sie rieb sich über den blauen Fleck am Schienbein, ehe sie Finn das Buch reichte. »Dann nimm das doch schon mal mit und gehe damit zu Katja an die Kasse, damit sie die mal für dich klingeln lassen kann.« Zu ihrem Erstaunen schnappte sich Finn brav das Buch und stapfte damit zum Kassentresen.

Miri sah sich um. Die Nachbarn steckten die Köpfe zusammen und sprachen leise miteinander. Katja und Finn waren beschäftigt, und Frau Tietgen las in ihrem Liebesroman. In diesem Augenblick waren sie tatsächlich unbeobachtet. Auch Henning, der ihrem Blick gefolgt war, schien sich dessen bewusst zu sein. Schnell trat er nah an Miri heran und legte eine Hand auf ihren Rücken.

»Ich würde dich jetzt wirklich gern küssen«, flüsterte er. »Aber ich fühle mich irgendwie beobachtet.«

Miri kicherte »Geht mir genauso. Schlechtes Timing. Die sind aber auch alle verdammt neugierig.«

»Ach, das stört mich im Grunde nicht. Wir sind erwachsen, wir können küssen, wen, wann und wo wir wollen«.

Während Henning sprach, kam sein Mund Miris Ohr so nah, dass sein Atem kitzelte. Die Haare in ihrem Nacken richteten sich auf, und ein Kribbeln lief ihre Wirbelsäule hinunter. Instinktiv hielt sie die Luft an.

Henning ließ seine Hand sinken und trat ein Stück zurück. »Aber ich muss bei allem, was ich tue, an Finn denken.«

Beide sahen sie sich nach Finn um. Der Sechsjährige ließ sich gerade äußerst konzentriert von Katja den Mechanismus der Registrierkasse erklären. Henning lächelte. In einer schnellen Bewegung griff er nach Miris Hand, zog sie zum Mund und hauchte einen Kuss darauf. Dann drehte er sich um und ging zu seinem Sohn hinüber, als wäre nichts gewesen. Miris Herz machte einen Hüpfer.

Als sie ein paar Atemzüge später ebenfalls an den Kassentresen trat, erschien ihr der intime Moment irgendwie unwirklich. Henning war zur Tagesordnung übergegangen. Er bat Katja, das Buch einzupacken, und wanderte anschließend zu den Nachbarn hinüber.

»Ich würde gern noch einen Moment bleiben, aber ihr könnt euch ja sicher vorstellen, wie das ist. So ein Mini-Ich verfügt noch nicht über allzu viel Geduld«, erklärte er.

»Tims Maxi-Ich auch nicht. Das ist keine Frage des Alters«, witzelte Liz.

Miri schmunzelte. Tim schien heute an der Reihe zu sein, die Späße der Gruppe über sich ergehen zu lassen, allerdings teilte er auf seine humorvolle Art selbst auch gerne aus.

Ehe sich Henning endgültig verabschiedete, wandte er sich noch einmal Miri zu. »Es tut mir leid, dass ich gestern so schnell abgehauen bin.«

»Halb so schlimm.« Miri lachte leise. »Ich hatte genug damit zu tun, die Spuren des Desasters zu beseitigen.«

»Oh«, stöhnte er. »Ich hätte dir helfen müssen.«

»Nicht doch, mach dir darum mal keinen Kopf.«

»Na gut, aber beim nächsten Mal läuft es anders.« Er sah sie mit einem Blick an, der ihr schon wieder den Schweiß aus den Poren trieb, ehe er fortfuhr. »Dann sag ich mal Tschüss.« Henning winkte zur Biedermeierecke hinüber und ging zur Tür. »Wir sehen uns«, rief er noch im Hinausgehen.

Kaum stapfte Henning, Finn an der Hand, die Gangway hinunter, startete das Bombardement aus der Biedermeierecke, und selbst Frau Tietgen sah Miri, in deren Magen es schon wieder flatterte, erwartungsvoll an.

»Was war das mit gestern Abend? War da euer Essen?«, fragte Liz.

Sie wurde jedoch übertönt von Pablo, der wild gestikulierend aufsprang. »Habt ihr es getrieben? Was meintest du denn mit Desaster? Ist das Kondom geplatzt?«

»Sag mal …« Miri fehlten die Worte, und nicht nur das: Sie spürte, wie ihr die Hitze ins Gesicht stieg, wahrscheinlich lief sie gerade knallrot an. »Wir haben es nicht … getrieben. Und selbst wenn wir Sex gehabt hätten, was wir, ich sage es noch einmal ausdrücklich, nicht hatten, dann hätten wir es auch nicht getrieben. Wir sind doch keine Deichkarnickel! Wo bleibt denn da die Romantik? Und dein Anstand, Pablo? Solche Fragen stellt man nicht.«

»Deichkarnickel stünde dir aber gut als Spitzname.« Anne grinste breit.

»Lass dich nicht ablenken«, wischte Pablo Annes Kommentar zur Seite. »Du musst zwischen den Zeilen lesen.« Er konzentrierte sich wieder auf Miri. »Es kam also zu Romantik zwischen euch beiden? Wie genau kann ich mir diese Romantik vorstellen?«

Miri biss sich auf die Lippen und schwieg.

»Spann uns nicht so auf die Folter!«, verlangte Pablo. »Habt ihr geknutscht? Ging es zur Sache und wie weit? Ist es die große Liebe? Lieber Onkel Otto, das muss man doch wissen, wenn man Anteil nehmen will. Ist doch nur zu deinem Besten. Wir wollen dir nur helfen. Also red' schon. Raus mit der Sprache!«

»Also junger Mann«, mischte sich unerwartet Frau Tietgen ins Gespräch. »Ich bin ja durchaus ebenfalls ein wenig wissbegierig. Aber bedrängen Sie das Mädchen doch nicht so. Sonst erzählt sie uns am Ende gar nichts mehr.«

Bei den Worten der alten Dame brach Katja in schallendes Gelächter aus. »Miri ...«, wandte sie sich japsend an ihre Freundin. »Wenn du nicht willst, dass die hier alle vor Neugier sterben. Dann erzähl es ihnen besser. Ich habe keine Lust, fünf Leichen über Bord zu werfen.«

Miri stöhnte auf. Wie hatte ihre Oma immer so schön gesagt: ›Wer solche Freunde hatte, brauchte keinen Feindkontakt.‹

Als Miri eine halbe Stunde später endlich die Freunde und Frau Tietgen vor die Tür gekehrt hatte, ließ sie sich erschöpft in den Schaukelstuhl fallen. Der Stuhl bot sich einfach zum Träumen an. Tatsächlich hätte sie dort viel lieber schon früher Platz genommen, um den mit Henning verbrachten Abend und seinen heutigen Besuch auf dem »Kleinen Bücherschiff« noch einmal in Ruhe Revue passieren zu lassen, anstatt der neugierigen Nachbarsclique ausweichend Rede und Antwort stehen zu müssen. Miri seufzte ein paarmal laut auf, ehe sie wieder in ihren Träumen versank. Was wohl geschehen wäre, wenn Henning nicht so schnell fortgemusst hätte? Wären sie dann weitergegangen und hätten es getrieben, wie Pablo es ausgedrückt hatte? Miri seufzte erneut. Die Sache mit Henning blieb aufregend, und irgendwann würden sie hoffentlich auch dazu kommen, ihre aufkeimenden Gefühle füreinander weiter zu vertiefen.

Kapitel 8
Unerwarteter Besuch

Miri saß, zwei Kissen in den Rücken gestopft, im Bett und sah fern. Da sie nur mit ihrem Lieblingsschlafshirt und Shorts bekleidet war, hatte sie die Bettdecke über ihren Beinen ausgebreitet. Während sie dem romantischen Geschehen auf dem Bildschirm folgte, griff sie hin und wieder nach der angebrochenen Tafel Schokolade oder der Chipstüte, die gleich neben ihr auf einem Tablett lagen.

Die Handlung des Films erreichte gerade ihren dramatischen Höhepunkt – das Paar trennte sich wegen unüberwindlicher Interessenskonflikte –, als es klingelte.

»Komm ruhig rein! Du hast doch einen Schlüssel«, rief Miri in der Erwartung, dass Katja vor der Tür stünde. Aber nichts rührte sich. Einigermaßen ungehalten sprang sie aus dem Bett, tapste barfuß durchs Zimmer und riss die Tür auf. Draußen stand niemand. Sie trat einen Schritt in den Hausflur und entdeckte Katja, die gerade winkend in Hennings Wohnung verschwand. »Wo willst du hin?«, rief sie ihr hinterher, bekam jedoch keine Antwort.

Während Miri noch kopfschüttelnd über das Verhalten ihrer besten Freundin nachdachte, zeichnete sich vor dem Licht im Treppenhaus eine hochgewachsene Gestalt ab, die schnell auf sie zukam.

»Hallo!« Henning betrat Miris Wohnung und schloss die Eingangstür hinter sich.

»Oh, du bist es.« Erfreut, ihn zu sehen, lächelte Miri ihn an. Dann blickte sie an sich hinunter. Sie trug nur das viel zu kurze Schlafshirt. Verlegen wickelte sie das Kleidungsstück eng um sich.

Den Kopf ein wenig zur Seite geneigt, trat Henning näher. Der Ausdruck auf seinem Gesicht, die Intensität, mit der er sie betrachtete, entfachte Hitze in Miris Gesicht. Ach was, am ganzen Körper wurde ihr heiß.

Henning grinste. Einen Moment lang sah er ihr in die Augen, dann glitt sein Blick tiefer und blieb an ihren nackten Beinen hängen.

Miri schluckte. Für einen Atemzug wusste sie nicht, wie sie reagieren sollte. Dann ließ sie alle Bedenken fallen, ging Henning die wenigen Schritte entgegen, die sie noch trennten, und warf sich in seine Arme.

Sofort flammte die Hitze wieder auf. Die wenigen Tage, die zwischen seinem plötzlichen Abgang und der heutigen Rückkehr lagen, waren wie weggewischt. Miri schmiegte sich an ihn, und Henning küsste sie so stürmisch, dass sie beinahe zu Fall gekommen wären.

»Vorsicht.« Seine Stimme klang rau.

»Ach, Sprottenschiet!« Miri schlang die Arme um ihn, während sie ihre Lippen erneut auf seine presste. Sie tat ein paar Schritte rückwärts und zog ihn mit sich. Zu hastig, diesmal geriet sie ins Straucheln und wäre hintenübergekippt, hätte Henning nicht gerade noch rechtzeitig die Muskeln angespannt und verhindert, dass sie umfielen.

Miri kicherte leise.

»Du lebst ganz schön gefährlich. Es ist wohl besser, ich kümmere mich darum, ehe noch ein Unglück passiert.« In seiner Stimme lag ein Schmunzeln, als er seinen Arm unter ihre Kniekehlen schob und sie hochhob.

»Huch«, entfuhr es Miri.

»Huch?« Henning lachte, während er sie die wenigen Meter durch den Flur ins Zimmer trug. Mit einem beherzten Tritt schloss er die Tür hinter sich und trat zum Bett. »Frisch bezogen und ganz ohne Erdbeerpudding«, stellte er fest. »Dafür mit Schokolade und Chips.« Mit einer Hand räumte er die Snacks zur Seite. »So, nun ist es genau richtig für das, was ich mit dir vorhabe. Natürlich nur, wenn du einverstanden bist.« In seinen Augen tanzten Funken.

Miris Atem stockte. Statt einer Antwort drang nur ein Krächzen aus ihrer Kehle. So bestand ihre Einverständniserklärung lediglich aus einem Nicken und einem Augenaufschlag.

Sanft ließ Henning Miri auf das Bett gleiten, ehe er sie von ihrem Schlafshirt befreite.

»Und was ist mit dir?«, fragte sie. Ihre Stimme gehorchte ihr kaum.

»Was soll mit mir sein?« Sein breites Grinsen verriet, dass er genau wusste, worauf sie hinauswollte.

Dennoch tat sie ihm den Gefallen und beantwortete seine Frage. »Du hast entschieden zu viel an.« Dieses Mal hielt ihre Stimme, während ihr Herz immer schneller schlug. Sie zupfte an seinem T-Shirt, ehe sie ihren Blick demonstrativ auf den Schritt seiner Jeans richtete. »So geht das nicht. Du verstößt gegen das Gleichheitsgebot.«

»In deinem Schlafzimmer herrscht ein Gleichheitsgebot?« Mit einem breiten Grinsen zog Henning das T-Shirt über den Kopf.

»Es ist auch mein Wohnzimmer.« Der Anblick seines muskulösen Oberkörpers ließ Miri schneller atmen.

»Das erklärt natürlich alles.« Schmunzelnd öffnete er die Knöpfe seiner Jeans, während er Miri mit derart leidenschaftlichen Blicken musterte, dass ihr ganz schwummerig wurde. Langsam und aufreizend ließ Henning die Jeans fallen und entledigte sich seiner Socken. Nun trug er nur noch enge Shorts, die wenig verbargen. Doch bereits im nächsten Augenblick stand er nackt vor dem Bett. Miri schluckte.

»Und du?«, fragte er. Miri ließ sich nicht zweimal bitten. In Windeseile entledigte sie sich ihres Höschens, ehe sie sich mit einem lasziven Räkeln zurückfallen ließ.

Henning verstand die Aufforderung und kniete sich neben Miri aufs Bett. Einen Augenblick betrachtete er sie stumm, dann beugte er sich vor und hauchte einen Kuss in Miris Armbeuge. Weitere hauchzarte Küsse folgten, während er sich nach und nach ihren Arm hinaufarbeitete. Als seine Lippen ihr Schlüsselbein erreichten, stöhnte Miri auf.

Sein Oberkörper lag halb auf ihrem Arm und halb auf ihrem Bauch. Sanft erkundete er mit der Zungenspitze die Kuhle an ihrer Kehle, ehe er sie langsam nach unten wandern ließ.

Obwohl seine Berührungen nur hauchzart über ihre nackte Haut flatterten, empfand Miri sie wie eine brennende Spur: ein glühender Streifen, der sich auf ewig dort einzubrennen schien. Ein Schauer durchrieselte sie. Die Hitze, die von ihrem Körper Besitz ergriffen hatte, wuchs noch, als Henning den Punkt zwischen ihren Brüsten erreichte.

Miri bog den Rücken durch und drängte sich ihm entgegen. Ihr Atem ging stoßweise.

Unvermittelt unterbrach Henning sein Tun und ließ sich neben ihr auf den Rücken fallen. Zwei Atemzüge lang verharrte Miri in ihrer abwartenden Position. Dann drehte sie sich auf den Bauch und stemmte sich hoch. Nun war sie an der Reihe.

Sie legte eine Hand auf seinen Bauch und ließ sie langsam abwärts gleiten, bis sie den Rand seines Schambereichs erreichte. Henning sog scharf die Luft durch die Zähne, was Miri ein Lächeln entlockte. Er war nicht der Einzige, der brennende Spuren hinterlassen konnte.

Sie tastete sich tiefer. Henning entfuhr ein Stöhnen. Während sie ihm in die Augen sah, fuhr sie mit den Fingerspitzen die Innenseiten seiner Oberschenkel entlang, strich sanft über die weiche Haut, ehe sie sich hinabbeugte, um ihn zu küssen.

Der Kuss hätte leidenschaftlicher nicht sein können. Als Miri sich neben Henning gleiten ließ, umfing er sie mit seinen Armen und zog sie dicht an sich. Miri presste sich ihm entgegen, sie schlang ein Bein um ihn, um ihm noch näher zu sein, ihn zu spüren und zu riechen.

Lange küssten sie sich so, rieben sich aneinander, dann zog Henning Miri herum, sodass sie wieder auf dem Rücken lag. Er richtete sich auf und ließ seinen Blick über ihren Oberkörper gleiten, bis er schließlich an ihrem Gesicht hängen blieb. Ein tiefer Atemzug weitete seinen Brustkorb. Miri sah ihn ebenfalls an. Eine Weile harrten sie so aus, sahen einander tief in die Augen. Sein Blick spiegelte Zärtlichkeit und die gleiche Lust, die auch Miri empfand.

Dennoch kamen ihr genau in diesem Augenblick Zweifel. Ihre Gedanken rasten, unterbrachen unsanft das Spiel ihrer Körper und verdrängten für einen Moment ihre Lust. Ging die Sache zwischen ihnen nicht ein wenig zu schnell? Sex beim zweiten Date gehörte nicht unbedingt zu ihren Gewohnheiten. Aber es war Henning, mit dem sie hier auf ihrem Bett lag und dessen Berührungen sie über alle Maßen genoss. Henning, der Mann, mit dem sie auf dem Hafenfest fast die ganze Nacht hindurch geredet hatte, der ihr sein Innerstes offenbart und dem auch sie sich ungewohnt schnell geöffnet hatte. Der Mann, dem sie sich schon jetzt seelenverwandt fühlte.

Himmel!, dachte sie. Noch nie hatte sie sich so schnell und so intensiv einem anderen Menschen nahe gefühlt. *Also, was soll's!*

Henning schien ihre Gedanken zu lesen. Hatte er sie gerade noch aufmerksam gemustert, veränderte sich nun sein Blick. Ein unverhohlenes Verlangen lag darin.

Das Glitzern in seinen Augen ließ Miris Atem stocken. Wie er sie ansah, sein Blick eine einzige Liebkosung.

»Du bist wunderschön. Weißt du das eigentlich?«, flüsterte er. Seine Stimme klang rau.

Mit einem Mal konnte Miri es nicht mehr erwarten, ihn Haut an Haut zu spüren. Sie beugte sich ihm entgegen zu einem Kuss, der ihr Blut erneut hochkochen ließ. Minutenlang verloren sie sich in diesem Kuss, dann senkte Henning sanft seinen Körper auf ihren herab.

Die Sonne schien durch das geöffnete Fenster und kitzelte Miris Nase. Sie schlug die Augen auf und reckte sich genüsslich. Mit der linken Hand tastete sie nach Henning, doch der Platz neben ihr war leer. Kurz machte sich ein Gefühl von Enttäuschung in ihr breit. Sie lag allein im Bett, von Henning oder seinen Kleidungsstücken keine Spur. Natürlich, er hatte ja zu Finn zurück-kehren müssen. Schließlich wollte Katja auch irgendwann nach Hause. Wie schade.

Die Uhr ihres Smartphones zeigte sieben Uhr dreißig. Miri sah an sich hinunter. Ihr Blick fiel auf das Schlafshirt, das Henning ihr in der Nacht ausgezogen hatte. Wann hatte sie es wieder angezogen? Einen Moment lang saß sie auf der Bettkante, unsicher, ob sie die Nacht tatsächlich miteinander verbracht hatten. Oder hatte sie sich alles nur eingebildet? Ein wunderschöner Sextraum?

Sie schüttelte den Kopf. *So ein Unsinn*, redete sie sich gut zu, während sie barfuß zum Badezimmer hinüber tapste. Die Geschehnisse der letzten Nacht waren viel zu intensiv gewesen, um allein ihrer Einbildung zu entstammen. Mit beiden Händen schaufelte sie sich kaltes Wasser ins Gesicht. Es wurde Zeit, richtig aufzuwachen. »Das kleine Bücherschiff« rief nach einer munteren und fröhlichen Miri.

Das Handtuch duftete frisch, als sie sich damit über das Gesicht fuhr und die letzten Wassertropfen am Hals wegtupfte. Sie stutzte. Was war das? Ein Muttermal? Bei genauerem Hinsehen entpuppte sich die kleine dunkle Stelle knapp über dem Schlüsselbein als unregelmäßiger rot-brauner Fleck. Sie schaute genauer hin. Tatsächlich, da prangte ein winziger Knutschfleck. Miri musste lachen. Nun hatte sie ihren Beweis. Dennoch …

Sie stand nicht wirklich auf Knutschflecke. Ihre Hand ging schon zum Make-up, da entschied sie sich um. Nein! Sie würde ihn nicht wegschminken. Er fiel nicht sofort ins Auge, und die Nacht war zu besonders gewesen, um das Fleckchen einfach so verschwinden zu lassen. Stattdessen würde sie es wie eine Trophäe tragen. Und wenn die Nachbarn den Fleck entdeckten und ihren Senf dazugäben, wäre es ihr dieses Mal auch egal.

Beschwingt verließ Miri das Badezimmer, schlüpfte in ihr zweitliebstes Kleid, ein korallenrotes Etuikleid, das perfekt zur Eingangstür des »Kleinen Bücherschiffs« passte. Dann kochte sie sich einen Kaffee. Dieser Tag versprach schon jetzt ein herrlicher Tag zu werden.

Kapitel 9
Laue Sommernächte

»Cover me in sunshine«, sang Miri, während sie das Messingschild am Bug der Barkasse polierte, bis sich die Sonne noch mehr darin spiegelte. »Shower me with good times. Tell me that the world's been spinning since the beginning. And everything will be alright. Cover me in sunshine.« Der Song begleitete sie schon den ganzen Vormittag. Auf dem Weg zum Hafen war sie an dem kleinen italienischen Bistro an der Elbchaussee vorbeigekommen, in dem sie mit Katja und der Nachbarschaftstruppe auf dem Heimweg schon öfter zum Aperitivo haltgemacht hatte. Das Lokal öffnete zwar erst mittags, dennoch drang jeden Morgen Musik aus den weit geöffneten Fenstern.

»Cover me in sunshine«, wiederholte Miri. Heute war sie eine Weile vor dem Gebäude stehen geblieben und hatte dem Song gelauscht. Sie mochte Pink und das Lied, das die Sängerin gemeinsam mit ihrer Tochter aufgenommen hatte, besonders. Obendrein passte es ausgesprochen gut zu Miris heutiger Stimmung. Nur dass sie in der letzten Nacht nicht von Sonnenschein umschlungen worden war, sondern von Hennings Armen. Bei dem Gedanken bewegte sich gleich eine ganze Gruppe Schmetterlinge flügelschlagend durch Miris Körper.

Sie betrachtete sich in dem Messingschild. Das Lächeln, das sich auf ihr Gesicht gestohlen hatte, hätte nicht breiter sein können. Es lag wohl daran, dass heute früh alle Menschen, denen sie begegnet war, so freundlich zurückgegrinst hatten. Miri hatte sich schon gewundert. Wildfremde auf der Straße anzulächeln, passte eher nach Stade als in das deutlich anonymere Hamburg. Aber anscheinend wirkte ihre gute Laune heute derart ansteckend, dass sich selbst die Großstädter nicht dagegen wehren konnten. »… everything will be alright«, trällerte sie.

»Na, du bist ja ausgezeichneter Laune!«, erklang eine Stimme über ihr. Miri sah auf. Katja stand an der Reling und blickte lächelnd zu Miri herunter. »Wenn da mal nicht ein Mann und eine besondere Nacht im Spiel ist …«

»Dank dir.« Miri ließ den Polierlappen fallen. »Warte! Bleib genau da stehen! Ich muss dich noch umarmen und Knutschen.« Sie lief die Gangway hinauf.

»Ups«, Katja trat erschrocken einen Schritt zurück, als Miri ihr schwungvoll die Arme um den Hals warf und ihr einen dicken Kuss auf die Wange drückte. »Nicht so stürmisch, junge Frau. Heb' dir das für das nächste Mal mit Henning auf.«

»Nicht so laut! Es muss nicht gleich der ganze Hafen hören, mit wem ich die Nächte verbringe.« Miri sah sich nach potenziellen Zuhörern um. Zum Glück war es um diese Zeit noch relativ ruhig. Nur auf dem Restaurantschiff bereitete das Küchenteam das Mittagessen vor. Dennoch griff sie nach Katjas Hand und zog sie die wenigen Schritte ins Innere des Salons. Drinnen nahm sie das Gespräch wieder auf. »Ich weiß gar nicht, wie ich dir danken soll. Es war so lieb von dir, das einzufädeln.«

»Scheint ja gut gelaufen zu sein, wenn du schon von Nächtemiteinander-Verbringen sprichst. So wie du strahlst, muss es ja die perfekte …« Katja zögerte. »Na, sagen wir … Begegnung gewesen sein. Oder habe ich da irgendetwas falsch verstanden?« Sie warf Miri einen fragenden Blick zu.

Miri kicherte verhalten. Sie bemerkte sehr wohl, dass Katja sich gerade alle Mühe gab, auf ihr Kleinstadtseelchen Rücksicht zu nehmen, statt Klartext zu reden. Ja, sie sprach nicht so gern über solche Dinge. Dennoch fasste sich Miri ein Herz, schließlich handelte es sich hier um ein Gespräch mit ihrer besten Freundin. »Nenn es ruhig Sex«, stieß sie hervor, ehe sie sanfter fortfuhr: »Ja, wir haben gestern miteinander geschlafen. Und es war wundervoll. Ich kann mir keinen einfühlsameren Mann vorstellen.« Ihr entfuhr ein tiefer, verträumter Seufzer.

»Wow«, Katja lachte lauthals. »Deinem Seufzen nach hast du das leidenschaftliche Liebhaberlos gezogen. Ich hoffe, ihr habt dennoch an ein Kondom gedacht?«

»Selbstverständlich! Henning war allerbestens vorbereitet.« Erneut stahl sich ein Kichern über Miris Lippen. »Tss«, rief sie sich zur Ordnung, während sie energisch den Kopf schüttelte. So langsam musste sie mit diesem Gegiggel aufhören, sie war doch kein Teenager mehr.

Katja warf ihr einen fragenden Blick zu, doch Miri winkte ab. »Nichts, nichts«, murmelte sie.

»Guten Morgen«, erklang eine weitere Stimme. Gleich darauf tauchte der Kopf von Frau Tietgen im Türrahmen auf. »Ist denn noch nicht geöffnet?« Die alte Dame spähte in den Verkaufsraum. »Ich hoffe, alles ist in Ordnung. Es ist doch nichts passiert?«, fragte sie.

Miri und Katja begannen gleichzeitig zu lachen. Frau Tietgen, die zu ihren liebsten Stammkunden zählte, erwies sich immer öfter als nicht minder neugierig als die Nachbarsclique aus Miris Wohnhaus. Nur in der Wahl der Mittel unterschieden sie sich ein wenig: Die alte Dame platzierte ihre Fragen stets auf eine subtilere Art und wählte höflichere Worte. Aber dass sie alles wissen wollte, was Miri und Katja erlebten – vor allem, was Miri und Henning betraf – stand außer Frage.

»Kommen Sie ruhig rein«, lud Miri die alte Dame ein. »Wir haben uns nur ein wenig verplaudert. Außerdem ist für Sie immer geöffnet, vorausgesetzt, wir sind hier. Sie sind doch unsere Lieblingskundin.«

Katja wies auf den Schaukelstuhl. »Schnappen Sie sich was zum Lesen. Ich brühe uns Kaffee auf. Es dauert nur einen Augenblick.«

Während Katja in der Kombüse verschwand, räumte Miri die Putzlappen zur Seite und rückte die Buchständer auf dem Verkaufstresen zurecht. Die Kunden sollten »Das kleine Bücherschiff« schließlich im gewohnten Look vorfinden.

Die nächsten beiden Tage verbrachte Miri in einer Art beschwingter Glückseligkeit, vor allem, wenn Henning in der Mittagszeit, nach seinem Feierabend im Architekturbüro und bevor er Finn abholen musste, für ein paar Minuten vorbeischaute. Dann zog sich Katja diskret in eine Ecke zurück, und sobald Kunden das Boot bevölkerten, verschwanden Miri und Henning in der Küche. Dort ließ sich hemmungslos knutschen, auch wenn die Kombüse nicht gerade Gemütlichkeit ausstrahlte. Aber davon bemerkten die Frischverliebten nichts. Durch ihre rosaroten Brillengläser erschien ihnen jeder Ort als der romantischste der Welt.

Miri und Henning nutzten jede Minute, die sie miteinander verbringen konnten, um sich in den Armen zu liegen. Es waren ohnehin viel zu wenige, stets nur kurze Augenblicke, in denen sie die Nähe des anderen genießen und einander tief in die Augen schauen konnten, wenn sie sich nicht gerade in einem innigen Kuss verloren oder sich liebevolle Worte ins Ohr flüsterten.

Als Miri am Morgen des folgenden Tages »Das kleine Bücherschiff« betrat, stand Katja bereits hinter dem Verkaufstresen. Durch den Salon waberte der Duft von frisch gebrühtem Kaffee. »Hier. Damit du mal wieder richtig aufwachst.« Katja reichte Miri eine Tasse, aus der es verführerisch dampfte. »Gestern und vorgestern warst du ja eher in einer Art Trancezustand.«

»Ach, Unfug!«, wehrte Miri ab, während sie vergeblich versuchte die gelbe Bluse zu glätten, die sie am Morgen angezogen hatte. *Na so was!*, ging es ihr durch den Kopf. Ihr Oberteil war doch tatsächlich ungebügelt. Wenigstens die weiße Caprihose, die sie dazu trug, wirkte halbwegs faltenfrei.

Katja lachte nur. »Es wäre merkwürdig, wenn du dich anders verhieltest. Paare im Liebestaumel und Schlafwandler haben eine Menge gemeinsam. Nur dass Schlafwandler nicht so ein debiles Dauergrinsen im Gesicht tragen wie du. Dafür tapsen sie aber hundertprozentig genauso abwesend durch die Gegend, total in der eigenen Traumwelt gefangen und ohne einen einzigen Blick für die Außenwelt. Es sei denn, es handelt sich um einen mit Rosenblütenblättern bestreuten Weg hinauf zu Wolke sieben«, witzelte sie, ehe sie Miri in eine kurze Umarmung zog. »Hey, Liebes. Alles ist gut. Nur brauche ich dich heute fit und wach. Ich muss nämlich früher weg. Die letzten Stunden bist du allein. Es wäre schön, wenn du dann unseren Kunden hilfst, die Bücher zu finden, die sie suchen, anstatt irgendwo in den Lüften zu schweben.«

»Irgendetwas Wichtiges?«, fragte Miri augenzwinkernd. Sie

würde es Katja so sehr gönnen, mal wieder ein gutes Date zu haben. Überhaupt war ihre beste Freundin schon viel zu lange Single. Es schien, dass Katja, seit sie in Hamburg lebte, nur ein paar kurze Affären erlebt hatte. Eigentlich untypisch für sie. Seit Jahren schon war Miri fest davon überzeugt, dass irgendetwas vorgefallen war, wahrscheinlich kurz nach Katjas Umzug aus Stade. Hoffentlich war sie nicht auch so einem Ekelpaket wie sie zum Opfer gefallen. So einen wie Karsten wünschte man der ärgsten Feindin nicht. Miri hatte diverse Male versucht, Katja darauf anzusprechen, aber ihre beste Freundin schwieg hartnäckig, und so fragte Miri schon seit geraumer Zeit nicht mehr nach. Für Katja gab es sicherlich triftige Gründe, und vielleicht wäre sie eines Tages bereit, darüber zu sprechen. Dann wäre Miri für sie da, das hatte sie sich fest vorgenommen.

»Quatsch«, durchbrachen Katjas Worte Miris Gedanken. »Was du schon wieder denkst.« Sie winkte ab. »Ich habe einfach nur einen Friseurtermin, um mich mal wieder richtig aufhübschen und verwöhnen zu lassen. Den habe ich doch schon vor Wochen gemacht. Erinnerst du dich nicht?« Sie schob das Kalenderbuch zu Miri hinüber. Sie hatten es eigens angeschafft, um darin genau solche Termine zu vermerken, an denen nur eine von ihnen auf dem »Kleinen Bücherschiff« anwesend war.

»Ach schade!« Miri seufzte. Wenn es nach ihr ginge, fänden alle Menschen dieser Welt genau in diesem Augenblick die große Liebe, sofern sie sie nicht bereits gefunden hatten. Sie nahm einen Schluck aus der Kaffeetasse, dann straffte sie die Schultern und sah ihrer besten Freundin in die Augen.

»Gut«, erklärte sie mit fester Stimme. »Du kannst dich natürlich voll und ganz auf mich verlassen.«

Trotz Hennings mittäglichem Besuch, bei dem er sich seine Mindestration Küsse abholte, wie er es nannte, gelang es Miri halbwegs konzentriert durch den Tag zu kommen. Katja wirkte gelassen, als sie am Nachmittag ihre Handtasche aus dem Lagerraum holte und sich gleich darauf verabschiedete. Anscheinend hatte Miris bisherige Performance ausgereicht, um Katjas Ansprüchen zu genügen, sodass diese nun sorglos zu ihrem Friseurtermin aufbrach.

Der Rest des Tages verging wie im Flug. Ein stetiger Kundenstrom fesselte Miris Aufmerksamkeit. Dazu kam noch ein Besuch von Katharina, die einen neuen Kleinstverlag für Splatterlektüre entdeckt hatte und nun Miri darum bat, ihr eine Grundauswahl zu bestellen, und später schaute Mark vorbei, um wieder einmal einen Gutschein zu kaufen. Katja und Miri waren inzwischen dazu übergegangen, die Gutscheine, die Mark allsamstäglich einlöste, aufzuheben und ihm in der folgenden Woche erneut zu verkaufen, damit sie nicht ständig neue ausstellen mussten.

Dieses Mal blieb Mark auf ein kurzes Schwätzchen. Und da sich gerade kein anderer Kunde auf dem Schiff befand, fasste sich Miri ein Herz und sprach das Thema an.

»Du, sag mal. Warum kaufst du jeden Tag einen Gutschein und löst ihn samstags wieder ein, statt dir direkt am Samstag die Lektüre deiner Wahl zu kaufen?«, fragte sie geradeheraus. »Ich will dich nicht kritisieren. Du hast bestimmt deine Gründe, aber für uns Normalsterbliche, die wir dein Konzept nicht verstehen, wirft es zumindest Fragen auf.« Sie grinste, um deutlich zu machen, dass sie ihn keineswegs seltsam fand.

Mark lachte auf. »Ja, das wirkt bestimmt befremdlich«, antwortete er nach einem kurzen Durchatmen. »Also, es ist so: Ich versuche mir das Rauchen abzugewöhnen. Aber es fällt mir immer noch sehr schwer. Deshalb kaufe ich mir für jeden Tag, den ich nicht rauche, einen Gutschein. Und wenn ich es geschafft habe, wieder eine Woche durchzuhalten, gönne ich mir am Wochenende neuen Lesestoff. Blöd ist nur, dass sich die Bücher langsam zu Hause ansammeln. Ein Buch zu lesen, dauert leider deutlich länger als eine Packung Zigaretten zu quarzen. Der Stapel wächst.«

»Dein SuB.« Miri nickte wissend.

»Mein was?« Mark schien den Begriff nicht zu kennen.

»SuB, Stapel ungelesener Bücher.«

»Ah, verstehe. Ja, so einen SuB habe ich schon. Und wenn es so weitergeht, wird es in nicht allzu langer Zeit ein RuB.« Mark grinste breit.

»Ein Regal ungelesener Bücher? Wie lange willst du das denn machen mit deinen Bücherbelohnungen?«, fragte Miri.

»Bis das Verlangen nach einer Zigarette endlich aufhört.« Mark seufzte. »Ich bin ein schwerer Fall.«

»Überraschung«, erklang es von der Tür.

Erstaunt blickte Miri auf. Henning stand im Türrahmen. Anders als noch am Mittag, als er in sein typisches Bürooutfit – Hemd und Sakko –, gekleidet gewesen war, trug er jetzt dunkelblaue Jeansbermudas und dazu ein hellblaues Polohemd.

»Überraschung«, wiederholte er. Dann warf er einen Blick auf sein Smartphone. »Willst du nicht mal langsam schließen? Es ist schon nach acht.«

»So spät?« Erstaunt blickte Miri auf ihr Smartphone. 20:04 Uhr zeigte das Display.

Mark schob sich an Henning vorbei. »Ich muss auch los«, sagte er. Er winkte Miri zu und stapfte über die Gangway davon.

»Heute war gar keiner von der Nachbarschaftstruppe hier. Da bekommt man ein ganz anderes Zeitgefühl. Komm doch rein!« Miri schenkte Henning ihr schönstes Lächeln. »Was machst du überhaupt hier? Müsstest du nicht bei Finn sein? Oder hast du ihn mitgebracht?« Sie versuchte an ihm vorbeizusehen, ob der Junge sich vielleicht hinter seinem Vater verborgen hielt.

»Nein, Finn ist gut untergebracht. Wie ich schon sagte: Überraschung«, wiederholte er mit fröhlicher Stimme, ehe er fortfuhr: »Gib mir ein paar Minuten. Okay? Und wehe du kommst raus, bevor ich dich rufe!« Spielerisch drohte er ihr mit dem Zeigefinger.

»Ist ja schon gut.« Schmunzelnd hob Miri die Arme, als wollte sie sich ergeben. Gegen eine nette kleine Überraschung hatte sie selten etwas einzuwenden. Vor allem nicht, wenn sie von einem Menschen kam, der anfing, ihr etwas zu bedeuteten.

Henning drehte sich um und verließ die Barkasse über die Gangway. Was er wohl vorhatte? Am liebsten wäre Miri ihm nachgelaufen, so sehr brannte die Neugier in ihr, aber sie hielt sich zurück. Schließlich hatte sie es versprochen. Außerdem blieb ihr für den Moment noch genug drinnen zu erledigen. Sie schloss die Tür hinter Henning und wandte sich der Kasse zu. Es war längst Zeit, die tägliche Abrechnung zu machen. Doch zuvor würde sie noch flugs ein bisschen aufräumen, die Filtertüte aus der Kaffeemaschine nehmen, herumliegende Bücher zurück in die Regale und die grauen Wannen an die Tür stellen.

Miri hob den Geldeinsatz aus der Kasse und sortierte Scheine und Münzen fein säuberlich nach ihrem Wert. Dann begann sie zu zählen, doch sie kam nicht weit. Ein lautes Rumpeln auf dem Dach des Salons riss sie aus ihrer Konzentration. Was um alles in der Welt trieb Henning dort oben? Miri trat an eines der Bullaugen und versuchte einen Blick auf das Geschehen zu erhaschen, aber natürlich offenbarte ihr der Ausblick nichts, was sie nicht schon kannte. Nicht einmal Henning, der das Schiff gerade verließ – darauf ließen zumindest die Schritte auf der Gangway schließen –, war zu entdecken.

Mit einem Kopfschütteln wandte sich Miri wieder dem Bargeld auf dem Verkaufstresen zu und begann von Neuem die Scheine zu zählen. Dieses Mal ließ sie sich nicht ablenken, obwohl über ihr immer mal wieder Schritte erklangen. Einmal schnappte sie auch einen leisen Fluch auf. Anscheinend lief bei Henning auch nicht alles so glatt, wie er es sich wünschte. Sie schmunzelte. Nun, da waren sie schon zwei.

Miri hatte endlich die Kassenabrechnung fertiggestellt und das überschüssige Bargeld in ihrer Tasche verstaut, um es auf dem Heimweg in den Nachttresor der Bank zu werfen, da schwang die Eingangstür erneut auf.

»Da bin ich wieder«, sagte Henning. »Wenn du auch so weit bist, dann kommt gleich meine Überraschung.« Er bedachte Miri mit einem Blick, bei dem ihr warm ums Herz wurde.

»Du hast Glück, ich bin auch gerade fertig«, erwiderte sie.

»Sehr gut, dann mach doch schon mal die Augen zu.« Er lachte leise. Mit zwei schnellen Schritten war Henning bei Miri, zog sie in seine Arme und drückte ihr einen flüchtigen Kuss auf die Stirn. Dann packte er sie bei den Schultern und drehte sie sanft um, sodass er nun hinter ihr stand.

»Halt deine Augen bitte geschlossen!«, flüsterte er dicht an ihrem Ohr, während er sie sanft vorwärtsschob. »Vertrau mir, ich passe schon auf, dass dir nichts passiert!« Miri schluckte. Bei seinen Worten hatten sich die Haare in ihrem Nacken aufgestellt. Allerdings lag dies nicht allein an Hennings warmem Atem, der sanft über ihre Haut strich. Vielmehr focht sie mit sich selbst einen inneren Kampf aus.

»Vertrau mir!«, hatte er gesagt. Aber genau das fiel ihr in diesem Augenblick schwer. Sie vermochte nicht zu sagen, woher die plötzliche Angst rührte. Vielleicht lag es daran, dass sie wie versprochen die Augen geschlossen hielt und sich damit voll und ganz seiner Führung überlassen musste. Das Gesicht von Karsten, dem sie zu lange vertraut hatte, tanzte vor ihrem inneren Auge.

Nein!, rief sich Miri in Gedanken zur Ordnung. Henning war nicht Karsten und Karsten nicht Henning. Oder wie ihre Oma immer so schön gesagt hatte: Wenn man zwei Kerle in einen Sack steckt und mit dem Knüppel draufhaut, muss man sich nicht wundern, wenn man den falschen trifft. Und Miri hatte keinesfalls vor, Henning für Karstens Taten büßen zu lassen.

»Alles in Ordnung?« In seiner Stimme schwang Besorgnis mit. Anscheinend spürte er ihren inneren Widerstand.

Miri nickte verhalten. Dann holte sie tief Luft, schloss die Augen und entspannte sich. Schließlich war Karsten Geschichte. Es wurde wirklich Zeit, dieses lästige Misstrauen endgültig abzulegen.

Sie räusperte sich. »Alles ist gut«, sagte sie mit neu gewonnener Überzeugung, ehe sie sich bereitwillig nach draußen dirigieren ließ.

Kaum hatten sie die Schwelle übertreten, führte Henning Miri nach links, wo er sie sanft Fuß vor Fuß die steile Treppe auf das Dach des Salons leitete. Das hatte sie schon erwartet, angesichts der Geräusche, die er hier oben verursacht hatte. Was sie allerdings nicht erwartet hatte, war das, was sie sah, als sie endlich die Augen öffnen durfte.

Zu ihren Füßen lagen zwei hellgraue Picknickdecken, die einander schräg überlappten. Darauf hatte Henning Unmengen von großen roten Kissen getürmt und um diese herum ein paar vereinzelte Rosenblütenblätter in zartem Rosé verstreut. Ein halbes Dutzend großer Windlichter, in denen dicke Kerzen ihr warmes Licht verströmten, rahmten die Decken ein. Daneben standen zwei Liegestühle, ein niedriges Tischchen und ein silbernes orientalisch angehauchtes Tablett. Darauf fanden ein Weinkühler, aus dem der Hals einer Flasche herausschaute, zwei kristallene Weingläser, zwei Teller und Besteck Platz. Eine zur Rose gefaltete Serviette auf jedem Teller rundete das Bild ab. Neben dem Tisch, dort, wo die übereinanderliegenden Decken eine Spitze bildeten, stand ein Picknickkorb, dessen beide Deckel wie Flügel nach außen geklappt waren. Anscheinend ließen sie sich nicht mehr schließen, denn der Korb war fast schon zu gut gefüllt mit allerlei Schüsseln und Gefäßen, aus denen es unfassbar köstlich duftete. Das Aroma von Safran lag in der Luft, und irgendwo musste auch ein wenig Zimt im Spiel sein. Miri sog die Gerüche tief ein, während sie ein leises Seufzen ausstieß.

»Wow«, entfuhr es ihr atemlos. Das war einfach … Sie schluckte. … großartig.

»Gefällt dir das Candlelight-Picknick?« Er klang tatsächlich eine Spur unsicher. Miri antwortete nicht, stattdessen trat sie neben ihn und ergriff seine Hand. Eine Weile harrte sie stumm neben ihm aus, während ein angenehmes Glücksgefühl, das sie nicht in Worte zu fassen vermochte, durch sie hindurchströmte. Am ehesten traf es vielleicht Leichtigkeit. Miri fühlte sich Henning mit einem Mal noch näher als zuvor. Die kleine Misstrauensanwandlung, die sie im Salon überfallen hatte, war vollkommen vergessen. Wie hatte sie nur an seiner Aufrichtigkeit zweifeln können? Zumal er sich solche Mühe gab.

Henning musterte Miri, während sie ihren Blick erneut über die Szenerie gleiten ließ. Er strahlte über das ganze Gesicht. Offensichtlich genoss er seinen Erfolg. »Komm!«, sagte er leise und zog Miri auf die Decken. »Setz dich, ich fülle mal unsere Gläser.«

Miri nahm das Glas entgegen und nippte probehalber an dem gut gekühlten Weißwein, den Henning ihr eingegossen hatte. »Danke schön. Der Wein ist perfekt.« Sie prostete ihm zu.

Henning hob lächelnd sein Glas. Dann wurde er ernst.

»Wir hatten noch nicht die Gelegenheit in Ruhe miteinander zu sprechen«, sagte er. Für einen Moment hielt er inne, ehe er fortfuhr: »Also, ich meine über das, was vorvorgestern passiert ist.« Er klang ein wenig unsicher.

»Normalerweise lande ich nicht so schnell mit einem Mann ...« Sie unterbrach sich und suchte nach einer geeigneten Formulierung.

»Im Bett«, beendete Henning den Satz für sie. »Das ist bei mir auch nicht anders. Sex beim zweiten Date gehört nicht zu meinem Standardvorgehen. Falls man da überhaupt von Standard sprechen kann. Es ist nicht so, als ob ich schon mit wahnsinnig vielen Frauen intim gewesen wäre.« Henning griff ächzend nach der Kragenöffnung seines Polohemds und fächelte sich Luft zu. Eine zarte Röte zog über sein Gesicht. »Genau genommen bist du gerade mal die vierte.« Er griff nach Miris Hand und strich sanft mit seinem Daumen über ihren Handrücken.

»Da haben wir wohl mehr gemeinsam als gedacht.« Miri lächelte verwirrt. Das Gespräch nahm wirklich eine merkwürdige Wendung. Ganz sicher hatte Henning das auch nicht so geplant. Aber wie kämen sie jetzt wieder in etwas weniger irritierendes Fahrwasser? Miri sah sich um. Ihr Blick fiel auf den Picknickkorb und die Leckereien, die darauf warteten, verputzt zu werden.

»Was hast du denn da Leckeres mitgebracht?« Sie wies auf das Körbchen.

Henning ging sofort auf Miris Themenwechsel ein und zog den Korb zu sich heran. »So genau weiß ich das auch nicht. Ich habe den netten Damen in dem Feinkostgeschäft freie Hand gelassen. Es soll aber alles in eine leicht orientalische Richtung gehen. Hummus müsste drin sein und Fladenbrot natürlich. Ich denke außerdem Baba Ghanoush, Tabouleh, etwas gegrilltes Hühnchen, Bulgur-Salat ... Lass es uns einfach probieren.« Henning häufte aus jedem Gefäß eine kleine Portion auf die Teller.

Wenige Augenblicke später saßen sie sich in genüsslichem Schweigen gegenüber und probierten die kleinen Köstlichkeiten, während sie nach und nach immer tiefer in den Augen des anderen versanken.

Miri hielt den Blickkontakt aufrecht, auch als sie aufgegessen hatte. Mit der Hand tastete sie auf der Decke nach einer freien Fläche, wo sie den Teller abstellen könnte, doch überall um sie herum lagen Kissen. Dann berührte sie das Weinglas. Beinahe hätte sie es umgestoßen. Zum Glück gelang es ihr gerade noch, das Glas festzuhalten, ehe es umkippte. Schließlich riss sie sich mit einem Seufzer von seinem Blick los.

»Was für ein schöner Abend«, sagte Henning. »Ich bin sehr froh darüber, dass wir uns kennengelernt haben.« Er strahlte Miri so glücklich an, dass ihr Herz einen Schlag aussetzte. »Und dass du keine Obdachlose bist.« Er grinste herausfordernd.

Miri schmunzelte. »Dank Onkel Otto wäre ich aber beinahe eine geworden. Stattdessen sind wir jetzt Nachbarn. Unfassbar, oder?« Sie legte ihre Hand auf seine und genoss die Wärme, die seine Haut abstrahlte.

»Ist das für dich ein Thema?«, fragte Henning.

Miri warf ihm einen fragenden Blick zu. Sie verstand nicht, worauf er hinauswollte.

»Ich meine, wegen Finn. So Tür an Tür ist vielleicht doch etwas anderes, als wenn wir nicht ganz so nah wohnen würden. Wir teilen uns sogar den Balkon. Und Finn hat sich bisher dir gegenüber ziemlich abweisend verhalten.«

»Machst du dir Sorgen, dass ich deinen Sohn nicht mögen könnte?« Miri bemühte sich, seinem forschenden Blick offen zu begegnen.

»Ein bisschen schon, er ist halt manchen Frauen gegenüber etwas schwierig«, erklärte Henning.

Miri, die das Gefühl nicht losließ, dass Henning nicht ganz mit der Sprache herausrückte, runzelte die Stirn. »Ich hoffe, manche Frauen bedeutet Frauen, die seinem Vater etwas näherkommen, und nicht, dass ich generell durch irgendein Raster falle.« Sie schüttelte den Kopf. »Nein, ich habe tatsächlich kein

Problem mit deinem Sohn. Im Gegenteil, der Kleine tut mir eher leid. In so jungen Jahren hat er schon so viel Trauriges erlebt. Ich möchte Finns Mutter nicht unrecht tun, aber ehrlich gesagt, ich finde das richtiggehend gemein, so einem kleinen Kerl gegenüber. Es bricht mir das Herz, wenn ich darüber nachdenke.« Miri hielt inne. Ein Gedanke schoss ihr durch den Kopf. »Ich würde ihn gern besser kennenlernen. Aber meinst du, dass er sich nicht an mich gewöhnen könnte?«, formulierte sie ihre Angst.

»Um Himmels willen, nein! Es ist nur eine Frage der Zeit.«

Aus Hennings Stimme sprach so viel Nachdruck, dass Miri erleichtert aufatmete. »Da bin ich froh.«

Ein paar Atemzüge lang schwiegen beide. Miri starrte auf das Wasser im Hafenbecken, das sich jetzt, da die blaue Stunde hereinbrach, dunkler ausnahm als noch am Tag. *Mitternachtsblau*, dachte sie. *Ein paar Nuancen dunkler als Hennings Augenfarbe.* Sie sah ihn an. Wieder einmal spürte sie diese unfassbare Nähe zu ihm, die sie schon am Abend des Hafenfestes empfunden hatte. Sie konnte es sich nicht erklären, in einer kitschigen Romanze wäre sicher von Seelenverwandtschaft oder Schicksal die Rede. Gab es das? Die eine Person, die für sie bestimmt war? Falls ja, handelte es sich zweifelsohne um Henning, den wer auch immer für sie ausgewählt hatte. Sie sah ihm fest in die Augen. Sie wusste, wenn jemand in ihrem Blick die entscheidende Frage zu lesen vermochte, dann er.

Wie zum Beweis zog er sie an sich und küsste sie innig.

»Weißt du …«, flüsterte er, als er von ihr abließ, »… noch nie war es so schön wie mit dir. Es ging vielleicht ein wenig schnell, aber all das hier …« Er beschrieb mit der Hand einen weiten

Bogen »… unser Kennenlernen und natürlich auch die Nacht, die wir miteinander verbracht haben, könnte nicht wundervoller sein. Es ist perfekt. Du bist perfekt.« Erneut küsste er sie zärtlich, ehe er fortfuhr: »Dieses Gefühl, als würde ich dich schon ewig kennen, hatte ich noch nie.« Er zog Miri fest an sich.

»Da sind wir schon zwei«, konnte sie gerade noch antworten, ehe Henning sich erneut hingebungsvoll ihren Lippen widmete.

Viele Worte wechselten sie an diesem Abend nicht mehr. Das war aber auch nicht nötig, sie hatten einander gesagt, was es zu sagen gab, und gezeigt, was es zu spüren gab. Alles andere würde die Zeit bringen.

Kapitel 10
Von Kraken und Seehasen

Langsam senkte sich die Dunkelheit auf Ottensen herab. Das Candlelight-Picknick auf dem Dach des »Kleinen Bücherschiffs« lag bereits einige Tage zurück. Während sich Miri zum werweiß-wievielten Male die romantischen Details dieses wundervollen Abends ins Gedächtnis rief, strich sie gedankenverloren über den Stoff des blassrosa Leinenkleides, das sie extra für Henning angezogen hatte. Währenddessen flatterten die Schmetterlinge, die seit einiger Zeit in Miris Magengrube lebten, wild umher, noch wilder, als sie es ohnehin schon ununterbrochen taten, seit Henning Miri seine Gefühle offenbart hatte.

Henning, der gerade seinen Sohn zu Bett gebracht hatte, gesellte sich zu Miri, die schon seit geraumer Zeit auf ihn wartete. Seit einigen Tagen testeten sie den Balkon als neutrale Zone, in der sie länger miteinander Zeit verbringen konnten. Zuerst war Henning von der Idee, sich dort zu treffen, nicht begeistert gewesen. Er hatte befürchtet, Finn könnte auf Miris Anwesenheit misstrauisch reagieren, aber zu seinem Erstaunen akzeptierte Finn, dass der Balkon zu beiden Wohnungen gehörte. Ohnehin fiel ihm auch nur auf, dass Miri und Henning zusammensaßen, wenn er wach wurde und sein Vater nicht schnell genug aufsprang. Dennoch achtete Henning penibel auf einen – nach Miris Geschmack – viel zu großen Mindestabstand.

»Wichtig ist, Finn so einzubinden, dass er sich an dich gewöhnen kann, ohne dich gleich als allzu starke Bedrohung unserer kleinen Jungs-WG wahrzunehmen. Sollte das mit uns am Ende scheitern, will ich nicht, dass mein Sohn schon wieder leidet.« Henning seufzte leise. »Ich habe mir in den letzten Tagen schon häufiger den Kopf zerbrochen, wie wir es hinkriegen, dass er dich nach und nach besser kennenlernt, ohne sich unter Druck gesetzt zu fühlen. Bisher ist mir keine Lösung eingefallen. Oder hast du eine Idee?« Er warf Miri einen fragenden Blick zu.

Miri dachte einen Moment nach. Sie erinnerte sich an ein Gespräch, das sie vor einigen Tagen mit Katja geführt hatte. Seit Henning in Miris Leben getreten war, hatten die Freundinnen schon mehrfach über Finn gesprochen. Katja kannte Miris Mitgefühl gegenüber dem mutterlosen Jungen.

»Vielleicht schon«, antwortete Miri mit einem leichten Zögern. »Katja hat mich da kürzlich auf eine Idee gebracht. Du erinnerst dich ja sicher noch an euren Besuch auf dem ›Kleinen Bücherschiff‹, als du für Finn das Krakenbuch gekauft hast?«

Henning nickte.

»Danach haben wir, also Katja und ich, begonnen, regelmäßige Mottomonate zu planen. Nächsten Monat kommt das Thema ›Meerestiere für Klein und Groß‹. Letzte Woche hat Katja dafür schon einen ganzen Stapel spannender Titel bestellt. Du hast ja keine Vorstellung, wie viel Lektüre es über die Wesen gibt, die da so in den Meeren herumschwimmen oder -krauchen.«

»Klingt interessant!« Henning beugte sich vor und legte seine Hand auf Miris. »Und wie hilft uns das mit Finn?«

»Erst einmal nicht unmittelbar. Aber als ich mit Katja darüber gesprochen habe, kam uns die Idee, gleichzeitig einen Besuch im Aquarium zu verlosen. Das wär' doch auch was für den

Kleinen, oder? Ich könnte Finn und dich ins Aquarium einladen. Da gibt es sicher auch zahlreiche Kraken, Kalmare und Oktopusse. Mag er die Bücher noch?«

»Zumindest liegen sie nach wie vor auf seinem Nachttisch. Und hin und wieder muss ich ihm daraus auch etwas vorlesen«, sagte Henning nachdenklich.

»Das ist doch super.« Miri jubilierte innerlich. Ihr gefiel der Gedanke ausgesprochen gut. Nun hoffte sie nur, dass Henning ihre Idee unterstützte. »Pass auf ...«, spann sie einen Plan. »Ich suche noch ein weiteres Krakenbuch raus, und du kommst morgen mit Finn im ›Kleinen Bücherschiff‹ vorbei. Dort kaufst du ihm das Buch, und dann darf er einmal in unsere Loskiste greifen. Die haben wir eigentlich für den Mottomonat geplant, da kann man dann Bücher und anderes gewinnen. Finn zieht natürlich einen besonders tollen Gewinn: eine Einladung ins Aquarium, offiziell gesponsert vom ›Kleinen Bücherschiff‹. Gemeinsam mit mir geht es dann für ihn und seinen Papa gleich am nächsten Wochenende zum Kraken-Anschauen. Aber es ist vorrangig sein Ausflug. Es ist sein Gewinn, und er ist die Hauptperson.«

Miri lachte vor Freude auf, als Henning begeistert nickte.

»Danach sehen wir einfach mal, wie er reagiert«, führte sie den Gedanken zu Ende. »Je nachdem, können wir zusätzlich Katja mitnehmen, das macht es dann noch neutraler. Dann werden wir eben alle zusammen Freunde.« Ihr kam ein Gedanke. »Oder du gehst vielleicht auch gar nicht mit, und ich komme offiziell vorbei und führe ihn aus. Wobei ...«, mit einem Kopfschütteln unterbrach sich Miri. »Das ist wahrscheinlich keine so gute Idee, solange er noch so gern nach mir tritt.«

»Mein kleiner auskeilender Esel.« Henning schaute Miri tief in die Augen. »Und wie soll ich dich nennen? Meine süße Pläneschmiederin vielleicht?« Seine Stimme klang rau.

Ein paar Atemzüge lang sahen sie einander an. Dann sprang Henning auf und zog Miri, nach einem schnellen Blick in sein Wohnzimmer, direkt in seine Arme.

»Hoffentlich umgarnst du mich nicht auch irgendwann so gewieft, wie du es bei meinem Sohn vorhast«, flüsterte er in ihr Ohr.

Miri zuckte zusammen. Wie meinte er das? Sie trat ein Stück zurück, um ihn ansehen zu können. Als sie das Schmunzeln auf seinem Gesicht entdeckte, atmete sie auf.

»Mein Plan gefällt dir also?«, fragte sie leise.

»Mehr als das«, erwiderte Henning, ehe er sie wieder fest in seine Arme zog und begann hingebungsvoll an ihrem Ohr zu knabbern. »Wenn du mich irgendwann mit deinen Fäden einwickeln willst, musst du dir aber etwas Besseres einfallen lassen. Ich bin nicht so leicht zu verführen wie mein Sohn.«

»Ach nein?« Miri klimperte kokett mit den Wimpern. »Ich glaube, dir ist entgangen, dass du dich schon lange vor deinem Sohn in den Fäden meiner Verführungskunst verheddert hast.« Sie drückte ihm einen Kuss auf den Mund, ehe sie ihn energisch von sich schob. »Und jetzt wieder ab in deine Ecke! So wie ich deinen Sohn kenne, wird er jeden Augenblick aufwachen und hier erscheinen.«

Als ein paar Minuten später tatsächlich das Tappen nackter Füße aus Hennings Wohnung erklang und gleich darauf Finn, seinen Teddybär im Arm, auf den Balkon trat, warf Henning Miri einen überraschten Blick zu. Sie staunte ebenfalls über ihre hellseherischen Fähigkeiten, dennoch zuckte sie demonstrativ mit den Schultern, als wollte sie sagen: »Schau mich nicht so an, ich habe es eben drauf.«

Miris Plan funktionierte großartig. Gleich am nächsten Tag bekam Finn ein neues Buch und trug es, samt seinem Gewinn – ein Gutschein für den Besuch von Hagenbecks Tropenaquarium – stolz erhobenen Hauptes nach Hause.

Als Miri am darauffolgenden Sonntag an der Tür der Nachbarwohnung klingelte, erwartete sie ein aufgeregt hüpfender Sechsjähriger, der in seinen knallroten Shorts und dem sonnengelben Spongebob-T-Shirt entzückend aussah. Auf dem Rücken trug er einen roten Kinderrucksack, aus dessen Öffnung der Kopf seines Lieblingsteddybären herausschaute.

Trotz ihrer leichten Verunsicherung ging Miri in die Hocke, um Finn besser in die Augen sehen zu können. Er wirkte entspannt, dennoch rechnete sie jeden Moment damit, dass er wieder zutreten könnte.

»Wow, du siehst ja schick aus. Ist das dein besonderes Aquariums-T-Shirt?«, lobte sie seinen Look.

Zu ihrer Überraschung strahlte Finn über das ganze Gesicht, während er auf die Zeichentrickfigur wies. »Das ist Spongebob. Sponge ist Englisch und heißt Schwamm. Und Schwämme leben auch im Meer«, erklärte er altklug.

»Was du alles weißt. Also müssen wir heute auch nach Schwämmen Ausschau halten?«, fragte Miri.

Finn nickte stumm.

»Und was für Tiere möchtest du sonst noch anschauen?« Miri

lächelte. Als Finn, statt zu antworten, erwartungsvoll die Augen aufriss, fuhr sie fort: »Die Haie vielleicht? Oder die Krokodile? Ich habe gelesen, es gibt sogar Fledermäuse im Aquarium. Wären die was für dich?«

»Batman«, rief Finn, drehte sich um und verschwand in seinem Zimmer. Wenige Augenblicke später kehrte er mit einem Wecker zurück. »Guck hier!«, Finn drückte auf einen Knopf. Ein Licht ging an und projizierte das Batman-Symbol an die weiße Wand des Flurs. »Toll, was?«

»Großartig«, bestätigte Miri enthusiastisch. »Ich schätze, wenn wir jederzeit nach Batman rufen können, kann uns nichts passieren.«

Unauffällig nickte sie Henning zu, der ein Stück entfernt stehen geblieben war, während er die Begrüßung lächelnd verfolgte. Wie gut er heute wieder aussah. Miri musterte ihn einen Augenblick. Finn ähnelte seinem Vater sehr, nur die Augen unterschieden sich. Hennings Augenfarbe erinnerte an den Anblick eines tiefen Ozeans, wohingegen Finns eher an einen Sommerhimmel in den frühen Morgenstunden denken ließ. Wahrscheinlich hatte Henning als Kind fast genauso ausgesehen wie heute sein Sohn. Miri schmunzelte, als sie Hennings Outfit betrachtete. Er trug passend zu seinem Sohn eine rote Jeans, dazu allerdings ein schwarzes T-Shirt, auf dem statt einer Zeichentrickfigur, der Schriftzug einer Band prangte, die Miri nicht kannte. Sie nahm sich vor, ihn später danach zu fragen.

Eigentlich hatte Miri vorgehabt, zur Feier des Tages ein Taxi zu spendieren, aber da Finn Busfahren viel spannender fand, fuhren sie stattdessen mit dem HVV. Unterwegs plapperte Finn ununterbrochen. Sie hatten an einem der Vierersitze Platz genommen und immer, wenn sich ein anderer Fahrgast dazusetzte, berichtete ihm Finn erst einmal, dass er den großen Hauptpreis gezogen habe und sie deshalb jetzt ins Aquarium unterwegs seien. Er wirkte so aufgeregt und glücklich, dass Miri das Lächeln kaum unterdrücken konnte.

Finns Reaktion auf ihren gemeinsamen Aquariumsbesuch überraschte sie sehr. Und auch Henning schien eine solch positive Reaktion nicht erwartet zu haben. Natürlich hatten sie beide gehofft, dass sich Miri heute ein bisschen mit Finn anfreunden konnte, aber dass er sich derart aufgeschlossen zeigte, damit hatten sie nicht gerechnet.

Eine knappe Stunde später durfte Finn als Erster seine Eintrittskarte vor den Kartenleser halten, der das Drehkreuz freigab. Er hibbelte auf der Stelle, während er darauf wartete, dass endlich auch sein Vater und Miri die Sperre passiert hatten. Es ging ihm offenbar nicht schnell genug.

Kaum stand Henning neben seinem Sohn, riss dieser sich den Rucksack vom Rücken und hielt ihn seinem Vater hin. Henning schüttelte den Kopf, nahm die kleine Tasche aber ergeben an sich.

»Es ist immer das Gleiche. Erst muss es unbedingt ein eigener Rucksack sein, und keine fünf Minuten später wird ihm das Ding lästig«, flüsterte er Miri zu.

»Ich glaube, da sind alle Kinder gleich«, flüsterte Miri zurück. »Außerdem muss er doch irgendwo seinen Teddybär hintun.« Sie lachte leise. »Wie oft hat er ihn schon verloren?«

»Bisher zum Glück immer nur beinahe. Das aber so oft, dass ich es nicht mehr zählen kann.« Henning klang leicht resigniert. »Es ist jedes Mal ein riesiges Drama.«

»Oh«, machte Miri gespielt mitfühlend. »Du Armer.« Sie prüfte, ob Finn zu ihnen hinsah, und drückte dann schnell Hennings Hand.

Nachdem sie eine Weile den putzigen Kattas bei ihren Spielen zugeschaut hatten, machten sie sich auf den Weg, die verschlungenen Pfade entlang, die durch die verschiedenen Themenbereiche des Aquariums führten. Finn trabte voraus. Miri und Henning folgten ihm eilig. Der Kleine war derart quirlig, dass sie Gefahr liefen, ihn im Menschengewirr zu verlieren, wenn sie nicht nah an ihm dranblieben. Aber es war sein Tag. Darauf hatten sich Miri und Henning im Vorfeld geeinigt. Heute sollte alles nach Finns Wünschen ablaufen. Dennoch durfte er natürlich nicht abhauen. Wachsam versuchte Miri den Kleinen im Auge zu behalten.

Das war der Nachteil an Sonntagsausflügen. Sie waren nicht die Einzigen, die am heutigen Tag auf die Idee mit dem Aquariumsbesuch gekommen waren. Im Gegensatz zu Miri, in der langsam die Sorge aufstieg, sie könnten Finn verlieren, blieb Henning gelassen.

»Mach dir mal keine Gedanken«, versuchte er sie zu beruhigen. »Er ist doch schon sechs, und wir sind in einem geschlossenen Gebäude, da kann er eigentlich nicht verloren gehen.«

»Siehst du das nicht ein bisschen zu locker?« Miri merkte selbst, dass sie ein wenig harsch klang. Versöhnlicher fügte sie hinzu: »Ich kenne mich da ja nicht so aus, aber er ist erst sechs, und auch nicht immer so mutig wie heute.«

»Es ist ein schmaler Grat«, erklärte Henning. »Einerseits möchte ich natürlich nicht, dass er sich verläuft oder verloren geht und sich dann fürchtet. Andererseits fühlt er sich als großer Junge, der viele Dinge schon allein kann. Und er besteht zunehmend auf seine Autonomie. Ich will ihn da nicht zu sehr einschränken. Das wäre wahrscheinlich auch nicht gut für sein Selbstbewusstsein.«

Seine Argumente leuchteten Miri ein, dennoch fühlte sie sich mit der Situation nicht wohl. Fieberhaft überlegte sie, wie sie Finn wieder an ihre Seite holen könnte, ohne seine Selbstständigkeit zu beschneiden. Schließlich kam ihr eine Idee.

»Warte hier, bitte!«, bat sie und drückte noch einmal Hennings Hand. »Ich probier' mal was.« Sie ließ Henning stehen und flitzte hinter Finn her, der sich gerade mitten durch eine geführte Gruppe quetschte. Für einen Augenblick verlor sie ihn aus den Augen. Miri schluckte. Beinahe blieb ihr das Herz stehen. Dann entdeckte sie ihn wieder. Er schien ein Aquarium entdeckt zu haben, das ihn interessierte.

Miri drosselte ihre Schritte und zwang sich ruhiger zu atmen. *Schlimmer als Flöhe hüten*, ging es ihr durch den Kopf. Ein Junge in dem Alter war echt nicht ohne. Da konnte sie sich für die Zukunft schon mal auf eine Menge Aufregung gefasst machen. Vorausgesetzt die Sache mit Henning lief so weiter wie geplant und Finn würde sie in sein Leben lassen. Aber daran zweifelte sie eigentlich nicht. Der heutige Ausflug – obwohl er gerade erst begonnen hatte – bewies, dass es einen Weg für sie beide gab.

Bei dem Gedanken, mit Henning und Finn eine richtige kleine Familie zu bilden, hüpfte Miris Herz für ein paar Schläge regelrecht auf und ab. Vielleicht stolperte es auch. Ganz sicher war sie sich da nicht. Natürlich freute sie sich – so sehr, dass der Gedanke fast ein wenig schmerzte. Sie hatte sich immer Kinder gewünscht, aber nachdem ihre Beziehung mit Karsten derart dramatisch zu Ende gegangen war, hatte sie nicht damit gerechnet, so bald zu einem Kind zu kommen, geschweige denn gleich zu einem putzmunteren und manchmal etwas schwierigen Sechsjährigen. Sie schmunzelte vor sich hin, während sie ebenjenen Sechsjährigen beobachtete, wie er in höchster Anspannung auf die Kinderstufe vor dem Aquarium kletterte und seine Nase an der Glasscheibe platt drückte.

»Hey, mein Freund«, begrüßte sie ihn, als sie neben ihm vor das Aquarium trat. »Ich hätte da eine Idee. Was hältst du davon, wenn du heute für deinen Papa und vielleicht auch ein bisschen für mich den Museumsführer spielst?«

»Häh?« Finn zog die Nase kraus. »Wir sind doch gar nicht im Museum.«

»Verzeihung«, erwiderte Miri und unterdrückte ein Lachen. »Ich meinte natürlich den Aquariumsführer.« Sie wies auf die Gruppe, die Finn vor wenigen Augenblicken so rüde passiert hatte. »Siehst du die Leute da und den Mann mit dem Schild in der Hand?«

Finn nickte, während er seinen Blick wieder auf das Becken vor ihm richtete.

»Der mit dem Schild ist der Anführer für all die anderen Leute. Er ist der, der hier Bescheid weiß. Aber bestimmt weiß er nicht besser Bescheid als du«, fügte sie aufmunternd hinzu.

Finn runzelte die Stirn. Dann gab er ein schmatzendes Geräusch von sich und wandte sich wieder Miri zu.

»Der weiß sicher nicht so viel über Kraken wie ich«, sagte er mit Bestimmtheit.

»Genau!« Jetzt nickte Miri. »Und dein Papa und ich, wir wissen auch nicht so viel über Kraken. Meinst du, du könntest heute unser Anführer sein und uns hier alles zeigen und erklären? Schau mal, dein Papa steht da hinten ganz allein und hilflos herum. Ich glaube, du musst ihm helfen und ihn ein bisschen anleiten.«

»Oh«, stieß Finn aus. Mit einem nachdenklichen Gesichtsausdruck betrachtete er seinen Vater.

Nervös kratzte sich Miri am Handgelenk. Hoffentlich nahm er ihr die Geschichte ab. Andererseits … War es eigentlich okay, so zu schummeln? Eigentlich log sie Finn hier gerade nach Strich und Faden an. Nannte man das nun Fürsorge oder Manipulation? Miri sog den Atem durch die Zähne. Wahrscheinlich verschwammen bei Kindern die Grenzen ein wenig. Natürlich würde sie Finn niemals belügen, wenn es um wichtige Dinge ginge. Aber dies hier war ein Ausflug zu seinem Vergnügen, und wenn er sich plötzlich irgendwo allein wiederfände, ohne seinen Vater schnell genug zu entdecken, ginge es ihm nach der Sache mit seiner Mutter sicher nicht gut damit. Vor allem würde sich so ein Erlebnis absolut negativ auf sein aufkeimendes Selbstbewusstsein auswirken. Nein, Miri beschloss, dass sie kein schlechtes Gewissen haben musste. Alles, was sie tat oder sagte, war nur auf ein Ziel ausgerichtet: Finn eine glückliche Zeit zu bescheren. *Na gut*, gestand sie sich ein. Auch, um sein Herz zu gewinnen.

Wenige Minuten später stapften Finn, Henning und Miri gemeinsam durch das Aquarium. Finn war nach dem Gespräch mit Miri in Windeseile zu seinem Vater zurückgekehrt und hatte ihn im Brustton der Überzeugung wissen lassen, dass er ihm hier alles erklären würde und dass sein Papa keine Angst haben müsse, Finn führe ihn schon durchs Aquarium. Dann hatte er nach Hennings Hand gegriffen und diese seitdem nicht mehr losgelassen.

Miri, die einen halben Schritt hinter den beiden herging, erfreute sich an dem Anblick. Finn konnte so unglaublich süß sein. Von dem auskeilenden, sturen kleinen Jungen schien nichts übrig geblieben zu sein. *Hoffentlich*, dachte sie, denn natürlich handelte es sich hier um eine Ausnahmesituation. Im Alltag konnte die Sache wieder ganz anders aussehen. Obwohl sie sich dessen bewusst war, genoss Miri den Augenblick. Sie fühlte sich Henning und Finn mit einem Mal so verbunden, dass es ihr beinahe die Kehle zuschnürte.

»Papa, lies mal vor!«, befahl Finn, als sie vor einem Becken haltmachten, in dem einige dunkelgraue Fische von gut einem halben Meter Länge herumschwammen.

»Seehase«, las Henning pflichtschuldigst vor. »Ein plumper Bodenfisch aus der Familie der Seehasen. Sie werden auch Lumpfische genannt und gehören zu den Groppenverwandten.«

»Was?«, krähte Finn belustigt. »Das klingt witzig.« Er wiederholte das Wort Lumpfisch mehrere Male. »Das sind Lumpen, Putzlumpen«, erklärte er kichernd. »Wieso heißen die denn Seehasen? Die haben doch gar keine langen Ohren.« Er runzelte die Stirn. »Eigentlich haben die Putzlumpen gar keine Ohren.« Finn begeisterte sich immer mehr. »Lumpige Seehasen«, rief er lachend. »Ich habe euch zu den lumpigen Seehasen geführt.« Er unterbrach sich. »Und jetzt zu den Kraken«, rief er mit einer gehörigen Portion Theatralik in der Stimme.

Eine halbe Stunde später wussten Miri, Henning und Finn alles über Sepien, Kalmare, Acht- und Zehnarmige Tintenfische, Vampirtintenfischähnliche und Kraken. Natürlich begeisterte sich Finn am meisten für die Riesenkraken und die Vampirtintenfischähnlichen, auch wenn es davon nicht viel zu sehen, sondern mehr zu lesen gab. Henning gab sich alle Mühe, den Wissensdurst seines kleinen Aquariumsführers zu stillen, indem er nicht nur die Schilder an den Becken vorlas, sondern zwischendurch auch auf seinem Smartphone bei Wikipedia nachlas.

Irgendwann hatte selbst Finn genug von den vielarmigen Tieren, und sie machten sich wieder auf den Weg durch die schmalen Gänge. Inzwischen hatte es sich ein wenig geleert. Noch eine gute Stunde, dann schloss das Aquarium.

Sie sahen viel an diesem Tag: Krokodile, Fledermäuse in einer Höhle, eine riesige Spinne, die in einem Plumpsklo wohnte, und eine Kobra, die auf dem Grill einer Westernranch vor sich hinträumte. Aber so originell die Tiere präsentiert wurden, war Miri dennoch froh, als sie das Giftschlangendorf endlich hinter sich ließen.

Am spannendsten war für sie alle die Unterwasserwelt, vor allem das bunte Korallenriff. Finn lief sofort auf die leuchtenden Clownfische zu. Na klar, seit Nemo kannte jedes Kind diese putzigen Fischchen. Aber auch die blau-gelben Doktorfische und die bizarr anmutenden Rotfeuerfische fesselten Finns Aufmerksamkeit. Als sie danach schließlich das riesige Becken erreichten, in dem Rochen, Riesenzackenbarsche und Riffhaie gemächlich ihre Runden zogen, blieb nicht nur Finn ehrfürchtig stehen.

»Wow«, entfuhr es Miri angesichts des wirklich enormen Haiatolls und seiner durchaus großen Bewohner. »Da kann man es ja mit der Angst kriegen.«

»Du musst dich nicht fürchten«, erklärte Finn, der aber dennoch – wahrscheinlich vorsichtshalber – die Hand seines Vaters ergriff.

»Passt du auf mich auf?«, fragte Miri und beugte sich zu Finn hinunter.

Der Sechsjährige nickte. Dann legte er Miri eine Hand auf die Schulter. »Natürlich passe ich auf dich auf«, versicherte er. »Und Papa auch, stimmt's?« Er wandte sich an Henning.

»Selbstverständlich. Wir zwei kriegen das schon hin.« Henning lächelte seinen Sohn liebevoll an. »Wenn nicht wir, wer dann?«

Einige Minuten harrten sie stumm vor dem Haifischbecken aus und sahen den großen Fischen beim Herumschwimmen zu. Henning stand rechts von Finn und Miri auf der linken Seite. Unbewusst entfuhr ihr ein Seufzer. In diesem Augenblick trat Finn ein Stück näher zu ihr heran, während er einen Arm in ihre Richtung ausstreckte. Miri erstarrte, als sich eine klebrige Kinderhand in ihre große Erwachsenenhand schob. Sie wagte nicht, sich zu bewegen. Der Augenblick war so unwirklich und zugleich so besonders, sie durfte ihn nicht durch eine unbedachte Bewegung kaputtmachen. Sacht drückte sie die Hand des Sechsjährigen. Einen Augenblick geschah nichts, dann spürte sie wie Finn ganz vorsichtig zurückdrückte. Miri schluckte vor Rührung, dann sah sie auf. Ein Frosch kratzte in ihrer Kehle. Sie räusperte sich leise und sah endlich zu Henning hinüber. Als sich ihre Blicke trafen und sie die Freude in seinen Augen las, entfuhr ihr ein leises Schniefen.

Als Miri und Henning am Abend nebeneinander auf dem Balkon saßen, erlaubten sie sich zum ersten Mal etwas Zeit dicht aneinandergekuschelt zu verbringen. Hinter ihnen lag ein langer, aufregender Tag. Nachdem sie Hand in Hand – Finn in der Mitte – das letzte Stück durch das Aquarium zurückgelegt hatten, waren sie hungrig in einer nahe gelegenen Pizzeria eingekehrt. Finn verdrückte eine ganze Salamipizza, während Miri und Henning sich beide für eine Pasta Carbonara entschieden. Danach gelang ihnen das Wunder, es bis nach Hause zu schaffen, ohne dass Finn einschlief. Dafür war er direkt ins Bett gefallen, kaum dass sie die Wohnungstür hinter sich geschlossen hatten.

Jetzt, gut zwei Stunden später, schlief Finn schon eine ganze Weile den Schlaf der glücklichen Erschöpfung. Heute würde er sicher nicht noch einmal wach werden.

»Hmmm«, stieß Miri hervor und streckte sich. »Das war ein wunderbarer Tag.«

Henning lächelte breit. »Er hätte nicht wunderbarer sein können.« Er stockte. »Gott, ich bin froh, dass das mit Finn heute so gut geklappt hat. Er mag dich. Ich habe es doch gesagt: Alles nur eine Frage der Zeit.«

Miri kuschelte sich in Hennings Armbeuge und gähnte.

»Das ist schön«, murmelte sie schläfrig. »Ich mag den kleinen Kerl auch.« Sie gähnte erneut. Keine zwei Atemzüge später war sie sicher und glücklich eingeschlafen.

Kapitel 11
Hektische Zeiten

Ein paar Wochen später, als Miri gerade auf die Gangway des »Kleinen Bücherschiffs« trat, lehnte ein schmutziggrauer Briefumschlag an der Eingangstür. Sie nahm ihn hoch, entriegelte das Schloss und trat in den Salon, um »Das kleine Bücherschiff« für die Öffnungszeiten vorzubereiten. Den Umschlag legte sie auf dem Verkaufstresen ab. Sie würde später hineinschauen. Jetzt musste sie erst einmal durchlüften, Kaffee kochen und das Wechselgeld in die Kasse zählen.

Kurz vor zehn traf Katja ein. »Sorry, ich bin spät dran.« Miri lächelte ihr nur freundlich zu. Seitdem sie vor ein paar Wochen das zweite Date mit Henning eingefädelt hatte, hatte ihre beste Freundin einiges gut bei ihr. Selbst wenn sie mal zu spät kam.

Sofort packte Katja mit an. »Wie wird das Wetter heute? Sollen wir die Displays nach draußen stellen?«

Die Displays waren erst am Vortag angeliefert worden. Der Schreiner hatte sie, wie die Regale im Inneren der Barkasse, aus alten Schiffsdielen hergestellt. Sie bildeten den Bug eines Ruderbootes nach, liefen oben spitz zu und waren im Inneren mit schmalen Einlegeböden ausgestattet. Verschiebbare Trennwände ermöglichten das Einlegen verschiedengroßer Flyer, denn keine der Leseproben und Werbebroschüren, die Platz in den Fächern finden sollten, verfügte über die gleiche Größe.

»Sonnig, kein Anzeichen von Regen«, antwortete Miri nach einem Blick auf die Wetter-App ihres Smartphones. Sie hatte die App in den letzten Tagen getestet: Sie war ausgesprochen zuverlässig in ihren Vorhersagen. Solange man alle paar Stunden überprüfte, ob sich die Werte geändert hatten, konnte man sich fast minutengenau auf die Angaben verlassen.

Miri räumte den Verkaufstresen frei und holte den Karton mit den Flyern aus dem Bücherlager, das sie in der ehemaligen Schlafkajüte untergebracht hatten. Sie leerte den Inhalt des Kartons auf den Tresen und begann den riesigen Papierstapel, der sich über die Wochen angesammelt hatte, zu sortieren.

Anschließend räumte Katja die Regale ein. Als besonderen Hingucker hatte der Schreiner zwei einfache Holzboote in der Form von Barkassen geschnitzt und so angebracht, dass sie jeweils an der rechten Seite der stilisierten Ruderboote wie eine Hand nach vorn ragten. In diese Schiffchen passten exakt die Flyer, die Miri und Katja für ihre Veranstaltungen und Kaperfahrten hatten drucken lassen.

Mit vereinten Kräften hievten sie die Displays die Gangway hinunter.

»Denk bitte mal mit dran, dass wir eine Sackkarre auf den Einkaufszettel schreiben«, sagte Katja, als beide Ruderbötchen samt ihrem empfindlichen Inhalt sicher auf dem Kai rechts und links der Gangway standen.

»Gute Idee.« Miri nickte zustimmend.

»Wie läuft's mit Henning?«, erkundigte sich Katja, als sie endlich zurück aufs Boot stapften.

»Ziemlich gut.« Miri strahlte wie der Sonnenschein. Mit Katja sprach sie gerne über Henning, denn sie hatte ja auch maßgeblich geholfen, dass die beiden den einen oder anderen Abend für sich hatten. »Ich würde ihn gern öfter sehen, aber solange wir

Finn noch nicht einweihen, geht es halt nur, wenn der Kleine schläft.«

»Heimliche Küsse hinter der Tür haben auch ihren Reiz, oder nicht?«, sagte Katja.

»Einerseits ist es schon aufregend.« Miri zögerte. »Auf der anderen Seite aber auch anstrengend. Ich bin in einer Art ständiger Habachtstellung. Ein Ohr lauscht eigentlich immer, ob Finn nicht doch noch mal aufgestanden ist. Er soll mich halt auch nicht in der Wohnung vorfinden. Oder zumindest nicht zu oft. Der Kleine ist frech, aber auch verdammt pfiffig.«

»Und wie lange wollt ihr das durchziehen? Ihr macht das jetzt schon ein paar Wochen. Das erschwert doch jegliche körperliche Nähe.«

»Das ist das einzige Manko. In Hennings Wohnung läuft da gar nichts. Finn wacht beim kleinsten ungewohnten Geräusch auf.« Miri seufzte. »Ich glaube, wir müssen mal zum Camping, damit der Junge lernt, bei ordentlich Lärm zu schlafen. So ist das echt anstrengend. Zum Glück gewöhnt sich Finn immer mehr an mich, er ist inzwischen gar nicht mehr abweisend. Dennoch kommen Henning und ich uns so richtig nur dann näher, wenn er einen Babysitter organisieren kann. Aber das klappt höchstens einmal die Woche und kostet ja auch Geld. Henning hat immer noch nicht alle`Schulden der Trennung abbezahlt.«

»Soll ich noch mal einspringen? Oder vielleicht solltet ihr Nägel mit Köpfen machen. Wenn man alleinerziehend ist, kann man eben nicht mehr so lange herumplänkeln. Da muss man sich schneller darüber klar werden, ob es passt oder nicht und dann den nächsten Schritt gehen. Oder ginge dir das zu schnell?«

Miri sog die Unterlippe zwischen die Zähne. »Finn fühlt sich für mich immer noch ein wenig wie eine unberechenbare Größe an. Was mir eigentlich Sorge bereiten müsste. Aber so ist es nicht. Ich habe den Kleinen in den letzten Wochen liebgewonnen, er ist halt ein verletzter kleiner Junge, der manchmal mit Wut reagiert, wenn ihm etwas Angst macht oder sein Papa ihm nicht genug Aufmerksamkeit schenkt. Ich meine, das ist ja kein Wunder. Ich hätte als Kind auch nicht anders reagiert, wenn meine Mutter so Knall auf Fall verschwunden wäre. Und er kann auch unglaublich süß sein, nimm nur den Moment, als er meine Hand genommen hat, als wir im Aquarium waren.« Miri lächelte bei der Erinnerung an die warme, schwitzige Kinderhand. »Also, wenn ich die Zeit mit Henning mit der Beziehung zu Karsten vergleiche, liegen Welten dazwischen. Bei Henning bin ich mir sicher. Er ist der Mann, mit dem ich zusammen sein will.«

»Wow! Ganz sicher?«, fragte Katja.

»Absolut sicher.« Miri holte tief Luft, dann bekräftigte sie: »So sicher wie auf den Sommer der Herbst folgt.«

Katjas Gesichtsausdruck wechselte von beeindruckt zu belustigt. »Hoffentlich macht dir da der Klimawandel keinen Strich durch die Rechnung.«

Miri lachte beschwingt.

»Du solltest jedenfalls dann bald mal mit Henning darüber reden, auch, was sein Plan dafür ist, ab wann ihr Finn einweiht«, sagte Katja.

Miri biss sich auf die Unterlippe. »Das ist es ja, da ist Henning sehr zögerlich. Er hat einfach Angst, dass Finn sich zu sehr an mich gewöhnt, ich dann wieder verschwinde und damit gleich beiden das Herz breche.«

»Dann musst du ihnen eben klarmachen, dass du das nicht tun wirst. Und dass dir was an Finn liegt, sollte Henning inzwischen gemerkt haben. Spätestens seit eurem Ausflug ins Aquarium«, wandte Katja ein. »Vielleicht fahrt ihr auch mal in einen Freizeitpark, oder wie wäre es, ein gemeinsames Wochenende an der Ostsee zu verbringen? Oder an der Nordsee, die ist genauso schön.«

»Das ist eine super Idee!« Miris Herz schlug höher bei dem Gedanken, gleich ein ganzes Wochenende mit ihren beiden Männern zu verbringen, dem großen und dem kleinen. Wenn Finn nicht gerade in einem seiner Wutanfälle steckte, konnte er wirklich ganz wunderbar sein, klug und neugierig und offen. Vielleicht wäre so ein Wochenendausflug auch eine passende Gelegenheit, zum ersten Mal vor Finns Augen mit seinem Vater ein Zimmer zu teilen. Miri nickte Katja dankbar zu. Sie würde sich etwas einfallen lassen, und bestimmt würde Finn ihr bald schon richtig vertrauen – und dann ließe schließlich auch Henning endlich eine echte Beziehung zwischen ihr und seinem Sohn zu.

Schritte auf der Gangway kündigten die ersten Kunden des Tages an. Von da an ging es Schlag auf Schlag. Neben den Stammkunden bevölkerten heute besonders viele Touristen »Das kleine Bücherschiff«. Sehr zur Freude von Miri und Katja und sehr zum Ärger von Gerderuth Ermina Floriane Tietgen, die zwar ihren Schaukelstuhl hatte entern können, aber die Hoffnung auf ihr Nickerchen bald aufgeben musste.

Die Uhr zeigte bereits halb sechs an, als endlich ein wenig Ruhe auf dem »Kleinen Bücherschiff« eintrat. Erschöpft ließ sich Miri in einen Ohrensessel sinken, und Katja stapfte in die Kombüse, um den gemischten Salat mit Zitronenhühnchen zu holen, den sie eigentlich zu Mittag hatten essen wollen.

»Das wurde aber auch Zeit«, sagte Miri, als Katja ihr einen gut gefüllten Teller anreichte, ehe sie sich auf dem zweiten Sessel niederließ. »Wenn unser ›Kleines Bücherschiff‹ weiter so gut läuft, werde ich noch verhungern.«

»So ein paar Kilo weniger fände ich gar nicht schlecht«, antwortete Katja nachdenklich. »Ist doch perfekt. Wir verdienen gut und nehmen gleichzeitig ab.«

»So ein Quatsch! Du bist genau richtig, wie du bist.« Miri warf ihrer besten Freundin einen grimmigen Blick zu. »Warum denkst du nur immer, du seiest zu dick? Du bist perfekt so. Dir fällt anscheinend nie auf, wie die Männer dich ansehen.«

»Ja, ja!« Katja winkte ab. »Das hatten wir schon.«

»Regelmäßiges Essen ist wichtig«, erklärte Miri. »Das steht in jedem Ernährungsführer. Auf Dauer kann es jedenfalls nicht gesund sein, wenn wir ständig die Mittagspause ausfallen lassen. Vielleicht sollten wir mal darüber nachdenken, über Mittag für eine Stunde zu schließen. Oder wir müssen noch jemanden einstellen.« Sie stockte. Tatsächlich fühlte sich der Gedanke an Personal merkwürdig an. Dann wäre sie eine Chefin. Dabei hatte sie sich noch nicht einmal richtig daran gewöhnt, eine selbstständige Unternehmerin zu sein. »Ehrlich gesagt würde ich nicht so bald jemanden einstellen wollen. Ich denke, wir sollten erst sicher sein, dass das Bücherschiff auf Dauer genug einbringt. Obwohl ich in letzter Zeit ganz oft so schrecklich müde bin. Verlockend wäre es schon.«

»Irgendwann werden wir sicher darüber sprechen müssen. Aber ...«, Katja unterbrach sich. Nachdenklich wiegte sie den

Kopf hin und her. »Nee, auf keinen Fall jetzt schon. Weder Personal noch Mittagspause. Erst mal muss ›Das kleine Bücherschiff‹ weiter Stammkunden und Renommee aufbauen. Dann erst können wir darüber nachdenken kürzerzutreten.« Sie warf Miri einen bedauernden Blick zu. »Ich fürchte, so lange musst du durchhalten – Müdigkeit hin oder her.«

Die Pause endete abrupt, als der nächste Kunde den Salon betrat. Während Katja aufsprang, um dem Ankömmling behilflich zu sein, brachte Miri schnell die Teller zurück in die Kombüse.

Zwei Stunden später verabschiedeten sich die Freundinnen an der Gangway. Während Miri sich auf den Heimweg den Elbhang hinauf machte, hastete Katja in die entgegengesetzte Richtung, um die gerade anlegende Hafenfähre zu erreichen. Sie hatte noch eine Verabredung irgendwo in der Stadt.

Unterwegs durch Ottensens Straßen setzte Regen ein. Miri zog den kleinen Schirm hervor, den sie stets für solche Fälle bei sich hatte, und spannte ihn auf. Hamburg war eben Hamburg, und dazu gehörte auch immer mal wieder dat Schietwetter. Wie die meisten Bewohner der Stadt hatte auch Miri nichts gegen ein bisschen Regen, dennoch verspürte sie heute ein leichtes Bedauern. An diesem Abend würde sie nicht mit Henning auf dem Balkon zusammensitzen können. Aber vielleicht war es auch ganz gut so. Sie gähnte herzhaft. Einmal zwischendurch früh zu Bett zu gehen, täte ihr sicher gut.

Kapitel 12
In die Wanten

Miri schlüpfte in die weiße Leinenhose, die sie eigens für diesen Abend gekauft hatte. Auch das marineblaue Shirt mit den weiten Fledermausärmeln war neu. Zum ersten Mal seit dem Tag, an dem sie gemeinsam mit Katja »Das kleine Bücherschiff« eröffnet hatte, war Miris Kreditkarte so richtig in Wallung geraten. Es stimmte einfach gerade. Die Geschäfte liefen gut, da durfte sie sich ruhig auch einmal etwas gönnen. Obendrein brachten so ein paar neue Klamotten gleich ein ganz neues Lebensgefühl, das hervorragend zu Miris aktueller Verfassung passte.

Einen Augenblick betrachtete Miri sich im Spiegel. Zufrieden mit dem, was sie sah, nickte sie ihrem Spiegelbild zu und wandte sich in Richtung der Eingangstür. Henning musste jeden Augenblick kommen. Heute Abend führte er sie aus. Wohin es ging und was genau er mit ihr vorhatte, darüber hatte er sich bisher eisern ausgeschwiegen. Miri grinste. *Hochgradig gemein*, dachte sie. Henning wusste inzwischen genau, wie neugierig und ungeduldig sie sein konnte. Auch jetzt hibbelte sie schon wieder, während sie hinter der Wohnungstür darauf wartete, dass er endlich klingelte. Hoffentlich hatte sich die Babysitterin nicht verspätet.

Zum Glück musste Miri nicht allzu lange warten. Schon wenige Atemzüge später erklang das ersehnte Geräusch. Sofort riss sie die Tür auf und ließ sich in Hennings Arme fallen. Schnuppernd hielt sie die Nase an das schwarze Kurzarmhemd, das er lässig über einer weißen Jeans trug. Er sah nicht nur ungemein gut aus, er duftete auch einfach wundervoll – wie die gelben Blüten der Engelstrompete, die im Garten ihrer Eltern wuchs.

»Habt ihr kein Zuhause?«, erklang unerwartet Pablos Stimme aus dem Treppenhaus.

Erschrocken stoben Miri und Henning auseinander. Dann brachen sie gleichzeitig in lautes Gelächter aus, während Henning Pablo zuzwinkerte und Miri demonstrativ wieder an sich zog.

»Wir sind zu Hause«, verkündete sie.

»Na dann …« Pablo winkte ihnen im Vorbeigehen zu. »Habt einen schönen Abend!«, sagte er noch, während er auf dem nächsten Treppenabsatz verschwand.

»Worauf du wetten kannst«, rief Miri ihm nach. Dann wandte sie sich an Henning. »Kann er doch, oder?«

»Verdammter Sprottenschiet, Miriam Cornelis! Was bist du neugierig.« Henning stieß ein gespielt genervtes Schnauben aus. Dann hielt er inne und betrachtete Miri, die glücklich vor sich hinlächelte, irritiert. »Was strahlst du denn auf einmal so? Ich habe doch noch gar nichts verraten.«

»Du hast Sprottenschiet gesagt«, erklärte sie, während die Schmetterlinge in ihrem Inneren Ringelreih tanzten. »Das sagt niemand außer mir.«

»Es könnte daran liegen, dass ich hin und wieder Zeit mit dir verbringe.« Henning grinste.

»Echt?«, antwortete Miri, während sie ein paarmal mit den Wimpern klimperte. »Ist mir noch gar nicht aufgefallen.« Die Schmetterlinge setzten zur Quadrille an. »Jetzt musst du mir nur noch verraten, was wir heute machen.«

»Netter Versuch.« Henning schnappte sich grinsend Miris Hand und zog sie hinter sich her die Treppe hinunter und aus dem Haus. Vor der Tür wartete bereits ein Taxi. Galant öffnete Henning die Tür zur Rückbank, ließ Miri einsteigen, schloss die Tür hinter ihr und stieg dann auf der anderen Seite zu. »Zum Michel, bitte. Und zügig, wenn es geht. Wir sind eine Spur spät dran«, wandte er sich an den Fahrer.

Miri blickte auf die Uhr: Zwanzig vor neun. »Hm«, brummelte sie vor sich hin, fragte aber nicht noch einmal nach, obwohl sie nun immerhin wusste, wohin sie unterwegs waren.

»Ist ja schon gut.« Hennings warme Hand schloss sich um ihre. »Ehe du mir vor Neugier stirbst, erzähle ich dir ein kleines bisschen.« Er grinste verschmitzt. »Also: Ich dachte mir, da du ja als Quiddje noch lange nicht alles über deine neue Heimatstadt weißt, machen wir mal ein nächtliches Sightseeing-Programm. Keine Sorge«, fuhr er fort, als Miri ihn skeptisch anblickte. »Nicht *das* nächtliche Programm. St. Pauli klammern wir aus. Ich gehe mal fest davon aus, dass du mit deinen Stader Freunden in den letzten zehn Jahren oft genug auf Hamburgs Ausgehmeilen unterwegs warst. Es sind schließlich mit dem Zug gerade mal anderthalb Stunden.«

»Nicht mal«, erwiderte Miri. »Und ja, die einschlägigen Partylocations kenne ich zur Genüge. Von mir hängt sogar ein BH auf der Leine im Herzblut«, flüsterte sie ihm kichernd zu. Schließlich ging es den Taxifahrer nichts an, was sie so mit ihrer Unterwäsche trieb. Obwohl sie damals den BH ganz züchtig unter dem T-Shirt ausgezogen hatte, statt sich vor den versammelten Gästen zu entblößen. Er hatte ihr dennoch die versprochenen zwei Flaschen Prosecco eingebracht.

»Ich wusste doch, dass tief in dir eine ganz verruchte Seele steckt.« Henning schmunzelte. »Meinen BH wollten die damals nicht. Wahrscheinlich war ihnen meine Körbchengröße zu klein. Ich kann ja mit dir nicht mithalten.«

Sie lachte. »Du bist der Erste, der auf mein stinknormales C-Körbchen neidisch ist.«

»Tss«, zischte er empört. »Stinknormal.« Er schüttelte den Kopf. »Ich würde es eher atemberaubend nennen oder wunderschön oder Leidenschaft weckend.«

Henning blickte mit seinen meerblauen Augen so tief in Miris, dass ihr ganz schwummerig wurde. Die Haare in ihrem Nacken stellten sich auf, während Hitze in ihren Wangen aufstieg. Auch ohne in einen Spiegel zu sehen, wusste Miri, dass sie gerade leuchtend rot anlief. Verlegen starrte sie aus dem Fenster, dann fiel ihr der Taxifahrer wieder ein. Zaghaft riskierte sie einen Blick in den Rückspiegel. Fast rechnete sie damit, in die Augen des Taxifahrers zu sehen, doch zum Glück konzentrierte der Mann sich ausschließlich auf den Verkehr um sie herum. Dennoch fühlte sich Miri ein wenig überfordert, zumal sie mit ihrer eigenen Reaktion nicht gerechnet hatte. Ihre früheren Beziehungen waren niemals so spielerisch gewesen.

Eine Mischung aus aufgeregter Freude, Begehren und Schüchternheit tobte durch Miris Adern. Immer wieder durchströmte sie das Glücksgefühl, das die Zweisamkeit mit Henning in ihr hervorrief, wie ein warmer Wasserfall nach einem kalten Tag. All dies kannte sie bisher nicht in dieser Intensität. Und sie hatte auch nicht damit gerechnet, noch einmal so viele neue Erfahrungen zu machen.

Hennings Blick ruhte immer noch auf ihrem Gesicht. Unwillkürlich ging Miris Atem schwerer. Sie hatte gar nicht gewusst, dass seine Blicke bei ihr fast die gleiche Reaktion wie seine Berührungen hervorrufen konnten.

Zum Glück erreichten sie endlich den Vorplatz der St. Michaeliskirche, die jeder Hamburger nur Michel nannte. Als Miri und Henning aus dem Wagen stiegen, dämmerte es bereits. Miri sah sich um. Unzählige Scheinwerfer beleuchteten die Backsteinkirche mit dem ungewöhnlichen anthrazitfarbenen Turm, und obwohl es noch nicht richtig dunkel war, erstrahlte das altehrwürdige Gebäude bereits in einem unwirklichen Licht.

»Komm mit«, sagte Henning und ergriff erneut Miris Hand. »Der Eingang ist auf der anderen Seite.« Er warf einen nervösen Blick auf die Uhr.

An der Kasse kauften sie zwei Tickets für die Turmbesichtigung. Dann stiegen sie ein Stockwerk die Treppe hinauf. Dort warteten bereits mehrere Personen auf den Aufzug, der sie ganz nach oben bringen sollte. Miri betrachtete die Leute. Es handelte sich überwiegend um Touristen, zumindest trugen die meisten einen Rucksack auf dem Rücken und mindestens eine Kamera um den Hals. Aufregung machte sich in Miri breit, zumal sie sich in diesem Augenblick ebenfalls wie eine Touristin vorkam. Sie mochte das Gefühl, vor allem mit Henning an ihrer Seite. Die Vorstellung mit ihm und natürlich auch mit Finn eine Reise zu unternehmen, brachte sie zum Träumen: vielleicht ein Strandurlaub, ganz romantisch irgendwo in Italien. Sie könnten mit Finn schnorcheln oder ein Boot chartern und in eine einsame Bucht fahren. Und abends, wenn Finn schliefe, würden sie und Henning Hand in Hand dasitzen und in den Sternenhimmel schauen, während die Zikaden ihr Lied spielten oder aus einem der Nachbarhäuser leise Gitarrenmusik drang.

Trompetenklänge rissen Miri aus ihrem Tagtraum. Überrascht sah sie sich um. Außer ihr schien niemand erstaunt zu sein. Wo kam denn die Musik her? Sie sah sich suchend um. In diesem Moment öffnete sich die Aufzugtür und die Wartenden drängten eilig hinein.

Henning, der Miris Erstaunen wahrgenommen hatte, drängte sich im Inneren des Fahrstuhls dicht an sie. »Das ist der Michel-Türmer, der Turmbläser«, erklärte er leise. »Zweimal am Tag spielt er einen Choral, meist ein evangelisches Kirchenlied oben auf dem Turm. Immer eine Strophe aus einem Fenster in jede Himmelsrichtung. Wir sind gleich oben, da haben wir nicht nur eine grandiose Aussicht, sondern wir können auch ganz ausgezeichnet seinem Abendständchen lauschen.« Er drückte Miri einen kleinen Kuss aufs Ohr.

»Das kitzelt!« Miri versuchte sich unter dem Kuss wegzuducken, ohne die Aufmerksamkeit der Mitfahrer auf sich zu lenken.

Henning lachte leise.

Endlich öffneten sich die Fahrstuhltüren, und die Leute drängten auf die Aussichtsplattform.

»Wow«, entfuhr es Miri, als sie neben Henning an die Gitterstäbe trat. Zu ihren Füßen lag die Stadt, die sich langsam in die herabsinkende Dunkelheit hüllte wie in einen edlen Mantel, der erst durch das schwindende Licht zu voller Schönheit erblühte. Aber nicht nur die Aussicht verschlug ihr beinahe den Atem, auch die Plattform selbst, deren baldachinartiges Dach von dicken grauen Säulen getragen wurde. Besonders beeindruckend wirkte die filigrane, schmiedeeiserne Wendeltreppe, die sich genau in der Mitte der Plattform zum Baldachin und den drei dort hängenden Glocken hinaufschraubte. Und über alldem lag der Klang der einsamen Trompete, die eine getragene Melodie in die Welt schickte.

Während Henning amüsiert zusah, wie Miri staunend die Eindrücke in sich aufsog, umrundeten sie einmal die komplette Plattform. Trotz der zunehmenden Dunkelheit ließ sich noch weit über die Stadt blicken, die begann, im Licht der Laternen zu erstrahlen. Miri studierte zwischendurch immer wieder die Hinweisschilder, die in regelmäßigen Abständen auf der Plattform aufgestellt worden waren. Auf ihnen konnte man nachlesen, wohin man gerade schaute und welche markanten Gebäude es zu entdecken gab. Am besten gefiel Miri der Blick über den Hafen mit seinen farbig beleuchteten Containerkränen, die sie nur zu gut kannte. Schließlich stand ein Teil von ihnen unmittelbar gegenüber des Oevelgönner Museumshafens, wo ihr geliebtes »Kleines Bücherschiff« vor Anker lag.

Die Trompetenmusik endete. Für einen Augenblick standen Miri und Henning schweigend beieinander und schauten hinab auf das quirlige Treiben weit unter ihnen. Nicht nur New York, sondern auch Hamburg schlief niemals. Henning schlang einen Arm um Miris Schulter, und sie schmiegte sich an ihn. Auch an warmen Tagen konnten Hamburgs Nächte manchmal kühl werden. Und hier oben, dem Wind ausgesetzt, genoss Miri Hennings Wärme umso mehr.

Ein unerwartetes »Oh« von ihm riss Miri aus der Betrachtung. »Es tut mir leid, aber wir sind schon wieder spät dran«, erklärte er mit einem entschuldigenden Unterton in der Stimme. »Wir müssen los. Sonst verpassen wir unseren nächsten Programmpunkt.« Mit diesen Worten dirigierte er Miri zurück zum Fahrstuhl.

Wenige Minuten später saßen sie erneut in einem Taxi. »Planten un Blomen«, wies Henning den Fahrer an. »Zum Eingang in der St. Petersburger Straße, bitte.«

Nun kannte Miri also ihr nächstes Ziel. Sie grinste. »Ich fühle mich gerade wie eine japanische Touristin auf einer Reise durch zehn Länder in drei Tagen. Die werden doch auch immer von ihren Reiseleitern zur Eile angetrieben.«

»Es tut mir leid, das Timing der verschiedenen Attraktionen ist wirklich mies. Aber das ist nicht die Schuld deines Reiseleiters. Wobei ich mich eigentlich nicht als Reiseleiter oder Stadtführer sehe, sondern als Mann, der seiner Angebeteten die schönsten Plätze der Stadt zeigt.«

»Und was hat dieser Mann nachts im Park mit seiner Angebeteten vor? Er sucht wohl ein kuscheliges Örtchen zum Alleinsein.« Miri kicherte.

»Da liegst du völig falsch«, erwiderte Henning. »Warte mal ab, wie allein wir dort tatsächlich sein werden.«

Das Gespräch endete abrupt, als das Taxi unerwartet zum Stehen kam. »Da sind wir. Macht elf Euro zehn«, erklärte der Taxifahrer.

»Das ging aber schnell. Die japanische Touristin wäre sicher begeistert«, witzelte Miri, nachdem Henning den Fahrer bezahlt hatte. Sie genoss den Abend bereits ungemein. Allein schon, dass sie Henning endlich mal wieder ganz für sich hatte, machte den Abend besonders. Klar, sie gewann Finn von Begegnung zu Begegnung lieber, aber ab und zu mussten ein Mann und eine Frau auch einmal etwas allein unternehmen, sonst ging die Romantik flöten. Wobei … So wie Henning sich ins Zeug legte, um Miri glücklich zu machen, da bliebe die Romantik sicherlich bis an ihr Lebensende auch im Alltag erhalten. Bei dem Gedanken entfuhr Miri ein verträumter Seufzer.

Henning reagierte nicht. Stattdessen legt er erneut seinen Arm um Miri, zog sie sanft an sich und dirigierte sie in den Park hinein. Tatsächlich war es hier keineswegs einsam. Im Gegenteil, immer mehr Menschen strebten in die gleiche Richtung wie Henning und Miri.

Es dauerte nicht lange, und sie erreichten ihr Ziel. Mitten in der Grünanlage lag ein See, um den sich bereits unzählige Menschen versammelt hatten. Die Luft summte von leisen Gesprächen, während immer noch mehr Leute hinzukamen. Henning stoppte kurz, zog Miri noch ein wenig dichter an sich und schob sie beide dann unter ständigem Entschuldigungsgemurmel durch die Menschenmenge, bis sie die Terrasse eines Cafés am Seeufer erreichten. Dort standen zahlreiche Tische und Stühle mit direktem Blick auf das Wasser, die jedoch bis auf einen kleinen Zweiertisch alle belegt waren. Genau auf diesen ging Henning nun zielstrebig zu, rückte Miri einen Stuhl zurecht und ließ sich, nachdem sie Platz genommen hatte, auf dem gegenüberliegenden Sitz nieder.

»Ah, da kommt Mathis«, erklärte er, während er auf einen Mann zeigte, der eine Schürze mit der Aufschrift ›Seepavillon‹ trug.

Der Kellner näherte sich. Miri sah dem Mann mit den kantigen Gesichtszügen und den langen Beinen interessiert entgegen. Sie schätzte ihn auf mindestens zwei Meter. Seine Haare waren so hell, regelrecht weißblond, dass Miri unwillkürlich an

Schweden denken musste. Dort passten solche athletischen blonden Riesen ausgezeichnet hin.

Mathis war Miri auf Anhieb sympathisch.

»Da seid ihr ja endlich«, raunte Mathis ihnen zu, als er das Tischchen erreichte, an dem Miri und Henning saßen. »Ich musste euren Platz schon mehrmals mit Klauen und Zähnen verteidigen. Wundert euch also nicht, wenn euch gleich wildfremde Leute zum Hochzeitstag gratulieren. Eine bessere Lüge ist mir nicht eingefallen. Ihr wisst ja: Wir reservieren zu den Wasserkonzerten eigentlich keine Plätze.«

Wissen wir nicht, ging es Miri durch den Kopf. Also, sie wusste es nicht. Sie wusste ja nicht einmal, dass es in Planten un Blomen regelmäßig Wasserkonzerte gab.

»Mensch, Mathis, du erweist dich mal wieder als echter Freund. Danke!« Henning sprang auf und klopfte dem Hünen auf die Schulter. »Ich mache es ein anderes Mal wieder gut, versprochen.«

»Schon in Ordnung«, brummte Mathis in einem tiefen Bariton.

Henning wies auf Miri. »Das ist Miriam, meine Freundin«, stellte er vor, und an Miri gewandt, sagte er: »Mathis ist mein ältester Freund. Er war schon immer zu gut für diese Welt. Weißt du, eigentlich ist er kein Kellner, aber seit seine Familie dieses Café gekauft hat, schmeißt er während der Saison regelmäßig die Abendschicht – und das, obwohl er den Tag über auch nicht faul ist.«

»Nett, dich kennenzulernen«, sagte Miri und reichte ihm die Hand. »Was machst du denn hauptberuflich?« Skeptisch sah sie zu, wie ihre kleine Hand in Mathis' Pranke verschwand.

»Mathis«, erklang da eine weibliche Stimme aus dem Inneren des Cafés. »Wo steckst du? Wir brauchen dich hier mal dringend.«

Der Riese reagierte sofort. »Tut mir leid, wir müssen uns ein anderes Mal unterhalten. Meine Schwester bringt euch gleich den Wein und die Häppchen, wie bestellt«, ratterte er schnell herunter, während er bereits die ersten Schritte in Richtung des Gebäudes machte, aus dem der Ruf gekommen war.

Miri zuckte die Achseln. Zwar blieb ihr Mathis die Antwort schuldig, aber sicher konnte auch Henning die Frage beantworten. Allerdings nicht jetzt. Im Augenblick interessierte sich Miri viel mehr für das, was Henning noch so alles mit ihr vorhatte.

»Wasserkonzerte?«, wandte sie sich an ihn. »Ist das so ein Brunnen wie die Font Màgica in Barcelona?«

»Nicht ganz so großartig. Die Wasserspiele in Barcelona sind ja regelrecht weitläufig, und im Gegensatz zu hier ist der Brunnen rund. Hast du sie schon mal gesehen?«

Miri schüttelte den Kopf. »Nur davon gelesen.«

»Ich war mal da. Es ist schon sehr beeindruckend, wenn auch unfassbar kitschig.« Henning unterbrach sich. »Hier wird es auch gleich ein bisschen kitschig, aber man kann sich dem Zauber nicht entziehen. Und außerdem: Unsere ...«, er klang ein wenig stolz, so als gehörte die Wasserorgel zu seinen persönlichen Verdiensten. »Unsere Wasserorgel«, wiederholte er, »wird live gespielt, zumindest das Licht und das Wasser. Nur die Musik kommt vom Band.«

Wie aufs Stichwort schoss eine schmale Wasserfontäne in die Höhe, gleich darauf ein Stück daneben eine zweite. Sofort verstummten die Stimmen um sie herum. Alle Blicke richteten sich auf die Mitte des Sees, in dem immer mehr große und kleine

Fontänen erschienen. Nur das Kratzen von Metall auf Stein verriet, dass die Anwesenden ihre Stühle zurechtrückten, um besser sehen zu können.

Auch Henning stand auf und stellte seinen Stuhl dicht neben Miris. Bevor er sich wieder hinsetzte, füllte er die Weingläser und reichte Miri den Teller mit den Bruschetta-Scheiben.

Henning ließ sich vorsichtig nieder, zog den Teller auf seinen Schoß, hielt Miri ein Glas hin und rückte dann so dicht an ihre Seite, dass sie seine Haut an ihrer spürte. Sofort schob sie sich noch ein wenig näher an ihn heran. Sie liebte es, ihn zu spüren, zumal ihre Haut prickelte, dort wo sie sich unmittelbar berührten, als platzten Hunderte von Kohlesäurebläschen zwischen ihnen.

Aus den Lautsprechern erklang die Stimme von Bettina Tietjen, die die Gäste auf Deutsch und Englisch begrüßte. Anschließend erläuterte eine andere Frauenstimme, dass heute mehrere Tangos gespielt würden und von welchen Komponisten sie stammten. Danach herrschte einen kurzen Moment Ruhe.

Als die Musik aufbrauste, erklang ein vielstimmiges »Ahh«, gleichzeitig begannen die Fontänen sich zu bewegen. Wie Tänzerinnen wiegten sich die Wasserstrahlen hoch hinauf, vor und zurück, während in einem fort die Farben wechselten. Tatsächlich folgten die Wasserspiele der Melodie. Immer, wenn die Musik an Dramatik zulegte, schoss das Wasser förmlich in die Höhe, und die Farbspiele wechselten schneller. Dann wieder, wenn die Melodie leisere Töne anschlug, schienen sich die Wassermassen zu ducken, und statt kräftig rot oder blau pulsierte das Wasser nun in einem zarten Rosé- oder Hellblauton. Mal bildete der äußere Bereich der Fontänen einen Bogen, dann wieder schienen die inneren Wasserstrahlen die Bögen zu durchschneiden oder sie bildeten immer höher aufragende Geysire, die kerzengerade in die Höhe schossen. Mal dämpfte sich das Spiel der inneren Fontänen zu einfachen Sprudlern, die kaum mannshoch aufragten. Dann übernahmen die äußeren Reihen die Führung, und während sie wuchsen und wuchsen, sandten sie ihre Fontänen so weit auf den See hinaus, dass Miri beinahe erwartete, einzelne Tropfen auf ihrem Gesicht zu spüren.

Fasziniert folgte sie dem Spiel der Wassermassen. Henning hatte recht, es war ein wenig kitschig, aber zugleich so schön und unfassbar romantisch, wie gemacht für Träumerinnen wie sie und die Hennings dieser Welt, die wussten, wie sie ihre Liebsten in eine Traumwelt entführten. Vor ihrem inneren Auge sah sich Miri schon wieder mit Henning und Finn im Urlaub. Statt nach Barcelona, da war es einfach zu voll, um mit einem Sechsjährigen eine angenehme Zeit zu verbringen, träumte sie sich wieder nach Italien. Irgendwo ans Meer, vielleicht auf eine der Inseln. Elba womöglich, dort gab es ganz zauberhafte, einsame Ecken. Miri sah sich mit Henning abends am Felsenstrand. Ihr Kopf ruhte auf seinem Schoss, während am Horizont die Sonne immer tiefer herabsank, bis schließlich nur ein rötliches Glühen anzeigte, dass eben noch Tag gewesen war. Es war der perfekte Moment, der Augenblick, in dem Hennings Augenfarbe der des Meeres gleichkam. Er beugte sich zu ihr hinunter.

»Cara mia«, sagte er leise, ehe sich ihre Lippen berührten.

Eine besonders dramatische Tangosequenz holte Miri zurück in die Gegenwart.

»Gefällt es dir?« Henning nahm ihre Hand in seine und streichelte sie sanft.

»Es ist wirklich wunderschön.« In gleißend pinkem Licht schoss die Wasserfontäne in die Höhe, während Miri sich Henning zuwandte.

Er hielt ihr das letzte Bruschetta-Häppchen hin. »Aufessen!«, befahl er lächelnd. »Wir müssen ...«

Miri fiel ihm ins Wort. »Lass mich raten! Wir müssen los?«

»Mist«, erwiderte Henning breit grinsend, bevor er aufsprang und Miri die Hand hinhielt. »Sie hat mich durchschaut.«

Lachend ließ sich Miri hochziehen. Wenige Augenblicke später saßen sie erneut in einem Taxi. Dieses Mal bat Henning den Fahrer, sie zu den Landungsbrücken zu bringen. Miri fragte sich, was er dort nun wieder im Sinn hatte, aber sie hakte nicht nach. Inzwischen wusste sie: Es machte ihm viel zu viel Spaß, sie zu überraschen, als dass er ihr mehr als ein paar Bruchstücke lieferte. Auf keinen Fall wollte sie ihm die Freude verderben, zumal sie seine Aufmerksamkeiten und die Liebe und Sorgfalt, mit der er diesen Abend geplant hatte, viel zu sehr genoss.

An den Landungsbrücken war noch reichlich Betrieb, obwohl die letzten Barkassen schon längst von ihren abendlichen Hafenrundfahrten zurückgekehrt waren. Die Menschen flanierten gemütlich zur Speicherstadt, schossen Fotos von der großartigen Hafenkulisse oder genossen einfach den Ausblick über den Hafen hinüber zu Elbphilharmonie und Hafencity. Einzelne warteten auch einfach auf die Fähre.

Anders als Planten un Blomen hatte Miri die Landungsbrücken schon mehrere Male besucht, um von dort aus eine der zahlreichen Hafen- oder Speicherstadtrundfahrten zu unternehmen. Schon als Kind war sie mit ihren Eltern hier gewesen.

Henning hielt einen Moment inne, ehe er Miri bei der Hand

nahm und mit ihr gemeinsam die Brücke überquerte, die zur Landungsbrücke 1 hinüberführte. Dort ganz an der Spitze, gleich gegenüber des Fährterminals, lag die Rickmer Rickmers vor Anker. Genau darauf steuerte Henning nun zu.

Miri kannte das Schiff natürlich. Wahrscheinlich hatte jeder, der hin und wieder nach Hamburg kam, den Dreimaster schon einmal bewundert. Die oberen zwei Drittel des Rumpfes waren in einem kräftigen Grün gestrichen, während das untere Drittel, abgesetzt durch ein breites weißes Band, mit roter Farbe bedeckt war. Das schwimmende Museum war an die hundert Meter lang und noch einige Jahrzehnte älter als »Das kleine Bücherschiff«. Und anders als die Barkasse trug es eine Galionsfigur am Bug: ein pausbäckiges Kind mit Matrosenmütze.

Auf Deck reckten sich die drei enorm hohen Masten der Windjammer in den abendlichen Himmel. Eben diese Masten erstrahlten an diesem Abend in gleißender Helligkeit. Erstaunt blinzelte Miri ins Licht. Vereinzelt befanden sich Personen in den Wanten. Alle trugen einen Helm, waren teilweise mit grünen Overalls bekleidet und mit Leinen gesichert. Was war hier los? Forschend sah sie sich um.

»Sondertermin – Nächtliches Klettern auf der Rickmer Rickmers« entdeckte sie auf einem Plakat, das in einem Klappaufsteller mitten auf dem Kai stand.

Himmel, schoss es ihr durch den Kopf. Henning hatte ihr erzählt, dass er vor Finns Geburt regelmäßig zum Klettern gegangen war. Hatte er vor, mit ihr dort hinaufzuklimmen? Abrupt blieb sie stehen und riss ihre Hand aus seiner.

»Du willst mich doch nicht etwa da hochjagen?« Sie stützte die Hände in die Seiten.

»Hast du Höhenangst?«, fragte er, ohne auf den finsteren Blick, mit dem sie ihn anstarrte, zu reagieren.

Miri schüttelte den Kopf. »Aber ich bin mir ziemlich sicher, dass ich trotzdem nicht da hochwill.«

»Hm.« Henning schienen die Worte zu fehlen.

Sofort bekam Miri ein schlechtes Gewissen. Er hatte sich mit dem Abend solche Mühe gegeben und sie nach Strich und Faden verwöhnt. Es war wohl mindestens unhöflich zu nennen, wenn sie sich jetzt derart abweisend verhielt.

»Es tut mir leid«, lenkte sie ein. »Das kam jetzt ein bisschen zu unerwartet.«

»Sollen wir gehen?«, fragte Henning. »Wenn du denkst, dass es so gar nichts für dich ist …« Er unterbrach sich und wies mit der Hand nach oben, wo einige Leute auf einer Aussichtsplattform standen. »Ich habe halt gedacht, weil du den Hafen so liebst, das wäre was für dich. Die Aussicht ist schon bei Tag grandios und am Abend einfach traumhaft. Und so schwierig ist es nicht, dort hochzukommen. Sportlich genug bist du, und ich würde ja auch auf dich aufpassen.« Er hatte sich in Fahrt geredet und ließ seiner Begeisterung nun freien Lauf. »Normalerweise darf man hier nur tagsüber klettern. Im Dunkeln ist es zu gefährlich. Aber heute gibt es mal einen einmaligen Sondertermin. Bei all diesem Licht ist es auch ganz ungefährlich. Man sieht ganz genau, wo man hingreifen und -treten muss. Schau doch.« Er lenkte Miris Blick auf den Großmast in der Mitte des Schiffes. »Siehst du da die Verbindungen vom Mast zur Reling?«, fragte er.

Miri nickte. Dort befand sich jeweils zu den Seiten des Mastes eine Art zweispurige Leiter, die in einem spitzen Winkel nach oben auf den Mast zulief und immer schmaler wurde, je höher es ging. Die Stufen dieses leiterähnlichen Gebildes waren allerdings weniger dicht als bei einer echten Leiter. Außerdem war das Konstrukt mit dicken Tauen am Mast und an der Reling befestigt, es hing also frei und schwankte entsprechend, wenn auch nicht so sehr, wie Miri es erwartet hatte. Wenigstens nicht bei der Frau, die gerade begonnen hatte, die Leiterstufen zu erklimmen.

Miri sah ihr eine Weile zu. So schwierig schien das gar nicht zu sein. Die Frau zumindest hatte schon ein ganzes Stück Weg zurückgelegt, dabei war sie gerade erst losgeklettert.

Henning, der Miris Blick folgte, sah der Kletterin ebenfalls zu. Er schwieg, griff aber nach Miris Hand, drückte sie sanft und hielt sie fest. Erst als die Frau das Ende des Kletterabschnitts erreichte, zog er seine Hand zurück und lenkte so die Aufmerksamkeit wieder auf sich.

»Wenn es dir nichts ausmacht, würde ich es wenigstens gern mit dir versuchen. Wenn es dir nicht gefällt, können wir immer noch aufhören, was meinst du? Vielleicht wagen wir das erste Stück?« Erneut wies er nach oben. »Siehst du, danach geht es dann in die Wanten, nur der kleine Überhang dazwischen ist etwas knifflig. Ab da gibt es dann kein Holz mehr, nur noch das Netz aus dicken Tauen, und es geht senkrecht direkt am Mast nach oben, bis man durch den Boden in die Aussichtsplattform hineinsteigt.«

Miri schluckte. »Wie hoch liegt die Plattform?«, fragte sie zaghaft.

»Halb so schlimm, nur 35 Meter.« Henning lächelte. »Wir waren heute schon viel höher.«

»Na, du hast gut grinsen. Du hast das ja auch schon ein paarmal gemacht. Ich bin da völlig unerfahren.«

»Dir kann gar nichts passieren. Du bist gesichert, und wenn du keine Lust oder Kraft mehr hast, machst du eine Pause, und dann geht es ganz langsam und vorsichtig wieder runter oder eben weiter nach oben. Du entscheidest, niemand anderes. Aber du kannst mir glauben, es wirkt schlimmer, als es ist. Und der Ausblick lohnt die Überwindung allemal. Wirklich. Vertrau mir. Das Schlimmste, was passieren könnte, ist, dass du dir die Klamotten versaust, aber dafür habe ich vorgesorgt. Wir bekommen einen der grünen Crew-Overalls, damit unseren schönen weißen Hosen nichts passiert. Vielleicht gehen wir einfach mal aufs Schiff und schauen es uns von dort aus an«, beendete er seine kleine Motivationsrede.

Na gut!, dachte Miri. Mitgehen schadete ja erst einmal nicht. Sie nickte Henning zu und folgte ihm über die Treppe hinauf zu dem Übergang, der auf das altehrwürdige Schiff führte.

An Bord wurden sie von einem sportlichen Mann um die vierzig begrüßt, der ihnen, nachdem er Hennings Online-Tickets kontrolliert hatte, die versprochenen Crew-Overalls überreichte. »Alles, was ihr für die Sicherung benötigt, bekommt ihr dort drüben.« Er wies auf eine kleine Frau, die unterhalb des Großmastes inmitten von allerlei Sicherungsgeschirren, Seilen und Helmen stand und zwei Kletterern dabei half, die Ausrüstung anzulegen.

Dann ging alles ganz schnell. Gleich nach Miri und Henning drängte eine größere Gruppe aufs Schiff und trieb sie in Richtung der Helferin. Eigentlich hatte Miri vorgehabt, noch ein wenig zuzuschauen, ehe sie sich entschied. Aber die vielen Men schen auf dem Schiff ließen ihr nur die Möglichkeit, sofort zu entscheiden, wollte sie nicht dafür verantwortlich sein, dass der Zeitplan der Buchungen völlig durcheinandergeriet.

Nun stand sie vor der kleinen Frau, die vor ihr auf dem Boden ein Klettergeschirr ausbreitete, in das Miri hineinsteigen sollte. Henning trat neben sie.

»Nur, wenn du möchtest«, flüsterte er. »Lass dich nicht in etwas hineintreiben, das du gar nicht willst. Ich bin für dich da, wenn du es wagst, aber ich bin auch nicht böse, wenn du dich dagegen entscheidest.«

Vielleicht waren es seine Worte, die Miri dazu brachten, oder der Gedanke, dass Karsten niemals so mit ihr gesprochen hatte. Er hätte erwartet, dass sie seinen Wünschen folgte. Ganz anders als Henning, der Miri unterstützte, ohne sie zu drängen. Ein letztes Mal zögerte Miri, dann fasste sie sich ein Herz. War sie nicht nach Hamburg gekommen, um ein ganz neues Kapitel in ihrem Leben aufzuschlagen? Sie hatte so viel gewagt und schon so viel geschafft: »Das kleine Bücherschiff« aufgebaut, eine neue Heimat gefunden, neue Freunde, eine neue Liebe. Da würde ihr doch so ein kleiner Aufstieg bis auf 35 Meter Höhe nichts ausmachen. Zumal sie jederzeit gesichert war.

»Okay«, flüsterte sie, zog sich den grünen Overall über und trat mit Todesverachtung in die Schlaufen des Geschirrs.

Nachdem ihr die kleine Frau beim Anlegen geholfen und ihr einen passenden Helm und Handschuhe überreicht hatte, wartete Miri, bis auch Henning bereit war. Ihr Herz schlug so laut, dass es eigentlich jeder im Umkreis von fünf Metern hören musste, aber da sie keine fragenden Blicke trafen, bildete sie sich das wohl nur ein. Langsam sog sie den Atem durch die Nase und atmete bewusst aus, um die Aufregung in den Griff zu bekommen.

Als es dann losging, stellte Miri alles Denken ein. Sie konzentrierte sich nur noch darauf, wohin ihre Hände griffen. »Nicht nach unten sehen«, hatte ihr ein Schlauberger aus der Gruppe, die nach ihnen gekommen war, geraten. Als wäre sie darauf nicht von allein gekommen.

Tatsächlich erwies sich das erste Stück als Kinderspiel. Noch befand sie sich in Decknähe. Sie spürte kaum Anstrengung, und Henning kletterte direkt neben ihr, allerdings um eine Stufe versetzt, damit er sie im Notfall auffangen konnte. Bei dem Versprechen handelte es sich natürlich um absoluten Unfug, das wusste Miri. Aber für den Moment reichte ihr die Illusion, dass Henning sie retten könnte, auch wenn sie in der Realität dann beide in ihren Sicherungsseilen hingen. Aber wenigstens wären sie zusammen. Bei dem Gedanken schmunzelte sie.

»Alles gut?«, fragte Henning, als sie etwa fünf Meter weit gekommen waren.

Miri nickte. Es lief tatsächlich derart gut, dass sich ihr Atem beruhigt hatte und sie zuversichtlich nach oben sah.

»Dann weiter. Langsam und ruhig, immer einen Fuß vor, dann mit den Händen festen Halt suchen und dann den anderen Fuß nachziehen. Wir machen ganz gemütlich. Nicht hetzen, wir haben reichlich Zeit, bis wir wieder unten sein müssen.«

Schon nach wenigen Minuten erreichte Miri die erste Plattform. Henning hatte recht gehabt, der Überhang erwies sich als etwas schwieriger. Vor allem, nachdem sie den Fehler gemacht hatte, nach unten zu sehen. Für eine Sekunde geriet sie in Panik, doch Henning, der gut einen halben Meter unter ihr auf der anderen Seite des Mittelholzes stand, schien zu spüren, was in ihr vorging. Beruhigend legte er eine Hand auf Miris Hüfte und murmelte ein paar beschwichtigende Worte. Zu ihrer Verwunderung fühlte sie sich sofort besser. Einen Augenblick lang atmete sie tief durch, während Hennings Ruhe langsam auf sie überging. *Unfassbar*, dachte sie. Wie viel Sicherheit der richtige Mann ihr doch geben konnte, rein durch seine Anwesenheit. Das Glücksgefühl, das sie bei diesem Gedanken durchströmte, ließ ihr beinahe die Knie weich werden. *Nein, jetzt nicht*, schoss es ihr durch den Kopf. Gerade war nicht der richtige Moment, um in taumelnde Glückseligkeit auszubrechen, wenn sie noch weiter nach oben wollte. Und dass sie das wollte, da war sie sich inzwischen sicher. Der Ehrgeiz hatte sie gepackt. Nur mit dem Nach-unten-Sehen sollte sie besser vorsichtig umgehen.

Gut zehn Minuten später hatte Miri sowohl die untere Ebene als auch den Rest der Strecke bewältigt. Schwer atmend stand sie auf der zweiten Plattform, den Rücken dicht an Henning gepresst, der sie von hinten umarmte. Nicht nur die Anstrengung raubte Miri den Atem, auch die Aussicht war schier überwältigend: die Stadt, das Panorama und diese Farben … Miri wusste gar nicht, wohin sie zuerst sehen sollte. Da war natürlich die Elbphilharmonie mit ihrer faszinierenden Form und Beleuchtung, dann die außergewöhnlichen Hochhäuser in der Hafencity, überall Schiffe und Boote und blau beleuchtete Containerkräne. Sie konnte auch den Fischmarkt sehen und dahinter den Museumshafen, wo »Das kleine Bücherschiff« im Wochenendschlaf lag.

Miri seufzte. Sie war Henning so unendlich dankbar, dass er ihr dieses Erlebnis geschenkt hatte. Eine Träne rann ihre Wange hinunter. Sie wischte sie nicht fort, sondern nahm sie als Symbol. Ein Symbol dafür, dass sie angekommen war, ein Willkommensgruß an Hamburg.

Sie wandte sich zu Henning um und sah ihm in die Augen. Sein Blick war voller Wärme. So viele unausgesprochene Worte, Versprechen von Liebe und Fürsorge lagen darin. Für gesprochene Worte blieb in diesem Moment kein Platz, doch sie waren auch nicht nötig. Er fühlte wie sie, und in diesem Augenblick gab es nichts Wichtigeres auf der Welt.

Herunterzusteigen erwies sich als deutlich schwieriger und noch anstrengender als der Aufstieg. Henning, der sich zuerst an den Abstieg gemacht hatte und nun unmittelbar unter ihr jeden ihrer Schritte überwachte, gab ihr genaue Anweisungen, wohin sie treten sollte. Wenn es ihr einmal gar nicht gelang, das Tau zu ertasten, griff er nach ihrem Fuß und führte ihn sanft zu sicherem Halt. Dennoch kostete Miri jeder Schritt abwärts Überwindung.

Als sie endlich wieder festen Boden unter den Füßen spürte, atmete sie auf. Henning wartete bereits auf sie. Mit geöffneten Armen stand er da, bereit Miri aufzufangen. Nur zu gern ließ sie sich in die Umarmung fallen. Einen Augenblick lehnte sie sich an ihn, bis ihre Knie aufhörten zu zittern und ihr Atem sich beruhigte.

Hand in Hand verließen sie die Rickmer Rickmers. Als sie die Brücke zum Festland überquerten, schlug eine nahe gelegene Kirchturmuhr Mitternacht.

»Hunger?«, fragte Henning leise.

Jetzt erst spürte Miri, dass sie wahrhaftig hungrig war. Dennoch fragte sie mit einem provozierenden Lächeln: »Was denn, keine Programmpunkte mehr?«

»Wer weiß.« Henning schmunzelte. »Aber vorher braucht selbst die eifrigste Touristin eine Stärkung. Wie wär's mit einer Pizza? Ich kenne da einen kleinen, lauschigen Italiener gleich hier im Portugiesenviertel.«

»Was, ganz ohne Taxi?«, zog Miri ihn auf. Dann krauste sie die Nase. »Weißt du was?«, formulierte sie ihren Gedanken. »Wir lassen das mit dem Italiener, und ich spendiere uns zur Abwechslung mal das Taxi.« Sie war sich sehr wohl bewusst, dass Henning nicht nur Zeit und Liebe in ihr abendliches Date gesteckt hatte, sondern auch eine Menge Geld. »Echte italienische Pizza wird überschätzt. Der heutige Abend war so perfekt, ich glaube, das lässt sich nur noch durch eine Supermarktfertigpizza Quattro Formaggi toppen. Und – du wirst es kaum glauben – genau zwei Stück dieser einmalig guten Pizzen befinden sich in meiner Tiefkühltruhe.« Sie schnappte sich Hennings Hand, drückte einen Kuss darauf und zog ihn gleich darauf hinter sich her zur Reihe der wartenden Taxis. »Außerdem habe ich dich zu Hause ganz für mich allein«, flüsterte sie in sein Ohr, als das Taxi endlich losfuhr.

Kapitel 13
Land unter an Bord

Hinter Miri und Katja lag ein arbeitsreicher Vormittag. Gleich eine ganze Busladung Touristen hatte den Museumshafen gestürmt und damit auch dem »Kleinen Bücherschiff« einen außergewöhnlichen Andrang beschert. Es war beinahe schon eins, als der letzte Kunde mit seinen Einkäufen die Gangway hinunterstapfte. Erst jetzt ergab sich für die Freundinnen eine Möglichkeit durchzuatmen.

Während Katja in die Kombüse ging, um frischen Kaffee zu kochen, trat Miri zu Olivia Jones und richtete die Möwe wieder gerade. Im Grunde handelte es sich um ein unnützes Unterfangen, da Olivia in wenigen Minuten ohnehin wieder verrutschen würde. Aber Miris Sinn für Ästhetik hielt eine schief hängende Möwe nicht lange aus.

Ein leises Klopfen an der geöffneten Eingangstür kündigte den Postboten an. Miri nickte ihm zu und bedankte sich freundlich, als er einige Briefe auf dem Verkaufstresen ablegte. Fast gleichzeitig kehrte Katja, eine Handvoll Wasserflaschen im Arm, aus der Kombüse zurück.

»Bestimmt nur Rechnungen«, sagte Miri.

»So ist das Leben als Geschäftsfrau.« Katja grinste belustigt, ehe sie die Flaschen unter die Theke räumte. Als sie wieder hochkam, hielt sie einen grauen Umschlag in der Hand. »Wo kommt der denn her?«, fragte sie und betrachtete den Brief von allen Seiten.

Ups, ging es Miri durch den Kopf. Das war doch das Schreiben, das sie vor ein paar Tagen draußen gefunden hatte. Hoffentlich war es nichts Wichtiges. Mit einer schuldbewussten Grimasse wandte sie sich Katja zu.

»Übrigens, das hätte ich beinahe vergessen. Der Brief lehnte kürzlich morgens an der Eingangstür, als ich kam.« Sie unterbrach sich. »Ah, du hast ihn schon gefunden«, fügte sie grinsend an.

Katja runzelte die Stirn. »Draußen vor der Tür? Vor der Öffnungszeit?« Sie klang ein wenig misstrauisch.

»Ja, warum fragst du?«

»Haben wir den Abend davor vergessen, die Gangway einzuklappen oder die Kette anzubringen?«

»Nicht, dass ich wüsste. Als ich kam, war sie hochgeklappt und abgeschlossen«, erklärte Miri.

»Dann frage ich mich, wie derjenige an Bord gekommen ist. Ohne Schlüssel für die Kette geht das nicht.«

Nun wunderte sich auch Miri. Zuerst hatte sie gar nicht so weit gedacht, aber Katja hatte recht. Wenn man, ohne die Gangway zu benutzen, an Bord kommen wollte, musste man schon ziemlich sportlich sein. Sie zuckte die Schultern. »Ein bisschen merkwürdig ist das schon. Aber lass uns doch einfach reinsehen, dann wissen wir Bescheid.«

Katja riss den Umschlag auf und begann zu lesen.

»Das gefällt mir nicht«, sagte sie, kaum dass sie den Absender gelesen hatte. »Unser Vermieter scheint noch Schlüssel zu unserer Barkasse zu haben.«

»Darf er das überhaupt?«, fragte Miri.

»Soweit ich weiß, nicht. Hoffen wir, dass es sich nur um den

Schlüssel für die Gangway-Kette handelt. Es ist trotzdem eine Frechheit, einfach so an Bord zu gehen. Ein Mietobjekt darf der Vermieter nur nach Terminvereinbarung mit den Mietern oder in Notfällen betreten.«

»Darüber sollten wir mit ihm reden. Oder wir erneuern das Kettenschloss«, schlug Miri vor.

»Gute Idee, dann müssen wir uns nicht mit ihm rumärgern. So ganz geheuer ist er mir nicht.«

»Was will er denn eigentlich?« Miri wies auf das Schreiben, das immer noch ungelesen auf dem Tresen lag.

Katja nahm den Brief auf, ließ ihn jedoch nach wenigen Augenblicken wieder sinken. »Was?«, stieß sie hervor.

Alarmiert betrachtete Miri ihre beste Freundin. »Irgendetwas Schlimmes?«

Katjas Gesicht nahm eine hochrote Farbe an. »Das ist wohl ein Witz?« Leider klang ihre Stimme gar nicht nach Belustigung. »Dieser schmierige Sack versucht doch tatsächlich, uns über den Tisch zu ziehen.«

»Wovon sprichst du?« Miri sprang auf und eilte an die Seite ihrer besten Freundin.

Die hielt ihr den Brief hin. »Hier, lies selbst!«

Die wenigen Zeilen waren schnell überflogen. Nach einer überhöflichen Anrede standen nur drei Sätze auf dem Papier. Irgendetwas mit gemäß Vertrag vom und Widerspruchsrecht und dann der entscheidende Part: »Fristgerecht zum übernächsten Monatsbeginn erhöht sich Ihre Miete auf …« Miri fielen fast die Augen heraus, als sie die Zahl las.

»Da guckst du, was?« Katja schüttelte den Kopf. »Der spinnt doch. 10 599 Euro. Was denkt sich dieser Typ?«

»Hä?« Miri bekam nichts Vernünftiges raus. »Ähm ... Das kann doch nur ein Witz sein.« Hinter ihren Schläfen pochte es. »Ganz im Ernst. Wir zahlen doch überhaupt erst seit zwei Monaten Miete. Es kann unmöglich rechtens sein, den Betrag so bald und um eine derart hohe Summe zu erhöhen.«

»Damit hast du wahrscheinlich recht.« Katja zögerte. »Trotzdem muss ich zugeben, die Sache macht mir Angst«, sagte Katja mit leiser Stimme. »Stell dir vor, er kommt damit durch. Die Summe können wir niemals monatlich aufbringen.«

Lautes Gepolter kündigte mehrere Gäste für »Das kleine Bücherschiff« an. Zwei Sekunden später betraten Liz und Tim den Salon.

»Moin, Quiddjes«, riefen sie im Chor.

»Hey, ihr seht aus, als ob euch Poseidon ein Meeresungeheuer geschickt hätte. Ist was passiert?«, fragte Tim.

»So ähnlich«, antwortete Miri. »Nur dass Poseidon Harald Schlick heißt und unser Vermieter ist. Verdammter Mist!« Während sie von dem Brief und der völlig überzogenen Mietforderung, die Schlick an sie stellte, berichtete, kam ihr ein Gedanke. »Was meint ihr? Ist Schlick klar, dass wir diese Summe nie und nimmer aufbringen können?«

Die Freunde nickten einhellig.

»Das denke ich auch«, fuhr Miri fort. »Nur, wenn er das weiß, dann macht die Mieterhöhung doch gar keinen Sinn. Ich könnte mir vorstellen, dass er mitbekommen hat, wie gut ›Das kleine Bücherschiff‹ bei den Käufern ankommt und dass wir bisher außergewöhnlich guten Umsatz gemacht haben. Da könnte er vielleicht auf die Idee gekommen sein, dass sich mit uns mehr verdienen lässt als die kleine Miete, die im Vertrag steht.« Sie unterbrach sich kurz, um ihre Gedanken zu ordnen.

»Stimmt«, nahm Katja den Gedanken auf. »Eine Mieterhöhung, die wir stemmen können, wäre viel sinnvoller. Da könnte er langfristig am Erfolg mitverdienen. Aber warum fordert er so einen hohen Betrag? Will er uns loswerden? Welchen Nutzen bringt es ihm, wenn er unser ›Kleines Bücherschiff‹ mutwillig in die Pleite schickt?«

»Meinst du, es steckt noch etwas anderes dahinter als reine Geldgier?«, spekulierte Tim.

»Oh, Geldgier steckt auf jeden Fall dahinter, da bin ich sicher«, erwiderte Katja. »Ihr kennt ihn ja nicht.« Mit einer ausholenden Geste bezog sie auch Miri mit ein. »Ich sage euch, ihr habt selten einen unangenehmeren Typen gesehen. Ich bin sicher, der ist mindestens drei Mal chemisch gereinigt. Allerdings glaube ich gerade deshalb nicht daran, dass ihm nicht klar ist, was er mit dieser Erhöhung anrichtet.«

»Also steckt irgendein anderer Grund dahinter«, folgerte Liz. »Und wie finden wir heraus, welcher?«

»Keine Ahnung«, erwiderten Miri und Katja im Chor. Miri fühlte sich ganz niedergeschlagen. War die Zukunft des »Kleinen Bücherschiffs« wirklich in Gefahr? Es konnte doch nicht sein, dass ihrer beider Traum so schnell ausgeträumt war! Nein! Miri würde alles dafür tun, dass es mit dem Bücherschiff weiterging, und in Katjas Gesicht las sie dieselbe Entschlossenheit.

»Im Augenblick sollten wir uns vielleicht besser auf die Rechtslage konzentrieren«, schlug Katja vor.

»Mein Bruder ist Anwalt. Soll ich ihn anrufen? Er kann sicher kurzfristig einen Termin für euch freischaufeln. Vielleicht gleich heute Abend«, bot Liz an.

Am nächsten Nachmittag saßen Miri und Katja im Wartezimmer der Anwaltskanzlei von Liz' Bruder. Um sie herum herrschte vornehme Stille. Während Katja in ein Magazin starrte, unterbrach nichts die Lautlosigkeit, außer das Klappern von Miris Schlüsselbund, den sie fahrig von der einen in die andere Hand warf.

Der Sitz der Kanzlei lag gar nicht weit vom Museumshafen entfernt im zweiten Stock eines modernen Gebäudes in Altona-Altstadt. Eine adrett gekleidete Vorzimmerdame hatte sie in Empfang genommen und in den Warteraum geführt, wo sie nun schon seit mindestens fünfzehn Minuten saßen. Allerdings waren sie auch zu früh dran gewesen.

Leider hatte es mit dem Termin am vorigen Abend nicht mehr geklappt, weshalb eine beinahe schlaflose Nacht hinter den beiden lag. Vor lauter Nervosität hatten sie einander abwechselnd im Halbstundentakt angerufen, bis Miri eingeschlummert war und ihren Rückruf verpasste. Zum Glück hatte Katja verstanden und sie schlafen lassen, auch wenn sie selbst weiterhin wachgelegen hatte.

Endlich nahm der Anwalt seine beiden Besucherinnen in seinem Büro in Empfang. »Andreas Nolden«, stellte er sich vor. »Sie sind also die beiden Damen aus dem Museumshafen. Liz schwärmt ja richtig von Ihrem ›Kleinen Bücherschiff‹ und von Ihnen. Es freut mich, Sie persönlich kennenzulernen.«

»Katja Gerbaum und Miriam Cornelis. Wir freuen uns auch, obwohl die Umstände nicht so schön sind. Und vielen Dank für die Flexibilität, es ist leider ein wenig eilig«, antwortete Katja, während Miri dazu nickte.

Andreas Nolden lächelte. »Wenn es um anwaltliche Beratung

geht, ist meist Schnelligkeit gefragt. Wir sind das gewohnt. Machen Sie sich keine Gedanken. Und wenn meine kleine Schwester mich bittet, kann ich ohnehin nicht Nein sagen. Worum geht es denn genau?«

Katja erläuterte kurz den Grund ihres Besuchs, ehe sie ihm die Unterlagen reichte, die sie am Vortag zusammengetragen hatten. »Hier, das ist der Mietvertrag, und hier die Ankündigung der Mieterhöhung.«

»Danke!« Liz' Bruder legte die Papiere vor sich auf den Tisch. »Geben Sie mir bitte einen Moment, damit ich mir das in Ruhe ansehen kann.«

Eine gute halbe Stunde später verließen Miri und Katja die Anwaltskanzlei. Den Blick auf den Boden gerichtet stapften sie nebeneinanderher. Sie sprachen nicht miteinander, sie sahen nicht auf, sie sahen einander nicht an. Mit versteinerten Mienen setzten sie langsam und konzentriert einen Fuß vor den anderen, als reichte ihre Kraft für mehr nicht mehr aus. Die Fassade hielt gerade, bis sie »Das kleine Bücherschiff« erreichten. Schon auf der Gangway gelang es Miri nicht länger, die Tränen zurückzuhalten. Halb blind nestelte sie den Schlüssel für die rote Tür aus der Jackentasche und schloss auf. Kaum hatten sie den Salon betreten, sackte Katja schluchzend zu Boden. Miri lehnte sich an eines der Bücherregale. Dicke Tränen liefen ihr die Wangen hinunter.

Wie hatte das nur passieren können? Die feierliche Eröffnung lag kaum zwei Monate zurück. Und nun sollte schon alles vorbei sein? Vor ihnen lagen noch haufenweise Pläne, die umgesetzt werden wollten. Bisher hatten sie gerade einmal zwei Kaperfahrten durchgeführt, drei weitere Autoren hatten sie bereits gebucht und die Touren bei den Behörden angemeldet. Nächsten Monat sollte der erste Mottomonat stattfinden: Meeresgetier für Klein und Groß lautete das Thema, zu dem sie spannende Romane und Sachbücher, ja sogar ein paar ausgewählte Fachbücher präsentieren wollten. Miri hatte sich so darauf gefreut, Henning und Finn zu Besuch zu haben und Finn vielleicht für weitere Bücher über Kraken begeistern zu können. Es gab so viel zu lernen und so viel zu erleben mit all den spannenden Wesen, die die Ozeane der Welt bewohnten und bereicherten.

Und da war ja auch noch das große Bücherfest, das sie sich ausgedacht hatten. Sie hatten es für den frühen Herbst geplant, wenn die Tage kürzer und die Winde etwas rauer wurden. Alle freuten sich darauf. Überall im Hafen sollten kleine Bühnen entstehen, auf denen Autoren ihre Werke präsentieren könnten. Ein Shantychor hatte sein Kommen bereits angekündigt. Außerdem hatte Kapitän Jansen zugesagt, an diesem Tag halbstündige Touren zu fahren, dieses Mal ganz ohne Lesung, sondern mit der Möglichkeit, auf dem Dach des Salons in einem Buch zu blättern, solange es nicht regnete.

Katjas Gedanken schienen in eine ähnliche Richtung zu gehen. »Wir haben doch noch so viel vor«, sagte sie mit rauer Stimme. Sie schniefte. »Es ist so wahnsinnig ungerecht.«

Miri nickte stumm. Ihre Hände strichen über das lackierte Holz des Regals und die Reihen der Bücher, als wollte sie noch einmal spüren, was sie geschaffen hatten. Wahllos zog sie ein Buch heraus. ›Die Weisheit deines Herzens: Ein Buch für Suchende‹. Sie schlug es auf und begann zu lesen. Schon die ersten Worte berührten ihr Herz, und so las sie weiter bis zum Ende des Vorworts. Sie weinte immer noch. Die Entstehungsgeschichte des Buches ließ ihre Tränen zunächst schneller fließen, doch je weiter sie las, desto weniger wurden sie, bis sie schließlich vollständig versiegten. Miri konnte sich der Gelassenheit und Lebensfreude, die die Freundin des Autors ausstrahlte, obschon sie auf dem Sterbebett lag, nicht entziehen. Jedes ihrer Worte klang so voller Hoffnung, geradezu inspirierend.

Miri stellte das Buch zurück ins Regal und atmete einige Male tief durch. »Okay«, sagte sie mit fester Stimme. »Aufgeben gilt nicht.«

Was der Schriftsteller und seine Freundin konnten, konnten sie und Katja ebenso. Sie würden ihrem Vermieter was husten und ihr Schicksal in die eigene Hand nehmen. Den ersten großen Schritt, ihr Leben selbst zu bestimmen, hatten sie schon getan, als sie sich auf das Abenteuer Bücherschiff einließen.

»Hör zu«, sagte sie zu Katja. »Wir lassen uns das nicht kaputt machen. Es gibt immer eine Lösung.«

Sie würden ihren Weg weitergehen und das Bücherschiff nicht dem ersten hergelaufenen Fiesling opfern. Er wäre sicher nicht der Letzte, der ihnen in den nächsten Jahren Schwierigkeiten machen würde.

Noch einmal strich sie liebevoll über das Holz des Regals, ehe sie sich wieder ihrer besten Freundin zuwandte. »Wir werden es einfach nicht zulassen. ›Das kleine Bücherschiff‹ gehört uns. Komme, was da wolle.«

Katja hatte die ganze Zeit geschwiegen. Immerhin schluchzte sie nicht mehr. Nun sah sie auf und suchte Miris Blick.

»Es ist alles meine Schuld!«, flüsterte sie kaum hörbar.

»Unsinn!« Miri ließ sich umständlich neben ihrer Freundin zu Boden gleiten. »Ich habe diesen Vertrag genau wie du gelesen und unterschrieben. Und mir ist auch nichts aufgefallen.« Sie zog ein Paket Papiertaschentücher hervor, reichte eines davon an Katja weiter und putzte sich selbst die Nase. »Außerdem ist es egal, wir lassen uns einfach nicht vertreiben. Soll der olle Schlick sich doch auf den Kopf stellen und mit den Beinen Polka tanzen. Wir bleiben!«

»Du hast ihn nicht kennengelernt. Ich aber schon. Ich wusste, was für ein schmieriges Ekelpaket der Typ ist.«

»Na und?«, unterbrach Miri Katjas Selbstkasteiung.

»Nichts ›Na und‹! Ich hätte rechtzeitig die Reißleine ziehen müssen. Aber ich habe nur an unseren Traum gedacht. Unser ›Kleines Bücherschiff‹.«

»Meinst du vielleicht, ich an deiner Stelle hätte anders gehandelt? Wir sind weder Psychologinnen noch Hellseherinnen. Woher hättest du wissen sollen, dass der Typ uns über den Tisch zieht?«

»Wir hätten den Vertrag anwaltlich prüfen lassen müssen.« Katja schnäuzte sich vernehmlich. »Wir sind eben nur eine Arzthelferin und eine Floristin. Dieser Schlick hat wahrscheinlich drei Meilen gegen den Wind gerochen, dass wir leichte Beute sind.«

»Waren«, korrigierte Miri. »Noch einmal passiert uns das sicher nicht. Außerdem hat der Anwalt gesagt, dass es nicht unsere Schuld ist. Auch kaufmännisch versiertere Personen hätten übersehen können, welche Fallstricke Schlick in dem Vertrag versteckt hat«, wiederholte Miri die Worte von Liz' Bruder sinngemäß. »Da muss ein Anwalt der Sonderklasse dran gewesen sein.«

»Alles Verbrecher!« Katja schniefte noch einmal, klang aber

schon ein wenig besser. »Und was machen wir jetzt? Dieser Mietvertrag ist eine Katastrophe. Nicht nur, dass er die Miete nach Gutdünken jederzeit erhöhen kann, er darf uns auch vom Schiff schmeißen, sobald wir eine Miete schuldig sind. Eine einzige Miete!«, wiederholte sie. »Wenn wir Glück haben, schaffen wir es, einmal zu zahlen. Also jagt er uns in spätestens drei Monaten von Bord. Ebenso gut hätten wir unsere gesamten Ersparnisse im Hafenbecken versenken können. Dann wären sie wenigstens noch Fischfutter geworden.«

»Erinnere mich nicht daran. Ich versuche, mich nicht die ganze Zeit zu fragen, wovon ich demnächst leben soll, falls wir die Sache doch nicht hinkriegen. Aber daran dürfen wir nicht denken. Ich bin sicher, alles wird gut!« Eine einzelne Träne löste sich aus Miris Augenwinkel. Sie wischte sie fort und blinzelte, damit nicht noch weitere folgten. »Wenn wir nur wüssten, was er eigentlich bezweckt.«

»Macht es wirklich einen Unterschied, ob wir es wissen oder nicht?«, fragte Katja.

»Ich finde schon, vielleicht können wir ihm ja doch noch rechtzeitig das Handwerk legen.«

»Du bist und bleibst eine unrettbare Optimistin. Ehrlich gesagt, ich glaube nicht daran …«, Katja stieß einen tiefen Seufzer aus, »… aber wir sollten trotzdem mit ihm reden. Vielleicht können wir ihn ja doch umstimmen.«

»Bestimmt.« Eigentlich hätte Miri ihre Freundin gern noch weiter aufgemuntert. Aber dazu fehlte ihr die Kraft. In jeder Faser ihres Körpers steckte die Erschöpfung. Sie atmete tief durch.

»Die Hoffnung …«, sagte sie schließlich, »… stirbt so lange zuletzt, bis du vor ihr den Löffel abgibst.«

»Mal wieder eine Weisheit deiner Oma?« Ein winziges Schmunzeln nistete sich in Katjas Mundwinkeln ein.

»Jepp, Omi hatte es drauf. Hoffen wir also, dass wir unsere Löffel noch lange behalten können. Länger jedenfalls als der olle Schlick.«

Kapitel 14
Spione unter uns

Obwohl es ihr nicht vollständig gelungen war, das Gefühl der Entmutigung abzuwaschen, fühlte sich Miri nach einer heißen Dusche besser. Halbwegs entspannt ließ sie sich auf ihr Bett plumpsen und schaltete den Fernseher ein. Eigentlich hätte sie etwas essen sollen, aber ihr war der Appetit derart gründlich vergangen, dass ihr allein die Vorstellung, irgendetwas herunterzuschlucken, Brechreiz verursachte. Vielleicht könnte sie später bei Henning eine Kleinigkeit zu sich nehmen.

Sie zappte durch die Programme, doch keine Reportage, kein Film vermochte sie zu fesseln oder zumindest rudimentär abzulenken. Immer wieder kehrten ihre Gedanken zu Harald Schlick zurück. Nach einer Weile schaltete sie den Fernseher aus und trat auf den Balkon. Vielleicht tat ihr die frische Luft gut. Aber auch der Blick über die ruhige Straße mit der Allee aus Birkenbäumen und saftigem Gras zwischen den Fahrbahnen half nicht. Die Sache mit dem Mietvertrag war und blieb allgegenwärtig.

Miris Blick fiel auf Hennings verschlossene Balkontür. Am liebsten hätte sie angeklopft und sich in seine Arme geworfen. Eine feste Umarmung und ein wenig Trost könnten sie bestimmt aufmuntern. Sie sah auf die Uhr. Erst 20:00 Uhr. Wahrscheinlich war Henning gerade dabei, Finn zu Bett zu bringen. Sie musste wohl oder übel noch eine Weile darauf warten, das schützende Gefühl seiner starken Arme zu spüren.

Eigentlich gehörte Miri nicht zu den Frauen, die sich permanent nach der starken Schulter zum Anlehnen sehnten. Und schon gar nicht mehr, seit sie »Das kleine Bücherschiff« betrieb. Die Selbstständigkeit und der Erfolg des Bücherschiffs hatten ihrem Selbstbewusstsein ausgesprochen gutgetan. Aber heute war alles anders. Einen solchen Tag wünschte sie niemandem, nicht einmal ihrem untreuen Ex.

Eine halbe Stunde später trat Miri erneut auf den Balkon. Die Tür zum Wohnraum der Nachbarwohnung stand offen – das unausgesprochene Zeichen, dass Finn eingeschlafen war und Henning in seinem Wohnzimmer auf Miri wartete. Sie pochte leise gegen das Glas und kickte die Schuhe von den Füßen. Dann sah sie sich im Zimmer um. Henning war nirgends zu sehen. Barfuß trat sie ein und ging in die Mitte des Raums, der als Wohnzimmer und zugleich als Hennings Schlafzimmer diente. Die Einrichtung war praktisch, aber sehr gemütlich. An der längeren Wand stand ein hellblau-gestreiftes Schlafsofa. Ein dazu passender, moderner Ohrensessel sowie ein weiß lackierter Holztisch ergänzten die Couch. An der Wand gegenüber glänzte ein echtes Highlight: Der alte dreiviertel hohe Apothekerschrank aus Eichenholz beherbergte insgesamt 25 Schubladen. Kleine Emailleschilder mit malerisch angeschlagenen Ecken wiesen die lateinischen Namen der Heilpflanzen aus, die einmal in der jeweiligen Schublade gelegen hatten.

»Ich bin da«, rief Miri leise, als Henning nicht auftauchte.

»Komme schon«, antwortete er mit gedämpfter Stimme aus der Küche. »Möchtest du ein Glas Wein oder so etwas?«

»Ich glaube, Wasser reicht heute. Mein Magen macht ein wenig Ärger.«

»Hast du etwas Falsches gegessen?« Henning betrat das Wohnzimmer und steuerte auf Miri zu. Er lächelte sie liebevoll an, wurde aber sofort ernst, als er ihre Miene sah.

Sie schüttelte den Kopf. »Eigentlich habe ich nichts Ungewöhnliches gegessen. Es ist eher dieser Tag, ein echter Bauchschmerztag.«

Der Seufzer, der ihr entfuhr, ließ Henning aufmerken. Mit sorgenvoller Miene musterte er Miri, ehe er sie in die Arme schloss. »Was ist denn passiert?«, fragte er leise an ihrem Ohr.

Miri wollte gerade antworten, als das Geräusch von Finns Zimmertür erklang. Gleich darauf hörten sie das Tapsen nackter Füße auf den Holzdielen im Flur. Wie angestochen fuhren sie auseinander, und Miri flitzte durch die offene Balkontür nach draußen. Was das plötzliche Verschwinden anging, verfügte sie inzwischen über eine Menge Training. Im Grunde war es eine Art regelmäßiges Ritual geworden, das sie jedes Mal durchzogen, wenn sie Henning am Abend besuchte.

Finn schlief einfach so schlecht ein. Der Kinderpsychiater, bei dem der Kleine eine Weile in Behandlung gewesen war, hatte die Einschlafschwierigkeiten mit der Trennung von seiner Mutter begründet. Miri leuchtete das ein, zumal sie irgendwo gelesen hatte, dass Kinder, die von einem Elternteil verlassen worden waren, recht lange brauchten, um sich des verbliebenen Elternteils sicher zu sein und nicht mehrfach in der Nacht zu überprüfen, ob Papi oder Mami noch da waren.

Während Miri wie bestellt und nicht abgeholt vor der Balkontür ausharrte und dem Gespräch im Inneren der Wohnung lauschte, bemühte sich Henning darum, Finn zu beruhigen und ihn zurück in sein Zimmer zu manövrieren. Natürlich wollte der Kleine unbedingt in Papis Bett übernachten. Dort fühlte er sich sicher, zumal sich die beiden, bevor sie umgezogen waren, ein Bett geteilt hatten.

Endlich machten sich Vater und Sohn auf den Weg ins Kinderzimmer. Miri schlüpfte zurück in den Wohnraum und ließ sich geräuschlos auf die Couch fallen. Sie wusste aus Erfahrung, dass es bis zu Hennings Rückkehr eine Weile dauerte. Zuerst stand ein langes Zudeckritual an, danach musste gekuschelt und eine kurze Geschichte vorgelesen werden.

Mehrere Minuten harrte Miri auf dem Sofa aus, doch dann wurde es ihr zunehmend langweilig. Zu Hause hätte sie den Fernseher eingeschaltet, aber hier galt es, mucksmäuschenstill zu sein, damit das Kind sie nicht bemerkte, zumal alle Türen offen standen. Gerade heute fiel es ihr schwer, sich stumm verborgen zu halten, zu sehr drückten die Sorgen auf ihren Schultern. Aber natürlich hatte Finn Vorrang, darin würde sie Henning auch immer bestärken, selbst, wenn sie sich miserabel fühlte. Der Junge konnte im Gegensatz zu Miri noch nicht für sich selbst sorgen, und sie – sosehr sie diesen gruseligen Tag auch mit Henning teilen wollte – war durchaus in der Lage, allein mit ihrem Frust umzugehen.

Dennoch zerrte die Warterei an ihren Nerven. *Nimm es mit Humor,* sagte sie sich. Wie lautete noch mal dieses Filmzitat aus ›Der Schuh des Manitu‹? Ach ja. »Ich bin mit der Gesamtsituation unzufrieden.« Sie flüsterte es mit einem unterdrückten Lachen, während sie im Zimmer umherstreifte. Viel gab es nicht zu entdecken, zumal sie schon häufiger hier allein herumgehangen hatte.

Auf einem Bücherbord standen einige Bücher, die sich bei

näherem Hinsehen als Architekturfachbücher entpuppten. Offensichtlich nahm sich Henning Arbeit mit nach Hause. Dafür sprach auch der aufgeklappte Laptop, der auf dem Schreibtisch, den er auch als Esstisch nutzte, in der Ecke neben der Balkontür stand. Henning musste bis vor Kurzem noch hier gesessen und gearbeitet haben, denn der Sperrbildschirm war noch nicht angesprungen.

Woran er wohl arbeitete? Neugierig betrachtete Miri die Darstellung auf dem Monitor. Es handelte sich nicht um eine Entwurfszeichnung, sondern um eine Art Flyer, der ein schlüsselfertiges Hausboot für den Verkauf anpries.

Wow!, dachte Miri. *Was für ein schickes Schiffchen.* Es musste sich um ein neues Projekt handeln, denn bisher hatte Henning noch gar nichts von dem Boot erzählt. Gegen diese Theorie sprach allerdings, dass das Schiff schon fertig gebaut zu sein schien.

Ihre jeweiligen Jobs waren zwar nicht ihre Hauptthemen, dafür machte ihnen das Turteln auf dem Sofa viel zu viel Spaß, aber hin und wieder sprachen sie doch darüber. Schließlich liebten sie beide ihre Arbeit, und so gaben sie dem Thema immer wieder Raum in ihren abendlichen Gesprächen. Merkwürdig, dass Henning bisher nichts von dem Hausboot erzählt hatte.

Interessiert studierte Miri die Details. Sie verstand nicht allzu viel von Hennings Job als Architekt, aber dass es sich bei dem Boot um ein Luxusdomizil handelte, war auch für einen Laien offensichtlich. Ein lang gestreckter, zweistöckiger Aufbau, schwarzer Schiefer, viel Holz, viele Kanten und Ecken und eine abgerundete Glaswand, die über beide Stockwerke reichte und in eine riesige offene Terrasse mündete, über die ein Sonnensegel gespannt war. So ein Ort rief geradezu nach einem reichen Junggesellen oder einer mondänen Schauspielerin. Die Bilder der Innenräume ließen wahrscheinlich sogar die Herzen von extrem luxusverwöhnten Menschen höherschlagen. Der Salon protzte todschick, elegant und mit – nach Miris Geschmack – viel zu viel goldener Farbe. Das Versace-Bett glich einer Spielwiese, selbstverständlich mit edelsten Stoffen bezogen und mit mindestens dreißig Zierkissen, die terrassenförmig angeordnet bis an die obere Kante des ausladenden Kopfteils reichten. Miri warf einen Blick auf die Abbildung des Badezimmers: goldene Wasserhähne, ein Einbauschrank aus Tropenhölzern, dazu eine Dusche mit integriertem Dampfbad, in der sicher fünf Leute gleichzeitig Platz fanden.

Beeindruckt suchte Miri nach dem Preis für das Luxushausboot. Oder nannte man in diesen Kreisen keine Zahlen? Sie vergrößerte die Ansicht ein wenig und entdeckte in der rechten, unteren Ecke eine Aufstellung der technischen Daten.

»Ach!«, entfuhr es ihr. Sie betrachtete die Bilder noch einmal. Tatsächlich handelte es sich gar nicht um einen Neubau, wie sie zuerst angenommen hatte, sondern das Boot war alt, richtig alt, von 1938.

Das machte das Schiff noch viel schöner. Zumindest in Miris Augen, die es nachhaltig mochte. Warum wegwerfen, wenn man es aufhübschen konnte? Was gab es Schöneres, als alten Gegenständen ein zweites Leben zu geben? *Nichts*, beantwortete sich Miri ihre Frage selbst, und sicher bot so ein Vintage-Schiff auch für die Käufer einen gewissen Reiz. Das wusste sie aus eigener Erfahrung, ein Neubau hätte niemals das Flair und die Atmosphäre des »Kleinen Bücherschiffs« haben können.

Nun war sie aber wirklich neugierig auf den Preis. So um die 750 000 € tippte sie. Mindestens, vielleicht auch eine Million. Leider fand Miri auch nach weiterem Suchen keine Preisangabe, womöglich lag sie ja richtig, und die Käufer fragten gar nicht nach den Preisen, sondern nur nach der Exklusivität der Objekte. Stattdessen entdeckte sie einen kurzen Absatz, in dem der Werdegang des Hausbootes geschildert wurde. Als ehemalige Lastbarkasse hatte das Boot in seinem ersten Leben Post befördert, bevor es in seinem zweiten Leben zu einer der beliebten Barkassen für Hafenrundfahrten umgebaut worden war.

Bitte was? Miri stutzte. Diese Historie kam ihr ausgesprochen bekannt vor. Nicht nur bekannt, sie entsprach eins zu eins der des Bücherschiffs. Auch »Das kleine Bücherschiff« war im Jahr 1938 vom Stapel gelaufen und hatte zuerst Post und dann Besucher durch den Hafen geschippert. Merkwürdig. Vielleicht ein ehemaliges Schwesterschiff? Trotzdem, ein ziemlicher Zufall. Andererseits waren die meisten Barkassen, die heute für Hafenrundfahrten genutzt wurden, vorher schon mit Lasten gefahren. Aber wie wahrscheinlich war es, dass sowohl Baujahr als auch die Tatsache, dass das Schiff in Sachen Postbeförderung herumgefahren war, übereinstimmten?

Miri las die Beschreibung zu Ende. 18,5 Meter Länge und 4,5 Meter Breite maß das Hausboot. Tatsächlich stimmten auch die Längen- und Breitenangaben sowie der Tiefgang mit ihrer Barkasse überein. Und das Datum der letzten Motorüberholung, die ja kaum ein Jahr zurücklag.

Das war doch ... Sie wagte es kaum, den Gedanken zu Ende zu denken. Aber so langsam häuften sich die Zufälle ein bisschen zu sehr. Miri trat einen Schritt zurück, um das Bild, auf dem das Hausboot in voller Länge zu sehen war, besser zu erfassen.

Der Wohnraum wirkte etwa so groß wie der Salon, wie sie ihn für den Verkauf und die Lesungen hatten umbauen lassen. Da, wo sich auf dem »Kleinen Bücherschiff« die Kombüse und das Bücherlager befanden, lag auf dem Hausboot ein luxuriöses Gästebad. Tatsächlich, wenn sie das Boot so aus der Entfernung betrachtete, könnte es durchaus auf dem Grundriss ihrer Barkasse beruhen. Sie musste sich nur ein zweites Stockwerk dazu denken, schon wurde aus dem »Kleinen Bücherschiff« dieses Luxushausboot.

Miri schüttelte den Kopf, um ihren vernebelten Geist zu klären. Es gelang ihr nicht. In ihrem Hirn schwamm nur noch Brei; eine zähe Masse, die sich weder zu Gedanken noch zu Entschlüssen formen ließ.

Aus dem Flur erklangen Schritte. Hastig entfernte sich Miri vom Schreibtisch, da betrat auch schon Henning das Wohnzimmer und schloss leise die Tür hinter sich. Auf seinem Gesicht lag ein strahlendes Lächeln, als er die Arme öffnete und auf Miri zukam.

Sie hingegen hob die Hand und ging langsam auf Abstand. »Was ist das?«, stieß sie hervor und wies auf den Schreibtisch.

»Was meinst du? Den höhenverstellbaren Tisch? Der stand doch schon immer da.« Henning wirkte leicht verwirrt.

»Nicht der Tisch. Der Computer.« Sie schluckte. Was ging hier nur vor sich? Warum um alles in der Welt pries Henning ihr »Kleines Bücherschiff« als schwimmendes Luxusdomizil an? Ein hässlicher Gedanke ließ die Hand, mit der sie immer noch auf den Laptop zeigte, zittern. Hatte Henning sie ausspioniert? Aber warum sollte er das tun?

»Finn schläft«, erklärte Henning. Er schien nicht bemerkt zu haben, wie es um Miri stand. War er sich ihrer so sicher? *Was, wenn es ihm gar nicht um mich ging?*, schoss es Miri in den Sinn. Vielleicht hatte er nur aus erster Hand Informationen über die Barkasse bekommen wollen? Oder er war nur mit ihr zusammen, um Details herauszufinden oder wie sich Miri und Katja am besten abzocken ließen? Steckte er womöglich mit diesem miesen Schwein Schlick unter einer Decke?

Alles an diesem Szenario erinnerte Miri an Karsten, der auch nur etwas mit ihr angefangen hatte, um durch sie seine Position in der Praxis zu verbessern. War sie schon wieder verraten und ausgenutzt worden?

Oh Gott, schoss es Miri durch den Kopf. *Er hat nur mit mir geschlafen, um mein Vertrauen zu gewinnen. Nichts mit großer Liebe und gefühlter Vertrautheit. In Wirklichkeit will er unser Schiff.* Eine unsichtbare Faust quetschte ihre Eingeweide zusammen. Ihr entfuhr ein Röcheln, als sie überraschend ein heftiger Würgereiz überkam. *Gleichmäßig atmen*, befahl sie sich in Gedanken. *Langsam ein und genauso langsam wieder aus.*

»Ist alles in Ordnung?« Auf Hennings Gesicht lag ein sorgenvoller Ausdruck. »Du siehst aus, als hättest du einen Geist gesehen.«

»Keinen Geist. Aber dein neues Projekt«, presste sie hervor.

Er runzelte die Stirn. »Entschuldigung. Ich kann dir nicht folgen. Von was genau sprechen wir gerade?«

Miri war entsetzt. Dieser unfassbare Vertrauensbruch. Er wusste doch, dass sie und Katja all ihre Ersparnisse in »Das kleine Bücherschiff« gesteckt hatten. Wie konnte er ihnen so etwas antun? Mit einem Handstreich ruinierte er ihr Leben – einfach so.

»Du bist genauso ein Schwein wie Schlick.« Die Worte kamen keuchend heraus, obwohl Miri nach Schreien zumute war. Es fiel ihr zunehmend schwerer, Luft zu holen. Jemand schien ihre Kehle zuzudrücken. Trotzdem sprach sie weiter: »Für wen hältst du dich eigentlich? Für 007? Ich muss dich enttäuschen. Mit James Bond hast du rein gar nichts gemein.«

»James Bond? Was ist denn los mit dir, Miri? Warum gehst du mich so an?« Henning klang erbost. »Wer ist Schlick? Du musst mir schon sagen, was ich deiner Meinung nach getan habe. Wie soll ich denn sonst das Missverständnis aus der Welt schaffen?«

»Ah, unsere Beziehung ist also ein Missverständnis.« Miri hob die Stimme um ein paar weitere Dezibel.

»Schrei bitte nicht so, sonst steht Finn gleich wieder hier.«

»Keine Angst, Finn wird bestimmt nichts von unserer Affäre mitkriegen. Ich habe nicht vor, hier und jetzt in die Arme eines Verräters zu sinken. Du hast mich in dem Glauben gelassen, dass du mich magst, womöglich sogar in mich verliebt bist. Stattdessen willst du dich an mir und Katja bereichern. Aber …« Miri schnappte nach Luft. Für einen Augenblick wurde ihr schwarz vor Augen.

Sofort stand Henning neben ihr. »Alles okay mit dir? Du bist kalkweiß geworden.« Er legte einen Arm um ihre Schulter und wollte sie an sich ziehen.

Etwas unbeholfen entwand sie sich seinem Griff. »Oh, nein!«, rief sie aus. Sie presste eine Hand auf den Magen. Ihr war unfassbar schlecht. Beinahe hätte sie Henning auf die Schuhe gekotzt, so sehr rebellierte ihr Körper.

Über Miris Wangen flossen Tränen. Dieses Gespräch und ihre Entdeckung gaben diesem ohnehin schon grauenvollen Tag den Rest. Wesentlich länger konnte sie dieser Auseinandersetzung nicht standhalten, ihr Energielevel lag bereits nahezu bei null.

»Nun gib es zu ...« Ein plötzlicher trockener Hustenanfall ließ ihren Brustkorb krampfen. Sie wollte noch etwas sagen, aber sie bekam kein Wort mehr heraus, ihr Hals war wie zugeschnürt.

»Miri, ich komme wirklich nicht richtig mit. Ich habe dich nicht ausspioniert oder sonst irgendwie belogen. Ich weiß nicht, wovon du sprichst. Das musst du mir glauben.« Er stockte. »Worum geht es denn genau? Um den Flyer für das Boot? Damit hat mich meine Chefin beauftragt. Das sind nur ein paar hingeworfene Skizzen.«

»Du lügst«, murmelte Miri. Alles in ihr zog sich zusammen. Sie sah Karsten vor sich, wie er sie anlächelte und um einen Gefallen nach dem anderen bat. Wie er ihr über den Arm streichelte, ihr dabei in die Augen sah. Wie sie ihn in den Armen der Anderen erwischt hatte. Miri wurde erneut schlecht. Wie in einem Kaleidoskop rauschten die Bilder durch ihren Kopf. Sie wirbelten herum und ließen sich nicht beruhigen.

Ihre Stimme zitterte, als sie sagte: »Ich hoffe, du hast alles herausgefunden, was du wissen wolltest. Von mir wirst du nichts mehr erfahren und auch nie wieder ein Wort hören!« Sie drehte sich um und stolperte auf die Balkontür zu. Tränen verschleierten ihr die Sicht. Wie hatte sie nur schon wieder auf einen Mann reinfallen können, der sie nur benutzte?

Henning trat ihr in den Weg. »Du kannst doch jetzt nicht einfach gehen. Bitte, Miriam. Erst machst du mir Vorwürfe, von denen ich nicht mal die Hälfte begreife, und dann willst du abhauen? Das ist doch ...« Ihm schienen die Worte zu fehlen. Stattdessen sah er ihr fest in die Augen.

Miri wich seinem Blick aus. »Geh weg!«, schrie sie ihn an. »Ich kann deine Lügen nicht mehr ertragen. Wahrscheinlich wusstest du auch die ganze Zeit, dass du mir die Wohnung wegnimmst. Jetzt erkenne ich erst, was für ein mieser, hinterhältiger Typ du wirklich bist. Du hast mich ausgenutzt.«

»Aber ich lüge nicht. Ich weiß ja nicht einmal, worüber ich angeblich lügen soll. Und ich nutze dich auch nicht aus. Das stimmt doch alles nicht.« Henning brüllte nun ebenfalls.

»Papi! Nicht streiten!« Finns leiser Hilferuf ließ Henning augenblicklich herumfahren. »Bitte, bitte, nicht streiten.« Dicke Tränen kullerten die runden Kinderwangen hinunter.

»Verdammt«, fluchte Henning leise, ging in die Knie und zog seinen Sohn in die Arme. »Finn, mein Schatz«, tröstete er. »Alles ist gut. Du musst nicht weinen.«

Miri nutzte die Gelegenheit, um aus Hennings Reichweite zu fliehen. Einen Augenblick sah sie wie erstarrt zu, wie er sich liebevoll um seinen Sohn kümmerte. Dann zuckte sie resigniert die Schultern. »Alles ist gut«, hatte er gesagt. »Du musst nicht weinen.« Genau diese Sätze hatte sie heute von ihm hören wollen. Doch für sie bargen die Worte nun keinerlei Sinn mehr.

Miri sah Finn an. Dann ging ihr Blick zu Henning. Wer war dieser Mann und wie hatte sie nur auf ihn hereinfallen können? Eine Träne tropfte von ihrem Kinn und landete auf Miris Handrücken. Sie wischte sich mit dem Ärmel durchs Gesicht. Sie hasste es zu weinen, wenn sie eigentlich Wut verspürte. Sie sollte schreien, irgendetwas kaputt machen und nicht wie ein kleines Mädchen herumheulen.

Mit einem letzten Blick auf Henning wandte sie sich um, verließ sein Wohnzimmer durch die Balkontür und kehrte zurück in ihre eigene winzige Wohnung. Zitternd verriegelte sie die Tür hinter sich und schloss die Vorhänge. Hatte sie gerade noch mit ihrer Wut gekämpft, fühlte sie sich nun innerlich taub. Einzig das Rumoren ihres Magens spürte sie wie einen Quirl, der ihr Innerstes durcheinanderwirbelte.

Sie rannte ins Bad. Gerade noch rechtzeitig erreichte sie die Toilettenschüssel. Ein paarmal würgte sie trocken, dann erbrach sie Schaum und ein paar schlecht verdaute Reste ihres Frühstücks.

Wie ein Häufchen Elend hockte sie auf den Fersen vor der Toilettenschüssel, ihr Kopf ruhte auf dem geschlossenen Deckel. Es dauerte eine Weile, bis sie genug Kraft geschöpft hatte, um sich aufzurichten. Schließlich kämpfte sie sich hoch, spülte sich den Mund aus und putzte die Zähne. Dann zog sie sich um und schlüpfte in ihr Bett.

»My bed is my castle«, hatte ihre Oma immer gesagt. Das schien in der Familie zu liegen, denn auch Miri verkroch sich stets unter ihrer Decke, wenn über ihr der Himmel einzubrechen drohte. Hennings zahlreiche Anrufe ignorierte sie, nach einer Weile stellte sie ihr Smartphone auf lautlos. Auch auf sein Klopfen an der Tür ging sie nicht ein. Selbst, wenn sie gewollt hätte, sie konnte es einfach nicht. Immer wieder verschwammen Hennings und Karstens Gesichtszüge vor ihrem inneren Auge, und jedes Mal fühlte sich Miri noch ein bisschen schlechter, während ihr Magen mit aller Macht rebellierte. Dass Henning sie ausspionierte, erschien Miri offensichtlich. Doch was genau erhoffte er sich, dadurch zu erfahren? Wie hoch ihre Einnahmen waren? Oder wie hoch Schlick die Miete ansetzen musste, um sie für die Freundinnen unerschwinglich zu machen? In Miris Ohren rauschte das Blut. Wenn sie nicht immer und immer wieder darüber nachdenken wollte, musste sie dringend diesen Gedankenkreislauf unterbrechen.

Sie zog sich die Decke über den Kopf, um sich endgültig von ihrer Umwelt abzuschotten. Ob sie nach diesem Tag je wieder aus dem Bett herauskommen würde, wusste sie nicht. Hatte sie am Nachmittag noch versucht, Katja aufzuheitern und echte Hoffnung versprüht, so war nun nichts mehr davon übrig. Im Gegenteil, Henning hatte ihr den Rest gegeben. Miri zog die Decke fest um sich und tauchte ab in die Dunkelheit.

Kapitel 15
Bücherschiff oder Luxushausboot?

Die Nacht war furchtbar. Die Gedanken an Hennings Verrat hielten Miri wach, und als sie endlich wegdöste, träumte sie von ihm. Henning, wie er sie anlächelte und gleich darauf in schallendes Gelächter über ihre Dummheit ausbrach. Henning, wie er sie im Arm hielt und sie schon einen Atemzug später angeekelt von sich stieß, während seine Stimme mit einem Mal wie die von Karsten klang. Und so ging es weiter. Nach jeder dieser Sequenzen kämpfte sich Miri aus ihren irrealen Träumen zurück in die Realität. Dann drehte sie ihr vollgeheultes Kissen um, trocknete die tränennassen Wangen und versuchte erneut einzuschlafen, nur um sich gleich darauf in den nächsten schrecklichen Traumbildern wiederzufinden.

Jedes Mal, wenn sie aufwachte, quälte sie der Druck in ihrem Magen. Manchmal fürchtete sie, sich erneut übergeben zu müssen, doch um aufzustehen und den Kopf über die Toilettenschüssel zu halten, fühlte sie sich viel zu schwach. *Wahrscheinlich werde ich auf dem Flur einfach zusammenbrechen und erst mal liegen bleiben*, dachte sie. Es wäre schön, für einen Moment nicht nachdenken zu müssen, eine kleine Auszeit von der Realität zu nehmen. Natürlich würde sie ohne Henning und Finn in ihrem Leben irgendwie weitermachen können, aber wenn sie »Das kleine Bücherschiff« verlöre, was dann? Schließlich hatte sie sich mit der schwimmenden Buchhandlung nicht nur eine Existenz, sondern auch ihren Lebenstraum verwirklicht. Lohnte es sich da überhaupt, sich aufzurappeln, wo um sie herum gerade ihr ganzes Leben zusammenbrach?

Nicht nur der Bauch, auch der Kopf machten Miri zu schaffen. Irgendjemand hatte vor dem Zubettgehen einen automatischen Hammer in ihrem Schädel installiert, der nun in einem fort auf ihr Gehirn eindrosch. *Verdammter Sprottenschiet!* Sie rieb sich über die Schläfen. »Wie kann sich ein einzelner Mensch nur dermaßen elend fühlen?«, fragte sie laut in den leeren Raum hinein. Eine Antwort bekam sie nicht.

Irgendwann verweigerte ihr Geist das letzte bisschen Schlaf. Von da an lag Miri wach, starrte in die Dunkelheit und kämpfte mit aller Kraft gegen das Gedankenkarussell in ihrem Kopf. Am liebsten würde sie an gar nichts denken.

Das Klingeln des Weckers erschien ihr wie eine Erlösung. Tapfer stellte sie ein Bein aus dem Bett und stemmte sich hoch. Mit halb geschlossenen Lidern tapste sie ins Badezimmer. Vielleicht half eine kräftige Dusche über das Schlimmste hinweg.

Tatsächlich tat ihr das heiße Wasser gut, zumindest was die körperlichen Auswirkungen betraf. Ihr Rücken fühlte sich nicht mehr so an, als hätte sie die ganze Nacht über Säcke geschleppt. Die Ballastsäcke, die auf ihrer Seele lagen, vermochte das Wasser jedoch nicht fortzuschwemmen. Hennings Betrug wog einfach zu schwer.

Als Miri sich auf den Weg zum Museumshafen machte, schien die Sonne und verbreitete Licht und Wärme. Doch davon nahm Miri nicht viel wahr. Ihre innere Dunkelheit schaltete jede Helligkeit um sie herum ab, als hätte Henning am Vorabend einen Schalter betätigt, der für Miris kurze Arme zu hoch hing. Sosehr sie sich auch abmühte, ihn zu erreichen, sie kam nicht ran.

Mehrmals unterdrückte sie das Bedürfnis, sich umzudrehen und nach Hause zurückzukehren oder einfach wegzurennen, irgendwohin, möglichst weit entfernt: rennen, so weit sie die Füße trugen, ohne stehen zu bleiben, so lange, bis ihre Muskeln versagten. Aber gab es einen Ort auf der Welt, wo es keine miesen Mistkerle wie Schlick oder Henning gab?

Miri zwang sich weiterzugehen. Und ein wenig tat es auch gut. Ihr Magen beruhigte sich zusehends, und die frische Luft vertrieb die letzten Kopfschmerzen. Sie beeilte sich, das letzte Stück des Weges schneller zurückzulegen. Die Aussicht auf eine Tasse Kaffee und eine Umarmung ihrer besten Freundin trieben sie an.

Katja, die gerade das Wechselgeld in die Kasse zählte, sah auf, als Miri die rote Tür aufstieß und den Salon des »Kleinen Bücherschiffs« betrat.

»Alles in Ordnung?« Sie warf Miri einen fragenden Blick zu.

Miri antwortete nicht. Sie schüttelte nur stumm den Kopf und kämpfte gegen einen neuerlichen Heulkrampf an, der sich partout nicht unterdrücken lassen wollte.

Auf einen Blick erfasste Katja die Situation. Sie ließ alles stehen und liegen, kam auf Miri zu und öffnete die Arme. Miri ließ sich hineinfallen. Hilfesuchend presste sie sich in Katjas Arme und barg den Kopf an ihrer Schulter, als die Tränen zu rinnen begannen.

Einen Augenblick lang fragte sie sich, woher ihr Körper all diese Flüssigkeit nahm. Schließlich hatte sie beinahe die ganze Nacht hindurch geweint, irgendwann müsste so ein Vorrat doch aufgebraucht sein. Doch statt zu versiegen, flossen nun wahre Sturzbäche ihre Wangen hinunter, während ihre Schultern immer wieder unter Schluchzern erbebten. Sosehr Miri es auch versuchte, sie vermochte sich nicht zu beruhigen.

Eine ganze Weile standen die Freundinnen in inniger Umarmung mitten im Raum. Sie ignorierten, dass bald die ersten Kunden kämen. Katjas Umarmung schirmte Miri von allem ab. Ihre beste Freundin war wie ein Fels, an den sie sich klammern konnte, um nicht von dem Sog ihrer Seelenpein mitgerissen zu werden.

»Wein dich aus«, flüsterte Katja und legte ihre Arme fester um Miri. Eine Weile noch ließ Miri ihren Gefühlen freien Lauf, dann verebbte nach und nach das Schluchzen, und der Tränenfluss ließ nach. Schließlich schniefte sie ein letztes Mal.

»Nun setz dich erst mal hin!« Katja dirigierte Miri mit sanfter Hand zu einem der beiden Ohrensessel. »Und ruh dich ein bisschen aus. Dann erzählst du mir, was geschehen ist. Oder soll ich dir zuerst einen Tee machen? Oder lieber Kaffee?«

»Ein Taschentuch wäre schön«, antwortete Miri mit kratziger Stimme.

»Auch drei oder vier.« Mit einem aufmunternden Nicken hielt Katja Miri ein Päckchen Papiertaschentücher entgegen. »Kann ich dich hier einen Augenblick allein lassen?«

Miri nickte erschöpft. Mit einem Seufzen, das aus der Tiefe ihres Herzens kam, zupfte sie eines der Taschentücher aus der Verpackung und wischte die letzten Tränen fort. Dann kuschelte sie sich in den gemütlichen Sessel und schloss die Augen.

Es dauerte nicht lange, da legte sich die heimelige Atmosphäre des Salons und das weiche Leder des Sessels wie eine wärmende Decke um ihren Körper. Sogleich fühlte sie sich besser.

»Willst du mir jetzt erzählen, was passiert ist?« Katja hatte die täglichen Vorbereitungen für die Öffnung abgeschlossen. In den Händen hielt sie zwei Tassen, aus denen ein beruhigender Pfefferminzduft drang. Eine davon reichte sie an Miri weiter, ehe sie sich selbst in den zweiten Ohrensessel sinken ließ.

Miri seufzte schwer. Das, was sie zu erzählen hatte, würde Katja ebenfalls zusetzen, schließlich zählte Henning inzwischen auch zu ihren Freunden, und sie liebte das Bücherschiff genauso sehr wie Miri. Aber ihr blieb nichts anderes übrig. Katja musste es wissen. So holte Miri tief Luft und berichtete, was sie am vorherigen Abend herausgefunden hatte.

»Und dann habe ich begriffen, dass es sich bei dem Hausboot tatsächlich um »Das kleine Bücherschiff« handelt. Er hat wirklich und wahrhaftig unsere Barkasse zu einem Luxushausboot umgeplant und dazu einen Hochglanzverkaufsflyer gestaltet, der das Herz jedes Playboys höherschlagen lässt.«

»Oh mein Gott.« Eine unnatürliche Blässe ließ Katjas Teint gräulich wirken. »Es ist unbegreiflich«, flüsterte sie.

»Ich bin echt am Ende.« Miri seufzte abgrundtief.

»Kein Wunder nach so einer Nacht.« Katja wirkte nachdenklich. Mit merklichem Zögern sprach sie weiter. »Ich tue mich trotzdem schwer zu glauben, dass Henning uns die Sache absichtlich verschwiegen hat. Für mich war er bisher immer einer von den Guten. Meinst du wirklich, dass er sich so einfach verstellt und dich von Grund auf belogen hat?«

Miri dachte einen Augenblick nach. Natürlich war auch ihr schon dieser Gedanke gekommen, aber was sie gesehen hatte, sprach eine klare Sprache. Sie war einfach, genau wie bei Karsten, auf Hennings Charme hereingefallen, ihre eigene Schuld, dass sie so naiv war. Es konnte nicht anders sein, als dass Henning ihnen die ganze Zeit etwas vorgespielt hatte. Bei dem Gedanken wurde ihr erneut schlecht. Gerade wollte sie Katjas Frage beantworten, als die Tür zum Verkaufssalon aufsprang und der erste Kunde des Tages eintrat. Für den Moment musste sie ihrer Freundin die Antwort schuldig bleiben.

Der Vormittag verflog in Windeseile. Die Kunden gaben einander die Klinke in die Hand. Stets befanden sich gleich mehrere Menschen auf der Barkasse, die Beratung und Hilfe benötigten. Die Freundinnen kamen nicht einmal mehr dazu, ihren Pfefferminztee auszutrinken, so lebhaft ging es auf dem Schiff zu.

Der Tag zehrte an Miris Kräften, doch sie hielt sich, ebenso wie Katja, tapfer aufrecht, obschon sie beide nicht voll bei der Sache waren. Die Erlebnisse der letzten Tage saßen tief. Und Miri quälte neben der Wut über die Machenschaften von Harald Schlick und Hennings Vertrauensbruch zusätzlich der Liebeskummer. Obwohl sie Henning hassen wollte, vermisste sie ihn, seine Umarmungen und seine täglichen Besuche. Jedes Mal, wenn sie an ihn dachte, stiegen ihr die Tränen in die Augen, und sie musste all ihre Kraft aufwenden, um sie niederzukämpfen.

Auch am Nachmittag fehlte den Freundinnen die Zeit, in Ruhe miteinander zu sprechen, denn die dritte Kaperfahrt des »Kleinen Bücherschiffs« stand an. Noch am selben Abend würden sie zu einer Rundfahrt durch Hamburgs Gewässer aufbrechen, diesmal auf den Spuren der Familiensaga der Bestsellerautorin Michaela Grünig, deren erster Band ›Blankenese – Zwei Familien: Licht und Schatten‹ in den 1920er und 30er Jahren in der Kulisse der weißen Holzvillen, Treppen und Fischerhäuser Blankeneses spielte.

Die Vorbereitungen auf die Lesung brachten Miri an den Rand ihrer Kräfte, aber sie sorgten auch für Ablenkung. Und so zog sie auch ein wenig Stärke aus den kurzen Phasen, in denen ihre Gedanken einmal nicht um den gestrigen Abend kreisten.

Gegen 19:00 Uhr betraten unter großem Hallo die ersten Lesungsgäste »Das kleine Bücherschiff«. Dieses Mal hatte sich Katja bereit erklärt, die Besucher zu begrüßen. An einem Klapptisch, den sie neben der roten Tür aufgestellt hatten, verkaufte sie die wenigen Restkarten.

Froh darüber, den Gästen in ihrem Zustand nicht sofort entgegentreten zu müssen, zog sich Miri in die Kombüse zurück, um eine Überraschung vorzubereiten. An einer Stelle des Buches, aus dem Frau Grünig lesen würde, gaben die Protagonisten eine Party. Davon inspiriert hatte Katja ein paar Tage zuvor zahlreiche Foodblogs nach Ideen für Canapés durchstöbert und einige Rezepte ausgewählt, die so ähnlich auch in den 1920er Jahren in der besseren Gesellschaft gereicht worden waren. Nun richtete Miri Häppchen mit falschem Kaviar und Eierscheiben, Mixed Pickles und Roastbeef mit Sauce Tartare und andere Leckereien auf Tabletts an, um sie im Laufe der Kaperfahrt den Zuhörern zu servieren.

Als Kapitän Jansen das obligatorische Hupen zum Zeichen der Abfahrt erklingen ließ, waren beinahe alle Plätze besetzt. Miris Freude über das volle Haus war gedämpft, auch weil sie heute immer wieder die Frage verdrängen musste, ob ihre Bemühungen überhaupt Sinn ergaben, wo doch Harald Schlick und Henning so eifrig daran arbeiteten, ihnen »Das kleine Bücherschiff« streitig zu machen. Wenn sie daran nur dachte, stiegen ihr erneut die Tränen in die Augen. Wütend wischte sie die dicken Tropfen fort.

Michaela Grünig, eine gepflegte Mittfünfzigerin, die für eine Lesereise durch Norddeutschland eigens aus Andalusien angereist war, erwies sich als ausgesprochen sympathische Frau, die nicht nur mitreißend aus ihrem Buch vorlas, sondern es auch verstand, die Zuhörer mit Geschichten aus ihrem Schreiballtag zu fesseln.

Dieses Mal fuhr Kapitän Jansen »Das kleine Bücherschiff« ein Stück die Elbe hinab, sie stoppten kurz in Blankenese, bevor sie umkehrten und vor der Kehrwiederspitze links ab über die Schaartorschleusen in das Alsterfleet einbogen. Über die Binnenalster mit Blick auf den Jungfernstieg und die anliegenden Luxusboutiquen ging es dann weiter auf der Außenalster entlang altehrwürdiger Gebäude bis in den Rondellteich, wo sie endlich den Rückweg antraten.

Die Fahrt schien endlos zu dauern. Dabei konnte sie für Miri nicht schnell genug zu Ende gehen, mit jeder Minute, die verstrich, sehnte sie sich nur noch mehr danach, sich erneut im Bett zusammenzurollen und wieder hemmungslos weinen zu dürfen. Zumindest die Leser schienen Michaela Grünigs Vortrag zu genießen. Und natürlich folgten auf die Lesung auch dieses Mal eine Signierstunde und ein Buchverkauf. Frau Grünig erwies sich als freundlich und nahbar. Mit einer unendlichen Geduld beantwortete sie alle Fragen – waren sie auch noch so skurril – und lachte herzlich in jede Kamera, die für ein Selfie mit ihr gezückt wurde. So zeigte die Uhr bereits kurz vor Mitternacht, als Miri und Katja endlich die Starautorin und die übrigen Gäste verabschiedet und den Salon aufgeräumt hatten. Lediglich Anne, Liz und Pablo waren an Bord geblieben und sofort zu diversen Hilfsarbeiten eingeteilt worden.

Während die Freunde die Gläser einsammelten und den Staubsauger schwangen, zog Katja Miri in den kleinen Lagerraum der Barkasse. Erst jetzt fanden sie Gelegenheit, das Gespräch vom Vormittag fortzusetzen.

»Du, Miri«, nahm Katja zaghaft den Faden wieder auf. »Ich habe noch mal über die Sache mit dem Hausboot nachgedacht. Ehrlich gesagt kann ich mir zwar nicht erklären, wie Henning dazu gekommen ist, aber dass er wahrhaftig so ein Arsch sein soll, wie du denkst, kann ich mir beim besten Willen nicht vorstellen. Wenn du mal gesehen hättest, wie er dich anguckt, wenn du gerade nicht hinschaust, dann würdest du es auch nicht glauben. Der Mann ist hundertprozentig verliebt in dich.«

»Wenn du mit deiner Einschätzung mal nicht falschliegst.« Miri seufzte leise. »Vielleicht ist er auch ein ganz ausgezeichneter Schauspieler. Denk doch mal zurück an die Sache mit der Wohnung. Womöglich wusste er doch, dass Onkel Otto sie mir bereits zugesagt hatte. Was, wenn er uns von Anfang an etwas vorgemacht hat?«

»Nein!« Katja schüttelte vehement den Kopf. »Das kannst du nicht ernsthaft glauben. Zumal die Wohnungsanmietung und »Das kleine Bücherschiff« rein gar nichts miteinander zu tun haben. Da passt was nicht: Du weißt doch, zu jedem Verbrechen gehört ein Motiv, und das sehe ich hier nicht. So etwas lernst du in jedem deutschen Fernsehkrimi. So schließt man Verdächtige aus.«

»Die schaue ich nicht, und du solltest auch mal darüber nachdenken, dir bessere Krimis auszusuchen, wenn du anschließend so einen Unfug redest.« Miri winkte ab. »Ja, ja ich weiß, du willst mich nur aufheitern.«

»Hm?« Katja runzelte die Stirn. »Vielleicht fällt dir ja eine passende Weisheit deiner Oma ein, die dir weiterhilft.«

»Wer anderen eine Grube gräbt, ist selbst ein Schwein?« Resigniert zuckte Miri mit den Schultern.

»Das ist nicht gerade das, was ich meinte. Aber egal«, erwiderte Katja. »Ganz ehrlich. Ich kann nicht glauben, dass Henning wirklich so ein mieser Typ ist. Am besten redest du noch einmal ganz in Ruhe mit ihm. So wie ich dich kenne, bist du weggelaufen, ehe er überhaupt begriffen hat, was du eigentlich von ihm willst. Wahrscheinlich gibt es eine einfache Erklärung für dieses Luxushausboot. Vielleicht hat er schlicht nur die Daten vom ›Kleinen Bücherschiff‹ als Platzhalter eingesetzt, weil das Schiff, das umgebaut wurde, aus der gleichen Zeit stammt. Oder das Boot hat zufällig wirklich die gleiche Historie. Es gibt doch solche Zufälle.«

Bei Katjas Worten zuckte Miri zusammen. Sie hatte sich Zuspruch erhofft. War es vielleicht zu viel verlangt, dass ihre beste Freundin sich einfach mit ihr gemeinsam über Henning aufregte? Stattdessen wiegelte sie ab und servierte ihr nun eine bunte Sammlung von schicken Ausreden für seinen Verrat. Hatten sich alle gegen sie verschworen?

Miris Magen krampfte sich zusammen, und der Klumpen, der schon den ganzen Tag schwer wie ein Stein darin lag, wuchs um ein beträchtliches Stück. Eigentlich wollte sie Katja antworten, ihr über den Mund fahren, ihr verbieten auf Hennings Seite zu stehen und auf ihr Recht als beste Freundin pochen. Doch statt den Mund zu öffnen und Katja zu widersprechen, presste sie die Lippen fest aufeinander. Magensäure brannte in ihrer Speiseröhre und stieg langsam höher. Miri musste würgen. So schnell es ging, drehte sie sich um, schlug die Hand vor den Mund und beeilte sich, die wenigen Schritte zur Toilette zurückzulegen.

Als sie einige Minuten später den winzigen Toilettenraum wieder verließ, stand Katja vor der Tür. Ein besorgter Ausdruck lag auf ihrem Gesicht, als sie die Arme öffnete und Miri in eine feste Umarmung zog. »Es tut mir leid«, sagte sie leise. »Ich schätze, es ist noch zu früh für vernünftige Überlegungen. Du musst das erst mal eine Weile verdauen.«

Miri stöhnte auf. »Verdauung wäre mir deutlich lieber als Erbrechen.« Sie schüttelte sich. »Aber lass uns lieber das Thema wechseln.«

Katja nickte, während sie Miri zurück in den Salon führte. »Du gehörst ins Bett. Das mit deinem Magen ist jedenfalls nicht normal. Sich ein-, zweimal zu übergeben nach dem Schock mag noch angehen. Aber so oft ...« Sie unterbrach sich, während sie unter den Tresen ins Regal griff und ihre Taschen hervorholte. »Hier, nimm. Wir bringen dich jetzt nach Hause. Wahrscheinlich hast du dir einen Virus zugezogen. Nachdem du den untreuen Urologen in flagranti erwischt hast, musstest du jedenfalls nicht ständig kotzen.«

Katja wandte sich an Anne, Liz und Pablo. »Lasst einfach alles stehen und liegen. Den Rest räume ich morgen Vormittag auf. Jetzt schaffen wir erst einmal Miri nach Hause. Damit sie sich auskurieren kann.«

Eine gute halbe Stunde später standen sie vor Miris Wohnungstür, und die Nachbarn verabschiedeten sich unter zahlreichen Genesungswünschen, ehe sie in ihre jeweiligen Wohnungen verschwanden. »Zum Glück haben sie nicht mitgekriegt, was los ist«, ging es Miri durch den Kopf. Ansonsten hätten sie sicher Fragen gestellt, die sie jetzt nicht gebrauchen konnte.

Nur solange Miri alles ausblendete und möglichst an nichts dachte, vermochte sie die Trauer in Schach zu halten. Dann pochte nur ein dumpfer Schmerz im Hintergrund und hinterließ ein beinahe schon angenehmes Taubheitsgefühl in ihrem Herzen, verglichen mit der brennenden Verzweiflung, die sie am Vorabend gespürt hatte.

Diese Methode funktionierte erstaunlich gut. Allerdings drang, so abgekoppelt von allen Emotionen, selbst das Mitgefühl, das Katja ihr entgegenbrachte, kaum zu Miri durch. Es blieb stecken in einem grauen Nichts, das wie Nebelschwaden nach und nach ihr Innerstes flutete.

»Soll ich über Nacht bleiben?« Katja stellte ein Glas und eine Flasche Mineralwasser auf den Boden neben Miris Bett. »Brauchst du noch was?«

»Es geht schon.« Miri zwang sich zu einem schiefen Lächeln. »Geh ruhig heim und schlaf in deinem eigenen Bett.«

»Sicher?«

Als Miri nickte, wandte sich Katja zum Gehen, doch ehe sie die Zimmertür erreichte, drehte sie sich noch einmal um. »Du bleibst morgen schön im Bett und kurierst dich aus. Auf dem Bücherschiff komme ich auch allein klar.«

»Ich ruf' dich an«, erwiderte Miri.

»Mach das, aber jetzt wird erst einmal geschlafen. Träum' von etwas Schönem!« Katja schaltete das Licht aus.

Wenige Atemzüge später erklang das Geräusch der Wohnungstür, die ins Schloss fiel.

Mit offenen Augen lag Miri im Bett und starrte in die Dunkelheit. Zwar fühlte sie sich unendlich müde, aber der Schlaf ließ auf sich warten. Stattdessen schienen ihre Kräfte immer mehr zu schwinden, verschluckt von dem grauen Nichts in ihrem Inneren. Stocksteif lag sie auf dem Rücken, die Beine eng aneinandergepresst, die Knie durchgedrückt. Die Arme hielt sie über dem Herzen gekreuzt, als wollte sie es vor äußeren Einflüssen abschotten.

Hin und wieder drang ein Geräusch von der Straße in die Wohnung, doch Miri nahm nichts davon wahr. Einzig das Ticken der roten Wanduhr, die über der Tür zum Flur hing, erfüllte ihren Geist. »Tack, tack, tack, tack«, erklang es in einer nervtötenden Gleichmäßigkeit. Vor ihrem inneren Auge sah Miri den Zeiger, wie er unaufhaltsam vorwärtsdrängte und mit jedem Tack eine Sekunde hinter sich ließ. Und doch schien die Welt stillzustehen. Es hieß, die Zeit heile alle Wunden. Doch die Sekunden vergingen viel zu langsam, um das Versprechen auf Heilung einzuhalten. Wie eine Schnecke kroch der Zeiger über das Rund, und es schien unendlich zu dauern, bis er den Scheitelpunkt erreichte und eine weitere quälende Lebensminute in der Vergangenheit versank.

Miri erwachte mit dem Gefühl absoluter Orientierungslosigkeit. Wo befand sie sich? Lag sie im eigenen Bett? Ihre Lider brannten, und jede Bewegung ließ sie aufstöhnen. Warum schmerzten alle Fasern ihres Körpers? Erholsamer Schlaf fühlte sich anders an.

Nur mit Mühe gelang es ihr, sich aufzusetzen. Irgendetwas stimmte nicht.

Sie sah sich im Zimmer um. Es dauerte einen Moment, bis sie

die Umgebung als ihre neue Wohnung identifizierte. Die Wohnung, die direkt neben der von Henning lag. Dem Mann, der sie hintergangen hatte. Wut kochte in Miri hoch und fuhr wie ein Schlag in ihre Magengegend. Warum nur hatte Henning ihr das angetan? Die Bilder ihres letzten gemeinsamen Abends kehrten mit aller Macht zurück und überrollten Miri wie eine Monsterwelle. Der Kummer brach über ihr zusammen und zwang sie in eine gekrümmte Position.

Als sie sich ihres Verlustes bewusst wurde, stieß sie ein Wimmern aus. Nie wieder würde sie in Hennings Armen liegen, seine Lippen auf ihren spüren. Nie wieder würde er allein mit seiner ruhigen Art ihre Ungeduld zügeln. Nie wieder sein Lächeln ihren Herzschlag stolpern lassen. Nie wieder seine Nähe ausreichen, um ihr Sicherheit zu geben. Und dann war da auch noch Finn. Sie hatte den Kleinen schon fast so sehr ins Herz geschlossen wie Henning.

Oh Gott! Erneut entfuhr Miri ein Wimmern. Mit einem Aufschluchzen ließ sie sich in ihr Bett zurückfallen. Sie bemerkte kaum, dass ihr Kopfkissen noch von all den im Schlaf vergossenen Tränen feucht war.

Sie fror erbärmlich. Mit fahrigen Händen tastete sie nach der Decke und zog sie über sich, bis alles um sie herum im Dunkeln verschwand. Minutenlang lag sie so da, genau wie am Vorabend versteiften sich ihre Glieder. Miri hätte gern geweint, doch es ging nicht. Stattdessen drangen immer wieder trockene Schluchzer aus ihrer Kehle und ließen ihren Körper erbeben. Das schmerzhafte Kratzen in ihrem Hals ignorierte sie.

Je länger die heilsamen Tränen auf sich warten ließen, desto mehr wuchs der Druck in ihrem Inneren. Irgendwann hielt

Miri die Schockstarre nicht mehr aus. Im hohen Bogen warf sie die Bettdecke von sich und sprang aus dem Bett. Zitternd blieb sie am Fußende stehen. Ihr Atem ging schwer. Wenigstens war ihr nicht schon wieder schlecht.

Verdammt! Sie hätte nicht daran denken sollen. Gerade noch rechtzeitig erreichte sie ihr kleines Badezimmer und die Toilettenschüssel. Sie hatte kaum etwas gegessen am Vortag. Doch dass sie statt Speiseresten überwiegend Schaum erbrach, machte es nicht besser.

Ermattet ließ sie sich auf den Fliesenboden gleiten. Dort saß sie einen Moment zusammengekauert wie ein Kind, ehe sie ein Stück Toilettenpapier abzupfte, um sich die Nase zu putzen. Dann rappelte Miri sich mühsam auf und spülte sich den Mund aus, um endlich das Brennen der Magensäure in ihrem Rachenraum zu stoppen.

Sie wartete noch einen Augenblick, bis ihre Knie nicht mehr einzuknicken drohten, dann entledigte sie sich ihres Schlafshirts und trat unter die Dusche. Die Temperatur drehte sie höher als gewöhnlich. Im ersten Moment brannte die Hitze auf ihrer Haut, doch Miri gewöhnte sich schnell daran, im Gegenteil, das heiße Wasser, das auf sie hinabprasselte wie ein schwerer Regenguss, tat ihren verspannten Muskeln wohl. Minutenlang ließ sie es einfach über ihren Körper rinnen, ehe sie zum Haarshampoo und ihrer geliebten Schafsmilchseife mit dem Rosenduft griff.

Als sie gut fünfzehn Minuten später das Badezimmer verließ fühlte sie sich besser, nicht himmelhochjauchzend, aber immerhin ein wenig gefestigt, zumindest stark genug, sich ihrer Trauer zu stellen; und auch der Wut und all den anderen Emotionen, die Henning, sein Verrat und der mögliche Verlust des Bücherschiffs abwechselnd in ihr aufwallen ließen.

Wie Katja es ihr aufgetragen hatte, blieb sie an diesem Tag zu Hause. Nachdem sie sich einen Pfefferminztee gekocht hatte, nahm sie den angefangenen Roman zur Hand, der auf ihrem Nachttisch lag, und kuschelte sich auf dem Sofa in eine Wolldecke. Keine gute Idee, wie sich schon nach wenigen Zeilen herausstellte. Verliebte, die sich trotz aller Schwierigkeiten am Ende in den Armen lagen, waren gerade wirklich nicht der Stoff, den sie aushalten konnte. Wenn sie noch eine weitere Zeile davon lesen müsste, würde sie das unrealistische Machwerk im hohen Bogen von sich werfen. Miri seufzte auf, ehe sie das Buch sanft zur Seite legte. Schließlich trugen weder der so zu Unrecht gescholtene Roman noch die Autorin, die ihn verfasst hatte, Schuld an Miris Unglück.

Statt ein anderes Buch auszuwählen, schaltete sie den Fernseher ein und zappte sich durch die Vormittagsprogramme, ehe sie an einer Wiederholung von ›How I met your Mother‹ hängen blieb. Sie kannte die Sitcom. Hoffentlich würden sie Barneys und Teds Eskapaden ein wenig ablenken. Eine Weile ließ Miri sich berieseln, und tatsächlich hörte das Gedankenkarussell nach und nach auf, sich zu drehen.

Zwischendurch schrieb sie ihrer besten Freundin eine Nachricht: »Ich lebe noch. Oder wie meine Oma sagen würde: Das Leben ist kein Zuckerbrot, wenn die Liebe in die Jauchegrube fällt.«

»Deine Oma spinnt«, schrieb Katja zurück. »Aber immerhin scheint dein Galgenhumor einzusetzen. Was macht der Magen? Hast du schon etwas gegessen?«

»Diese Nacht hat er mich in Frieden gelassen, aber gleich nach dem Aufstehen kam noch mal eine Attacke. Jetzt geht es. Ich trinke gerade eine Tasse Pfefferminztee.«

Miri wusste, wie die Antwort lauten würde.

»Besser wäre Kamillentee!«, kam sie auch prompt.

»Den ich hasse, wie du weißt«, antwortete Miri.

»Jepp. Ich habe trotzdem recht. Und sieh' zu, dass du etwas isst. Aber lass die Finger von deinen Käsepizzen. Das fettige Zeug macht es nur schlimmer. Rühr dir am besten ein paar Haferflocken in eine zerdrückte Banane oder mach dir ein Toastbrot mit Marmelade. Irgendetwas in der Art wirst du schon dahaben. Ich komme heute Abend und bringe ein paar leichte, magenfreundliche Lebensmittel mit. Ruh dich aus. Sorry, ich muss aufhören. Hier ist gerade viel los. Hab dich lieb!« Katja schickte noch drei Herzchen, danach blieb Miris Smartphone stumm.

Irgendwann knurrte ihr Magen, doch sie ignorierte das Geräusch. Ihr Bauch gluckerte immer noch so merkwürdig, dass sie sich für feste Nahrung nicht bereit fühlte. Stattdessen kochte sie sich eine weitere Tasse Tee, rührte großzügig Honig hinein und kehrte anschließend zurück unter die warme Decke.

Über den Bildschirm flimmerte gerade eine Einrichtungssendung. Miri dachte darüber nach umzuschalten. Die Sendung interessierte sie nicht wirklich. Andererseits reichte die Berieselung aus, um nicht ständig an Henning oder »Das kleine Bücherschiff« denken zu müssen. Während sie grob den Geschehnissen folgte, kroch Müdigkeit in ihre Glieder. Eigentlich lauerte sie dort schon, seit Miri aufgewacht war, doch nun machte sie sich deutlicher bemerkbar. In immer kürzeren Abständen nickte Miri ein, mal kaum für die Dauer einer Minute, dann wieder döste sie während eines Werbeblocks ein und erwachte erst wieder, als die nächste Werberunde lief.

Kein Wunder, in den letzten beiden Nächten hatte sie nicht nur sehr wenig, sondern auch noch hundsmiserabel geschlafen. Kurz entschlossen stellte Miri die Lautstärke leiser, rückte ein Kissen zurecht und streckte sich auf dem Sofa aus. Beinahe sofort fielen ihr die Augen zu, und trotz der leisen Stimmen aus dem Fernsehgerät schlummerte sie ein.

Das Klingeln der Türglocke riss Miri unsanft aus dem Schlaf. Dennoch brauchte sie einen Moment, um richtig wach zu werden. Sie tastete nach dem Smartphone. Schon 15:00 Uhr. Sie hatte fast drei Stunden geschlafen. Wieder klingelte es. Wer das wohl sein mochte? Miri dachte einen Augenblick nach. Sie hatte nichts bestellt, das schloss den Paketboten aus. Außerdem kam der ihres Wissens nach immer schon am Vormittag. Katja hielt die Stellung auf dem Bücherschiff, sie konnte es also auch nicht sein. Blieben noch der liebe Onkel Otto, jemand aus der Nachbarsclique, der mitbekommen hatte, dass sie erkrankt war, oder Henning.

Weder Onkel Ottos joviale Art noch die Neckereien der Nachbarn würde Miri jetzt ertragen können. Und Henning schon gar nicht. Er würde ihr doch sowieso nur eine weitere Lüge auftischen. Und selbst wenn er sich entschuldigen wollte … Sie war noch lange nicht bereit, ihm zuzuhören oder ihm gar zu vergeben. Wenn sie es überhaupt jemals wäre.

Mit dem Betrug von Karsten und ihrer Lieblingskollegin hatte ihr Herz einen gehörigen Knacks abbekommen. Dann hatte sie Henning getroffen, und all ihre emotionale Kraft darauf verwendet, endlich zu heilen. Instinktiv hatte sie gewusst: Vertraute sie ihm nicht, gäbe es für ihre Beziehung von Anfang an keine Chance.

Und nun? Kaum hatte sie geglaubt, die Wunde hätte sich endlich geschlossen und sie könnte wieder uneingeschränkt Vertrauen zu anderen fassen, da stieß die hässliche Fratze des Verrats erneut ein Messer in ihr Herz, dieses Mal allerdings nicht hinterrücks, sondern Auge in Auge.

Miri zwang sich, das Klingeln zu ignorieren und auf dem Sofa sitzen zu bleiben, was ihr unerwartet schwerfiel. Obschon sie keinesfalls auf Henning treffen wollte, wäre sie dennoch beinahe aufgesprungen, um nachzusehen, wer vor der Tür stand. *Verdammte Neugier*, schoss es ihr durch den Kopf. Sogar in ihrem desolaten Zustand quälte sie der Gedanke, etwas Wichtiges zu verpassen. Noch einmal läutete die Türglocke. Miri krallte die Finger in die Polster. Hier saß sie und hier würde sie sitzen bleiben. Noch ein drittes Mal klingelte es, dann blieb es zum Glück still. Miri atmete auf.

Ihr Magen knurrte vernehmlich. Vielleicht war es an der Zeit, endlich etwas zu essen. Den Tee hatte sie gut vertragen, und seit der letzten Übelkeitsattacke waren diverse Stunden vergangen. Sie legte eine Hand auf ihren Bauch und lauschte in sich hinein: Da war kein Grummeln mehr und auch kein Druckgefühl.

Gut, entschied sie. Dann also eine zerdrückte Banane mit einer Handvoll Haferflocken, ganz so, wie es ihre beste Freundin angeordnet hatte.

Das Ergebnis wirkte wenig einladend. Miri warf dem bräunlichen Matsch einen argwöhnischen Blick zu, ehe sie mit Todesverachtung den ersten Löffel zum Mund führte. Der Brei schmeckte, wie er aussah. Die Haferflocken neutralisierten die

Süße der Banane, und übrig blieb ein Geschmack nach Nichts und das Gefühl, eine Art Fensterkitt von leicht schleimiger Konsistenz hinunterzuschlucken. Dennoch fühlte sie sich mit jedem Bissen besser. Obwohl eigentlich von Bissen keine Rede sein konnte, zu kauen gab es ja nichts, die Matsche ließ sich allemal am Gaumen zerdrücken.

Es dauerte nicht lange, bis Miri den Teller geleert hatte. Anschließend räumte sie das Geschirr in die Spülmaschine, kochte sich eine weitere Tasse Tee und ließ sich wieder vor dem Fernseher nieder. Das Programm war in der Zwischenzeit nicht besser geworden. Sie zappte sich durch die zahlreichen Sender. Mal blieb sie ein paar Minuten an einer Reportage hängen, mal an irgendeiner hanebüchenen Doku-Soap, die bei ihr Kopfschütteln auslöste.

So vergingen der Nachmittag und der frühe Abend, bis endlich Katja im Türrahmen stand. Mit ihr kehrte das Leben in die Wohnung zurück. Wie ein Wirbelwind fegte sie durch den Wohnraum, packte ihre Einkaufe aus, räumte hier etwas zur Seite und klopfte dort ein Kissen auf, während sie Miri vom Sofa hochscheuchte und anwies, frische Luft einzulassen.

Als Katja endlich zufrieden war mit dem Ergebnis ihrer Aufräumaktion, ließ sie sich aufs Sofa sinken und klopfte auf den Platz neben sich.

»Komm, setz dich zu mir!«, forderte sie Miri auf. »Erzähl mal, wie dein Tag verlaufen ist. Und wie es dir gerade geht. Hast du was gegessen? Und genug getrunken?« Sie klang wie eine dieser überbesorgten Mütter, die Miri manchmal auf Spielplätzen beobachtete. *Nein, Torben, nicht so hoch klettern, du könntest runterfallen. Nein, Lillibeth, nicht so schnell drehen, sonst kannst du dich nicht mehr festhalten. Nein, Lasse, du kannst nicht mit den Großen Fußball spielen. Stell dir vor, du kriegst den Ball an den Kopf.* Solche und ähnliche Sätze waberten durch ihr Hirn. Ein Schmunzeln stahl sich auf ihre Lippen.

»Warum grinst du?«, wollte Katja wissen.

»Du hörst dich gerade ein bisschen wie eine Glucke an, die um ihre Küken herumrennt, um sie zusammenzuhalten. Pock, Pock, Pock.«

»Tss!« Katja schüttelte den Kopf. »So dankst du mir also, dass ich mich um dich kümmere und dass ich für dich einkaufen war, damit du den ganzen Tag auf dem Sofa herumgammeln kannst. Tss«, wiederholte sie noch einmal.

»Die Welt ist ungerecht.« Miri kicherte.

»Na, immerhin entlockt dir meine Fürsorge ein Lachen.«

In diesem Augenblick klingelte es an der Wohnungstür.

»Oh nein. Nicht schon wieder«, entfuhr es Miri.

»Schon wieder?« Katja warf ihr einen fragenden Blick zu.

»Heute Nachmittag hat es schon drei Mal geklingelt.«

»Und du hast nicht aufgemacht?«

»Nein!« Frustriert presste Miri die Lippen aufeinander. Sie nahm es Henning übel, dass er sich erneut in ihre Gedanken drängte. Ausgerechnet jetzt, da sie sich mit ihrer besten Freundin an der Seite etwas besser fühlte und sogar einmal etwas länger als nur wenige Minuten nicht an ihn hatte denken müssen.

Es klingelte erneut.

»Meinst du, das ist Henning?«, fragte Katja leise. Ein mitfühlender Unterton lag in ihrer Stimme.

Miri nickte stumm.

»Soll ich gehen?« Katja wies mit dem Finger in Richtung Wohnungstür.

Miri nickte erneut, ehe sie antwortete: »Aber lass ihn nicht rein. Sag ihm einfach, er soll mich in Ruhe lassen.«

Katja erhob sich, verließ den Raum und trat in den Flur. Auch Miri sprang auf. Sie folgte Katja bis zur Zimmertür, stieß diese einen Spalt auf und hielt das Ohr an die schmale Öffnung.

»Hallo, Henning«, erklang Katjas Stimme.

»Ich muss mit Miri reden.« Er musste sehr aufgewühlt sein, denn er sprach mit ungewöhnlich hoher Stimme.

»Tut mir leid, aber es ist gerade kein guter Zeitpunkt.«

»Bitte. Es ist wichtig. Ich verstehe immer noch nicht richtig, was genau passiert ist. Warum will sie denn nicht mit mir sprechen?« Er klang tatsächlich verzweifelt.

Unwirsch schüttelte Miri den Kopf. Was fiel ihm ein? Wenn hier jemand das Recht hatte, verzweifelt zu sein, dann doch wohl sie.

»Es ist nicht an mir, das mit dir zu bereden«, wies Katja seine Bitte ab. »Das kann sie nur selbst tun. Aber nicht heute. Es geht ihr nicht gut, nicht nur seelisch, auch körperlich. Am besten gibst du Miri ein paar Tage und lässt sie so lange in Ruhe. Ich verspreche dir, ich werde mit ihr reden und sie dazu bringen, dass sie sich mit dir ausspricht. Aber weder heute noch morgen. Vielleicht ist sie übermorgen so weit. Aber nur, wenn du bis dahin nicht mehr klingelst, anrufst oder ihr Nachrichten schickst. Dann kriegt sie niemals einen klaren Kopf.«

Henning murmelte etwas, das Miri nicht verstand, und auch Katjas Antwort fiel derart gedämpft aus, dass sie nicht zu Miri durchdrang. Dann fiel die Tür ins Schloss. Sofort riss Miri die Zimmertür auf.

»Was habt ihr am Schluss geflüstert?«, fragte sie unfreundlich.

»Nichts Wichtiges.« Katja musterte Miri mit einem Blick, der zu sagen schien: Jetzt komm mal runter! Sie sprach es aber nicht aus.

»Fängst du jetzt auch an, dich gegen mich zu wenden?«, fragte Miri zickig.

»Glaubst du das wirklich? Oder übertreibst du vielleicht gerade mal wieder ein wenig?« Ein mildes Lächeln lag auf Katjas Gesicht, als sie mit schräg gelegtem Kopf dicht vor Miri trat und ihr die Hände auf die Schultern legte. »Wenn du es genau wissen willst: Ich habe ihn gefragt, wie es ihm mit der Situation geht. Er wirkte nämlich keineswegs glücklich und zufrieden auf mich.«

»Ach, und hat er rumgejammert?« Miri war noch nicht bereit, aus ihrer kindischen Haltung herauszukommen, obschon sie genau wusste, wie albern sie sich gerade benahm.

»Wenn du dich ein bisschen entspannst, erzähle ich es dir vielleicht später.« Ohne ein weiteres Wort wandte Katja sich ab. »Jetzt mach ich dir erst mal etwas zu essen. Vielleicht hilft was Warmes dabei, dass dir wieder einfällt, auf wessen Seite ich stehe. So lange kannst du auf dem Sofa noch vor dich hin schmollen.«

Heiße Scham fuhr in Miris Glieder. Verdammter Sprottenschiet! Warum schoss sie nur immer wieder übers Ziel hinaus? Natürlich stand Katja auf ihrer Seite, und natürlich wusste Miri das ganz genau. Aber es war eben verdammt schwer mitzuerleben, dass sie sich Henning gegenüber halbwegs neutral verhielt.

Miri hätte es eindeutig lieber gesehen, wenn Katja ihn angebrüllt und beschimpft hätte, statt sich freundlich nach seinem Befinden zu erkundigen. Aber so etwas würde ihre beste Freundin niemals tun, nicht solange Hennings Schuld unbewiesen war. Dafür sorgte ihr ausgeprägter Gerechtigkeitssinn.

Miri seufzte leise, ehe sie sich auf das Sofa fallen ließ. Einen Moment lang beobachtete sie ihre beste Freundin, wie sie routiniert einen Topf mit Reis aufsetzte, Karotten schälte und in eine Pfanne gleiten ließ. Dann fasste sie sich ein Herz.

»Du, Katja«, sagte sie leise.

»Hm?«, erwiderte diese.

»Es tut mir leid!« Miris Stimme war kaum mehr als ein Flüstern.

»Das weiß ich doch, Hase.« Ein liebevolles Lächeln lag auf Katjas Zügen, als sie sich kurz umwandte und Miri zuwinkte.

Nach dem Essen räumte Katja die Küche auf, ehe sie den Fernseher einschaltete und sich neben Miri auf das Sofa plumpsen ließ. An diesem Abend sprachen sie nicht mehr sehr viel. Es war auch nicht nötig. Die Anwesenheit ihrer besten Freundin reichte aus, um ein wenig Ruhe in Miris Geist einkehren zu lassen. Und auch ihr Magen schien sich beruhigt zu haben.

Als Miri am nächsten Morgen erwachte, fühlte sie sich besser. Zwar ließen sich die quälenden Gedanken an Hennings Verrat und Schlicks miese Pläne nicht ausschalten, aber anders als am Vortag schien Ablenkung zu helfen. Zumindest gelang es ihr in Ruhe, eine Tasse Pfefferminztee zu trinken und dabei auf ihrem Handy durch die Neuigkeiten des Tages zu stöbern.

Sie beschloss, nicht länger zu Hause zu bleiben. Katja würde zwar kein Wort darüber verlieren, wie viel es ihr abverlangte, das Bücherschiff den ganzen Tag allein betreuen zu müssen, aber

Miri wusste aus Erfahrung, wie anstrengend es werden konnte und wie hilflos man sich allein fühlte, wenn ein ganzer Schwung Kunden gleichzeitig den Salon enterte. Dabei alles im Blick zu behalten und jedem Kunden die ihm gebührende Aufmerksamkeit zukommen zu lassen, hatte sich bei den wenigen Malen, in denen Miri auf sich allein gestellt gewesen war, als ausgesprochen herausfordernd erwiesen.

Sie sprang auf, öffnete ihren Kleiderschrank, zog ihre schwarze Lieblingsjeans hervor und ein rotes Sweatshirt mit hohem Kragen und Kängurutaschen, das zum Hineinkuscheln einlud. Mit den Klamotten unter dem Arm tapste sie barfuß ins Badezimmer. Nach einer schnellen Dusche schlüpfte sie in das Outfit und beeilte sich, das Haus zu verlassen. Für ein Frühstück nahm sie sich keine Zeit, sie war ohnehin schon spät dran.

»Was machst du denn hier?«, fragte Katja mit gerunzelter Stirn. Sie sortierte gerade einen Stapel frischgelieferter Bücher in die Kinderbuchregale, als Miri die rote Eingangstür hinter sich schloss.

»Arbeiten. Was sonst?« Miri lächelte. »Es geht mir gut. Keine Magenprobleme in der Nacht und auch nicht heute Morgen.«

»Okay.« Katja wirkte skeptisch, äußerte ihre Zweifel aber nicht. »Dann lass uns sehen, wie du den Tag überstehst.«

»Das wird schon«, konstatierte Miri zuversichtlich.

Ganz so einfach gestaltete es sich dann allerdings doch nicht. Irgendwann machte sich ihr verpasstes Frühstück durch Kopfschmerzen und ein lautstarkes Grummeln in der Magengegend bemerkbar. Eine Weile ignorierte Miri den Hunger, doch als die Kopfschmerzen stärker wurden, schlüpfte sie zwischen zwei Kundenberatungen schnell in die Küche, kramte aus ihren Notfallbeständen eine Scheibe Toastbrot hervor und bestrich diese mit Marmelade. Dazu goss sie sich eine Tasse Kaffee ein, ehe sie das trockene Brot verspeiste. Tatsächlich half die kleine Mahlzeit. Mit jedem Bissen und jedem Schluck aus der Kaffeetasse ließen die Kopfschmerzen und das Ziehen in Miris Bauch nach.

Halbwegs gesättigt und einigermaßen zufrieden kehrte sie in den Verkaufsraum zurück. Das ließ sich doch gar nicht so schlecht an.

Zehn Minuten später erreichte sie gerade noch rechtzeitig die Toilette, ehe sie das Frühstück erbrach. Dennoch ging es ihr weniger mies als am Vortag. Sie spülte sich den Mund aus, trank einen Schluck Wasser und kehrte halbwegs fit zurück in den Salon.

Der Tag verging schneller, als sie es erwartet hatte. Am Nachmittag stattete Frau Tietgen dem »Kleinen Bücherschiff« ihren obligatorischen Besuch ab. Wie immer richtete sie es sich in der Schaukelstuhlecke gemütlich ein. Sie suchte sich ein Buch aus, und als sie Platz genommen hatte, brachte Miri ihr ein Glas Mineralwasser und ließ sich neben ihr zu Boden gleiten.

»Reicht Ihnen das Wasser? Oder möchten Sie lieber einen Kaffee?«, fragte sie.

»Meine liebe Frau Cornelis, es ist gut so. Vielen Dank!« Frau Tietgen musterte Miri mit schräg gelegtem Kopf. »Ich hörte, sie waren erkrankt?«

»Nur ein bisschen Magenprobleme«, wiegelte Miri ab.

»Na, ganz so harmlos scheint es nicht zu sein. Sie sind immer noch recht blass. Wie geht es Ihnen nun wirklich?« Die alte Dame ließ sich nicht so leicht abwimmeln.

»Na ja …«, antwortete Miri zögerlich, während sie nachdachte. Sollte sie von Hennings Verrat berichten? Vielleicht täte es ihr gut, auch einmal mit jemand anderem als Katja darüber zu sprechen. Eine Frau in Frau Tietgens Alter verfügte sicherlich über reichlich Lebenserfahrung. Ob und wie bewandert sie allerdings in Liebesdingen war, vermochte Miri nicht einzuschätzen. Soviel sie wusste, lebte Frau Tietgen allein, und sie war auch nie verheiratet gewesen. Womöglich zöge sie ihre Kenntnisse lediglich aus den zahlreichen romantischen Romanen, die sie alltäglich verschlang. Dann führte ihre Beratung vielleicht nur zu noch mehr Chaos, statt zu helfen.

»Ja?«, hakte Frau Tietgen nach.

Miri traf eine Entscheidung. »Nein, nein, alles ist bestens.« Beruhigend legte sie die Hand auf Frau Tietgens Unterarm. »Ich bin vielleicht noch ein wenig wackelig auf den Beinen. Das ist ja auch kein Wunder, wenn der Körper sich über einen längeren Zeitraum schwertut, das Essen drinzubehalten. Aber jetzt geht es schon wieder besser.«

Die rote Tür schwang auf, und ein junges Pärchen betrat den Salon. »Ich muss wieder. Da kommt Kundschaft.« Miri erhob sich. »Sagen Sie Bescheid, wenn Sie noch etwas brauchen.« Sie lächelte der alten Dame zu, dann wandte sie sich ab und trat zu den Neuankömmlingen.

Gegen 20:00 Uhr verließen Miri und Katja »Das kleine Bücherschiff«. Miri klappte die Gangway ein und sicherte sie mit dem neuen Vorhängeschloss, das Katja wenige Tage zuvor gekauft hatten. Harald Schlick sollte nicht noch einmal das Schiff ohne Erlaubnis betreten können. Bei dem Gedanken an den Vermieter entfuhr ihr ein Seufzen.

»Was ist los?«, fragte Katja.

»Ach. Ich weiß nicht. Ich musste gerade an dieses Frettchen von Vermieter denken.«

»Eigentlich sieht er nicht aus wie ein Frettchen, eher wie eine Bulldogge.« Katja grinste. »Obwohl es das auch nicht wirklich trifft. Er hat so etwas Verschlagenes und Klebriges an sich, eine Mischung aus bösem Wolf und schleimiger Kröte.«

Miri schmunzelte. »Das Bild gefällt mir.«

»Und mir gefällt, dass du wieder lächeln kannst.«

»Was bleibt mir anderes übrig? Den Kopf in den Sand zu stecken, nutzt ja nichts. Wenn wir unser Bücherschiff behalten wollen, bleibt uns nur zu kämpfen.«

»Fühlst du dich stark genug?«, fragte Katja.

»Hey, wer nicht wagt, der nicht gewinnt. Oder wie meine Oma immer sagte: Wer den Schaden hat, der macht die Musik.«

»Hm?« Mit gerunzelter Stirn sah Katja Miri an. »Hat dieses Sprichwort irgendeinen Sinn?«

»Ich finde schon. Auf uns passt es doch prima. Schlick versucht uns zu schaden, und statt uns das gefallen zu lassen, geigen wir ihm eins.«

»Eijeijei! Das tut schon fast weh. Zumal wir im Grunde noch keine richtige Idee haben, außer mit ihm zu sprechen, in der Hoffnung ihn umzustimmen, wenn er begreift, dass wir seinen Plan durchschaut haben.« Katja zog die Luft durch die Zähne. »Aber egal, ich bin froh, dass dein Galgenhumor zurück ist. Was macht eigentlich dein Magen?«

»Es geht so. Seit heute Morgen habe ich mich nicht mehr übergeben, und das Rosinenbrötchen, das ich heute Nachmittag gegessen habe, ist auch dringeblieben. Mir ist nur die ganze Zeit latent übel, aber insgesamt ist es gut auszuhalten.«

»Dann hoffen wir mal, dass auch das noch weggeht.« Katja wandte sich zum Gehen. »Kommst du heute Abend ohne mich klar?«

Miri nickte. »Ich hoffe nur, Henning lässt mich heute in Ruhe.« Sie seufzte. »Ich will ihn einfach nicht sehen. Weißt du, ich bin heilfroh, dass die Sache mit uns noch nicht allzu lange geht. Es tut selbst nach dieser kurzen Zeit verdammt weh. Wie hätte es sich erst angefühlt, wenn wir länger zusammen gewesen wären?« Sie seufzte erneut. »Ich wüsste wirklich gerne, was in diesem Mann vorgeht.«

»Wenn du das herausfinden willst, wirst du mit ihm sprechen müssen«, sagte Katja.

Miri schüttelte vehement den Kopf. »Nicht heute. Und auch nicht morgen.« Sie unterbrach sich. »Aber irgendwann werde ich ihm die Meinung sagen, darauf kannst du deinen Hintern verwetten.«

Katja sah an sich hinunter. »Ein Stück davon gebe ich gern.«

»Ich weiß.« Miri schnaufte resigniert. Aber sie erwiderte nichts. Um nun auch noch mit Katja über deren schwierige Beziehung zum eigenen Körper zu diskutieren, fehlte ihr die Kraft. Stattdessen drückte sie ihr einen Kuss auf die Wange. »Komm lass uns heimgehen.«

Nebeneinander stiegen sie den Hang zur Elbchaussee hinauf, wo sich ihre Wege trennten. »Wir sehen uns morgen in aller Frische«, verabschiedete sich Katja.

Miri nickte. »Bis morgen«, sagte sie, ehe sie ihren Weg allein fortsetzte.

Kapitel 16
Gesundheitliche Schwankungen

In den folgenden Tagen schwankte Miris Gesundheit beständig. Mal verspürte sie nur ein leichtes Unwohlsein, mal vertrug sie eine Mahlzeit nicht und musste diese wieder von sich geben. Wobei sie nicht mit Sicherheit sagen konnte, welche Lebensmittel keine und welche viele Probleme verursachten. Je nach Tagesform konnte sie einen Zimtmuffin genießen, während am nächsten Tag schon der Geruch von Zimt und Kardamom diesen unangenehmen Speichelfluss in Gang setzte, der Erbrechen oftmals vorausgeht. Wenn sie dann nicht schnell den Raum verließ, trieb es sie unweigerlich zur nächsten Toilettenschüssel.

Frische Luft half ein wenig. Tagsüber setzte sie sich regelmäßig für eine Weile an Deck des »Kleinen Bücherschiffs«, bis ihr Magen sich wieder beruhigt hatte. Und an den Abenden ging sie spazieren. Die Hoffnung, sich zwischendurch auf den Balkon zu setzen, hatte sie schnell aufgegeben. Dort stieß sie nur immer wieder auf Henning, der ihr regelrecht aufzulauern schien. Die Nachrichten, die er ihr täglich schrieb oder auf Band sprach, löschte Miri allesamt, ohne sie vorher gelesen oder angehört zu haben. Es gab nichts, was sie von ihm hören wollte.

So ein Mist!, ging es ihr durch den Kopf. Ihre Situation war wirklich zum Kotzen. Hatte sie die Tatsache, unmittelbar neben Henning zu wohnen und sich sogar den Balkon teilen zu müssen, bisher als Glücksgriff angesehen, so wurde ihr nun klar, dass sie – wollte sie nicht umziehen – dauerhaft neben ihrem Ex würde wohnen müssen. Kein Wunder, dass ihr Magen darauf mit Streik reagierte.

Doch nach und nach ging es aufwärts, und als sich einige Tage später Miris Zustand stabilisiert hatte, lud sie für den Abend Katja und die Nachbarsclique in ihre kleine Wohnung zu einem Glas Wein ein. Zuvor hatte sie Katja gebeten, Tim, Liz, Pablo und Anne über ihre Trennung von Henning zu informieren und sie darauf einzuschwören, Hennings Verrat bei ihrem Treffen auszusparen. Wenn die Clique erst einmal loslegte, darüber zu diskutieren wer, wie, wann und warum, ließe sich der Niedergang des Abends nicht mehr aufhalten. Da war sich Miri sicher.

Ohnehin würden sie sich spätestens am nächsten Tag auf die Sache stürzen. Sie konnten gar nicht anders. Bei dem Gedanken, wie schwer es den Nachbarn fallen würde, das Thema auszulassen, musste Miri schmunzeln.

Halbwegs gut gelaunt, richtete sie die Leckereien für den Abend her: Oliven, Kräcker, hauchdünne italienische Salami- und Schinkenscheiben, verschiedene Käsesorten und Datteln. Außerdem warteten mehrere Flaschen Chianti und Grauburgunder darauf, geköpft zu werden.

Gegen 20:00 Uhr trudelte zuerst Katja ein, dicht gefolgt von Tim und Liz und nur wenig später Pablo und Anne. Sofort entspann sich ein fröhliches Gespräch, derweil sie versuchten, zu sechst auf Miris Dreiersofa Platz zu finden.

»Prost! Auf uns.« Tim schob sich nach vorn und hielt sein Glas in die Mitte, damit sie miteinander anstoßen konnten.

»Nicht über Kreuz«, rief Anne alarmiert und zog ihr Glas ein Stück zurück.

»Bist du abergläubisch?« Miri staunte nicht schlecht. Ausgerechnet die pragmatische Anne sollte an einen solchen Unfug glauben?

»Sagen wir mal so: Es kann nicht schaden, auf solche Kleinigkeiten zu achten«, antwortete Anne mit einem Achselzucken.

»Was passiert denn, wenn man überkreuzt anstößt?«, wollte Tim wissen.

Anne stutzte. »Ähm ...«, entfuhr es ihr. »Also, ehrlich gesagt, ich habe keine Ahnung.« Sie brach in Lachen aus. »Tatsächlich. Da achte ich seit Jahren darauf, nicht über Kreuz anzustoßen, und ich habe nicht die geringste Ahnung, wozu eigentlich. Das darf doch nicht wahr sein.«

Die anderen fielen in ihr Gelächter ein. Nur Pablo starrte auf sein Smartphone. Nach einer Weile meldete er sich zu Wort. »Hier steht, dass es Unglück bringt, aber nicht warum. Übrigens stellen die Italiener aus dem gleichen Grund ihr Glas nach dem Zuprosten noch einmal kurz auf dem Tisch ab.«

»Da kenne ich auch viele Biertrinker hierzulande, die das machen«, sagte Liz.

»Und beim Anstoßen immer in die Augen gucken«, fügte Katja hinzu. »Sonst gibt es sieben Jahre schlechten Sex. Wobei ich eher annehme, dass es sich bei dem Spruch eher um eine neuzeitliche Erfindung handelt, als dass er seinen Ursprung in gewachsenem Aberglauben hat.«

»Also gut!« Miri hob ihr Glas. »Lasst uns endlich anstoßen.«

»Hey«, unterbrach dieses Mal Katja den Versuch, einander zuzuprosten. Sie zeigte auf Tim. »In die Augen gucken! Das gilt auch für dich. Die Augen sind dort oben«, sie wies mit Zeige- und Mittelfinger auf Miris Augenpartie.

Doch Tim rührte sich nicht. Mit gerunzelter Stirn hielt er die Blickrichtung bei. Nun fiel es auch Miri auf. Tims Blick klebte regelrecht an der hellblauen Karobluse, die sie trug, und zwar exakt auf Höhe ihres Busens.

Was gab es denn dort zu sehen? Sie sah selbst auf ihr Dekolleté hinab, konnte dort aber nichts Außergewöhnliches entdecken.

»Ach, du Scheiße!«, erklang es in diesem Augenblick. Erschrocken sah Miri auf. Katja war aufgesprungen und hechtete nun geradewegs auf Miri zu, um ihr keinen Atemzug später das Weinglas aus der Hand zu reißen.

»Hey!«, beschwerte sich Miri. »Was soll das? Ich wollte gerade trinken. Beinahe hättest du mir alles über die Bluse geschüttet.« Sie setzte sich kerzengerade hin und strich über den weichen Stoff. »Ich mag dieses Teil. Wenn du mir da Rotwein draufkleckerst, gibt's Ärger.«

»Vergiss es. Der Rotwein kommt heute nicht mal mehr in die Nähe deiner Klamotten. Und der Weißwein auch nicht. Ab sofort gibt es für dich keinen Tropfen Alkohol mehr. Wo kämen wir denn da hin?«

»Du spinnst wohl. Ich lasse mir doch nicht vorschreiben, was ich trinke. So schlimm ist es mit dem Magen nun auch nicht.«

»Vergiss das mit dem Magen.« Katja klang ziemlich aufgewühlt. »Wirf lieber mal einen Blick in den Spiegel auf deinen Atombusen.«

»Ich habe keinen Atombusen«, erwiderte Miri empört. Sie mochte ihr C-Körbchen. Es war nicht zu klein und nicht zu groß. Unter einem Atombusen verstand sie die unnatürlich aufgepumpten Brüste mancher C-Promi-Frauen, denen es nur dank ihrer übertriebenen sexuellen Reize gelang, wenigstens ins Dschungelcamp eingeladen zu werden.

»Na, guck doch mal genauer hin. Für deine Verhältnisse ist da ordentlich was los. Deine Brüste wirken regelrecht aufgepumpt.« Katja legte eine dramatische Pause ein, während sie mit dem Finger vor Miris Brust herumwedelte. Ob sie die Pause wirklich aus dramaturgischen Gründen machte oder weil sie tatsächlich kurz sprachlos war, vermochte Miri nicht zu sagen.

»Falls du es immer noch nicht begriffen hast, dann erkläre ich es dir eben.« Katja holte hörbar Luft, als sie fortfuhr. »Wenn die Brüste plötzlich wachsen, ist das ein untrügliches Zeichen, dass in deinem Körper noch etwas anderes wächst. Kein Wunder, dass dir andauernd schlecht ist. Und hast du nicht auch was von Ziehen in der Brust gesagt?«

»Mit Sicherheit nicht. So ein Quatsch. Wenn überhaupt, habe ich von Blähungen gesprochen. Dabei bläst sich dann aber ganz was anderes auf als der Busen. Du spinnst doch«, erklärte Miri im Brustton der Überzeugung.

»Von wegen Quatsch. Guck mal, du kriegst auch schon ein Bäuchlein.«

»Ja, einen Blähbauch. Das sagte ich gerade.« Miri verdrehte die Augen. Jetzt war es aber langsam gut. Natürlich war sie nicht schwanger. Wenn es so wäre, dann wüsste sie es doch wohl am besten.

»Himmel!« Katja stöhnte vernehmlich. »Manchmal bist du furchtbar begriffsstutzig. Die Indizien sprechen eine deutliche Sprache. Du bist schwanger!«

Miri wollte etwas erwidern, doch in diesem Augenblick meldete sich Pablo zu Wort. »Und wer ist der Vater?«

»Bitte?« Mit einem Stöhnen ließ sich Miri gegen die Rückenlehne des Sofas sinken.

»Großartig.« Liz klang ganz aufgeregt. »Wir kriegen ein Baby.«

»Wir?« Die Grimasse, die Anne zog, sprach Bände. Sie schien zu befürchten, Liz könnte den Verstand verloren haben.

»Äh …« Eigentlich wollte Miri dem Gerede ein Ende bereiten, doch mehr als ein Ächzen brachte sie nicht heraus. Ihre Gedanken rasten. Sie sollte schwanger sein? Ausgerechnet sie? Das war doch ausgemachter Unsinn. Gut, sie nahm keine Pille. Aber so viel Stress wie sie in der letzten Zeit gehabt hatte, war ihr Körper doch nie und nimmer auf Befruchtung gepolt.

Verdammter Mist!, fluchte sie innerlich. Sie legte die Fingerspitzen an den Kopf und massierte ihre Schläfen. Es fiel ihr schwer, klar zu denken. War sie wahrhaftig schwanger? Stimmte Katjas Vermutung womöglich?

»Wann hattest du deine letzte Periode?«, drang Tims Stimme in Miris Gedankenkarussell.

Irritiert sah sie auf. Eine solch vernünftige Frage hätte sie Tim gar nicht zugetraut.

»Hm?« Sie zögerte. Tatsächlich hatte sie keine Ahnung. »Ist eine Weile her«, murmelte sie schließlich. Hatte sie überhaupt schon einmal ihre Tage gehabt, seit sie in Hamburg wohnte? Sie erinnerte sich nicht.

»Wie – um alles in der Welt – konnte dir das entgehen?« Der Blick, den Katja Miri zuwarf, sprach aus, was alle im Raum zu denken schienen: Wie dämlich konnte sich eine einzelne Frau eigentlich anstellen?

Wie zum Schutz zog Miri die Schultern hoch. »Weil das bei

mir ganz normal ist. Sobald ich etwas Stress habe, setzt die Menstruation aus. Seitdem ich Karsten mit Sabine in meinem Bett erwischt habe, kam kein Blut mehr, und ich schätze die ganze Arbeit und der Stress der letzten Zeit haben dann das Ihre dazu beigetragen, dass es so blieb.« Sie ließ den Blick über ihre Freunde schweifen. Liz, Anne und Katja musterten sie skeptisch. Die Männer in der Runde saßen hingegen mit erstarrter Miene da und wirkten ein wenig blass um die Nase – vor allem Tim. Warum reagierten manche Männer nur regelrecht panisch, wenn von Menstruationsblut die Rede war? Miri schüttelte den Kopf.

»Mal ehrlich. Den Stress könnt ihr doch nicht leugnen. Erst der Umzug aus Stade, dann der letzte Schliff und die Einrichtung unseres ›Kleinen Bücherschiffs‹. Danach der Umzug hierher und die Sache mit Henning. Ist es da vielleicht ein Wunder, wenn der Körper auf Sparflamme schaltet?« Noch einmal warf Miri einen Blick in die Runde. Als niemand Anstalten machte, ihr zu antworten, fuhr sie fort: »Meine Gynäkologin in Stade meinte auch, es sei nicht ungewöhnlich, dass der Körper bei Stress an anderer Stelle zurückfährt. Solange ich eine Schwangerschaft ausschließen könne, sei alles okay.«

»Aha. Und du kannst eine Schwangerschaft ausschließen?« Katjas ironische Antwort klang ein wenig gehetzt. Miri kannte diesen Tonfall. Ihre beste Freundin hielt sich gerade mit aller Kraft zurück. Statt loszuschreien, zerbiss sie sich beinahe die Unterlippe.

»Und? Hast du einen Test gemacht?«, unterbrach Anne den Augenblick der Stille.

Miri schüttelte den Kopf. »Nein«, antwortete sie.

Katja stieß einen Stoßseufzer aus. »Na klasse. Herzlichen

Glückwunsch! Ich bin gespannt, was Karsten dazu sagt, dass er bald Vater wird.«

»Oh Gott«, Miri stöhnte auf. »Ich bin nicht schwanger und schon gar nicht von Karsten.« Sie schlug die Hände über dem Kopf zusammen. »Nein! Nein! Ihr liegt falsch. Ich bin mit absoluter Sicherheit nicht schwanger.« Die Vorstellung, ein Kind zu erwarten, reichte völlig aus, um sie in Angst und Schrecken zu versetzen. Dass aber ausgerechnet der untreue Urologe der Vater dieses ungeborenen Lebens sein sollte … Nein! Miri verbot sich, diesen Gedanken zu Ende zu denken. Andernfalls würde ihr augenblicklich wieder übel werden.

Liz hob die Hand, um sich zu Wort zu melden. »Möglicherweise kann ich für Klarheit sorgen. Ich hätte oben noch einen einfachen Test. Wenn du möchtest, springe ich schnell hoch und hole ihn. Dann musst du nur kurz draufpinkeln, und ein paar Minuten später hast du Gewissheit.«

Miri zögerte einen Augenblick. Fühlte sie sich für eine solche Nachricht schon bereit? In ihrem Magen rumorte es von Minute zu Minute mehr. Ihre Gedanken kreisten. Sie dachte an Karstens Betrug und die kribbelnde Verliebtheit, die sie für Henning empfunden hatte, ehe sie seinen Verrat entdeckt hatte. Sie dachte an Finn, der ihr ans Herz gewachsen war und den sie in der Zukunft als Stiefsohn und festen Bestandteil ihres Lebens gesehen hatte. Und was würde aus ihrer Arbeit auf der Barkasse werden? Sie als alleinerziehende Mutter? Miri schüttelte den Kopf. Nein, bereit zu sein, sah anders aus.

Miri öffnete den Mund, um Liz' Angebot abzulehnen, doch Katja kam ihr zuvor. »Ja, danke Liz, das wäre wirklich hilfreich.«

»Hey!« Miri blieb die Luft weg. Eigentlich wollte sie Katja

widersprechen, aber mehr als das eine Wort brachte sie nicht heraus. Sie zitterte vor Empörung. »So'n Sprottenschiet! Was fällt dir ein?«, entrang sie sich schließlich, nachdem Liz' Schritte auf der Treppe längst verklungen waren.

Katja reagierte nicht auf Miris Frage, und als Liz eine Minute später zurückkehrte, schnappte sie ihr das Alupäckchen aus der Hand, zog Miri hoch und befahl ihr herrisch: »Ab ins Bad. Jetzt wird getestet.«

Seufzend ergab sich Miri in ihr Schicksal. Wenn ihre beste Freundin dieser Stimmung war, ließ man sie sinnvollerweise gewähren. Und vielleicht war es ja besser so. Irgendwann würde sie sich der Sache ohnehin stellen müssen.

»Gib schon her das Ding!« Miri ließ sich mit heruntergelassener Jeans auf die Klobrille plumpsen, während sie die Hand nach dem Test ausstreckte. »Damit ich dir beweisen kann, dass alles nur falscher Alarm ist.«

»Ausnahmen bestätigen die Regel.« Katja entfuhr ein leises Kichern. »Hey, der Spruch klingt wie für heute gemacht. Du verstehst schon: Keine Regel gekriegt wegen der Ausnahme. Statt Stress ein bisschen schwanger.«

»Du solltest unbedingt zur Comedienne umschulen.« Miri bedachte Katja mit ihrem schönsten falschen Lächeln, ehe sie den Kunststoffstick so zwischen ihre Beine schob, dass der Urin die Spitze mit dem Teststreifen benetzte. »Erledigt!« Sie hielt ihrer besten Freundin das Testkit entgegen. »Ablesen darfst du. Du würdest mir eh nicht glauben, wenn ich dir sage, dass das Ding negativ anzeigt.«

»Igitt!« Katja sprang ein Stück zurück. »Du hast da gerade draufgepinkelt, das nehme ich doch jetzt nicht in die Hand.«

»Du wolltest es so. Nun musst du auch mit den Konsequenzen leben.« Miri konnte sich ein hämisches Grinsen nicht verkneifen. »Na los, nun nimm schon.«

Zögerlich rückte Katja ein paar Zentimeter vorwärts. Der Ausdruck, der auf ihrem Gesicht lag – eine Mischung aus Abscheu und Misstrauen –, hätte Miri beinahe auflachen lassen. Fast war sie versucht, das Teststäbchen wie einen Dolch nach vorn zu stoßen, um Katja dabei zuzusehen, wie sie in Panik zurückspränge. Aber das wäre vielleicht doch zu gemein. Immerhin reichte der Gedanke, um Miri ein Schmunzeln zu entlocken und sie ein wenig von der unmöglichen Situation abzulenken, in der sie sich gerade befand. Wobei sie nicht das erste Mal vor ihrer besten Freundin auf dem Klo saß. Nur die Sache mit dem Schwangerschaftstest war neu.

»Warum grinst du so?«, fragte Katja.

Miri seufzte. »Nenn es Galgenhumor.« Sie legte den Test auf den Rand des Waschbeckens, zog sich an und betätigte die Spülung.

Nun hieß es warten. Fünf Minuten. Dreihundert Sekunden. Dreihundert Sekunden, die an manchen Tagen kaum einen Wimpernschlag im Gefüge der Ewigkeit bedeuteten. Ein anderes Mal jedoch dauerten dreihundert Sekunden fast ein ganzes Leben, wie in diesem Augenblick in diesem Badezimmer.

Für Miri schien die Zeit stillzustehen, während sie auf den Papierstreifen starrte, auf dem sich demnächst ein oder zwei Streifen zeigen sollten. Erst ein Hämmern an der Badezimmertür riss sie aus ihrer Schockstarre.

»Gibt es schon was Neues?«, erklang Annes Stimme.

»Noch ist nichts zu sehen. Es ist aber noch zu früh.« Miri riss den Blick von dem Plastikstäbchen los und drehte sich der Tür zu.

»Wie lange dauert das denn noch?« Das war Tim.

»Zwei Minuten«, antwortete Katja an ihrer Stelle.

»Mach mal die Tür auf!«, ließ sich nun Pablo vernehmen.

Miri zögerte. Ihr stand gerade nicht der Sinn danach, sich mit sechs Personen um das Waschbecken ihres kleinen Badezimmers zu drängen. Andererseits täte ihr ein Moment der Ablenkung gut, wenn sie nicht bis zum Ablauf der fünf Minuten den Verstand verlieren wollte.

Sie trat an die Tür und streckte die Hand nach dem Schlüssel aus.

»Verdammte Axt«, erklang in diesem Augenblick Katjas Stimme. »Zwei rosa Streifen. Du bist schwanger!«

»Was?«, entfuhr es Miri.

»Was?«, drang das Echo aus dem Flur.

Blitzschnell trat Miri zu ihrer besten Freundin, die ihr den Kunststoffstick entgegenhielt. *Ach, jetzt kann sie ihn plötzlich anfassen*, ging es Miri durch den Kopf. Unwirsch verscheuchte sie den Gedanken. Das war ja nun wirklich gerade absolut unwichtig. Stattdessen starrte sie auf den Teststreifen. Katja hatte recht. Dort prangten eindeutig zwei dicke, fette rosarote Streifen.

»Verdammte Axt!«, wiederholte Miri die Worte ihrer besten Freundin. Ihre Stimme klang dabei merkwürdig tonlos, irgendwie unwirklich. Sie schien nicht zu ihr zu gehören.

Noch einmal fiel ihr Blick auf die rosafarbenen Linien. Dann gaben die Knie unter ihr nach, und um sie herum versank alles in Dunkelheit.

Kapitel 17
Nicht dein Vater

»Erstens kommt es schlimmer und zweitens als man denkt«, grummelte Miri vor sich hin, während sie zügig den Hang zum Museumshafen hinunterstapfte. Immer wieder wich sie dabei vereinzelten Pfützen aus. In den frühen Morgenstunden hatte es geregnet, nun war es zwar trocken, aber noch diesig.

»Stopp! Jetzt bleib doch mal stehen!«, rief Katja. Sie hatte, nachdem Miri am Vorabend zusammengeklappt war, darauf bestanden, bei ihr zu übernachten, nur für den Fall, dass Miri in der Nacht auf dem Weg ins Badezimmer noch einmal umkippte. Zum Glück geschah nichts dergleichen. Tatsächlich verlief die Nacht sogar recht erholsam. Das große Bett reichte bequem für sie beide, und die Nähe der besten Freundinnen hatte dazu beigetragen, dass sie trotz des Schocks schnell eingeschlafen waren.

»Stopp!«, rief Katja noch einmal.

Miri, die gerade den Aussichtspunkt Schopenhauerweg erreichte, bremste abrupt ab. »Was ist?«, fragte sie leicht genervt. Für die Aussicht auf den Hafen, die sie sonst beinahe jeden Morgen genoss, fehlte ihr heute der Blick.

»Hast du Angst, dass das Bücherschiff wegschwimmt, oder warum rennst du so?« Katja schnappte nach Luft. »Wenn ich noch länger so hinter dir herjoggen muss, bin ich nassgeschwitzt, wenn wir unten ankommen. Ich bin nicht so sportlich. Mach bitte etwas langsamer, auch zum Wohlergehen unserer Kunden, die mich den Rest des Tages riechen müssen.«

»Sorry!« Miri seufzte leise. »Es ist nur …« Sie unterbrach sich und stieß einen weiteren Seufzer aus. »Wenn ich langsam mache, hat mein Kopf zu viel Zeit zum Nachdenken. Und das brauche ich gerade so sehr wie einen vereiterten Zahn. Wenn ich erst mal zulasse, dass diese Vollkatastrophe in mein Hirn sickert, bekomme ich keinen klaren Gedanken mehr hin. Es reicht, dass wir jetzt darüber reden, schon fange ich an zu überlegen, wie und ob ich es Karsten sagen soll.«

»Das ist ja auch eine wichtige Frage«, erwiderte Katja.

Miri schüttelte den Kopf. »Nicht jetzt! Erst einmal haben wir andere Sorgen. Das habe ich zumindest beschlossen«, konstatierte sie.

»Hast du beschlossen? Aha.« Katja schmunzelte. »Und welche unserer vielen Sorgen meinst du genau?«

»Ich denke, wir sollten uns zunächst um die Mieterhöhung kümmern. Sachzwang vor Gefühl. Egal, was sonst noch ansteht«, erklärte Miri entschlossen »Danach denken wir oder denke ich über den untreuen Urologen nach und dann – irgendwann – über den niederträchtigen Nachbarn.«

»Ah, wir alliterieren heute.« Katja grinste. »Absicht oder Zufall? Oder sollte ich sagen: Absolute Absicht oder zärtlicher Zufall?«

»Zärtlicher Zufall?« Miri grinste.

»Auf die Schnelle fiel mir nichts Besseres ein. Immerhin habe ich dir ein Lächeln entlockt.« Katja wirkte zufrieden.

»Und etwas, über das ich auf dem Weg zur Barkasse nachdenken kann.« Miri setzte sich wieder in Gang, um das letzte Stück den Hang hinab zurückzulegen. Dieses Mal bemühte sie sich, ein wenig langsamer zu gehen, zumal nicht nur Katja bei dem strammen Marsch der Schweiß ausbrach. Außerdem waren sie früh dran, und ihnen blieb noch eine geraume Weile, bis das Bücherschiff offiziell öffnete. Eine gute Gelegenheit, Pläne zu schmieden, wie sie Harald Schlick von dieser exorbitanten Mieterhöhung abbringen könnten.

Erstaunlich, wie schnell sich die Prioritäten verschieben, dachte Miri bei sich. Noch vor einigen Tagen hätte sie geschworen, es könnte nichts Schlimmeres geben als diesen miesen Typ von Schlick. Bis vor vierundzwanzig Stunden hatte sie Hennings Verrat und ihr frisch gebrochenes Herz als das Quälendste empfunden, was ihr je widerfahren war. Und jetzt – Miri schlug innerlich die Hände über dem Kopf zusammen – war sie wahrscheinlich schwanger von ihrem Ex, und diese Tatsache und die Frage, wie sie damit umgehen sollte, standen mit weitem Abstand im Vordergrund. *Juhu, wir haben einen Gewinner,* dachte sie bitter. *Aber nur, wenn morgen nicht eine neue Hiobsbotschaft kommt.*

Seit Miri sich am Vorabend von den kalten Fliesen ihres Badezimmerbodens aufgerappelt hatte, hielt sie sich eisern daran, nur in den Begriffen schwanger und Schwangerschaft zu denken. Würde sie sich auch nur einmal erlauben, an ein Baby, ein lebendiges, werdendes Kind in ihrem Inneren zu denken, bliebe alles andere dahinter zurück. Sofern sie es zuließ. Was sie keineswegs vorhatte.

Miri sprang über eine Pfütze, die sich über die komplette Breite des Weges erstreckte, und zwang sich, den Gedanken an die Schwangerschaft zu verdrängen. Stattdessen versuchte sie ein geeigneteres Adjektiv als zärtlich zu finden. Zaudernder Zufall, zagender Zufall, zauberhafter Zufall, zitternder Zufall, zufälliger Zufall; das taugte alles nichts. Zögerlicher Zufall? Ach ... Natürlich.

»Ziemlicher Zufall«, platzte es aus ihr heraus, als Katja gerade nach dem Schlüssel suchte, um das Schloss der Gangway aufzusperren.

Ihre beste Freundin schmunzelte, doch dann wurde sie schlagartig ernst. »Wann hast du den Termin bei der Frauenärztin?«

»Erst nächste Woche«, antwortete Miri, während sie die Gangway hinaufstieg. Vor der roten Tür hielt sie an. »Früher wäre mir lieber gewesen. Ich hasse diese Ungewissheit. Andererseits kann ich mich so noch ein bisschen der Hoffnung hingeben, es könnte am Ende doch falscher Alarm sein.«

»Unwahrscheinlich. Die Tatsachen erscheinen mir doch ziemlich aussagekräftig.« Katja drehte den Schlüssel im Schloss und stieß die Tür zum Salon auf. »Heute früh war dir schon wieder übel. Morgenübelkeit ist ein weitverbreitetes Phänomen unter Schwangeren.«

Mit einem Kopfschütteln stapfte Miri an Katja vorbei. Im Inneren der Barkasse empfing sie der besondere Duft und die Atmosphäre, die nur das Bücherschiff verströmten.

Miri atmete tief durch die Nase ein. Sollte sie jemals ein Parfum kreieren, genau so müsste es duften. Da war der Geruch von Papier und Leim, dazu das Aroma von frisch geröstetem Kaffee und dem überall verbauten Holz, all dies vermischt mit den typischen Dünsten des Hafens: eine Prise Schiffsdiesel, etwas Schmierfett und natürlich der Duft der See. Obwohl es noch gut hundert Kilometer die Elbe hinabging, ehe man das offene Meer erreichte, atmete der Hamburger Hafen Meeresluft und wiegte sich im ewigen Rhythmus der Gezeiten. Auch das Bücherschiff hob und senkte sich in diesem Takt, so wie alle Schiffe, die innerhalb des weitläufigen Hafengebietes festgemacht hatten.

Während Katja die Kasse vorbereitete, brachte Miri ihre Jacken ins Bücherlager. Als sie zurückkam, hielt sie am Tresen inne. »Lass uns mal zusammentragen, wie wir Herrn Schlick überzeugen können, auf diese gruselige Mieterhöhung zu verzichten.«

»Meinst du, er ist für Argumente zugänglich? Wenn es sich bei Hennings Projekt wirklich um unser ›Kleines Bücherschiff‹ handelt, wird Schlick doch sicher gar kein Interesse daran haben, uns entgegenzukommen.« Katja zog eine Grimasse. »Falls du dich natürlich irrst, hätten wir eine Chance.«

»Ich irre mich nicht. Aber vielleicht handelt Henning ja auf eigene Faust, und Herr Schlick hat tatsächlich nichts damit zu tun. Man kann nie wissen. Zumindest schien Henning mit dem Namen Schlick nichts anfangen zu können.« Mit einem Schulterzucken wandte Miri sich um. »Aber lass uns erst mal alles vorbereiten, dann setzen wir uns ein Weilchen gemütlich hin und überlegen uns was, ehe die ersten Kunden kommen.« Sie wählte bewusst aufmunternde Worte, auch um sich selbst Mut zuzusprechen.

Zwanzig Minuten später legte Miri Stift und Papier auf dem Beistelltisch zwischen den beiden Ohrensesseln ab, stellte zwei dampfende Kaffeebecher daneben und rückte wieder einmal Olivia Jones gerade. Schließlich ließ sie sich mit einem Seufzen in die Polster fallen.

»Kaffee?« Katja, die nun ebenfalls Platz nahm, klang missbilligend. »Wäre Tee nicht besser?«

»Wahrscheinlich schon. Aber als ich mir eben einen Pfefferminztee kochen wollte, ist mir von dem Geruch beinahe schlecht geworden.« Ein Schauer lief über Miris Arme, und sie schüttelte sich. »Wird schon gehen mit dem Kaffee. Ich hatte heute auch noch keinen.«

»Gut. Du bist ja schon groß.« Katja warf einen Blick auf Stift und Papier. »Was hast du denn damit vor?«

»Ein bisschen Brainstorming, Pro und Contra aufschreiben, so was in der Art«, antwortete Miri und zog den Block zu sich heran. »Also, was denkst du? Wie können wir Schlick davon überzeugen, uns hier nicht rauszuekeln? Ich habe mir dazu Folgendes überlegt: Wir sollten ihn unbedingt hierher einladen. Vielleicht erreichen wir sein Herz, wenn er sieht, wie schön die Barkasse geworden ist und wie viele Kunden den ganzen Tag ein und aus gehen. Bisher hat unser Bücherschiff noch die meisten Menschen in seinen Bann gezogen.« Sie strich mit der Hand über das dunkle Holz des nächststehenden Regals, so als wollte sie der Barkasse dafür danken, dass sie ihr Flair verströmte und die Kunden dazu brachte, das Schiff zu lieben.

»Gute Idee«, stimmte Katja zu. »Und wir sollten unbedingt ein paar Zahlen zusammentragen. Dann können wir ihm auch ein Gegenangebot für eine Erhöhung machen, mit der wir leben können.«

Eifrig schrieb Miri Stichworte nieder, ehe sie erwiderte: »Aber nicht zu seinem Wunschzeitpunkt. Vielleicht in sechs Monaten? Erst einmal muss er uns Gelegenheit geben, unseren Stammkundenkreis und unsere Bekanntheit auszubauen, findest du nicht?«

»Wir können es versuchen, aber wir sollten damit rechnen,

dass wir früher mehr zahlen müssen, falls er sich auf den Vorschlag nicht einlässt. Sofern er sich überhaupt herablässt, uns entgegenzukommen. Ich finde es zwar eigentlich blöd, aber meinst du es hilft, wenn wir ein bisschen auf hilflose Frauchen machen?« Katja kicherte. »Bei solchen Typen wie Schlick, die sich allmächtig fühlen, kommt man manchmal weiter, wenn man sich betont schwach gibt. Die armen, kleinen Weibchen, die sich doch gar nicht auskennen und die Hilfe vom großen, starken Mann brauchen.«

Miri stieß ein Würgen aus.

»Geht's dir nicht gut? Ist dir schon wieder schlecht?« Katja klang alarmiert.

»Nein, nein. Ich finde nur die Vorstellung zum Würgen.« Ein bitteres Lachen drang über Miris Lippen. »Es widerstrebt mir, mich bei Schlick anzubiedern. Aber wenn du denkst, das nutzt was, bin ich dabei. Wenn es unser Bücherschiff rettet, mache ich gern einen auf Hühnchen, das sich dem Gockel unterwirft. Kein Thema.« »Hühnerhof«, notierte sie.

Katja schmunzelte. »Gemeinsam sind wir stark. Oder eben unterwürfig, wenn es hilfreich ist.«

»Genau. Ich finde, das klingt doch schon ganz gut. Wir bleiben nett und verständnisvoll und bescheiden und unterwürfig und hoffen, dass ›Das kleine Bücherschiff‹ Schlick ganz ohne uns überzeugt.« Miri nickte. »Ich habe tatsächlich ein gar nicht so schlechtes Gefühl. Komm, lass uns ihn anrufen. Wir werden das schon wuppen.« Mit einem Auflachen schlug Miri die Hände zusammen. Tatsächlich kribbelte ein wenig Zuversicht in ihrer Magengrube. Sie warf einen Blick auf ihre beste Freundin. Auch Katja wirkte deutlich entspannter als zu Beginn ihres Gespräches. Ja! Miri nickte ihr zu. Sie würden die Sache schon hinkriegen. Es gab immer eine Lösung, und ihre war, das Gespräch mit dem Vermieter zu suchen und an seine Menschlichkeit zu appellieren. Wenn er sich davon auch nur einen Hauch bewahrt hatte, würde er den Augenaufschlägen zweier hilfloser Frauen nicht widerstehen können. Und falls er daraufhin immer noch nicht nachgab, würden ihnen ohnehin von ganz allein die Tränen kommen. Spätestens dann müsste der Mann doch einknicken, geschlagen von den Waffen einer Frau. Ach was, gleich zweier Frauen.

Als die rote Tür aufschwang und die erste Kundin den Salon betrat, deponierte Miri gerade den Block mit ihren Notizen unter dem Verkaufstresen, wo auch der Brief ihres Vermieters lag. Katja nahm sich der Dame an, während Miri sich in die Kombüse zurückziehen wollte, um Harald Schlick anzurufen. Doch ehe sie die Tür erreicht hatte, öffnete sich die Eingangstür erneut, und zwei weitere Kunden betraten die Buchhandlung. Miri schob ihr Smartphone in die Hosentasche und trat zu dem Ehepaar, das auf der Suche nach einer Geschenkidee zu einem fünfzigsten Geburtstag war.

Von da an ging es mehrere Stunden Schlag auf Schlag. Einige bekannte Gesichter ließen sich blicken. Frau Tietgen blieb eine Stunde, ehe es sie zurück in ihre eigene gute Stube zog. Wie jeden Wochentag schaute Mark auf ein Schwätzchen und den obligatorischen Gutscheinkauf vorbei, und wie immer händigte Miri ihm einer der schon leicht speckigen Scheine aus, die sie unter der Theke für ihn aufbewahrten. Als das Wetter aufklarte, stieg die Anzahl der Touristen, die den Museumshafen und damit auch das Bücherschiff besuchten. So kam Miri erst gegen

Abend dazu, bei Schlick anzurufen. Sie ließ es sehr lange klingeln, aber niemand nahm das Gespräch entgegen, und es meldete sich auch keine Mailbox. Bis zum Feierabend versuchte sie es noch zwei weitere Male ohne Erfolg. Als sie das Bücherschiff abschlossen, hatte Miri Schlick immer noch nicht erreicht.

An den folgenden Tagen versuchten sie es ebenfalls mehrmals, aber unter der Nummer, die auf Schlicks Briefkopf angegeben war, erreichten sie niemanden. Schließlich beschlossen die Freundinnen, persönlich bei ihm vorbeizufahren, sollten sie ihn in den nächsten Tagen immer noch nicht an die Strippe bekommen.

Für den Augenblick hatte Miri ohnehin andere Sorgen. Ihr Besuch bei der Gynäkologin stand kurz bevor. Sie kannte die Ärztin noch nicht, aber Liz hatte sie als ausgesprochen einfühlsam angepriesen.

Den Vormittag verbrachte Miri gemeinsam mit Katja wie immer damit, auf der Barkasse Kunden zu betreuen. Obendrein hielt sie ein kleines Schwätzchen mit Frau Tietgen, während sie versuchte, dem Termin nicht allzu sehr entgegenzubangen. Gegen 14:00 Uhr war es dann so weit. Miri verabschiedete sich mit einer festen Umarmung von Katja und machte sich auf den Weg.

Gut zehn Minuten später erreichte sie ihr Ziel. Nervös hielt Miri einen Augenblick inne und ließ den Blick über die weiß gestrichene Fassade gleiten, hinter der sich insgesamt drei Arztpraxen und eine Apotheke verbargen, ehe sie das Gebäude betrat. Ihre Gedanken rasten, während sie die Stufen in den ersten Stock hinaufstieg. In nicht allzu ferner Zukunft, voraussichtlich in weniger als einer Stunde, würde sie Gewissheit haben. *To be or not to be*, ging es ihr durch den Kopf. *A Baby or not a Baby.*

Die Praxis war ziemlich leer, dennoch musste Miri noch einen Augenblick im Wartezimmer überbrücken. Um sich abzulenken, zog sie ihr Smartphone hervor und studierte die mehr oder weniger sinnvollen Posts ihrer Kontakte in den sozialen Medien. »Alles, was du brauchst, um deine Ziele zu erreichen, ist bereits in dir«, hatte eine Bekannte gepostet, deren komplette Pinnwand mit solcherlei Texten zugemüllt war. Miri stieß ein grimmiges Lachen aus. Irgendwie hätte der Satz nicht ironischer sein können – bedachte man ihre Lage.

Die meisten dieser Sinnsprüche hielt Miri für aufgeblasenen Schwachsinn, der keiner genaueren Betrachtung standhielt. So auch dieser. Das, was da möglicherweise in ihr war, erwies sich wohl eher als kontraproduktiv, was ihre Ziele anging. Überhaupt … Mitnichten trug jeder Mensch alles in sich, um seine Ziele zu erreichen. Sie stellte sich vor, jemand träumte davon, ein Basketballstar zu werden, maß aber nur gute eineinhalb Meter. Oder eine Person mit einem Stimmbandschaden wünschte sich, an der Oper zu brillieren. *Dafür können die sich was kaufen, ein halbes Schwein, wenn nicht gar die ganze Welt*, ging Miri eine der Weisheiten ihrer Großmutter durch den Kopf. Der Gedanke an ihre Oma entlockte ihr ein Schmunzeln. Die alte Dame war trotz ihrer zweiundneunzig Jahre topfit – körperlich wie geistig – und sparte nie an Ironie.

Miri schaltete ihr Smartphone aus. Es dauerte nicht lange, bis sie ins Sprechzimmer gebeten wurde, wo die Assistentin sie anwies, gegenüber einem Schreibtisch aus hellem Holz Platz zu nehmen. Sie müsse noch einen Moment auf die Ärztin warten.

Miri ließ sich auf den Polsterstuhl gleiten und sah sich um. Das Büro war modern, aber gemütlich eingerichtet. Das Holz des Schreibtisches fand sich in den Regalen und Sideboards wieder, die an den Wänden standen. Ein Fenster, halb verhängt mit einer blau karierten Scheibengardine, ließ Tageslicht hinein. Die Blauakzente setzten sich an den Wänden fort. Neben unzähligen Babyfotos hingen dort einige Bilder mit Meeres- und Hafenszenen. Eine Tür führte in einen Nebenraum. Sie stand ein Stück offen, und als Miri sich ein wenig zurücklehnte, erblickte sie den Behandlungsstuhl. Dort würde sich also gleich die Untersuchung abspielen.

Die Tür zum Sprechzimmer schwang auf, und eine hübsche Mitvierzigerin in Jeans, T-Shirt und weißem Kittel betrat den Raum.

»Verzeihen Sie, dass Sie einen Moment warten mussten«, sagte sie, nachdem sie sich als Frau Dr. Hartwig vorgestellt hatte.

Miri winkte ab. »Kein Ding.«

»Was kann ich denn für Sie tun?«

»Nun ja«, antwortete Miri mit einem Seufzen. Normalerweise war sie selten um Worte verlegen, aber nun fiel es ihr schwer, ihr Anliegen auszusprechen. Schließlich griff sie in die Tasche und zog den Schwangerschaftstest hervor. »Das Ding zeigt …« Sie warf einen Blick auf den Teststreifen. Die rosa Striche waren kaum noch zu erkennen. »… oder besser zeigte zwei pinkfarbene Linien.«

»Und nun möchten Sie Gewissheit?« Die Stimme von Frau Dr. Hartwig klang mitfühlend.

Anscheinend hatte Miris zögerliche Antwort bereits ausgereicht, um deutlich zu machen, wie sie zu einer möglichen Schwangerschaft stand.

»So wie es mir scheint, sind Sie …« Die Ärztin zögerte und warf Miri einen fragenden Blick zu, den diese mit einem Schulterzucken und einem schiefen Grinsen beantwortete, woraufhin die Gynäkologin fortfuhr. »Sie sind nicht ganz glücklich damit, richtig? Wann war Ihre letzte Menstruation?«

»Ich bin nicht sicher, so schätzungsweise liegt sie etwa fünf Monate zurück.« Miri setzte eine zerknirschte Mine auf. »Es ist alles ein bisschen dumm gelaufen«, erklärte sie dann. »Tatsächlich bin ich nicht auf die Idee gekommen, dass es andere Gründe geben könnte als Stress. Mein Zyklus war immer schon ziemlich unregelmäßig. Ich musste nur kränkeln oder etwas mehr Stress haben als üblich, und schon blieb die Blutung aus. Deshalb habe ich mir auch keine Sorgen gemacht. Es war einfach wahnsinnig viel los in meinem Leben in den letzten Monaten.«

»Hoffentlich guter Stress.« Frau Dr. Hartwig lächelte Miri freundlich zu.

»Teils, teils. Mein Ex hat mich betrogen, deshalb bin ich nach Hamburg gezogen. Dann habe ich gemeinsam mit meiner besten Freundin unser Bücherschiff eingerichtet, kurz darauf die Buchhandlung eröffnet, viel gearbeitet, mich verliebt, und schließlich bin ich wieder betrogen worden. Und das gleich doppelt, von meinem Vermieter und meinem neuen Freund.« Miri rasselte die Punkte herunter, als handelte es sich um eine Einkaufsliste.

»Himmel!« Die Ärztin starrte sie einen Moment an, ehe sie den Kopf schüttelte. »Okay, das klingt nicht lustig. Darf ich fragen, ob beide Männer als Vater infrage kommen?«

»Mit Henning habe ich verhütet. Mit meinem Ex aus Stade ...« Miri unterbrach sich. »Wir hatten eigentlich auf ein Kind hingearbeitet.« Bei dem Gedanken stellten sich ihre Nackenhaare auf.

»Jedes Verhütungsmittel birgt ein Restrisiko. Darf ich fragen, wie Sie verhütet haben?«

»Mit Kondomen.«

»Der Pearl-Index eines Kondoms beträgt bei perfekter Anwendung zwei. Allerdings leben wir nicht in einer perfekten Welt. Bei typischer Verwendung, bei der eben auch mal was schiefläuft, liegt der Index bei zwölf. Das bedeutet: Bei bis zu zwölf von hundert Frauen, die ein Jahr lang mit Kondom verhütet haben, kam es trotz Kondom zu einer Schwangerschaft«, dozierte Frau Dr. Hartwig. »Ihr Henning kommt also ebenfalls infrage, wenn es auch eher unwahrscheinlich ist. Aber wissen Sie was? Ehe wir jetzt hier weiter über die denkbaren Väter spekulieren, lassen Sie uns doch erst einmal nachsehen, ob überhaupt eine Schwangerschaft vorliegt.« Sie griff zum Telefon und wählte eine Nummer. »Bitte einen Testbecher für Frau Cornelis, danke«, sagte sie, als sich eine der Sprechstundenhilfen meldete.

Wenige Atemzüge später sprang die Tür zum Flur auf, und die nette Blondine, die Miri vorn am Tresen in Empfang genommen hatte, trat ein. »Dann kommen Sie mal mit. Ich zeige Ihnen, wo sich die Waschräume befinden.« Sie reichte Miri das Uringefäß und ging voraus. Unterwegs wies sie auf eine Tür am Ende des Korridors. »Anschließend geben Sie das Becherchen bitte dort im Labor ab und setzen sich noch einmal in das Sprechzimmer. Sobald wir das Ergebnis vorliegen haben, kommt Frau Doktor wieder zu Ihnen.«

Miri bedankte sich, schloss die Toilettentür hinter sich ab und machte sich daran, ihren Teil des Prozederes zu erfüllen.

Wie geheißen wartete sie anschließend im Sprechzimmer. Die Minuten schlichen dahin. Es dauerte ewig, bis die Ärztin zurückkehrte. Miri atmete tief ein und ließ mit einem lauten Prusten die Luft aus den aufgeblasenen Wangen strömen. Ihre Hände zitterten leicht. Immerhin … Noch konnte sie hoffen. Vielleicht war doch alles falscher Alarm gewesen und die ganze Aufregung völlig umsonst. Vor lauter Nervosität zerknüllte Miri ihre Bluse. Als sie es bemerkte, versuchte sie den Stoff mit den Handflächen zu glätten, doch das Ergebnis ließ zu wünschen übrig. Immerhin beschäftigten ihre Bemühungen für einen Augenblick Miris unruhigen Geist.

Mit einem Klicken fiel die Tür des Sprechzimmers hinter Miri ins Schloss. Erschrocken sah sie auf.

»Da bin ich wieder«, erklang die Stimme von Frau Dr. Hartwig. Miri wandte sich um. Die Ärztin stand an dem Durchgang zum Untersuchungszimmer und hielt einladend die Tür auf.

»Und?«, wollte Miri fragen, doch sie musste den Gedanken nicht aussprechen. Der Gesichtsausdruck der Ärztin war beredt genug.

Eine halbe Stunde, eine Ultraschalluntersuchung und eine ausführliche Beratung später fand sich Miri auf der Straße vor der Praxis wieder. In ihren Ohren rauschte das Blut, während der entscheidende Satz des soeben beendeten Gespräches in einer Endlosschleife durch ihr Hirn geisterte. Einen Augenblick schwankte sie, doch sie zwang sich, die Knie durchzudrücken und aufrecht stehen zu bleiben. Ein Stück entfernt entdeckte Miri einen Stromkasten. Sie ging hinüber, lehnte sich mit ihrem ganzen Gewicht dagegen und senkte den Kopf in die Hände. Einige Minuten stand sie so da, atmete aus und atmete ein und aus und ein, ehe sie sich wieder sicher auf den Beinen fühlte. Dann machte sie sich auf den Weg zurück zum »Kleinen Bücherschiff«.

Als sie dort eintraf, war der Salon leer, abgesehen von Katja, die hinter dem Tresen Geschenkpapier in gleichmäßige Stücke schnitt. Erleichtert atmete Miri auf, verstaute ihre Jacke und goss sich eine Tasse Kaffee ein. Katja blieb währenddessen stumm. Nur die in ihrem Gesicht aufsteigende Röte und die fahrigen Bewegungen, mit denen sie die Schere führte, bewiesen, dass die Ungeduld sie beinahe auffraß.

»Danke, dass du nicht gleich über mich hergefallen bist«, sagte Miri, als sie sich in ihrem Lieblingssessel zurechtrückte. Sie stöhnte leise. »Oh Mann, was für ein Mist.«

»Die Ärztin hat die Schwangerschaft also bestätigt.« Das war keine Frage, sondern eine Aussage. Natürlich hatte Katja die Situation richtig erkannt. »Hast du schon eine Idee, wie du es Karsten beibringen willst?«

»Möp«, stieß Miri frustriert aus. »Falscher Vater.«

»Wie bitte?« Katja, die sich gerade in den zweiten Sessel hatte setzen wollen, hielt mitten in der Bewegung inne. »Nicht dein Ernst?«

»Darüber mache ich keine Witze.« Miri stöhnte. »Wobei ich nicht weiß, ob der untreue Urologe wirklich die bessere Wahl wäre. Ich hatte mich nur schon ein wenig mit dem Gedanken arrangiert. So wie ich Karsten einschätze, hätte er mit Freuden alles mir überlassen und stillschweigend den Unterhalt bezahlt. Bei Henning bin ich mir sicher, dass er teilhaben will.«

»Na ja …« Katja war anzusehen, dass sie ihre Worte mit Bedacht wählte. »Für das Kind ist es auf jeden Fall besser so. Kinder brauchen beide Elternteile. Ich weiß genau, wie es ist, mit nur einem aufzuwachsen. Mir hat immer etwas gefehlt, das ich nicht genau benennen konnte. Heute verstehe ich es. Als Kind habe mich oft gefragt, ob mein Vater manchmal an mich denkt, wie er aussieht oder wo er wohnt. Vielleicht lebte er ja mit einer neuen Familie um die Ecke, und ich traf ihn hin und wieder auf dem Schulweg. Sicher ein Jahr lang – da war ich etwa zwölf – habe ich mir jeden Mann auf der Straße ganz genau angesehen und abgecheckt, ob es zwischen uns irgendwelche Ähnlichkeiten gab: Augenfarbe, Nasenform, Kinnpartie. Es war schrecklich anstrengend und unglaublich frustrierend. Zumal meine Mutter sich bis heute hartnäckig weigert, über meinen Vater zu sprechen.«

»Ich weiß.« Miri griff nach Katjas Hand und drückte sie. Sie erinnerte sich gut daran, wie sehr Katja gelitten hatte, vor allem in den Jahren der Pubertät. Und natürlich wollte sie ihrem Kind diesen Identitätsverlust nicht antun. Dennoch erschien ihr der Gedanke, sich nicht mit einem Ex um Sorgerechts- und Erziehungsfragen streiten zu müssen, verlockend, egal ob sich dieser Ex nun als untreuer Bock oder verräterischer Mistkerl erwiesen hatte. Sie kannte genug Alleinerziehende, die sich Tag für Tag damit abquälten, vor ihren Kindern kein schlechtes Wort über die Ex-Partner zu verlieren, auch wenn ihnen diese das Leben bis zur Halskrause vermiesten. Zum Glück handelte es sich bei den wirklich schweren Differenzen nur um Einzelfälle, aber auch für diejenigen, die sich nach einer Trennung arrangiert hatten oder die sogar freundschaftlich miteinander umgingen, gab es immer wieder Hürden, die sich nicht leicht überwinden ließen. Und so eine abgebrochene Beziehung erwies sich leider nur zu oft als sturer Esel, der vor dem Hindernis verweigerte, und weitaus seltener als Hochleistungsspringpferd, das elegant über die Barren schwebte.

Schritte auf der Gangway rissen Miri aus ihren Gedanken. »Kundschaft«, murmelte sie und erhob sich. In diesem Augenblick empfand sie die Unterbrechung wie eine Art Rettungsanker. Es war das erste Mal gewesen, dass sie von einem Kind gesprochen hatten und nicht von einer Schwangerschaft – diese abstrakte Situation, die Miri nicht fühlen wollte. Eines wusste sie genau: Wenn das, was da in ihr wuchs, plötzlich als lebendiges Wesen in ihre Wahrnehmung geriet, wäre es aus mit dem letzten Rest Gelassenheit. Dann verfiele sie in Panik oder Verzweiflung oder in irgendeine Form von irrwitzigem Pragmatismus. Oder was auch immer, tatsächlich hatte sie nicht die geringste Ahnung, wie sie reagieren würde. Schließlich kam sie nicht alle Tage zu einer Schwangerschaft wie die Jungfrau zum Kind.

Die rote Tür knarzte leise, als der Mann, dessen Schritte sie gehört hatten, den Salon betrat. Es handelte sich um einen unkomplizierten Kunden, der auf der Suche nach einem konkreten Titel war. Da sie das Buch gerade nicht vorrätig hatten, tippte Miri schnell eine Bestellung in ihr Tablet und versprach die Lieferung bis zum nächsten Tag. Spätestens mittags läge das Buch zur Abholung bereit.

Weitere Kunden folgten, und auch Frau Tietgen ließ sich blicken. Die alte Dame kränkelte ein wenig, weshalb sie in den letzten Tagen immer nur auf eine Stippvisite vorbeigeschaut hatte.

Heute sah sie aber weniger blass aus, anscheinend ging es langsam wieder aufwärts.

Während Katja sich um die nächste Kundin kümmerte, versorgte Miri Frau Tietgen, die wie immer im Schaukelstuhl Platz genommen hatte, mit einer Tasse Tee. »Schön, dass Sie uns besuchen.«

»Danke, dass ich immer wieder zu Ihnen kommen darf«, erwiderte Gerderuth Ermina Floriane Tietgen würdevoll. Sosehr sie sich auch bemühte, manchmal drang doch die Kaufmannstochter und die standesgemäße Erziehung durch. Meistens jedoch, so hatte Frau Tietgen es selbst einmal gesagt, berief sie sich auf ihr Recht als uralte Frau, die tun und lassen und sagen konnte, was ihr beliebte. Im Zweifelsfall könnte sie immer noch behaupten, es läge an altersbedingter Schusseligkeit.

Leider konnte Miri nicht länger bei ihr ausharren, denn an der Theke sah sich schon wieder ein Kunde nach Hilfe um. So nickte sie der alten Dame, die sich gleich darauf in ihr aktuelles Leseprojekt vertiefte, nur kurz zu, ehe sie sich dem wartenden Mann zuwandte.

Unter einem stetigen Kundenstrom verging der Nachmittag, und bis Miri und Katja sich endlich wieder allein im Verkaufsraum befanden, zeigte die Uhr bereits 19:30 Uhr.

»Tädä, tädä, tädä«, erklang eine Stimme von draußen. »Wir kommen.« Die rote Tür wurde schwungvoll aufgerissen, und Pablo, Liz, Tim und Anne betraten den Salon. Wie immer ließen sie sich in der Biedermeier-Ecke unter der Silvie-Meis-Möwe nieder, und Anne zog die obligatorische Flasche Wein hervor. »Moin, Quiddjes. Habt ihr mal Gläser?«, fragte sie. »Fünf natürlich nur. Eine ist ja raus.« Sie sah sich suchend im Raum um, bis ihr Blick an Miri haften blieb. »Oder hast du anderslautende Neuigkeiten?« Die Freunde wussten, dass heute der Termin bei der Gynäkologin stattgefunden hatte.

»Wenn es nur das wäre.« Miri stöhnte. »Um es kurz zu machen: Ich bin weder im vierten Monat, noch ist Karsten der Vater.«

»Also nicht schwanger«, schloss Tim fälschlicherweise.

»Eher nicht dein Vater«, antwortete Miri, und als ihr daraufhin die Freunde fragende Blicke zuwarfen, erklärte sie: »Na ja, statt: Ich bin dein Vater, Luke Skywalker, heißt es bei mir: Ich bin nicht dein Vater, kleiner Luke.«

»Wer denn dann?« Tim klang eine Spur überfordert.

»Sag mal …« Pablo stieß ihm den Ellenbogen in die Rippen. »Bist du dämlich, oder was? Mit welchem Kerl hat sie sich denn jüngst rumgetrieben, ehe sie ihn vor gar nicht allzu langer Zeit in die Wüste geschickt hat?«

»Ach, du liebes Schallkanönchen«, stieß Tim aus. »Du meinst, Henning ist der Vater?«

»Natürlich. Wer denn sonst?« Auch Liz schüttelte nun den Kopf.

Miri hätte beinahe gelacht. Einerseits verspürte sie wenig Lust, das Thema in großer Runde zu diskutieren. Andererseits freute sie sich über die Anteilnahme und die kleine Aufmunterung, die allein schon die Anwesenheit dieser vier Personen unweigerlich mit sich brachte.

»Du sag mal«, äußerte sich Pablo erneut. »Wenn dein Wechselbalg von Henning ist, kannst du es dann nicht einfach zurückgeben?«

Dieses Mal stand Miri auf dem Schlauch. »Zurückgeben? Ich

fürchte, Babys sind vom Umtausch ausgeschlossen. Was meinst du denn damit?«

»Ich wollte es nicht so deutlich sagen«, antwortete Pablo. »Ich spreche von Abtreibung. Du müsstest doch noch innerhalb der Zwölf-Wochen-Frist liegen, in der du dich gegen das Kind entscheiden kannst.«

Abtreibung? Mit diesem Gedanken hatte Miri sich noch gar nicht befasst. Bisher war sie davon ausgegangen, mindestens im fünften Monat zu sein, also viel zu weit, um über eine solche Entscheidung nachzudenken.

Katja trat zu ihr und legte einen Arm um ihre Schultern. »Das ist ein schwieriges Thema. Ich weiß nicht, ob du das hier und jetzt entscheiden solltest.«

»Weißt du denn schon, was es wird?«, fragte Tim.

»Blöde Frage!« Anne warf Tim einen missbilligenden Blick zu. »Du hast ja wirklich gar keine Ahnung. Es ist noch ein bisschen früh für eine solche Aussage.«

»Woher soll Tim das denn wissen? Oder hattest du schon einmal eine schwangere Freundin?«, wandte sich Liz an Tim.

»Da sei Gott vor.« Tim schüttelte vehement den Kopf.

»Oder die Pille.« Miri kicherte. Die Nachbarsclique schaffte es immer wieder, sie zum Lachen zu bringen, egal wie ernst die Lage gerade war. Und da jeder von ihnen anders tickte als die jeweils anderen drei, sprangen sie in den Themen so schnell hin und her, dass sie sich zum Glück nicht an der Frage nach einer möglichen Abtreibung festbissen. Miri atmete auf.

Tatsächlich sah sie sich in diesem Moment kaum in der Lage, darüber nachzudenken. Bisher – und wahrscheinlich würde es auch so bleiben – hätte man sie nachts wecken können, und sie hätte auf die Frage, ob für sie jemals ein Schwangerschaftsabbruch infrage käme, sofort mit einem klaren Nein geantwortet. Grundsätzlich teilte Miri die Ansicht ihrer Großmutter, die ihr, seit sie alt genug gewesen war, nicht selten zu peinlicher Röte verholfen hatte. Immer dann, wenn ein neuer Freund am Horizont auftauchte, gern auch in Anwesenheit des jeweiligen jungen Mannes, hieß es dann: »Wer poppen kann, der kann auch wickeln.« Miri flüsterte den Spruch ihrer Oma vor sich hin.

»Bitte?« Katja beugte sich ein Stück näher.

»Ach nichts«, erwiderte Miri. Natürlich würde sie mit Katja noch einmal über das Thema sprechen, aber nicht hier und jetzt. Erst einmal musste sie sich darüber klar werden, ob Großmutters Grundsätze ihrer aktuellen Lage standhielten.

Kapitel 18
Lauscher an der Wand

Miri verbrachte den Abend auf dem Sofa. Über den Bildschirm ihres Fernsehers flimmerte ein Actionfilm, doch von dessen Inhalt bekam sie nichts mit. Stattdessen starrte sie gedankenverloren ins Leere. Den Film und die Werbung dazwischen nahm sie allemal als diffusen farbigen Hintergrundbrei wahr.

Rückblickend betrachtet benötigte Miri keine drei Minuten, um sich gegen eine Abtreibung zu entscheiden. Sie war nie eine Person gewesen, die ihre Grundsätze bei jeder passenden und unpassenden Gelegenheit über Bord warf. Allerdings vermochte keine Frau vorherzusehen, wie sie tatsächlich reagierte, wenn so eine Schwangerschaft wie Weihnachten, plötzlich und unerwartet, um die Ecke kam. Auch Miri nicht, weshalb sie sich immerhin einige Stunden Zeit nahm, um ihre Prinzipien zu überdenken.

Am Ende blieb sie bei ihrer Haltung. Tief in ihrem Herzen wusste sie, dass sie damit richtiglag. Alles andere würde ihr wahrscheinlich auf ewig nachlaufen.

Natürlich befürwortete sie die generelle Möglichkeit von Abtreibungen. Keine Frau, gleich welchen Alters, sollte gezwungen sein, ein Baby auszutragen, wenn sie es nicht wollte, aus welchen Gründen auch immer. Außer Frage stand es, wenn es sich bei der Schwangerschaft um die Folge einer Vergewaltigung handelte. Miri schüttelte sich bei dem Gedanken. Was verlangte es einer Mutter ab, dieses Kind zu lieben?

In ihrem Fall handelte es sich um eigene Dusseligkeit oder einen Produktionsfehler des Kondomherstellers, und obschon Henning sich im Nachhinein als mieser Verräter entpuppt hatte, war ihr Baby in einem Moment tiefster Liebe entstanden – zumindest von ihrer Seite. So sollte es auch aufwachsen dürfen. Miri war schließlich keine zwanzig mehr. Sie wusste um die Verantwortung, die sie sich als alleinerziehende Mutter aufbürdete, und auch um die Schwierigkeiten, die sich unweigerlich daraus ergäben. Aber selbst wenn der Zeitpunkt – angesichts ihrer aktuellen Lebensumstände – denkbar ungünstig lag: Grundsätzlich gehörte ein Kind – und später womöglich noch ein zweites – zu Miris Lebensplan.

Verdammter Sprottenschiet!, ging es ihr durch den Kopf, als sie ein leises Flattern in ihrem Brustkorb spürte. Handelte es sich da etwa um Vorfreude? Als Alternative kämen noch Herzrhythmusstörungen infrage: ein eher unwahrscheinliches Szenario in ihrem jungen Alter.

Als sie mit ihren Überlegungen an diesem Punkt ankam, zeigte die Uhr bereits zwei Uhr in der Nacht. »Puh!«, entfuhr es Miri. Sie atmete tief ein und ließ die Luft langsam durch die gespitzten Lippen entweichen, sodass ein zischender Ton erklang. Jetzt, nachdem sie den ersten Schock überwunden hatte, sah sie deutlich klarer, als hätte eine freundliche Reinigungsfee einmal tüchtig den Feudel geschwungen und dabei den Schmierfilm vor ihrem inneren Auge entfernt.

In ihr wuchs ein Embryo, der auf den Ultraschallbildern vielleicht noch eher einer Erdnuss glich, der sich aber mit jedem Tag mehr zu dem Baby entwickelte, das Miri in wenigen Monaten zur Welt bringen würde. Bei dem Gedanken daran spielte ihr Herzschlag erneut verrückt. Sie wusste viel zu wenig über diese ganze Materie. Wie genau lief die Entwicklung im Mutterleib ab? Auf was musste sie achten? Durfte sie noch alles essen oder trinken? Da war doch irgendetwas mit Rohmilchkäse, das hatte sie irgendwann einmal gelesen. Und dann kam ja auch irgendwann die Geburt auf sie zu. Wie wollte sie gebären? Mit oder ohne Schmerzmittel, zu Hause, im Wasser oder in einem Krankenhaus? Bestimmt gab es noch tausend andere Möglichkeiten. Und ab wann besuchte man eigentlich Geburtsvorbereitungskurse?

Miri schluckte. Es gab so viel zu bedenken. Wie um alles in der Welt sollte sie sich nur bis zur Geburt all dieses Wissen verschaffen? Himmel, sie hatte schon viel zu lange gezögert. Keinen Tag durfte sie mehr verschenken. Aber zum Glück saß sie an der Quelle: Gleich morgen würde sie einen dicken Stapel Bücher bestellen. Und dann hieß es lesen, lesen, lesen, um möglichst viel Information in sich aufzusaugen.

Nach einem erneuten Blick auf die Uhr schaltete Miri den Fernseher aus und erhob sich vom Sofa. Es war höchste Zeit, ins Bett zu gehen. Gerade an den Samstagen erwarteten sie besonders viele Kunden auf dem »Kleinen Bücherschiff«. Kein Wunder, jetzt, wo sich der Sommer und die Urlaube im sonnigen Süden langsam dem Ende entgegenneigten, begann die Hochsaison für Städtereisen. An jedem Wochenende fielen Heerscharen von Touristen in Hamburg ein. Aber auch viele Hamburger und Menschen aus dem Umland besuchten den Museumshafen und seine anliegenden Cafés und Restaurants, um die letzten sonnigen Tage zu nutzen.

Im Bett empfing Miri der leichte Rosenduft ihres Lieblingsweichspülers. Sie zog sich die Decke bis über die Nase und genoss den Geruch, der bei ihr stets ein Gefühl von Wohlbefinden und Gemütlichkeit auslöste. Dann kuschelte sie sich in die Kissen und ließ noch einmal ihre letzten Gedanken Revue passieren. Schon in einigen Monaten würde sie ein neugeborenes Baby im Arm halten – ihr neugeborenes Baby. Sie sah sich mit immer noch dickem Bauch, einem Kind im Arm und einem breiten Lächeln auf dem Gesicht. Die Bilder ließen ihr Herz aufgehen wie eine Blume. Wobei es sich im Augenblick um eine wenig robuste Sorte handelte. Derzeit glich Miris Seelenleben am ehesten einer Mimose, die man am besten mit Samthandschuhen anfasste, wollte man nicht all den Ängsten und Sorgen, die Miris chaotische Lebenssituation mehrmals am Tag in ihr auslösten, Raum geben. Zumal ihr während ihrer Überlegungen eines klar geworden war: Henning konnte sie nicht außen vor lassen, sosehr sie sich das auch wünschte. Sie würde mit ihm reden müssen und das, obwohl sie ihm viel lieber aus dem Weg ginge. Zwar konnte niemand von ihr verlangen, in diesem Gespräch auch die Trennung aufzuarbeiten oder über seine widerliche Hinterlist zu sprechen, aber von seinem Kind in ihrem Bauch sollte er wissen. Es stand ihm zu, davon so bald wie möglich zu erfahren. Bei allen negativen Gefühlen, die Miri derzeit für Henning hegte: Finn war er ein wunderbarer Vater. Bestimmt würde er das Baby gleichermaßen lieben.

Miri seufzte. Seit den frühen Morgenstunden saß sie auf dem »Kleinen Bücherschiff« am Laptop und las sich durch die bestellbaren Titel zum Thema Schwangerschaft. Anfangs hatte sie noch jedes Buch in ihre Liste kopiert, doch nun erkannte sie: So funktionierte das nicht. Die Masse erschlug sie regelrecht. Tatsächlich war die Auswahl unüberschaubar. Und immer wieder stieß Miri auf Bücher, die sich an werdende Väter richteten. Diese Papa-Ratgeber – tatsächlich trug jedes zweite jener Bücher genau diese Worte im Titel – klickte sie sofort weg. Henning sollte sich gefälligst selbst mit Lesestoff eindecken.

Miri massierte sich die Stirn. Dann wandte sie sich wieder ihrer Liste zu. Wie viele Bücher sollte sie bestellen? Eines erschien ihr zu wenig, zehn zu viel. Am besten entschied sie nach Bauchgefühl. So strich sie schließlich einige Positionen weg, dachte einen Moment nach, las die Titel laut und löschte weitere Bücher. Schließlich blieben vier übrig, die alles abdeckten, was Miri wichtig erschien. Für das Fachwissen wählte sie ›Babybauchzeit: Geborgen durch die Schwangerschaft und die Zeit danach. Hebammenwissen für Mutter und Kind‹. Um sich besser vorstellen zu können, was demnächst in ihrem Bauch ablief, entschied sie sich für das reich bebilderte Buch ›Tag für Tag durch meine Schwangerschaft: Faszinierende Bilder, umfassender Rat, spannende Infos‹. Außerdem konnte es nicht schaden, so gelassen wie möglich an die Sache heranzugehen, weshalb sie noch ›Kugelzeit: Glücklich, gelassen und entspannt durch Schwangerschaft & Wochenbett‹ auf die Liste setzte. Zum guten Schluss fügte sie der Bestellung noch ein Buch über den Papierkram, den es zu beachten gab, hinzu: ›Babypedia: Elterngeld, Elternzeit, Anträge, Finanzen, Rechtsfragen, Ausstattung – Checklisten, Links, Apps, Literatur‹.

So, das wäre geschafft, ging es ihr durch den Kopf.

Die Uhr zeigte zehn, als Miri die Bestellung abschickte. Katja schloss gerade die Eingangstür auf, als der Laptop ein Pop-up-Fenster anzeigte, dass die Bestellung zum Barsortimenter durchgegangen war. Gleich am kommenden Montag würde sie die Bücher in einer der grauen Kisten vorfinden, die allmorgendlich geliefert wurden.

Wenige Minuten später betraten die ersten Kunden den Verkaufssalon.

Wie erwartet verlief der Tag hektisch, aber ohne besondere Vorkommnisse. Stattdessen bescherte er Miri und Katja ausgezeichnete Umsätze, die Nachbarsclique schaute vorbei, ebenso wie Katharina, die nach neuem, blutigem Lesestoff lechzte, und als sich der Abend näherte, konnten sie auf viele nette Begegnungen mit Neu- und Stammkunden zurückblicken.

Gegen 20:15 Uhr kehrte Miri nach Hause zurück. Der anstrengende Samstag steckte ihr in den Knochen, dennoch hielt sie vor der Tür zur Nachbarwohnung inne. Sie hatte sich vorgenommen, mit Henning zu sprechen. Warum also nicht sofort? Im Grunde war dieser Zeitpunkt so gut oder schlecht wie jeder andere auch. Sie wusste ohnehin nicht genau, wie sie es ihm beibringen sollte.

Ich wollte nur sagen, da schmort dein Braten in meiner Röhre, spielte sie das Gespräch in Gedanken durch. So hätte es wohl Pablo ausgedrückt.

Bei deinem Talent solltest du mal auf den Jahrmarkt gehen an die Schießbude. Jeder Schuss ein Treffer! Das könnte von Anne stammen, war allerdings auch nicht besser als Pablos Variante.

Miri seufzte. Wie überbrachte man so eine Neuigkeit angemessen? Es handelte sich nicht gerade um ein Geschenk oder ein hübsches Blumensträußchen. Das, was sie Henning gleich zu präsentieren gedachte, würde sein Leben nachhaltig verändern.

Am besten sie sagte es schlicht geradeheraus. Einfach drauflos, es blieb sich ohnehin unterm Strich gleich, ob sie nun eine ausgeklügelte Rede vorbereitete oder einfach drauflos plapperte. Miri starrte die Tür an. Wollte sie dieses Gespräch wirklich jetzt führen? Sie seufzte.

Verdammt!, dachte sie. *Ich will das alles nicht.* Vielleicht sollte sie einfach eines der Ultraschallfotos unter der Tür durchschieben, klingeln und dann ganz schnell das Haus verlassen? Einen Moment schwelgte sie in diesem verlockenden Gedanken. Dann rief sie sich zur Ordnung. Natürlich würde sie nichts dergleichen tun.

Kurz entschlossen trat sie einen Schritt vor und betätigte den Klingelknopf. Der Ton, den die Türglocke im Inneren der Wohnung von sich gab, schrillte unangenehm laut. Angespannt wartete Miri. Jeden Moment würde sie Schritte hinter der Tür hören, und gleich darauf schwänge die Tür auf. Doch nichts geschah. Alles blieb still. Sie klingelte erneut, wieder rührte sich nichts. Anscheinend war tatsächlich niemand zu Hause.

Ungewöhnlich, ging es Miri durch den Kopf. Normalerweise lag Finn um diese Uhrzeit bereits im Bett. Andererseits unternahmen Vater und Sohn an den Wochenenden gelegentlich Ausflüge, die ein weniger länger dauerten. Der Gedanke an Henning und Finn, wie sie nebeneinander von Karussell zu Karussell durch einen Freizeitpark schlenderten, stach wie ein Dorn in Miris Herz. Sie vermisste Finn und, wenn sie ehrlich zu sich war, seinen Vater noch viel mehr. »Mist!«, fluchte sie leise und wischte rasch eine Träne fort, die sich anschickte, den Weg über ihre Wange anzutreten.

Mit leicht verschwommener Sicht tapste Miri zu ihrer Wohnung hinüber. Dass Henning nicht zu Hause war, ließ ihr die Chance vorzubereiten, was sie ihm zu sagen hatte. Vor allem wollte sie ihm auf keinen Fall als heulendes Elend gegenübertreten, sondern vielmehr als starke, gefasste Frau, die ihr Leben im Griff hatte. Ob er ihr das abnehmen würde, stand auf einem anderen Blatt. Aber immerhin standen ihre Chancen besser, wenn sie sich ihm bei Tageslicht und gut ausgeschlafen entgegenstellte, statt nach einem langen, stressigen Arbeitstag zwischen Tür und Angel. *Also morgen*, dachte Miri und schloss mit einem erleichterten Seufzer die Wohnungstür auf.

Als sie am nächsten Tag erwachte, fiel ihr erster Blick auf den Wecker: 10:42 Uhr. Hui, sie hatte lange geschlafen. Sie gähnte herzhaft und reckte sich, bis ihre Knochen knackten. Wie lange war es her, dass sie zuletzt richtig ausgeschlafen hatte? Dieses Gefühl erholt zu sein und voller Tatendrang hatte sie fast vergessen. Entsprechend motiviert sprang sie aus dem Bett. Mit zwei schnellen Schritten erreichte sie die Balkontür, öffnete sie und ließ frische Luft hinein, ehe sie an das Regal nebenan trat und das Radio einschaltete. Als Nächstes musste ein Kaffee her, danach eine heiße Dusche und ein paar hübsche Klamotten. Heute wollte sie nur für sich hübsch aussehen.

Mit Feuereifer stürzte Miri sich auf die Kaffeemaschine, und schon bald waberte der Duft frisch gekochten Kaffees durch den Wohnraum. »I could have my Gucci on. I could wear my Louis Vuitton. But even with nothin' on. Bet, I made you look«, sang sie den Refrain von Meghan Trainors Song mit. Währenddessen bereitete sie sich zur Feier des Tages eine große Portion Milchschaum zu, ehe sie aus der hintersten Ecke ihres Geschirrschranks die rot-weiß gepunktete Boule hervorfischte, die sie vor einigen

Jahren in Paris erstanden hatte. Heute würde sie sich darin einen perfekten Café au lait anrichten.

Wenige Minuten später hielt Miri die bis an den Rand gefüllte Schale in der Hand. Sacht blies sie über die Oberfläche des Milchschaums, ehe sie vorsichtig an dem köstlichen, aber noch sehr heißen Gemisch nippte. Aus dem Schubkasten unter der Besteckschublade holte sie einen Zettel und einen Bleistift hervor. Ein paar Stichworte konnten nicht schaden, um sich auf das Gespräch mit Henning vorzubereiten. Sie brachte die Utensilien zum Couchtisch hinüber und wollte sich gerade auf das Sofa fallen lassen, als von draußen ein Gespräch an ihr Ohr drang.

»Guten Morgen«, trompetete eine Frau. Sie schien, dem Krächzen in ihrer Stimme nach, bereits älteren Semesters zu sein.

»Ihnen auch einen guten Morgen, Frau Müller«, antwortete eine Männerstimme in beinahe ebensolcher Lautstärke.

Miri zuckte zusammen. Zu gut kannte sie diese Stimme, in der sogar jetzt, als er beinahe brüllte, das warme Timbre lag, das sie so sehr mochte. Henning stand offensichtlich auf der Straße direkt unter ihrem Fenster und sprach mit einer der beiden alten Damen aus dem Nachbarhaus. Kein Wunder, dass er so schrie, die beiden waren gleichermaßen stocktaub.

»Wie bitte? Was haben Sie gesagt?« Wie zur Bestätigung fragte Hennings Gesprächspartnerin noch einmal nach.

»Ich sagte: Ich wünsche Ihnen ebenfalls einen schönen guten Morgen«, wiederholte Henning noch ein wenig lauter als zuvor.

»Ah. Danke sehr. Wie geht es denn Ihrem süßen, kleinen Sohn?«, wollte Frau Müller wissen.

»Ganz so süß ist Finn eigentlich nicht. Aber es geht ihm prima. Er schläft noch. Gestern waren wir bis spät auf Tour.«

»Tim heißt der Kleine also.«

»Nein, Finn«, brüllte Henning.

»Tinn?« Die alte Dame klang irritiert.

Miri schmunzelte. Die Situation kam ihr bekannt vor. Nicht nur Henning, auch sie und die anderen aus der Nachbarsclique scheiterten regelmäßig an solchen Gesprächsverläufen.

»Nein, Finn. Finn, F-I-N-N«, versuchte es Henning noch einmal. In seiner Stimme lag Belustigung. Miri sah ihn vor sich, wie er der Nachbarin mit einem breiten Grinsen ins Gesicht sah.

»Und wie geht es Ihrer hübschen Freundin? Schläft sie auch noch?« Miri stutzte. Die alte Dame war erstaunlich gut informiert, wenn auch nicht ganz auf dem neuesten Stand.

Henning schien auf diese Frage nicht zu antworten. Zumindest kam oben bei Miri kein Wort an. Stattdessen legte die schwerhörige Nachbarin noch einmal nach. »Sie beide sind so ein bezauberndes Paar.« Sie stieß ein Glucksen aus. »Wer weiß, vielleicht bekommt Ihr Tinn ja demnächst ein Geschwisterchen.« Sie lachte lauthals, als hätte sie einen großartigen Witz erzählt.

Oh Mist!, ging es Miri durch den Kopf. So langsam nahm das Gespräch eine ausgesprochen merkwürdige Wendung. Mit einem Mal fühlte sie sich in ihrer Rolle als Lauscherin unwohl. Vielleicht sollte sie lieber die Balkontür schließen? Allerdings würde das dünne Glas auch nicht viel nutzen. Schließlich brüllten die beiden einander so laut an, dass es die ganze Straße mithören konnte. Und dazu musste man nicht einmal draußen sitzen. Selbst modernste Doppelverglasung hielte diesem Gespräch nicht stand.

Abgesehen davon wollte Miri Hennings Antwort auf die Frage unbedingt hören. Statt also die Tür zu schließen, erhob sie sich und trat, die Kaffeetasse in der Hand, leise auf den Balkon hinaus.

»Gott bewahre. Auf keinen Fall«, antwortete Henning dann auch in diesem Augenblick lautstark. »Ein Tinn reicht mir fürs ganze Leben.«

Miri zuckte zusammen. Was hatte Henning gerade gesagt? Niemals hätte sie mit einer solchen Antwort gerechnet. Dass ausgerechnet er so dachte, erschien ihr unmöglich. Henning, der seinen Sohn abgöttisch liebte und der auf Miri immer den Eindruck gemacht hatte, sich eine große Familie zu wünschen.

Hektisch wandte sie sich um und trat zurück ins Innere ihrer Wohnung. Noch begriff sie nicht, was das Gehörte für sie bedeutete. Sie wusste nur, dass sie nicht noch mehr hören wollte. In ihren Ohren rauschte das Blut.

»Der Lauscher an der Wand hört seine eigene Schand'«, hatte ihre Oma immer gesagt; eines der wenigen Sprichworte, die sie nicht umgemodelt hatte. Wahrscheinlich, weil es bereits auf den Punkt formuliert war und keiner weiteren Verbesserung bedurfte.

Leise schloss Miri die Balkontür hinter sich. Henning musste nicht wissen, dass sie mitgehört hatte. Dann stellte sie die Boule auf der Spüle ab. Die Lust auf Café au lait war ihr vergangen. *Von wegen zur Feier des Tages*, ging es ihr durch den Kopf. *Eher zum Frust des Tages.* Sie warf einen letzten Blick auf die Porzellanschale, dann stieß sie einen Seufzer aus und verließ den Raum, um sich endlich frisch zu machen.

Unter der Dusche verbot sie sich zu denken. Stattdessen versuchte sie, sich ausschließlich auf das warme Wasser zu konzentrieren und es zu genießen. Natürlich funktionierte beides nicht. All die lästigen Gedanken, die durch Miris Hirn tanzten, ließen sich nicht aufhalten. Sie durchdrangen selbst die stärkste Dusche und weigerten sich, dem Weg des Wassers zu folgen. Vielmehr rotteten sie sich zu einer einzigen Frage zusammen, die in leichten Abwandlungen immer wieder Kreise zog.

Wenn Henning keine weiteren Kinder will, soll ich ihm dann überhaupt von dem wachsenden Leben in meinem Bauch erzählen?, lautete die Frage. Oder: *Warum sollte ich ihm davon erzählen, wenn er doch ohnehin keine weiteren Kinder will?*

So ging es rund, während Miri fieberhaft nach einer Antwort suchte, die es wahrscheinlich gar nicht gab.

Erst als sie schon eine ganze Weile unter der Dusche stand, bemerkte sie, dass sie weinte. Tränen mischten sich mit dem heißen Wasser, rannen ihren Körper hinab und verschwanden mit einem leisen Gurgeln im Abfluss. Die unendliche Traurigkeit jedoch, die Besitz von ihr ergriffen hatte, blieb.

Natürlich durchlitt sie seit dem Eklat mit Henning immer wieder Phasen voller Kummer, zumal die Trennung erst kurze Zeit zurücklag. Doch derart heftig hatte es sie noch nie erwischt, zumal Zorn bisher das vorrangige Gefühl gewesen war.

Einsamkeit, eine Art innerliches Vakuum, das alle Kraft absaugte, zerrte an Miri und zog ihr den Boden unter den Füßen weg. Einige Minuten lang war sie sich sicher, das einzig existierende Wesen auf dieser Welt zu sein.

Woher kam nur dieser welterschütternde Schmerz? Sie zwang sich, in ihr Innerstes zu sehen. Die Antwort lag unter ihrer Wut über Hennings Verrat begraben. Es fiel Miri nicht leicht, doch schließlich gestand sie sich die Wahrheit ein. Tief in ihrem Inneren hatte bis zu diesem Augenblick immer noch ein Hoffnungsfunken darauf gewartet, dass sich alles als riesengroßes Missverständnis entpuppte und sie – jetzt, da sie ein gemeinsames Kind erwarteten – doch wieder zueinanderfänden. Wie lauteten die Worte ihrer Großmutter? *Die Hoffnung stirbt so lange zuletzt, bis du vor ihr den Löffel abgibst.*

Die Erkenntnis traf Miri regelrecht körperlich: Irgendein unsichtbares Wesen, das neben ihr unter der Dusche ausgeharrt haben musste, rammte seine Faust in ihren Magen. Zusammengekrümmt schluchzte Miri auf. Niemals hätte sie erahnt, wie schmerzhaft es sein würde, dieses letzte Quäntchen Hoffnung loszulassen und dahin zu verbannen, wohin es gehörte: auf den Friedhof der unerfüllbaren Träume.

Kapitel 19
Ein aalglatter Fiesling

Miri stöhnte auf, als sie am Morgen des folgenden Montags vor die Haustür trat. Der grelle Sonnenschein entsprach so gar nicht ihrer heutigen Stimmung. Sie gab einen gequälten Laut von sich, während sie in ihrer Handtasche wühlte, bis ihr endlich das Etui mit der Sonnenbrille in die Hand fiel. Mit fahrigen Fingern setzte sie die Brille auf. Leider ließ das Ergebnis zu wünschen übrig. Die fröhlich vom Himmel lachende Sonne drang auch durch die abgedunkelten Gläser, so als ignorierte sie Miris Weltuntergangsstimmung bewusst.

»Zum Kotzen!«, schimpfte Miri vor sich hin, während sie sich endlich in Bewegung setzte. Das Bücherschiff wartete auf sie. Wenigstens bedeutete schönes Wetter, dass viele Kunden den Weg zu ihnen fänden. Außerdem stand heute der Besuch ihres Vermieters auf der Agenda. Da schadete Sonnenschein auch nicht, im Gegenteil.

Harald Schlick zu erreichen, hatte ewig gedauert. Abwechselnd hatten Miri und Katja im Abstand von je zwei Stunden das Telefon durchklingeln lassen, solange die Leitung hielt, bis es Katja endlich gelungen war, ihn zu erreichen.

Wider Erwarten hatte er sich kaum geziert, sondern sich bereit gezeigt, sie zu einem Gespräch auf der Barkasse im Oevelgönner Museumshafen zu besuchen. So langsam wurde es auch höchste Zeit dafür, denn bis zu der angekündigten Mieterhöhung blieben ihnen nur noch knapp sechs Wochen.

Miri atmete tief durch. Noch gelang es ihr halbwegs, all die unschönen Gedanken an eine unsichere Zukunft zu verdrängen. Bis zum heutigen Morgen war ihr das sogar regelrecht leichtgefallen. Kein Wunder angesichts der zwei- bis dreihundert klitzekleinen Herausforderungen, die darüber hinaus die Achterbahn ihrer Gehirnwindungen entlangrasten. *Pah!* Bei dem Gedanken entfuhr ihr ein bitteres Lachen.

Dennoch … Spätestens heute drängte sich die Realität kraftvoll nach vorn. Noch tanzten sie zu dritt fröhlich auf der Elbe: Miri, Katja und »Das kleine Bücherschiff«. Doch über ihnen schwebte die scharfe Schneide einer Guillotine, die diese wunderbare Dreiecksbeziehung blitzschnell zerschlagen konnte. Die Bedrohung, die von dieser Mieterhöhung ausging, ließ sich nicht länger ignorieren.

Die Freundinnen hatten es mehrfach durchgerechnet: Selbst bei den wirklich ausgezeichneten Einnahmen, die sie in den letzten Wochen täglich verbucht hatten, brächten sie die neue Miete beim besten Willen nicht auf. Und selbst wenn die Barkasse genug Geld abwürfe, bliebe für sie nichts mehr übrig zum Leben, insbesondere da ihre Ersparnisse samt und sonders in die Renovierung und Einrichtung der Barkasse geflossen waren.

Es blieb ihnen nur die Chance, Harald Schlick irgendwie davon zu überzeugen, dass es auch ihm nutzte, wenn er langfristig eine moderatere Miete forderte, statt die Schließung des Bücherschiffs zu erzwingen.

Als Miri den Salon betrat, wuselte Katja schon eifrig herum. Miri blickte sich um. Kein Staubkörnchen lag auf den Regalen oder den Büchern.

»Wow, du warst fleißig. Wie lange bist du denn schon hier?«

»Seit früh um sieben. Ich konnte nicht mehr schlafen. Da dachte ich, ich lege hier schon mal los.« Katja ließ das Putztuch sinken, mit dem sie gerade die Messingumrandung eines Bullauges poliert hatte.

Miri schüttelte den Kopf. »Es widerstrebt mir immer noch, für so einen Mistkerl hier die Bude auf Hochglanz zu bringen. Versteh' mich nicht falsch. Es sieht toll aus. Ich glaube, so poliert war unser Schiffchen nicht mehr seit der Eröffnung.«

»Ich hoffe vor allem, dass er irgendwie spürt, dass es sich bei der Barkasse nicht einfach um eine Geldanlage handelt. Schließlich ist ›Das kleine Bücherschiff‹ kein unbelebtes Etwas, sondern ein schwimmender Wohlfühlraum mit Herz, der seinem maroden Schiff wieder Seele eingehaucht hat.« Katja seufzte leise. »Im besten Falle müssen wir ihm das nicht erklären, sondern die Emotionen sickern irgendwie unbewusst in ihn hinein. Sofern Herr Schlick nicht vollständig abgestumpft ist.«

Miri nickte. Tatsächlich blieb ihnen nur zu hoffen, dass der Vermieter zu so viel Gefühl überhaupt fähig war. »Wenn er es nicht spürt, werden wir an sein Herz appellieren. Ich meine …«, sie unterbrach sich und dachte einen Moment nach. Wie würde ein aalglatter Geschäftsmann reagieren, wenn er zwei Leben zerstörte? »So skrupellos wird er doch nicht sein, oder?«

»Ich weiß es leider nicht.« Katja zuckte mit den Schultern. »Er hat sich mir nicht mit den Worten vorgestellt: Ich bin ein skrupelloser Miethai, der erst Ihre kompletten Ersparnisse verbrennt und im Anschluss nicht zögert, bei der nächstbesten Gelegenheit ihre Existenz zu vernichten.«

Trotz ihrer Sorgen musste Miri lachen. »Was für eine schöne Vorstellung. Wenn sich jeder Mensch, den man neu kennenlernt, outen müsste, dann wüsste man gleich, wo man dran ist. Ich hätte Karsten nie genommen, wenn er sich korrekt vorgestellt hätte.« Sie kicherte. »Guten Tag, ich bin ein karrieregeiler Urologe, der sich nur mit dir einlassen will, um in der Praxis bessere Karten zu haben, und schon bald werde ich anfangen, dich mit jeder Dahergelaufenen, die nicht bei drei auf dem Leuchtturm sitzt, zu betrügen.«

Katja lachte schallend. »Erstklassig. Wie würdest du dich selbst vorstellen?«

»Wahrscheinlich ziemlich langweilig. Irgendwas mit netter, misstrauischer Frau von nebenan, die Betrug nicht verzeiht und jeden Fetttümpel mitnimmt, der sich ihr bietet, um darin möglichst tief zu tauchen?« Ein wenig herumzualbern, tat Miri gut. Sie fühlte sich sofort leichter und verzieh sogar der frühmorgendlichen Sonne, dass sie ihr so hinterlistig ins Gesicht geschienen hatte.

Gemeinsam legten die Freundinnen letzte Hand am »Kleinen Bücherschiff« an. Sie fuhren alles auf, was die Buchhandlung an Atmosphäre hergab, Katja entblödete sich sogar nicht, ein paar Tropfen Öl mit Kaffeeduft in den Ecken zu verteilen. Allerdings mussten sie danach erst einmal lüften, denn nun roch der Salon dermaßen penetrant nach Kaffeebohnen, dass selbst die beiden Liebhaberinnen dieses Getränks damit haderten. Zu viel war einfach zu viel.

Kurz bevor das Bücherschiff offiziell öffnete, verschwand Miri im Bücherlager, um die schlichten Klamotten, die sie für die Putzaktion angezogen hatte, gegen ein geeigneteres Outfit zu tauschen. Sie schlüpfte in eine hellgraue Caprihose, zu der sie passende graublaue Sandalen besaß. Als Oberteil hatte sie ein rotes Longshirt mit kurzen Raglanärmeln ausgewählt. Dazu ein grauer Gürtel und schon verwandelte sich das unkomplizierte Shirt zu einem schicken, aber ausgesprochen bequemen Wohlfühlkleid. Zum Schluss schüttelte sie noch ihre Haare zurecht, tupfte sich etwas Gloss auf die Lippen und kehrte in den Verkaufsraum zurück.

Anerkennend pfiff Katja durch die Zähne. »Wow. Du siehst toll aus. Extra für Schlick?«

»Extra für mich«, erwiderte Miri mit einem schiefen Grinsen. »Es mag ein Armutszeugnis sein, aber die Aufhübscherei hilft – sozusagen ein kleiner Zusatzbooster für das Selbstbewusstsein.«

Katja nickte wissend. »Wer kennt das nicht?«

»Männer, würde ich annehmen«, antwortete Miri.

»Da bin ich gar nicht so sicher. Männer sind auch nur Menschen.« Auf der Gangway erklangen Schritte. Mit einem breiten Lächeln wandte sich Katja der Eingangstür zu, bereit, den ersten Kunden des Tages zu begrüßen.

Dreißig Minuten später schwang die korallenrote Tür zum wiederholten Male auf, und ein Mann, dessen Kopf zu groß für seinen kleinen Körper zu sein schien, kam herein. Harald Schlick!

Katja eilte ihm mit zum Gruß ausgestreckter Hand entgegen. Miri, die gerade in der Kinderecke ein paar Bücher in die Regale zurückstellte, nutzte den Moment, um ihn in Ruhe zu mustern.

Er trug eine hauteng Bluejeans mit aufgerissenen, ausgefransten Stellen, dazu ein schwarz glänzendes Hemd, ein babyblaues, kurzes, tailliertes Sakko, das über seinem runden Bauch gerade noch von einem Knopf zusammengehalten wurde, und einen gemusterten Seidenschal. Die Sachen entstammten wahrscheinlich einer exklusiven Herrenboutique, allerdings fehlten Schlick die dazugehörigen Modelmaße, und er war mindestens drei Generationen von der passenden Altersgruppe entfernt. Dennoch trug er das Outfit, als wäre es speziell für ihn kreiert worden.

Neben seinem unvorteilhaften Äußeren war auch der erste Eindruck seiner Persönlichkeit verheerend. Bis zu diesem Augenblick hatte Miri noch gehofft, Katjas Beschreibung des Mannes wäre reine Übertreibung gewesen. Leider handelte es sich eher um eine Untertreibung. Aber vielleicht tat sie ihm auch Unrecht und projizierte lediglich ihre Erwartung auf ihn. Oder aber es handelte sich bei dem Kerl tatsächlich um einen aalglatten Fiesling, der schon von Weitem so glitschig wirkte, als glitte alles an ihm ab.

»Guten Morgen.« Katjas Stimme klang etwas überenthusiastisch.

Miri beeilte sich, an die Seite ihrer besten Freundin zu treten. Für einen Moment spürte sie Widerwillen, dann überwand sie sich und streckte Harald Schlick die Hand entgegen. »Herzlich willkommen auf dem ›Kleinen Bücherschiff‹. Die erste und einzige schwimmende Buchhandlung und Hamburgs neueste Institution.« Der Hinweis auf den Stellenwert als nennenswerte Sehenswürdigkeit, den sich die Barkasse in der kurzen Zeit seit der Eröffnung erworben hatte, schien ihr wichtig.

Schlick sah sich mit flüchtigem Blick um, Miris dargebotene Hand verschmähte er. »Ein hehrer Anspruch.« Die kehlige Stimme passte zu seinem Äußeren.

»Eine Tatsache, die wir uns durch harte Arbeit erworben haben! Ich bin übrigens Miriam Cornelis. Wir hatten ja noch nicht das Vergnügen.« Sie beeilte sich, ihre Hand zurückzuziehen.

»Harte Arbeit, soso.« Schlick schnaubte verächtlich. »Dass ich nicht lache. Als ob ein Fräuleinchen wie Sie irgendetwas von harter Arbeit verstünde.«

Miri runzelte die Stirn. Es behagte ihr keineswegs, als Fräuleinchen betitelt und beleidigt zu werden. Dennoch schwieg sie. Sich jetzt auf einen Streit mit ihm einzulassen, würde ihren schönen Plan torpedieren. Stattdessen lächelte sie so breit es ihr möglich war, angesichts des Ekelgefühls, das sie beim bloßen Anblick des Kerls immer wieder erfasste.

»Kommen Sie, ich zeige Ihnen alles.« Katja klang so jovial wie ein Möbelverkäufer. »Wie Sie sehen, haben wir eigens Regale bauen lassen, in denen die Bücher auch bei Wellengang sicher stehen. Wie gefällt Ihnen denn die Einrichtung? Wir hatten eine gemütliche Hamburger Gute Stube im Sinn. Aber das sehen Sie sicherlich auf den ersten Blick.«

»Wem's gefällt.« Der herablassende Gesichtsausdruck des Mannes sprach Bände.

»Bitte nehmen Sie doch Platz.« Miri wies auf die Sitzecke mit dem roten Biedermeiersofa und den Sesselchen. »Ich hänge nur mal schnell eine Nachricht an die Tür, dass wir für dreißig Minuten geschlossen haben.«

»Ich glaube nicht, dass ich so lange bleibe.« Die Sprungfedern quietschten, als sich Schlick auf das Sofa fallen ließ.

»Vielleicht trinken wir erst einmal einen Kaffee zusammen, dann sehen wir weiter. Oder bevorzugen Sie Tee?« Miri nickte Katja zu, ehe sie sich umwandte, den vorbereiteten Zettel von der Verkaufstheke schnappte und den Salon verließ. Draußen atmete sie erst einmal tief durch, ehe sie das Blatt mit der Aufschrift: »Wir bitten um Nachsicht für eine kurze Schließung. Wir sind in spätestens 30 Minuten wieder für Sie da« von außen an die korallenrote Tür klebte.

Zurück im Inneren hatte sich Schlick inzwischen breitbeinig in der Mitte des Sofas platziert. Katja saß auf einem der Sessel und versuchte glücklich auszusehen, was ihr nach Miris Einschätzung nicht einmal im Ansatz gelang. Sie setzte sich auf das andere Sesselchen und versuchte das Gespräch in Gang zu halten, wobei sie immer wieder auf die Schönheit und die Vorzüge des Bücherschiffs hinwies.

Fünf Minuten später musste sie einsehen, dass all ihre Bemühungen ins Leere liefen. Schlick war nicht nur weit davon entfernt, das Besondere der schwimmenden Buchhandlung zu spüren, sondern es schien ihn auch gar nicht zu interessieren. Die Hoffnung, er könnte sein Herz für »Das kleine Bücherschiff« entdecken, schmolz wie Margarine auf einem heißen Teller. Zurück blieb ein unappetitlicher Fettfilm, der hervorragend zu Schlicks Ausstrahlung passte.

Miri warf Katja einen fragenden Blick zu, um herauszufinden, ob sie sich bereit fühlte, auf Teil zwei ihres Plans umzuschwenken. Als ihre beste Freundin nickte, erhob Miri sich. Im Stehen fiel ihr das Sprechen leichter, zumal ihr das, was sie jetzt ansprechen wollte, besonders schwer auf den Magen drückte.

Schlick störte sich nicht daran, dass Miri auf ihn hinabsah. Neben einer besonders herablassenden Art gehörte anscheinend überzogenes Selbstbewusstsein zu seinen herausragenden Eigenschaften. *Bah*, ging es Miri durch den Kopf. Wie konnte ein Kerl nur derart schmierig grinsen? Die lüsternen Blicke, die

Schlick an ihrem Leib hinauf- und hinabwandern ließ, spürte sie beinahe körperlich. Sie versuchte, sich nicht vor Ekel zu schütteln, um ihm nicht auch noch die Genugtuung zu geben, dass sein Verhalten funktionierte.

Zwar spürte Miri, dass dieser Mann gern Sexismus nutzte, um Frauen unter Druck zu setzen, dennoch fühlte sie sich durch seine Blicke derart unwohl, dass ihr die Worte, die sie sich erst vor wenigen Atemzügen zurechtgelegt hatte, nicht über die Lippen kommen wollten. Zum Glück sprang ihr Katja bei.

Miri musterte ihre beste Freundin. Auf Katjas Gesicht lag ein Ausdruck grimmiger Entschlossenheit. Sie hasste es, wenn Männer sich so aufführten, und im Gegensatz zu Miri, die sich trotz besseren Wissens noch manchmal davon einschüchtern ließ, reagierte sie mit Empörung. Miri sah diese Empörung genau, doch sie sah auch, dass Katja sich mühsam im Zaum hielt, was wahrscheinlich ihrem Plan, Schlick umzustimmen, geschuldet war.

»Reden wir Tacheles«, sagte sie mit ruhiger, klarer Stimme.

Miri nickte innerlich anerkennend.

»Vielleicht ist es Ihnen nicht klar. Deshalb möchte ich es deutlich sagen: Die Mieterhöhung, die Sie uns aufbürden wollen, können wir beim besten Willen nicht stemmen.« Katja hielt kurz inne. »Abgesehen davon, dass wir nicht glücklich darüber sind, dass für Sie unsere mündliche Vereinbarung Makulatur zu sein scheint, haben wir den Vertrag anwaltlich prüfen lassen. Der Vertrag ist so weit rechtens, auch wenn unser Anwalt ganz klar hat durchblicken lassen, dass die Fallstricke darin moralisch bedenklich sind. Womit ich sagen will: Wir sind nicht bereit, Ihre Mieterhöhung so zu akzeptieren.«

Schlick öffnete den Mund, um etwas zu sagen, doch Katja

wies ihn mit einer derart herrischen Handbewegung ab, dass er den Mund wieder zuklappte. »Warten Sie kurz«, sagte sie. »Zwar behalten wir uns weitere Schritte vor, aber in erster Linie sind wir an einer Klärung interessiert, die beiden Seiten entgegenkommt. Deshalb möchten wir Ihnen ein Gegenangebot machen. Vielleicht gefällt es Ihnen auf den ersten Blick nicht, aber bedenken Sie, dass wir noch im Aufbau sind. Wir avancieren hier immer mehr zum Touristenmagneten, weshalb wir davon ausgehen, mit unserem Sortiment und den Veranstaltungen, die wir anbieten, noch deutlich an Umsatz zulegen zu können. Wir könnten langfristig eine für beide Seiten lukrative Geschäftsbeziehung auf die Beine stellen.« Katja holte tief Luft, ehe sie Miri ansah, die ihr signalisierte, genau den richtigen Ton getroffen zu haben.

Tatsächlich war Miri begeistert. Sie hatte einen Augenblick befürchtet, Katja könnte über ihr ausgeprägtes Fairnessempfinden stolpern und in Vorwürfe an Schlick abgleiten. Doch sie hatte es souverän gemeistert. Viel souveräner als Miri es je vermocht hätte, das konnte sie ohne jegliche Missgunst zugeben. Katja hatte es einfach drauf.

»Dann lassen Sie mal hören. Aber kommen Sie mir nicht mit 1000 Euro.«

»Das hatten wir nicht vor«, schaltete Miri sich wieder ein. Seit Schlick sie nicht mehr so anstarrte, als wollte er ihr jeden Augenblick an den Busen grabschen, hatte sie ihr Selbstvertrauen wiedergefunden. »Wir dachten eher an 2500 Euro. Die Verkaufsfläche ist nicht riesig, das müssen Sie bedenken.«

»Nicht mein Problem, Sie haben das Boot umgebaut, Sie hätten die Verkaufsfläche verdoppeln oder verdreifachen können. Der Vertrag verbietet Ihnen keineswegs aufzustocken. Sie hätten

einfach noch ein oder zwei Stockwerke obendrauf bauen sollen.«
Schlick unterbrach sich. »Ihr Angebot ist lächerlich.«

»Wir können noch um 500 erhöhen. Dann sind wir bei
3000 Euro. Das heißt für uns bereits, dass wir selbst gerade so
unseren Lebensunterhalt zusammenbringen.«

»Tja …« Schlick grinste süffisant. »Wie ich immer sag': Augen auf bei der Berufswahl. Ihr Püppchen hättet euch besser
einen reichen Kerl gesucht, anstatt hier einen auf Geschäftsfrau
zu machen, was euch offensichtlich nicht liegt.«

Miri atmete tief ein und zwang sich, ruhig zu bleiben. Dieser
Giftzwerg schien Freude daran zu haben, sie zu provozieren.
Aber sie würde sich nicht darauf einlassen. Stattdessen fragte
sie: »Was halten Sie denn von 3000 Euro Miete im Monat? Wir
könnten das für sechs Monate festschreiben und nach dem Winter, wenn wieder mehr Laufkundschaft auf ›Das kleine Bücherschiff‹ kommt, schauen wir weiter. Was meinen Sie?« Miri gab
sich alle Mühe, Schlick freundlich anzulächeln. Allerdings ging
sie davon aus, dass ihr Lächeln reichlich schief geraten war. Dennoch war sie zufrieden damit, wie sie und Katja sich schlugen.
Zum Glück hatten sie sich auf das Gespräch akribisch vorbereitet. Aus dem Stegreif wäre ihr diese Art Geschäfts- und Ver-
handlungssprache sicher nicht so flüssig über die Lippen gekommen.

»Na gut. Ich will nicht so sein. Man ist ja kein Unmensch.«
Schlick hielt inne. Anscheinend hatte er vor, es spannend zu machen. Erst nach einer geraumen Weile sprach er weiter. »Also
gut. Ich komme Ihnen entgegen. Sagen wir … um 600 Euro.«

Einen Augenblick herrschte Stille auf dem »Kleinen Bücherschiff«.

Dann räusperte sich Katja vernehmlich. »9999 Euro? Habe ich Sie richtig verstanden?«

»Da hat aber eine in Mathe aufgepasst.« Schlick lachte boshaft. »Mein letztes Wort.« Er erdreistete sich, Katja die Hand entgegenzustrecken. »Schlagen Sie ein, oder lassen Sie es. Dann bleibt es selbstverständlich bei den genannten 10 599 Euro. Es ist Ihre Entscheidung.«

»Wollen Sie uns auf diese Weise zu verstehen geben, dass Ihnen 3000 Euro nicht reichen?«, fragte Katja. »Um 500 Euro könnten wir noch …«

An dieser Stelle fiel Miri ihr ins Wort. »Lass es!«, sagte sie leise. »Er spielt nur mit uns. Du kannst ihm bieten, was du willst.«

Schlick lachte schallend.

In Miris Bauch brodelte die Wut. Ihr Zorn kochte immer höher und ließ ihre Haut kribbeln. Sie spürte die Hitze, die in ihr Gesicht stieg, sicherlich lief sie gerade knallrot an. Es war ihr egal. In diesem Augenblick vergaß sie alles andere, sogar ihre Enttäuschung und die Angst wurden aufgezehrt von den Flammen, die in ihr loderten.

Sie drehte sich Harald Schlick zu und musterte ihn mit zusammengekniffenen Augen. »Sie sind ein mieser Drecks …« Das Wort Kerl vernuschelte sie, sonst würde dieser schleimige Drecksack sie womöglich am Ende noch wegen Beleidigung verklagen. »Wir wissen von Ihren Umbauplänen. Ich habe den Flyer für das Hausboot gesehen. Sagen Sie mir doch mal eines: Warum haben Sie uns die Barkasse überhaupt vermietet, wenn sie doch ohnehin vorhatten, das Schiff luxussanieren zu lassen und dann anderweitig zu vermieten? Das hätten Sie auch ohne das Zwischenspiel mit uns haben können.«

»Oh nein«, antwortete er mit einem Triumph in der Stimme. »Mich dürfen Sie für Ihre Lage nicht verantwortlich machen. Dafür haben Sie hübsch selbst gesorgt.«

»Was?«, fragten Miri und Katja im Chor. Kopfschüttelnd sahen sie einander an. Was für einen ausgemachten Unsinn redete der Kerl da?

»Ja, da guckt ihr Püppchen, was?« Sein Kichern klang wie das von Rumpelstilzchen, während es um das Feuer herumhüpfte. *Heute back' ich, morgen brau' ich, übermorgen hole ich der Königin ihr Kind. Ach, wie gut, dass niemand weiß, dass ich Rumpelstilzchen heiß'.*

»Für Sie immer noch Frau Cornelis und Frau Gerbaum. Weder Fräuleinchen noch Püppchen, dass wir uns da richtig verstehen.« Die Blicke, die Katja Schlick bei diesen Worten zuwarf, entlockten Miri ein grimmiges Schmunzeln. »Und wir wären Ihnen sehr verbunden, wenn Sie nicht solchen Unfug reden würden.«

»Meine Damen, Sie unterschätzen Ihre Fähigkeiten. Hätten Sie nicht dafür gesorgt, dass der Laden hier so brummt, und dazu noch die ganzen lobhudelnden Artikel im Abendblatt, dann wäre mein Geschäftspartner nie auf den Gedanken gekommen, mir ein Angebot für den Umbau zukommen zu lassen. Man kann es eben auch zu gut machen und sich damit ins Aus befördern.«

»Geschäftspartner?« Miri verstand die Welt nicht mehr. Was denn für ein Geschäftspartner? Stammte die Idee für die Luxussanierung gar nicht von Schlick? Hennings Flyer ging ihr durch den Kopf. Dieser komplette Plan stammte doch nicht etwa von Henning? Von einem Augenblick auf den anderen fiel Miri das Atmen schwer.

Katja griff nach Miris Hand und drückte sie fest. Natürlich wusste ihre beste Freundin sofort, in welche Richtung Miris Gedanken gingen. Wohl deshalb übernahm sie nun auch die Gesprächsführung. »Nun reden Sie mal nicht so kryptisch daher. Also: Butter bei die Fische.«

Schlick zögerte mit der Antwort. Schließlich erhob er sich von dem Sofa und machte einen Schritt auf Miri zu, die automatisch ein Stück zurückwich. »Ich muss dann mal los. So wie ich das sehe, haben wir nichts mehr miteinander zu besprechen. Denken Sie nur immer daran, pünktlich die Miete zu überweisen.« Mit einem letzten heuchlerischen Grinsen trat er zwischen Miri und Katja hindurch und stapfte zur Tür. Im Türrahmen drehte er sich noch einmal um und rief: »Horrido!« Im nächsten Augenblick fiel die Tür hinter ihm ins Schloss.

Die Freundinnen sahen einander irritiert an.

»Horrido?«, fragte Katja mit gerunzelter Stirn. »Was will er denn damit sagen?«

Miri zückte ihr Smartphone. »Moment, das kann uns sicher Tante Google beantworten.« Sie tippte den Begriff in das Suchfeld. Gleich darauf erschien der entsprechende Wikipediaeintrag. »Horrido gehört zum jagdlichen Brauchtum … bla, bla, bla …, der sich vom Hetzruf des Rüdemeisters beziehungsweise Rudelführers bei Meute- oder Treibjagden zum Anfeuern der Jagdhunde ableitet«, las Miri vor.

»Aha. Allerdings bin ich jetzt trotzdem nur wenig schlauer. Bezieht sich das auf uns? Sind wir die Jagdhunde, oder hat er gerade die Jagd auf uns eröffnet?« Katja wirkte eine Spur verwirrt.

Miri erging es nicht viel besser. Allerdings dämmerte ihr, dass es müßig war, sich mit Schlicks kryptischen Worten auseinanderzusetzen. Sie seufzte. »Ich fürchte Letzteres. Wobei die Jagd auf uns wohl schon länger begonnen hat. Und so wie es aussieht, ist sie unabwendbar.« Sie ließ die Arme hängen. So langsam sickerte der Verlauf des Gesprächs tiefer in ihre Gehirnwindungen.

Auch Katja schien langsam zu begreifen, was sich gerade abgespielt hatte. Sie warf einen Blick auf ihre Uhr. »Keine zwanzig Minuten«, flüsterte sie. Unvermittelt brach sie in Tränen aus. »Dieser schmierige Lappen. Warum ist er überhaupt gekommen?« Ein Schluchzer drang aus ihrer Kehle und versagte ihr weitere Worte.

Durch Miris Adern floss die Wut wie allesvernichtende Lava. Vielleicht kamen ihr deshalb nicht ebenfalls die Tränen. Verwirrt schüttelte sie den Kopf. Eigentlich hätte sie weinen müssen, schließlich lag vor ihr nichts anderes als ein Trümmerhaufen. Henning, das Bücherschiff, die Schwangerschaft. Gründlicher ließ sich ein Leben nicht in Scherben schlagen.

Miri betrachtete ihre beste Freundin. Der Anblick zerriss ihr das Herz. Katja wirkte derart verzweifelt, dass Miri es kaum aushielt. Mit bebenden Schultern stand sie nach vorn gebeugt da, immer wieder erschütterten die Schluchzer ihren Körper. Zu gern hätte Miri ebenfalls geweint, sie spürte schon jetzt, wie der Kloß in ihrem Bauch wuchs, doch sie hatte keine Tränen mehr. Auch die Wut verging und zurück blieb nichts als ein dumpfes Gefühl. Selbst Miris Haut fühlte sich taub an. Am liebsten hätte sie sich umgedreht und das Bücherschiff verlassen. Aber da war noch Katja. Sie brauchte sie jetzt, egal wie mies Miri sich selbst fühlte.

Entschlossen schüttelte sie das Taubheitsgefühl ab. Dann

ging sie zum Verkaufstresen hinüber, holte die Taschentuchbox aus dem Regal darunter, trat zu Katja und reichte sie ihr.

Katja starrte darauf, als wüsste sie nicht, wozu ein Papiertaschentuch diente. Miri seufzte, dann schob sie die Hand, in der Katja die Box wie einen Fremdkörper hielt, ein Stück zur Seite und zog ihre beste Freundin an sich. Wenigstens festhalten konnte sie sie, so fest und so lange, bis sie sich einigermaßen in Sicherheit fühlte. Auch wenn es sich um eine Scheinsicherheit handelte, wie Miri nur zu genau wusste. Ihre Freundschaft zählte einiges, aber sie verfügte nicht über die Macht, die Scherben ihrer beider Leben zu kitten und Geld herbeizuzaubern, das sie nicht besaßen. Und auch nicht, um eine Beziehung zu retten oder Liebe wiederherzustellen, wo jetzt Verrat wucherte wie ein Geschwür.

»So ein unfassbarer Mist!« Schlicks Worte über einen Geschäftspartner fielen ihr wieder ein. Henning! Bei dem Gedanken an ihn stockte Miri der Atem. Sollte er wirklich so etwas getan haben? Sie keuchte. Ausgerechnet Henning, dem sie vertraut hatte. Wenn ja, dann erwies sich das Ausmaß seines Verrats als viel größer, als sie es jemals gedacht hatte. Bei der Vorstellung drehte sich ihr beinahe der Magen um. Sie zwang sich ruhig und gleichmäßig zu atmen. Erneut konzentrierte sie sich auf Katja, die sich immer noch nicht beruhigt hatte.

»Sch …«, flüsterte Miri. »Wein dich ruhig aus, das wird dir guttun. Ich weiß, es fühlt sich an, als wäre alles vorbei. Aber …« Sie suchte nach aufmunternden Worten, doch so sehr sie in ihrem Inneren auch nach Zuversicht grub, sie förderte nur Angst und Zweifel zutage. Da war nichts, was sie Katja zur Beruhigung sagen konnte.

Eine Träne fiel auf Miris Handrücken. Überrascht betrachtete sie die kleine schimmernde Perle. Ein weiterer Tropfen gesellte sich dazu. Und dann, mit einem Mal, sprangen die gerade noch fest verschlossenen Tore zu Miris Seele auf, ihre Tränen begannen zu fließen, und schon wenige Atemzüge später klammerte sie sich unter Schluchzen genauso fest an Katja, wie diese sich an sie.

Wie viel Zeit vergangen war, bis die Tür zum Salon aufschwang, konnte Miri nicht sagen. Gefühlt hatten sie mehrere Stunden lang in dieser innigen Umarmung dagestanden und ihren Tränen freien Lauf gelassen. Tatsächlich waren es sicher nur wenige Minuten gewesen. Dennoch fühlte sich Miri körperlich und seelisch so erschöpft, als ob sie gerade ganz allein in nur einem Tag einen Wolkenkratzer hochgezogen hätte.

»Ist irgendwer da?« Miri fuhr herum. Die Eingangstür stand einen Spalt breit offen, und zwei Augenpaare lugten hindurch. »Hier hängt eine Nachricht an der Tür, dass ihr nicht da seid. Wir warten schon eine ganze Weile. Habt ihr den Zettel vergessen?«, erklang Tims Stimme.

»Oh mein Gott.« Das kam von Liz. »Was ist passiert?« Sie stieß die Tür derart plötzlich auf, dass Tim, der sich dagegen gelehnt hatte, ins Stolpern geriet.

Trotz ihres elenden Zustands musste Miri lächeln.

Liz packte Tim am Kragen und hielt ihn fest, ehe er gegen das nächstgelegene Bücherregal torkeln konnte. »Warte du mal bitte draußen, und pass auf, dass keiner reinkommt!«, befahl sie ihm.

Als Tim ein Murren von sich gab, warf sie ihm einen derart herrischen Blick zu, dass er sich ohne weitere Gegenwehr nach draußen trollte. Als die Tür hinter ihm ins Schloss fiel, wandte sich Liz den beiden Freundinnen zu. Ohne lange Vorrede umarmte sie erst Miri und dann Katja, ehe sie die beiden zu den Ohrensesseln führte und hineindrückte. Dann verschwand sie in der Kombüse, aus der sie nach einigen Minuten mit zwei dampfenden Tassen zurückkehrte.

»Pfefferminztee«, verkündete sie, als sie Miri die Tasse reichte. »Zum Glück habe ich heute frei und kann mich um euch kümmern. Und nun erzählt. Was ist vorgefallen? Ihr seht aus, als ob gerade über euch der Himmel eingestürzt wäre.«

»So ähnlich ist es auch.« Vorsichtig nippte Miri an dem heißen, stark gezuckerten Gebräu. Eigentlich mochte sie ihren Tee nicht derart süß, aber heute tat ihr die Mischung gut. Mit einem Stöhnen ließ sie sich im Sessel zurückfallen. Sie trank noch ein paar Schlucke, atmete tief durch und begann, abwechselnd mit Katja, zu erzählen.

Während die Freundinnen berichteten, schwieg Liz. Hin und wieder entfuhr ihr ein Ächzen, und je mehr sie über das Gespräch mit Schlick hörte, desto stärker entgleisten ihre Gesichtszüge. Schließlich rief sie empört aus: »Was für ein Ekelpaket. Der glaubt doch nicht allen Ernstes, dass er damit durchkommt?«

»Das ist er doch schon.« In Katjas Stimme lag so viel Resignation, wie Miri nie zuvor wahrgenommen hatte.

»Nein!« Liz schüttelte vehement den Kopf. »Das glaubt er vielleicht, aber wir werden uns etwas einfallen lassen. Irgendetwas Fieses und Gemeines, und dann schlagen wir ihn mit seinen eigenen Waffen.« Sie klang zuversichtlich. »Wirklich, Mädels. Gemeinsam sind wir stark. Ich hole meinen Bruder noch ins Boot und natürlich Tim, Anne und Pablo. Das wäre doch gelacht. Sieben kluge Köpfe gegen einen schmierigen Sack. Es gibt immer einen Weg, wir müssen ihn nur finden.«

»Apropos Tim …« Miri wies auf die korallenrote Tür.

»Ups«, entfuhr es Liz. »Den hätte ich beinahe vergessen.« Sie kicherte. »Ti-im«, rief sie gedehnt. »Du kannst reinkommen.«

Sofort schwang die Tür auf, und Tim trat ein. »Das wird aber auch Zeit. Ich sterbe vor Neugier. Was ist passiert?«

»Dieser Mistkerl von Vermieter war eben hier. Das Gespräch war gelinde gesagt …« Katja zögerte. »Um es klar zu sagen: Er hat sich als der miese Schleimer erwiesen, als den ich ihn eingeschätzt hatte. Nur schlimmer. ›Das kleine Bücherschiff‹ interessiert ihn nicht die Bohne, und er hat uns dafür verantwortlich gemacht, dass sein Geschäftspartner – wer immer das auch ist – überhaupt erst auf die Idee gekommen ist, die Barkasse zum Luxushausboot umzubauen.«

»Häh?« Der Gesichtsausdruck, mit dem Tim Katja ansah, ließ Miri bitter auflachen. Er verstand offenbar nur Bahnhof.

»Ja, so haben wir auch dreingeschaut«, sagte sie, ehe sie ihn mit weiteren Details versorgte. »Wir können uns wohl darauf einrichten, dass es unser ›Kleines Bücherschiff‹ nicht mehr lange geben wird.« Ein trauriger Seufzer drang über ihre Lippen.

Ähnlich wie Liz reagierte Tim ungehalten. »Das kann der Typ vergessen, und wenn es das Letzte ist, was ich tue. Vielleicht organisieren wir eine Demo oder so etwas. Wir machen den fertig. Warte mal ab, wenn wir mit dem durch sind, hat er keine Mieter mehr.«

»Ich glaube, er hat außer uns sowieso keine Mieter. Wie er sein Geld verdient, weiß ich auch nicht.« Katja wirkte nicht sonderlich überzeugt.

Auch Miri zögerte. Dennoch fühlte sie sich ein wenig getröstet. Allein die Anteilnahme der Freunde half, und ihr Enthusiasmus und Tatendrang taten ihr Übriges. »Na gut«, erwiderte sie schließlich. »Vielleicht gibt es ja doch noch eine Chance, unseren Lebenstraum zu retten.«

Liz nickte wohlwollend. »Gut, darum kümmern wir uns dann kurzfristig.«

»Neben den anderen Themen, die dieser Tage im Raum stehen«, antwortete Miri ironisch. Seit sie am Morgen das Bücherschiff betreten hatte, hatte ihr Fokus ausschließlich auf dem Termin mit Harald Schlick gelegen. Und natürlich auf dem, was die Mieterhöhung für »Das kleine Bücherschiff« bedeutete. Wahrscheinlich hatte sie deshalb den ganzen Vormittag weder an Henning und ihren Liebeskummer gedacht noch an die Tatsache, dass sie ausgerechnet von ihm ein Baby erwartete. Eine schlechte Neuigkeit überdeckte die andere.

Nun jedoch drängten die Themen mit Macht zurück in den Vordergrund, und da Miri auch Katja bisher nicht von Hennings Gespräch mit der stocktauben Nachbarin erzählt hatte, holte sie dies nun nach.

»Du hast ihm also nichts gesagt?«, fragte Tim, als Miri ihren Bericht beendet hatte.

»Selbstverständlich nicht. Würdest du dir gern anhören, dass du damit allein fertigwerden musst, oder irgendetwas ähnlich Frustrierendes?«

»Ich weiß nicht. Er wäre nicht der erste Vater, der sich angesichts einer solchen Nachricht plötzlich anders besinnt. Auch wenn er es vorher noch so vollmundig behauptet hat.« Katja blickte Miri stirnrunzelnd an. »Ohnehin passt die Aussage überhaupt nicht zu ihm.«

»Das sehe ich genauso«, mischte sich Liz ins Gespräch. »So

sehr, wie er in seinen Sohn vernarrt ist, kann ich mir nicht erklären, warum er so ablehnend auf ein weiteres Kind reagieren sollte.«

»Tja, ich habe auch anderes erwartet, aber er hat es ja im Grunde erklärt. Noch so einer wie Finn …«, wiederholte Miri sinngemäß Hennings Aussage. »Finn verlangt ihm halt einiges ab. Wahrscheinlich hat er keine Lust, noch einmal so viel Energie und Zeit zu investieren.«

»Selbst wenn.« Katja wirkte immer noch skeptisch. »Jeder Mensch hat ein Recht darauf, seine Meinung zu ändern.«

»Und er ist ein feiner Kerl«, ergänzte Tim.

Miri schnaubte ärgerlich, riss sich aber zusammen, um Tim nicht über den Mund zu fahren. Stattdessen sagte sie lediglich: »Das sehe ich anders.«

»Dein Recht und auch ziemlich normal. Wer findet schon noch gute Haare auf dem Kopf eines Ex-Partners?« Liz grinste.

Auch Miri zwang sich zu einem Schmunzeln. »Seine Haare finde ich ganz in Ordnung, es ist mehr sein Charakter, an dem ich mich stoße«, nahm sie Liz' leichten Ton auf. Ihre Freunde trugen schließlich keine Schuld daran, dass Miri nicht gut auf Henning zu sprechen war.

»Wenn er wirklich mit diesem miesen Schwein von Vermieter in einem Sack steckt, dann gebe ich dir recht. Aber …« Tim hob den Zeigefinger. »Quod esset demonstrandum.«

»Heißt es nicht: Quod erat demonstrandum?«, fragte Katja.

»Erat – war. Esset – wäre. Latein LK«, erklärte Tim, ehe er zum Thema zurückkehrte. »Und selbst wenn alles genau so passiert ist, wie du denkst, hat er dennoch ein Anrecht darauf, zu wissen, dass er Vater wird. Und wenn das Kind da ist, auch Teil seines Lebens zu werden.« Er klang ungewöhnlich bestimmt.

»Ich mag ja noch nicht der erfahrenste unter euch weisen Alten sein«, fuhr er grinsend fort. »Aber ich wäre verdammt sauer, wenn man mich da einfach außen vor ließe. Nee, geht gar nicht. Sorry, Miri, aber da wirst du in den sauren Apfel beißen müssen.«

»Sehe ich auch so«, stimmte Liz zu. Sie warf Miri einen entschuldigenden Blick zu.

»Ich ebenfalls«, schloss sich nun auch Katja an. »Alles andere wäre einfach unfair. Außerdem ist es absolut vernünftig, den Dialog zu suchen. Wie sollen wir denn sonst herausfinden, was er mit dem Bücherschiff vorhat und ob er wirklich der Auftraggeber für diesen Luxusumbau ist?«

Miri sah zu Boden. Sie wusste nicht genau, was sie darauf antworten sollte. Ein Teil von ihr wollte laut schreien, toben und auf den Tisch hauen wie ein jähzorniges Kleinkind. Der andere Teil bemühte sich um einen klaren Blick auf die Geschehnisse. Einen Augenblick lang kämpfte sie mit sich.

Die Tür zum Salon sprang einen Spalt auf, und zwei junge Mädchen steckten die Köpfe durch die Lücke. »Ist wieder geöffnet?«

Sofort wandte sich Miri den beiden zu. Sie kamen gerade im richtigen Augenblick und enthoben sie einer Antwort. »Selbstverständlich. Ich bin sofort bei euch.« Sie wandte sich an Tim und Liz. »Sorry, Kundschaft. Macht ihr bitte den Zettel draußen ab, wenn ihr jetzt geht?« Tims und Liz' irritierten Blick – vielleicht angesichts des Rauswurfs, den Miri da andeutete – ignorierte sie. Stattdessen flötete sie ein »Dankeschön«, drehte sich um und ging zu den beiden jungen Frauen hinüber, die vor dem Regal mit Liebesromanen warteten.

Kapitel 20
Folgenschwere Entscheidungen

Mit einem Aufstöhnen ließ sich Miri auf das Sofa fallen. Das war ein Tag gewesen: erst der Termin mit Harald Schlick, danach ihr Zusammenbruch und dann noch so viele Kunden wie selten zuvor. Eine gute Ablenkung, allerdings auch mörderisch anstrengend, zumal sie vom Vortag und den gewonnenen unschönen Erkenntnissen über Henning und seine mangelnde Bereitschaft zu weiteren Kindern noch einen Rest Müdigkeit mit in den Tag gebracht hatte.

Sie gähnte herzhaft, legte die Füße auf die kleine Truhe, die sie als Beistelltisch benutzte, und zog ihr Smartphone hervor. Ein Blinken zeigte zwei eingegangene Sprachnachrichten an. Die erste – sie stammte von Henning – löschte Miri sofort. Im Augenblick verfügte sie weder über genug Kraft noch über den Hang zur Selbstkasteiung, um sich seine Ausreden anzuhören. Die zweite Nachricht stammte von einer unbekannten Nummer. Miri drückte den Abspielbutton.

»Guten Tag, liebe Miriam, ich hoffe, ich darf Sie weiterhin so nennen«, erklang eine Stimme aus dem Lautsprecher, die sie schon eine Weile nicht mehr gehört hatte. »Hier spricht Philipp Senkenbach aus Stade. Ich hoffe, es geht Ihnen gut.« Erstaunt hob Miri die Hände. Mit einem Anruf ihres ehemaligen Chefs hatte sie nun wahrhaftig nicht gerechnet. Doktor Senkenbach machte derweil eine Pause, als müsste er darüber nachdenken, wie seine Nachricht weitergehen sollte. Schließlich räusperte er sich und fuhr fort: »Nun ja, es bringt uns wohl nicht weiter, um den heißen Brei herumzureden: Doktor Frohn ist kurzfristig aus der Praxis ausgeschieden.«

Senkenbach stieß ein Schnauben aus. »Leider hat er es nicht für nötig gehalten, seine Kündigungsfrist abzuwarten, und obendrein hat er noch zwei Ihrer ehemaligen Kolleginnen mitgenommen, sodass wir hier nun vor einem Personalengpass stehen. Wir sind ziemlich in Bedrängnis und kommen kaum noch nach, unsere terminierten Patienten abzuarbeiten, geschweige denn die Notfälle.«

Miri nickte wissend. Ein solches Verhalten passte zu Karsten. Sich mit solchen Kleinigkeiten wie dem Einhalten von Zusagen abzugeben, gehörte wahrlich nicht zu seinen Stärken. Miri dachte daran zurück, wie unbarmherzig er sie selbst hintergangen hatte. Sie stieß ein bitteres Lachen aus. Warum sollte er sich anderen gegenüber loyaler verhalten? Es lag ihm einfach im Blut, rücksichtslos und nur auf seinen Vorteil bedacht zu handeln.

So weit, so klar. Aber warum rief Doktor Senkenbach gerade sie deswegen an?

»Liebe Miriam«, fuhr der Arzt fort. »Es ist mir nicht entgangen, dass Sie uns damals wegen Doktor Frohn verlassen haben. Aber vielleicht könnten Sie sich vorstellen, jetzt, da er und Sabine nicht mehr bei uns sind, in die Praxis zurückzukehren? Ich würde mich sehr freuen, Ihnen Ihre alte Stelle zurückzugeben, mit einer aufgewerteten Bezahlung, das versteht sich von selbst.« Philipp Senkenbach ließ ein verlegenes Lachen hören. »Sie würden uns sehr helfen, und unsere Patienten wären entzückt, wieder von Ihnen betreut zu werden. Die Enttäuschung war allgemein groß, als sich herumsprach, dass Sie nicht mehr da sind.

Ich weiß nicht, wohin es Sie verschlagen hat, ich weiß nur, dass Sie bei keinem Kollegen hier in Stade untergekommen sind. Vielleicht wären Sie ja glücklich, in Ihre Heimatstadt zurückzukehren? Und wenn nicht ….« Er räusperte sich mehrmals. »Möglicherweise kennen Sie eine nette, junge Dame, der Sie die Anstellung bei uns empfehlen können? Ich spreche auch im Namen von Karla, die mir als Einzige geblieben ist: Wir wären Ihnen wirklich unendlich dankbar. Könnten Sie mich dazu morgen Vormittag zurückrufen?« Mit Senkenbachs Dank und der heruntergerasselten Telefonnummer der Praxis, endete die Sprachnachricht.

Na, das waren ja Neuigkeiten. Miris erster Impuls war zu lachen, dicht gefolgt von dem, zu weinen, wobei sie nicht genau zu sagen vermochte, ob aus Kummer oder Freude oder ob es schlichtweg an der Ironie der Situation lag. Selten zuvor hatte eine Sprachnachricht bei ihr derart ambivalente Gefühle ausgelöst, zumal in aller Regel ohnehin nur ihre Mutter auf Band sprach. Mindestens einmal die Woche schickte sie ellenlange Erzählungen über entfernte Familienmitglieder oder die Nachbarin, die ihren Rasen nicht regelmäßig genug mähte, oder sie diktierte filigrane Kochrezepte, die unbedingt ausprobiert werden sollten.

Mit einem Kopfschütteln schob Miri den Gedanken an den Mitteilungsdrang ihrer Mutter beiseite und bemühte sich, den wirren Mix aus Emotionen, der ihr Gehirn flutete, in den Hintergrund zu drängen und zur rationalen Gedankenebene zurückzukehren. Das war leichter gedacht als getan, doch immerhin gelang es ihr, das Chaos in ihrem Kopf in einzelne Themenstränge zu zerlegen.

Da war auf der einen Seite der Komplex *Untreuer Urologe*, dem sie von Herzen missgönnte, bei seinen Eskapaden jedes Mal auf die Füße zu fallen. Allerdings war es Karsten nicht wert, sich länger als nötig mit ihm zu beschäftigen, und auch Sabine, Miris ehemalige Lieblingskollegin und Karstens Betthäschen, verdiente es nicht, auch nur einen überschüssigen Gedanken an sie zu verschwenden.

Auf der anderen Seite stand das Jobangebot. Einen Moment lang rieb sich Miri schadenfroh die Hände. Was für eine Genugtuung, nachdem Senkenbach sich damals unwissend gegeben hatte. Nun stellte sich heraus, dass er gewusst hatte, was zwischen Miri, Karsten und Sabine vorgefallen war. Er hatte sich dennoch für Karsten entschieden, wahrscheinlich gestaltete es sich einfacher, eine medizinische Fachangestellte zu ersetzen als einen Arzt. Moralische Werte hatten bei Senkenbachs Entscheidung jedenfalls keine Rolle gespielt, ansonsten hätte er Karsten und Sabine vor die Tür gesetzt, statt Miris Kündigung zu akzeptieren. *Seine eigene Schuld, wenn er jetzt im Dreck sitzt*, dachte Miri.

Dass Karsten eines baldigen Tages auch ihm gegenüber illoyal handeln würde, hätte er ahnen können.

Dennoch – bei aller berechtigten Schadenfreude – fühlte sich Miri ihrem Ex-Chef gegenüber verpflichtet. Sie schnaufte genervt. Wenn da mal nicht die gute Stader Kleinstadterziehung durchschlug. Aber Fakt war: Dieses Jobangebot kam genau zur richtigen Zeit: jetzt, da Harald Schlick dem »Kleinen Bücherschiff« endgültig den Kampf angesagt hatte und es Miri kaum noch gelang, einen Hauch von Optimismus aufrechtzuerhalten. Die Nachbarsclique mochte noch so fest daran glauben, eine Lösung zu finden. Das Recht lag nun mal auf Schlicks Seite, das hatte die anwaltliche Prüfung ergeben, und nach dem heutigen Vor-Ort-Termin hielt Miri es für ausgeschlossen, dass Schlick doch noch auf der Zielgeraden nachgeben würde. Ihm bot sich ein riesiger finanzieller Gewinn, und da dieser Mann über keinerlei Skrupel zu verfügen schien, gab es nach Miris Ansicht keinen Grund, seine Meinung zu ändern. Als ob einer wie er plötzlich sein Gewissen entdeckte. Miri schüttelte den Kopf.

Sie glaubte nicht an Omen. Aber vielleicht gab es ja eine Art Helfersyndrom bei den höheren Wesen des Universums, oder irgendjemand da oben hatte sich überlegt: *Diese Miriam Cornelis ist doch im Grunde ganz anständig, da können wir sie doch nicht einfach so absaufen lassen.*

Miris Gedanken wanderten nach Stade. Sie mochte das Städtchen und seine Bewohner, und irgendwie klang es verlockend, in das Kleinstadtleben zurückzukehren und Hamburg und alles, was sich hier ereignet hatte, hinter sich zu lassen. Sie könnte in ihrem Elternhaus unterkriechen, bis sie eine eigene Wohnung fände. Vor ihrem inneren Auge sah Miri ihre Mutter vor sich, wie sie aus lauter Freude, die Tochter wieder bei sich zu haben, jeden zweiten Tag einen Kuchen backen würde.

Vielleicht gelänge es ihr ja wirklich, Henning zu vergessen, genauso wie den Verlust ihrer Ersparnisse. *Aus den Augen aus dem Sinn,* überlegte Miri. Sie könnte von vorn anfangen. Einen Augenblick schwelgte sie in Heile-Welt-Bildern, doch dann klopfte die Realität an. Schließlich gab es mindestens ein Thema, das sie nicht einfach in Hamburg zurücklassen konnte: das Kind in ihrem Bauch und die Tatsache, dass das Baby sie für immer mit Henning verband, ob sie es wollte oder nicht. Vom »Kleinen Bücherschiff« mal ganz abgesehen. Und es gab noch die unwesentliche Kleinigkeit, dass Senkenbach bei aller Verzweiflung sicherlich keine Schwangere einstellen wollte, schließlich fiele sie alsbald für eine geraume Weile aus. Abgesehen davon bestand immer noch die Gefahr, dass ihre Gynäkologin ein Berufsverbot aussprach und sie für den kompletten Zeitraum der Schwangerschaft krankschrieb. Falls nicht, würde Philipp Senkenbach sie aber mindestens ins Backoffice verbannen.

Ein paar Atemzüge lang dachte Miri darüber nach, die Schwangerschaft einfach zu verschweigen. Aber das hieße zu lügen und das Ungeborene dem Risiko, das sich aus dem täglichen Umgang mit Viren und Bakterien ergab, auszusetzen. Miri wollte mit offenen Karten spielen. Schließlich war sie nicht wie Karsten! Gleich morgen früh würde sie ihren Ex-Chef anrufen, ihm von der Schwangerschaft erzählen und ihm mitteilen, dass sie für die Stelle nicht infrage käme.

Ganz entgegen ihrer Erwartungen verlief Miris Nacht einigermaßen erholsam. Zwar schlief sie unruhig, aber die Erschöpfung, die aus den bedrückenden Erlebnissen des Tages resultierte, knockte sie immerhin mehrere Stunden am Stück aus.

Um kurz nach acht Uhr klingelte der Wecker. Miri fuhr hoch. Noch halb im Schlaf tastete sie nach ihrem Smartphone, um die Uhrzeit zu überprüfen. Es wäre nicht das erste Mal, dass der Wecker völlig außerhalb seiner Zeit anschlug. Wahrscheinlich hatten seine Schaltkreise bei einem der zahlreichen Abstürze Schaden genommen. Es kam vor, dass Miri in den frühen Morgenstunden halb blind nach ihm tastete und ihn dabei im hohen Bogen vom Nachttisch fegte.

Heute allerdings schien der Wecker einen guten Tag zu haben. Miri ließ sich in ihr Kissen zurückfallen. Jetzt schon in der Praxis anzurufen, wäre nutzlos. Wahrscheinlich käme sie nicht einmal durch. So kurz nach Beginn der Sprechzeit läutete das Telefon ununterbrochen. Außerdem tauchte Senkenbach selten vor halb neun auf.

Mit einem letzten herzhaften Gähnen schwang Miri die Beine aus dem Bett. Es wurde Zeit, ihre Lebensgeister in Schwung zu bringen. Im Bad drehte sie eine Weile am Temperaturregler der Dusche herum, bis endlich der perfekte warme Wasserstrahl auf sie herunterprasselte. Gedankenverloren griff Miri nach der Shampooflasche, und während sie ihr Haar einschäumte, dachte sie noch einmal über Senkenbachs Jobangebot nach. Würde sie – wenn sich die Gelegenheit ergäbe – wirklich zurück nach Stade ziehen und Hamburg hinter sich lassen wie eine ungeliebte Episode, die sie schnellstens vergessen wollte?

Sie schlug die Haare in ein Handtuch ein, ehe sie sich von Kopf bis Fuß in das riesige Duschtuch wickelte, das Katja ihr zum letzten Geburtstag geschenkt hatte. So gemütlich verpackt, setzte sie sich auf den Toilettendeckel, und während sie die Knoten in ihren Haaren entwirrte, setzte sie ihre Überlegungen fort. Sie könnte auch ohne Jobangebot weglaufen oder eben doch bleiben und das Drama mit Henning und dem »Kleinen Bücherschiff« aussitzen. Wobei ihr wegzulaufen und alles hinter sich zu lassen – gerade nach den jüngsten Ereignissen – ausgesprochen verlockend erschien.

Ehe sie zum Telefon griff, schenkte Miri sich eine Tasse Kaffee ein. Dann legte sie sich etwas zum Schreiben bereit und wählte die Nummer der Praxis. Es klingelte einige Male, bis sich ihre frühere Kollegin meldete und Miri zum Chef durchstellte.

»Ich mache es kurz«, hob sie an, nachdem sie einander begrüßt und Doktor Senkenbach sich für den schnellen Rückruf bedankt hatte. »Ich danke für Ihr Angebot, aber eigentlich habe ich mir hier ein Leben aufgebaut und angesichts meiner Situation – ich bin schwanger – kann ich leider nicht zusagen.«

Am anderen Ende herrschte Stille. Lediglich Senkenbachs leises Atmen drang durch die Leitung. Miri wollte schon nachfragen, ob alles in Ordnung sei, als der Arzt ein wenig stockend antwortete. »Das ändert natürlich die Situation.« Er machte noch eine Pause, ehe er fortfuhr: »Ich möchte Ihnen dennoch ein Angebot machen, vielleicht kann ich Sie ja umstimmen. Hier ist Not am Mann. Selbst wenn Sie uns im Backoffice nur vier bis sechs Monate unterstützen, wären Sie eine große Hilfe. Sie kennen alle Abläufe und können ohne jede Einarbeitung loslegen.«

Der Arbeitsvertrag ohne Probezeitklausel, den Senkenbach vorschlug, konnte sich vor allem gehaltsmäßig sehen lassen. Wahrscheinlich war noch nie eine Helferin in ganz Stade mit einem solchen Monatsgehalt nach Hause gegangen. Darüber hinaus stand eine Homeoffice-Lösung im Raum. Irgendetwas mit Remote-Access, bei dem sich von zu Hause aus auf alle Patientenakten, Terminkalender und auf das Telefon zugreifen ließ. So könne Miri – sofern dies für sie infrage komme – sogar nach der Geburt stundenweise von zu Hause aus arbeiten, erklärte Senkenbach.

Miri hörte seinen Ausführungen stumm zu, und während er sich immer mehr in Begeisterung redete, ging in ihrem Kopf alles durcheinander. Im ersten Moment wollte sie ablehnen, doch je länger der Arzt von seiner tollen Lösung schwärmte, desto verlockender erschien es ihr, ihre Sachen zu packen, Hamburg

Hamburg sein zu lassen und einfach in ihr altes, unkompliziertes Leben zurückzukehren. Selbst bei der Tatsache, dass ihr zunächst das Geld fehlte, um sich ad hoc eine eigene Wohnung zu leisten, kamen ihr keine Bedenken. Schließlich konnte sie erst einmal bei ihren Eltern unterkriechen, und angesichts des wirklich guten Gehalts, das Senkenbach anbot, müsste sie dort höchstens zwei bis drei Monate bleiben, bis sie die Kaution und genug Geld für ein paar zusätzliche Möbel zusammengespart hätte. Immer vorausgesetzt, ihre Eltern kämen nicht plötzlich auf die Idee, von ihr Geld für Kost und Logis zu verlangen. Aber das war angesichts der Affenliebe, mit der ihre Mutter Miri überhäufte, ziemlich unwahrscheinlich.

Fünfzehn Minuten dauerte das Gespräch. Dann gab Miri so weit nach, dass sie versprach, es sich zu überlegen und sich bald mit einer Entscheidung zurückzumelden. Philipp Senkenbach ließ sich jedoch nicht abwimmeln, er betonte immer wieder, gleich in den nächsten Tagen einen Arbeitsplatz im Backoffice für Miri herrichten zu lassen.

Das schlechte Gewissen, das Miri bei dem Gedanken an Katja und an »Das kleine Bücherschiff« überkam, verdrängte sie tief in ihr Innerstes. Schließlich hatte sie noch gar nichts zugesagt. Und selbst wenn sie sich für die Rückkehr nach Stade entschiede … Ganz bestimmt verstünde Katja ihre Gründe. Miri würde sie ihr nur richtig erklären müssen. Aber eigentlich wollte sie nicht gehen, nicht, wenn noch der Hauch einer Chance bestand, »Das kleine Bücherschiff« behalten zu können. So verlockend Senkenbachs Angebot auch klang.

Kapitel 21
Eins gibt das Andere

»Das kleine Bücherschiff« tat alles, um Miri einen schönen Tag zu bescheren. Nur ausnahmslos nette Kunden besuchten den Salon und ließen sich gern und ausführlich in die Welt der Meeresbewohner einführen. Natürlich schauten auch einige Stammkunden vorbei, sogar die blutige Katharina blätterte unter Olivia Jones' Obhut durch ein Buch zum Mottomonat, während sie sich mit Miri und Katja unterhielt. Auch Frau Tietgen ließ sich blicken. Wie beinahe täglich entfloh sie der Einsamkeit ihres zwar wunderschönen, aber leider auch einsamen Zuhauses, um sich in den Schaukelstuhl in Jan Delays Nische zu kuscheln und in einem weiteren Band der Nora-Roberts-Reihe zu schmökern.

Der Tag verging wie im Flug, und so zeigte die Uhr bereits fünfzehn Minuten vor acht am Abend, als Miri endlich mit ihren Neuigkeiten herausrückte.

Zunächst verlief das Gespräch halbwegs ruhig. Miri schilderte Senkenbachs Anliegen und seine Vorschläge, ihr einen Backoffice-Arbeitsplatz einzurichten. Doch je mehr Katja hörte und je positiver Miri sich über die Möglichkeit äußerte, damit all ihren Sorgen zu entfliehen, desto schwieriger wurde es, den Geräuschpegel auf der Barkasse niedrig zu halten.

»Du kannst dir *was* vorstellen?«, brüllte Katja, die sich mit beiden Händen am Verkaufstresen festhielt, als bräuchte sie zusätzlichen Halt. Zum Glück befanden sich keine Kunden auf dem »Kleinen Bücherschiff« und auch am Kai herrschte wenig Betrieb.

»Du hast es schon die ersten beiden Male verstanden. Aber ich sage es dir gern ein drittes Mal: Ich kann mir gut vorstellen, nach Stade zurückzukehren und ganz bald wieder bei Doc Senkenbach anzufangen.« Miri stemmte die Hände in die Taille. Den schwarzen Rollkragenpullover und die ebenfalls schwarze Jeans, die sie am Morgen ausgewählt hatte, trug sie wie einen Panzer um den Leib. Auch ihre Haltung entsprach ganz dem Gedanken, sich jedwedem Angriff entgegenzustellen. Sie hielt sich gerade, die Beine für ihre Verhältnisse ungewöhnlich weit auseinandergestellt. Auf ihrem Gesicht lag ein neutraler Ausdruck, der sagen sollte: Ich bin nicht zu erschüttern. Zumindest hoffte Miri, so dem Zorn ihrer besten Freundin begegnen zu können.

Allerdings verschoss Katja nicht nur tödliche Blicke, auch ihre Worte schlugen schmerzhafte Wunden, wenn sie erst einmal in Fahrt geriet. Es war ein wenig so, als ob man einem Raketenstart zusah. Man zählte den Countdown runter, drückte den entscheidenden Knopf, die Katjete hob ab, und mit jeder gezündeten Stufe und jedem Meter, den sie aufstieg, wandelten sich ihre Emotionen von Irritation über Frust und Verärgerung, bis sie die Stufe ›unhaltbare Wut‹ erreichte und zu explodieren drohte.

Miri hatte auf dem Weg zum Hafen versucht, sich auf Katjas Reaktion vorzubereiten, denn obwohl sie sich immer wieder einzureden versuchte, Katja würde Miris Chance positiv sehen und sich für sie freuen, ahnte sie natürlich, was sie erwartete, sobald sie ihre Neuigkeiten loswurde. Zu lange schon waren sie beste Freundinnen, um nicht zu wissen, dass Katja eine Flucht nicht gutheißen würde. Selbst wenn sie Miris Argumente nachzuvollziehen vermochte, würde Katja dennoch ihre eigene Freiheitsliebe auf Miri übertragen und alles daransetzen, sie von ihrem Plan abzubringen. Dazu gehörte letztendlich auch, sich über die Maßen aufzuregen. Und je mehr Katja sich echauffierte, desto pointierter wurden für gewöhnlich ihre Kommentare. Nicht zuletzt deshalb hatte sich Miri vorgenommen, ihrer besten Freundin sofort ins Wort zu fallen, wenn sie begann, sich in Rage zu reden – so wie in diesem Augenblick.

»Und ehe du noch einmal fragst«, fuhr Miri fort, »ich habe es natürlich noch nicht abschließend entschieden, ohne mit dir darüber gesprochen zu haben. Ich finde halt nur, es wäre eine gute Lösung für mich und das Baby.«

»Bist du jetzt endgültig durchgeknallt? Gestern haben wir noch vom Kämpfen gesprochen, Liz und Tim und du – genauso wie ich.«

»Da wusste ich ja auch noch nichts von Senkenbachs Angebot. Es kommt doch eigentlich genau zum richtigen Zeitpunkt. Mit dem Kind im Bauch sollte ich mir besser nicht erlauben, mit dem Schiff unterzugehen.«

Katja schnappte nach Luft. »Noch schwimmt das Schiff. Du bist es, die für seinen Untergang sorgt, wenn du mich hier zurücklässt und mich zwingst, den Kampf allein auszutragen.«

»Was gibt es denn da noch zu kämpfen?« Miri hob nun auch die Stimme. Keineswegs ließ sie sich allein die Schuld für das Scheitern ihrer schwimmenden Buchhandlung in die Schuhe schieben. »Wir stehen auf verlorenem Posten, und jeden Tag, an dem wir uns der albernen, unrealistischen Hoffnung hingeben, ›Das kleine Bücherschiff‹ retten zu können oder Schlick umzustimmen, verlieren wir noch ein Stück unserer Lebensgrundlage. Die Miete werden wir nicht bezahlen können.«

»Du hast dich also doch schon entschieden. Und wieder mal läufst du weg, wenn es schwierig wird. Wie ein kleines Mädchen versuchst du beim ersten ernsthaften Problem unter Mamis Rockschöße zurückzukriechen.« Katja stieß ein verächtliches Schnauben aus.

»Beim ersten ernsthaften Problem? Für dich geht es vielleicht nur um die Mieterhöhung. Für mich steht ja wohl ein bisschen mehr auf dem Spiel. Ich bin schwanger!«, rief Miri im Stakkato. »Verantwortlich für ein wehrloses Menschenleben. Ich kann mir nicht leisten, bis zum letzten Atemzug zu kämpfen und dann auf der Strecke zu bleiben. Ich kann und darf eine solche Chance auf ein sicheres Leben für uns beide einfach nicht ignorieren.«

»Da hast du es. Du sagst es doch selbst. Ein sicheres Leben für dich. Pah.« Katja hob die Faust und schüttelte sie. »Du hast doch einfach nur Schiss bis unter die Achselhöhlen. Statt zu kämpfen, denkst du darüber nach wegzurennen, ohne Rücksicht auf Verluste. Und was mit mir wird, ist dir völlig egal. Wir haben uns versprochen ...«

»Ich habe dir gar nichts versprochen«, fiel Miri ihr ins Wort. »Wir sind doch kein altes Ehepaar. Wir sind Geschäftspartnerinnen.«

»Ach so, keine Freundinnen?« Katjas Stimme sank auf einen Schlag um mehrere Dezibel. In ihren Augen blitzte der Zorn. »Ich verstehe. Aber lassen wir das erst einmal außen vor. Wir sind Geschäftspartnerinnen. Und du glaubst, binnen einer Woche zu verschwinden und deine Geschäftspartnerin ...« Sie betonte das s in der Mitte des Wortes unangenehm zischend. »Deine Geschäftspartnerin im Stich zu lassen, wäre vertragsgerecht? Wer soll denn deiner Meinung nach deinen Teil der Arbeit machen? Bezahlst du die Aushilfe, die ich einstellen muss? Wobei ...« Sie hielt einen Moment inne. »Natürlich zahlst du alle Kosten, die durch deinen Weggang entstehen, das ist ja wohl klar! Und wenn ich dich darauf verklagen muss.«

Miri lachte bitter. »Jetzt verstehe ich langsam. Dir geht es ums Geld.«

»Wie bitte?« Katja lief knallrot an. »Ums Geld geht es doch dir. Du faselst doch die ganze Zeit davon, dass du für dich ...« Sie beendete den Satz mit Fistelstimme, »und dieses ungewollte Baby ein sicheres Nest bauen musst.«

»Ich fasele dir gleich mein Lebewohl.« Längst hatte Miri die guten Vorsätze, sich ruhig und gelassen mit Katja auszutauschen und nach einem guten Gespräch, eine Entscheidung für oder gegen Senkenbachs Angebot zu treffen, zu den Akten gelegt. Zu sehr schmerzten Katjas Worte. »Ich hatte eigentlich mit dir darüber reden wollen, ob es nicht doch besser wäre, nach jemandem zu suchen, der das Mobiliar übernimmt, damit wir wenigstens ein wenig von unserem Ersparten wiedersehen, und im Anschluss die Schotten dicht zu machen und Schlick das Schiff zu übergeben. Dann fielen wenigstens nicht noch weitere Kosten an. Ich kann nicht mehr glauben, dass wir Schlick noch umdrehen können. Und wenn du ehrlich bist, hast du auch keine Idee, wie das passieren könnte. Da müsste schon ein Wunder geschehen.« Miri unterbrach sich, weil ihr vor Aufregung die Luft wegblieb. Als sie fortfuhr, klang ihre Stimme heiser.

»Aber weißt du was, du hast mich soeben überzeugt, dass wir keine gemeinsame Zukunft haben und ich besser nach Stade zurückkehren sollte. Also machen wir es anders: Ich schenke dir meine Hälfte des Bücherschiffs. Nimm sie, mach damit, was du willst. Werde meinetwegen glücklich, oder geh in Schönheit unter, du und dein völlig bescheuerter Optimismus. Als ob sich das Ruder noch irgendwie herumreißen ließe. Von wegen: Am Ende wird alles gut.« Miri spürte, wie ihr die Tränen kamen. Der Gedanke, in Hamburg bleiben zu müssen, ohne ihre beste Freundin an ihrer Seite, zog ihr die Eingeweide zusammen. Dabei hatte sie nicht vorgehabt, so aus diesem Gespräch zu gehen. Nun aber wusste sie sich nicht anders zu helfen, als blindlings um sich zu treten, zu sehr fühlte sie sich von Katja in die Enge gedrängt.

Katja wirkte ebenfalls angeschlagen, doch dafür hatte Miri in diesem Moment keinen Blick. Sie sah nur ihr eigenes Elend. Vielleicht spürte sie tief in sich drin, wie egoistisch sie sich gerade verhielt, aber so sehr sie auch dagegen ankämpfte, es gelang ihr nicht, rational zu denken. Die Ängste hatten das Regime übernommen. Sie fürchtete, vor dem Nichts zu stehen, wenn sie noch länger ausharrte. Hamburg machte ihr Angst, und »Das kleine Bücherschiff«, das für sie gerade noch einen Ort der Geborgenheit gewesen war, erschien ihr plötzlich düster und bedrohlich.

Sie holte tief Luft. Eigentlich war alles gesagt, aber vielleicht ließ sich das Gespräch doch noch zu einem versöhnlichen Ende bringen, wenn sie Katja an ihren Gedanken teilhaben ließ. »Ich werde am Wochenende alles packen, die Wohnung kündigen und ein Umzugsunternehmen beauftragen, das Mobiliar einzulagern, bis ich in Stade eine Wohnung habe«, erklärte sie mit ruhigerer Stimme als zuvor. »Vielleicht finde ich ja ein kleines Häuschen, das ich mieten könnte, nur für mich und das Kind. Von

Männern werde ich auf jeden Fall die Finger lassen und von hochfliegenden Zukunftsträumen ebenfalls. Keine unkalkulierbaren Risiken mehr, keine bösartigen Vermieter, aber vor allem: keine weiteren traumatischen Erfahrungen.«

»Du wolltest doch dem Kleinstadtmief entfliehen.« Katja klang müde und desillusioniert. »Und was wird aus unserem Lebenstraum? Lässt du mich wirklich im Stich?«

Für ein paar Atemzüge schlichen sich Zweifel in Miris Gedanken. Vielleicht lag Katja ja richtig. Gelänge es ihr, sich wieder in die Kleinstadtsitten einzufügen? Aber warum nicht? Sie kannte sie seit ihrer Geburt. Gut, vielleicht fehlte ihr irgendwann die Freiheit, die sie an Hamburg so geliebt hatte. Aber jetzt, in diesem Augenblick, in dieser Lebensphase erschien Miri die Enge der Kleinstadt wie ein schützender Kokon, in den sie sich retten konnte, in der alte Freunde auf sie warteten und ihre Eltern. Deren Fürsorge würde Miri stützen, solange sie das brauchte. Bis sie sich eines fernen Tages wieder sicher und wohl in ihrer Haut fühlte und bereit wäre, sich ein zweites Mal in die große weite Welt zu stürzen oder zumindest in eine eigene Wohnung.

»Was ist denn hier los?«, drang Pablos Stimme in ihre Auseinandersetzung.

Fast synchron fuhren Miri und Katja herum, wobei jede für sich sorgfältig darauf achtete, die jeweils andere nicht anzusehen. Im Eingangsbereich des Salons hatten sich Anne, Liz, Tim und Pablo versammelt.

»Wo kommt ihr denn so plötzlich her?« Miri starrte die Nachbarsclique an.

»So plötzlich war das gar nicht. Wir stehen schon eine Weile hier. Aber ihr kriegt ja vor lauter Herumgebrülle gar nichts mehr mit.« Mit einem missbilligenden Gesichtsausdruck schüttelte Anne den Kopf. »Was ist passiert, dass ihr euch hier wie die Gossenkinder anschreit?«

»Fast gar nichts.« In Katjas Stimme lag ein gehässiger Unterton. »Miriam lässt mich im Stich.«

Anscheinend war Katja nicht bereit, ein versöhnliches Ende zu finden. Miri spürte wie der Zorn wieder in ihr aufstieg. »Mach hier keinen auf arme kleine Katja. Die Rolle steht dir nicht«, entfuhr es ihr barsch.

»Hey, macht mal langsam.« Pablo trat zwischen Miri und Katja. »Ihr müsst ja nicht gleich aufeinander losgehen. Was ist denn passiert? Vielleicht solltet ihr in Ruhe miteinander reden, anstatt euch anzubrüllen. Dieses Aufeinandereinhacken bringt euch jedenfalls nicht weiter.«

»Ach natürlich, das hat mir ja noch gefehlt: ein Kerl, der mir die Welt erklärt.« Katja schoss einen ihrer bedrohlichen Blicke auf Pablo ab.

»Puh«, Pablo zog die Brauen hoch. »Ich bin raus. Die Damen sind mir zu gefährlich. Wenn Blicke töten könnten, bestünde ich schon nur noch aus Schlacke.« Er grinste in Katjas Richtung, ehe er sich Liz zuwandte. »Vielleicht bist du mutiger als ich und versuchst es mal von Frau zu Frau.«

Liz nickte, schwieg dann allerdings erst einmal eine Weile. Stattdessen musterte sie zuerst Miri mit zusammengekniffenen Augen und anschließend Katja. Schließlich ging sie zu einem der Ohrensessel hinüber und ließ sich hineinfallen. »Hm …«, begann sie schließlich. »Eure Körperhaltung sagt eine Menge aus.« Sie deutete mit dem Finger auf Miris vor der Brust festverschränkte Arme, ehe sie ihren Blick zu Katja schweifen ließ, die Miri wie ein Spiegelbild gegenüberstand. »Jede von euch bildet ein Bollwerk. Ich würde mal schließen, dass ihr beide an einen Punkt eurer Diskussion gelangt seid, an dem ihr nicht weiterkommt.«

Ein nervöses Kichern drang über Miris Lippen. »Was man so Diskussion nennt«, murmelte sie.

»Das sehe ich genauso.« Katja nickte grimmig. »Mit Diskussion hat das hier nichts zu tun.«

»Seht ihr! Und schon seid ihr in einem Punkt einig.« Liz lächelte aufmunternd. »Dann lasst uns den nächsten Punkt angehen. Es wäre doch gelacht, wenn wir diesen Streit nicht schlichten könnten.«

»Ganz meiner Meinung«, stimmte Tim zu.

»Wozu sind Freunde denn da?«, meldete sich Anne zu Wort. Pablo nickte lediglich.

»Es gibt nichts zu schlichten«, antwortete Katja leise. Sie klang resigniert.

Selbst Miri in ihrer Verärgerung fiel diese ungewohnte Nuance in Katjas Stimme auf. Sie wollte etwas sagen, aber sie bekam kein Wort heraus. Ihre Kehle war wie zugeschnürt.

Katja trat auf den zweiten Ohrensessel zu und setzte sich neben Liz. »Wenn Miri an ihrem absurden Plan festhält, dann ist unsere Freundschaft sowieso bald Geschichte.« Ein leiser Seufzer drang über ihre Lippen, als sie Miri direkt ansprach. »Warum gehst du nur immer vom Schlimmsten aus, wenn man dich mit deinen Gedanken allein lässt? Hast du nicht mal einen Augenblick lang daran gedacht, dass wir irgendwo anders eine Buchhandlung eröffnen könnten? Mit dem Ende des Bücherschiffs müssen wir doch nicht zwingend auch unseren Traum von der eigenen Buchhandlung begraben.«

»Und wovon willst du das bezahlen? Es bleibt uns nichts übrig, wenn Schlick mit uns fertig ist.« Miri bemühte sich, ihre Lautstärke ebenfalls zu senken.

»Keine Ahnung. Ein Bankkredit. Oder wir borgen uns was von unseren Eltern«, antwortete Katja mit einem Achselzucken.

»Ich werde meine Eltern da nicht mehr als nötig mit hineinziehen. Abgesehen davon würden sie mir nichts geben. Nicht, nachdem wir mit dem Bücherschiff gescheitert sind, weil wir so blauäugig waren, diesen Mietvertrag zu unterschreiben, ohne ihn von allen Seiten prüfen zu lassen. Ich glaube auch kaum, dass uns eine Bank nach dieser Misere noch etwas geben würde. Die sind doch nicht verblödet.«

»Wie kann man nur derart verstockt und pessimistisch sein.« Katjas Zorn loderte erneut auf.

»Ich bin realistisch, im Gegensatz zu dir, die sich ja neuerdings die Dinge lieber schönredet.« Mit einer Handbewegung wischte Miri Katjas Worte beiseite, als handelte es sich um einen lästigen Fliegenschwarm.

»Kinder, Kinder, beruhigt euch!«, rief Tim in den erneut aufbrandenden Streit hinein. »Ich hab nichts gegen einen guten Boxkampf, aber das schöne Schiff könnte Schaden nehmen. Und wir alle fühlen uns hier viel zu wohl, um das zuzulassen.« Er lachte, während er Beifall heischend in die Runde blickte.

»Ich baue euch draußen gern alles fürs Schlammcatchen auf.« Pablo grinste breit. »Eine gute Möglichkeit, um sich richtig auszupowern. Und was für's Auge. Ich wette, ihr wäret die Attraktion für die männlichen Besucher des Museumshafens.«

Katja stieß ein genervtes Prusten aus. Anscheinend waren ihr Pablos Sprüche heute nicht einmal einen Kommentar wert.

Auch Miri schüttelte den Kopf. »Das bringt doch alles nichts. Wir drehen uns im Kreis. Es gibt keine Zukunft für unsere Buchhandlung, ob schwimmend oder nicht. Jetzt heißt es: Schäden begrenzen!«

Katja sprang so schwungvoll von ihrem Sessel auf, dass sie mit dem Kopf unter Olivia Jones' Holzbrett stieß. Das Brett sprang aus seiner Aufhängung und flog samt Olivia im hohen Bogen durch den Salon. Katja missachtete die Möwe. Stattdessen näherte sie sich Miri langsam. Auf ihrem Gesicht lag ein lauernder Ausdruck. »Du lässt mich also tatsächlich im Stich?«

Unweigerlich stellten sich Miris Nackenhaare auf. Sie zögerte einen Moment, ehe sie antwortete. »Noch einmal: Ich habe nicht vor, dich im Stich zu lassen. Wir können das Schiff diese Woche noch gemeinsam abwickeln. Aber falls du wissen willst, ob ich meine Entscheidung revidiere: Da muss ich dich enttäuschen. So leid es mir tut.«

»Tja, dann tut es mir auch leid.« Katja trat an die korallenrote Tür und riss sie auf. Mit einer auffordernden Geste winkte sie Miri zum Ausgang. »Gut, ich nehme dein Angebot an. Du bist ab sofort aus allem raus. Ich werde dir vom Anwalt ein entsprechendes Papier zukommen lassen. Das unterschreibst du dann bitte noch.«

»Was soll das?«, stotterte Miri. Sie trat ein paar Schritte in Katjas Richtung, blieb dann jedoch stehen.

»Ich tue das, was du immer nur androhst, aber nicht durchziehst.«

»Wirfst du mich raus?« Verärgert starrte Miri ihrer besten Freundin ins Gesicht. Doch dort stand nichts geschrieben. Katjas Züge wirkten wie eingefroren: eiskalt und gefühllos. Miri fröstelte.

Einen Augenblick stand sie wie erstarrt da. Als ihre Hände zu zittern begannen, verschränkte sie sie schnell hinter dem Rücken. Katja musste nicht sehen, wie viel Unsicherheit ihr Verhalten bei Miri hervorrief.

»Was ist jetzt?« Katja klang ungeduldig, während sie mit dem Arm eine imaginäre Person durch die Tür nach draußen schob.

»Das meinst du nicht ernst?« Miris Stimme klang brüchig.

»Du hast die Entscheidung getroffen, dass wir uns trennen. Nicht ich. Und jetzt solltest du gehen. Du gehörst nicht mehr hierher.«

»Aber ...« Miri warf Katja einen flehenden Blick zu. Doch Katja hatte sich abgewandt und blickte nach draußen. Dort schien merkwürdigerweise die Sonne. Sollte es nicht eigentlich regnen oder stürmen? Miri wollte noch einmal ansetzen, etwas zu sagen. Aber sie hielt inne. Katjas Körperhaltung war eine einzige Abweisung. Vielleicht war jetzt nicht der richtige Zeitpunkt für eine Klärung?

Sie schluckte. Dann raffte sie alle Würde zusammen, die sie in diesem Augenblick auftreiben konnte. Mit hoch erhobenem Haupt schritt sie auf die korallenrote Tür zu und trat an Katja vorbei durch den Türrahmen. Kaum stand Miri draußen, wandte sie sich noch einmal um und studierte Katjas Gesichtsausdruck. Wenn sie nicht allzu grimmig dreinblickte, wäre es vielleicht gut, mit ein paar versöhnlichen Worten auseinanderzugehen und es morgen noch einmal in Ruhe zu versuchen. Doch Miri kam nicht mehr dazu, irgendetwas zu sagen.

»Danke schön. Es war nett, dich kennengelernt zu haben. Du hörst von meinem Anwalt. Ich wünsche dir ein schönes Restleben. Ach was, es ist mir egal, wie du dein Leben verbringst,

Hauptsache, du stehst nicht wieder bei mir auf der Matte.« Katja ließ diesen Worten ein verächtliches Knurren folgen. Dann wandte sie sich eilig um und riss die Salontür hinter sich mit einem Knall ins Schloss.

Wie zur Salzsäule erstarrt, stand Miri allein auf dem Deck des »Kleinen Bücherschiffs« und betrachtete die geschlossene Tür. Einen Augenblick begriff sie nicht, was gerade geschehen war. Im nächsten Moment begannen ihre Augen zu brennen. Sie spürte, wie ein paar einzelne Tränen über ihre Wangen rannen. Immer wieder schüttelte sie den Kopf, ihr Verstand vermochte nicht zu erfassen, warum sie dort stand. Doch nach und nach sickerte die Erkenntnis in sie ein. Katja wollte ihre Freundschaft nicht mehr. Mehr noch, sie wollte mit Miri nie wieder etwas zu tun haben.

Wieder und wieder schüttelte Miri den Kopf, als wollte sie es nicht wahrhaben. Katja war seit so vielen Jahren ihre beste Freundin, und es war schließlich nicht das erste Mal, dass sie sich stritten. Schon oft war es zwischen ihnen richtig zur Sache gegangen. Aber noch nie war ein Abschied, das Ende eines Streits so endgültig. Mit einem Mal verspürte Miri Einsamkeit. Doch zugleich bildete sich mitten in ihrer Magengrube ein sprudelnder Brunnen, aus dem ganz andere Gefühle und Gedanken aufstiegen: Frustration, Verärgerung, Unverständnis und schließlich eine alles verzehrende Wut.

Also gut: Katja wollte die Freundschaft beenden? Das konnte sie haben. »Die Grenze zwischen Liebe und Hass ist schmal«, hatte Miri irgendwann einmal gelesen. Sie wusste nicht mehr wo, aber das war unwichtig und machte den Satz nicht weniger wahrhaftig. Sie spürte es genau. Die warme Liebe, die sie bis gestern noch für Katja empfunden hatte, brodelte nun wie ein Eisvulkan in ihrem Inneren. Fühlte sich Hass so an? Wie ein unruhiger, wütender Eisstrom, der direkt aus ihrer Mitte zu kommen schien und unaufhaltsam von jeder Faser ihres Körpers Besitz ergriff?

Die Wut trieb Miri voran. Mit schnellen Schritten verließ sie die Barkasse und stapfte dem Elbhang entgegen. Sie bemerkte nicht, dass Liz und Anne auf das Deck traten und ihr nachsahen. In diesem Augenblick zählte nur eines: Fort von diesem Schiff, das ihr nur Unglück gebracht hatte, das all ihr Erspartes, ihre Hoffnung und ihre Liebe gefressen hatte.

Den Heimweg legte Miri im Rekordtempo zurück. Sie fühlte sich, als könnte sie auf der Stelle einen Marathon laufen. Alles in ihr raste vorwärts, wie ein aufgezogenes Uhrwerk setzte sie präzise einen Schritt vor den anderen. Als sie die Haustür erreichte, blieb sie stehen. Doch es kam nicht infrage, jetzt schon das Haus zu betreten, erst musste sie sich die Wut aus dem Leib laufen.

Zwei Stunden lang zog es sie weiter und weiter, bis ihr die Kraft ausging. Sport gehörte nicht zu ihren Lieblingsbeschäftigungen, und irgendwann verebbte auch bei einer wütenden Miriam Cornelis die Adrenalinausschüttung. Von einem Atemzug auf den nächsten blieb ihr die Luft weg. Schnaufend hielt sie an. Leicht nach vorn gebeugt, die Hände auf die Knie gestützt, starrte sie auf ihre Füße. Die Umgebung – sie wusste ohnehin nicht, wo sie sich befand – blendete sie aus. Schließlich kam sie hoch und blickte sich um. Sie stand mitten in einem Wohnviertel, das sie noch nie gesehen hatte. Eine kleine Grünanlage befand sich nur wenige Schritte entfernt. Der Garten erinnerte Miri entfernt an die Londoner Privatparks, zu denen nur die Anwohner Schlüssel hatten. Hier mitten in Hamburg jedoch schien die Grünfläche für jeden zugänglich zu sein.

Miri gab sich einen Ruck, legte das kurze Stück über die Straße zurück und betrat den kleinen Park. Gleich hinter ein paar hochgewachsenen Kastanien entdeckte sie einen Weiher, an dessen Ufer eine einzelne Bank stand. Sie sah sich um. Weit und breit entdeckte sie niemanden. Gut so. In dieser Stimmung wollte sie keine anderen Menschen sehen. Sie ging zu der Bank hinüber und ließ sich nieder. Dann legte sie den Kopf in die Hände und begann zu weinen.

Kapitel 22
Das Ende von allem

Miri klappte das Buch zu und wischte die Tränen fort. Jedes Mal, wenn sie durch die Schwangerschaftsbücher blätterte oder sich darin festlas, kamen ihr irgendwann die Tränen: mal aus Ergriffenheit, wenn zum Beispiel eines der Bilder, das ein Ungeborenes im etwa gleichen Alter wie Miris zeigte, sie anrührte, mal aus Angst, wenn der Gedanke, alles allein bewältigen zu müssen, sie gar zu sehr packte.

Gerade war sie an einem Text über die Bindung zwischen Mutter und Kind hängen geblieben, die von der ersten Sekunde der Einnistung an bestand und stetig wuchs – nicht nur über die Nahrung, die sie teilten, auch über den Herzschlag und das Fruchtwasser, in dem das heranwachsende Leben warm und geborgen ruhte.

Miri presste eine Hand auf ihren Bauch. Noch sah man ihr die Schwangerschaft nicht an, und sie spürte noch keine Bewegung des Kindes in ihrem Inneren, dennoch wusste sie in jeder wachen Minute, dass es da war. Sie liebte das kleine Wesen bereits mehr, als sie es sich jemals hatte vorstellen können. Erneut begannen Miris Tränen zu fließen. *Ach nein, nicht schon wieder*, dachte sie. Dazu bestand doch kein Grund. Schließlich hatte sie alles in die Wege geleitet, was zum Schutz ihres Kindes notwendig war. So schwer ihr die Entscheidung, Hamburg und »Das kleine Bücherschiff« hinter sich zu lassen, auch gefallen war, tief in ihrem Inneren wusste sie: Sie hatte die richtige Wahl getroffen.

Ihr Kind würde sicher und geborgen aufwachsen. Hier in Stade – mit dem Rückhalt ihrer Eltern – käme sie auch als Alleinerziehende gut klar, und sie würde dem Kind unter ihrem Herzen alles bieten können, was es brauchte.

Entschlossen wischte Miri die Tränen fort. Ja! Sie hatte alles getan, was notwendig war.

Dennoch bedrückte sie ihre Situation. Seit sechs Tagen hauste sie nun schon in diesem Zimmer mit seinen altroséfarbenen Wänden und dem goldgefassten Spiegel, den ihre Mutter an Miris vierzehntem Geburtstag aufgehängt hatte. Seit diesem Tag hatte sich die Einrichtung nicht mehr verändert. Das Jugendzimmer war ihr größter Geburtstagswunsch gewesen und obendrein eine Riesenüberraschung.

Der Möbelwagen war gerade abgefahren, als Miri aus der Schule nach Hause kam. Voller Neugier stürmte sie ins Haus. Sollten ihre Eltern womöglich ihren Herzenswunsch erfüllt haben? Tatsächlich fand sie in ihrem Zimmer ein niegelnagelneues breites Bett, einen großen Kleiderschrank mit Milchglastüren und einen überdimensionierten Schreibtisch vor, der von einem neuen Computer gekrönt wurde.

Minutenlang sprang sie im Zimmer auf und ab und erfreute sich an ihrem Schatz. Sie legte die Hand auf den Schreibtisch, tätschelte das Kopfteil des Bettes und öffnete alle Türen des Kleiderschranks. Es ging nicht anders, sie musste alles einmal anfassen, um es wirklich glauben zu können. Sie liebte dieses Zimmer. Der Raum sah so unfassbar schick aus, und die weiß lasierten Möbel ließen ihn viel größer erscheinen. Vor allem aber erinnerte nichts, aber auch gar nichts mehr an das farbenfrohe Kinderzimmer voller Stofftiere und Puppen, aus dem Miri nach dem

Frühstück noch ihren Rucksack geholt hatte, ehe sie den Weg zur Schule einschlug.

Als Miris Mutter etwas später auch noch den schicken Spiegel über dem Schreibtisch aufhängte, war Miri ihr um den Hals gefallen. Wenn sie heute daran zurückdachte, war der Tag einer der glücklichsten in ihrem Leben gewesen.

Sie seufzte. Heute wirkte der Raum nicht mehr riesig, im Gegenteil, die Enge drohte sie zu erdrücken. Das Zimmer maß vielleicht zehn Quadratmeter. Das einzige Fenster lag auf der Nordseite des Hauses, entsprechend wenig Licht drang hindurch. Das allein hätte schon gereicht, um deprimierende Gefühle aufkommen zu lassen. Natürlich könnte Miri den ganzen Tag mit ihren Eltern im Wohnzimmer oder in der Wohnküche verbringen, aber danach stand ihr nicht der Sinn. Außerdem musste sie sich dort ständig zusammenreißen. Kaum brach sie einmal in Tränen aus, stand ihre Mutter vor ihr, reichte ihr ein Taschentuch und versuchte Miri dazu zu bewegen, über ihre Gefühle zu sprechen.

Sie wollte aber nicht über ihre Gefühle sprechen, zumal die Eltern ohnehin ihr Leid nicht nachvollziehen konnten. »Miriam, Schätzchen. Du bist doch jetzt in Sicherheit. Du musst dir wirklich keine Sorgen machen, wir unterstützen dich. Gemeinsam bekommen wir dein Baby spielend groß. Du kannst jederzeit ausgehen und dein Leben leben, Opa und ich kümmern uns schon«, erklärte ihre Mutter ein ums andere Mal.

Dass sie ihren verlorenen Träumen nachweinte, einer glücklichen Zukunft mit Henning, dem »Kleinen Bücherschiff« und ihrer besten Freundin, die ihr halbes Leben lang an ihrer Seite gewesen war, begriff ihre Mutter einfach nicht. Für ihre Tochter bot sich doch im Grunde alles, was sie brauchte. Sie hatte einen gut bezahlten Arbeitsplatz, die Unterstützung ihrer Eltern, ein Dach über dem Kopf und demnächst ein süßes Babylein. Und sicher würde sich bald auch geeignetes Ehegattenmaterial finden. Schließlich handelte es sich bei ihrer Tochter um eine attraktive, junge Frau. Da fände sich doch spielend ein junger Mann, der das fremde Kind akzeptierte und mit dem Miri noch weitere Babys – am liebsten noch drei – produzieren könnte, wenn sie erst einmal verheiratet wären. Heutzutage wäre es ja für einen Mann nichts Besonderes mehr, ein Kuckuckskind mitaufzuziehen.

Miri litt Höllenqualen, während ihre Mutter ihr Leben in den höchsten Tönen schönpredigte, und spätestens, wenn das Gespräch sich zum x-ten Male im Kreis drehte, hielt sie es nicht mehr aus. Dann verzog sie sich in ihr Zimmer, wo ihr – kaum war sie dort angekommen – das Mobiliar höhnisch zuraunte, dass sie mit ihren knapp dreißig Jahren wieder genau dort gelandet war, wo sie begonnen hatte. Dass noch beinahe zwei Jahre bis zu ihrem dreißigsten Geburtstag vor ihr lagen, vergaß sie in solchen Momenten. Sie fühlte sich einfach nur alt, dumm und hilfloser als ein Hofhund, der davon träumte, nicht länger angekettet zu sein.

Seit sie am Morgen nach dem Streit ihren Koffer gepackt hatte, ging es ihr so mies wie nie zuvor. Am ersten Tag war es noch halbwegs auszuhalten gewesen: Die Fürsorge ihrer Eltern hatte Miris Seele gutgetan, doch schon an Tag zwei nach der überstürzten Flucht aus Hamburg zerrten diese gleichzeitig überbesorgten wie – in einer gruseligen Form – nichts begreifenden Eltern an Miris Nerven. Und nun am sechsten Tag ihrer selbst gewählten Isolation spränge sie am liebsten vor einen Bus.

Miri nahm ihr Smartphone zur Hand und checkte die Uhrzeit. 19:00 Uhr, noch elf Stunden bis zu ihrem ersten Arbeitstag bei Doktor Senkenbach. Zum Glück! Endlich würde ihr Leben wieder so etwas wie Struktur bekommen. Außerdem bliebe ihr nicht mehr so viel Zeit, in ihrem Elend zu schwelgen, wenn sie den ganzen Tag zu tun hatte. Arbeit half ihr für gewöhnlich, und auch wenn es sich bei der Tätigkeit als medizinische Fachangestellte nicht unbedingt um Miris Traumjob handelte, so machte sie ihre Arbeit gern und gut. Solange sie nur genug Arbeit hatte, konnte sie alles andere ausblenden. Vor der Mittagspause grauste ihr allerdings.

Mit einem Aufseufzen nahm sie ihr Smartphone zur Hand und tippte das WhatsApp-Logo an. Die Liste mit den favorisierten Chats öffnete sich. Ganz oben stand ihre Unterhaltung mit Katja. Ein seit ihrem Streit stummer Chat, der Miri dennoch anzuschreien schien: »Lösch mich!«, brüllte er. »Du brauchst mich nicht mehr, Katja hat doch mehr als deutlich gemacht, dass sie keinen Zoll nachgeben wird. Ab sofort keine Kommunikation mehr. Lösch mich!«

Einen Augenblick lang war Miri versucht, tatsächlich Katjas Nummer und alles, was damit in Zusammenhang stand, zu löschen.

Doch dann schüttelte sie den Kopf und legte das Telefon zur Seite. Das konnte einfach nicht alles gewesen sein. Vielleicht sollte sie morgen mal ein paar unverfängliche Zeilen schreiben? Oder ließ das ihr Stolz nicht zu?

Bisher hatten sie sich bei jedem Streit nach wenigen Stunden wieder vertragen, länger hatte weder Miri noch Katja den Unfrieden zwischen ihnen ausgehalten. Eine von beiden war immer auf die andere zugegangen, mal war es Miri gewesen, mal Katja. Doch dieses Mal lief alles anders. Statt sich langsam anzunähern, schwiegen sie einander an, und mit jedem Tag, jeder Stunde und jeder Minute, die verging, wog der Stein, der auf Miris Brust drückte, schwerer. Ob es Katja genauso erging? Oder sollte Miri ihre beste Freundin tatsächlich für immer verloren haben?

Der Schmerz, der ihr bei diesem Gedanken wie ein Messerstich ins Herz fuhr, ließ Miri aufstöhnen. Sie wollte und konnte nicht dauerhaft ohne Katja auskommen. Sie mussten sich versöhnen, egal wie. Eine andere Möglichkeit gab es nicht.

Erneut griff Miri nach ihrem Smartphone. WhatsApp war noch geöffnet. Nach einem tiefen Atemzug begann sie zu tippen: »Verdammter Sprottenschiet!«, schrieb sie. »Du fehlst mir!« Eilig schickte sie die Nachricht ab. Nicht, dass sie es sich doch noch anders überlegte.

Eine Minute später klingelte das Telefon. »Eingehender Anruf von Katja«, zeigte das Display.

Miris Herz begann zu flattern. Mit zittrigen Fingern nahm sie das Gespräch entgegen. »Hallo«, flüsterte sie zaghaft.

»Verdammte Möwenkacke! Du fehlst mir auch.« Im Gegensatz zu Miri schrie Katja geradezu. »Ich hatte so eine Angst ...«

»Nicht so viel wie ich«, antwortete Miri, immer noch flüsternd.

»Warum flüsterst du?«, fragte Katja

»Keine Ahnung. Filigranes Thema vielleicht?«

Katja lachte auf. »Bei uns ist nichts filigran, nicht die Freundschaft und unsere Streitereien auch nicht. Eher so Marke Kessel-flicker.«

»Ich nehme, was ich kriegen kann. Oh, Katja, es tut mir so leid.« Miri betrachtete ihre Hände. Sie hatten aufgehört zu zittern.

»Wie geht es dir in Stade?«, fragte Katja nach einer kleinen Pause.

»Nicht so grandios. Irgendwie hatte ich völlig verdrängt, wie stressig meine Eltern werden können.« Ein abgrundtiefer Seufzer kam über Miris Lippen.

»So schlimm also.« Katja kicherte. »Eigentlich habe ich nichts anderes erwartet. Hat deine Mutter schon angefangen, einen neuen Mann für dich zu suchen?«

»Oh Gott, ich hoffe nicht. Aber zuzutrauen wäre es ihr.« Miri holte tief Luft. »Kommst du denn klar in Hamburg? Ich ... ich schätze, ich habe riesig Mist gebaut.«

»Hast du.« Katja seufzte abgrundtief. »Das hat verdammt weh getan, aber ich verstehe dich auch. Oder sagen wir, ich kann deine Reaktion nachvollziehen, auch wenn ich es wahrscheinlich etwas anders gemacht hätte.«

»Ganz bestimmt hättest du das. Du bist tougher als ich. Hey, es tut mir wirklich leid. Kann ich irgendetwas tun?« *Um das Bücherschiff zu retten*, ging es ihr durch den Kopf, aber sie wagte nicht, Katja gegenüber diese Worte auszusprechen, zu sehr musste sich ihre beste Freundin im Stich gelassen fühlen.

»Stimmt! Du bist ein Weichei, und ich bin eine echt harte Hündin. Aber sag mal«, wechselte Katja abrupt das Thema. »Brauchst du Hilfe hier in Hamburg? Zum Beispiel bei der Wohnungsauflösung, meine ich. Du bist so schnell weg von hier.

Da kannst du doch unmöglich noch Vorbereitungen getroffen haben.«

Bei Katjas Worten traten Miri die Tränen in die Augen. »Danke schön. Für alles.« Sie schniefte.

»Da nicht für. Deine kleine Wohnung abzuwickeln, ist keine große Sache.«

»Du weißt genau, was ich meine.« Miri zögerte einen Atemzug lang. »Vielleicht sollten wir noch einmal über unseren Streit sprechen, ehe wir nach vorn schauen?« Ihre Stimme brach beinahe, so sehr fürchtete sie, mit dieser Frage den Zwist erneut aufleben zu lassen.

Doch Katja bewies wieder einmal, dass sie den Titel Beste Freundin zu Recht trug. »Ach, Unfug«, erklärte sie. Das heftige Kopfschütteln, das ihre Worte begleitete, ließ sich durch die Leitung erahnen. »Wir sind beide ein bisschen durchgedreht an diesem Abend.« Sie räusperte sich. »Ein bisschen arg, würde ich sagen. Mann, was haben wir uns angebrüllt. Ich glaube, so schlimm war es zum letzten Mal in der Neunten.«

Miri stieß den angehaltenen Atem aus. Ihre Anspannung ließ langsam nach, und mit einem Mal fühlte sie sich um ein Vielfaches leichter, als wäre zuvor Blei durch ihre Adern geflossen und nun durch Helium ersetzt worden. *Ich muss aufpassen, dass ich nicht zur Decke schwebe*, dachte sie, während sie spürte, wie sich trotz der Tränen ein Lächeln auf ihrem Gesicht breitmachte.

»Weißt du eigentlich, wie lieb ich dich hab'?«, fragte Miri.

»Ich dich auch«, murmelte Katja. Dann schluckte sie vernehmlich. »Ach nee, jetzt muss ich heulen.«

»Das macht nichts, dann heule ich wenigstens nicht allein.«

Einige Atemzüge lang hingen beide ihren Gedanken nach. Schließlich räusperte sich Katja. »Dass wir ›Das kleine Bücherschiff‹ verlieren, macht mich fertig«, erklärte sie leise.

»Es fühlt sich an, als ob jemand ein Stück aus mir herausgerissen hätte«, bestätigte Miri. »Schlick, dieses miese Schwein«, fügte sie unter Schniefen an.

»Ich schätze, es gibt nichts Schwierigeres, als einen Traum ziehen zu lassen.«

Auf Katjas Worte folgte erneut ein längeres Schweigen, und obwohl sie sich diverse Kilometer von Miri entfernt aufhielt, spürte Miri die Nähe zu ihrer besten Freundin wie eine warme Umarmung, die ihr Kraft gab.

Katja schien es nicht anders zu ergehen, denn als sie sich schließlich leise räusperte, klang ihre Stimme deutlich gelöster. »So traurig wie das alles ist, es hilft ja nichts. Wir sollten nach vorn sehen. Ich wollte dich auch noch was anderes fragen: Hast du, seit du in Stade bist, von Henning gehört?«

»Nein, warum fragst du?«

»Na ja, er war kürzlich auf dem Bücherschiff, um mal wieder ein Buch für Finn zu kaufen und um sich nach dir zu erkundigen. Das nehme ich zumindest an, gesagt hat er es nicht.«

»Aha. Und dann? Du erzählst es mir ja sicher nicht nur, weil er ein Buch gekauft hat.« Miri zog die Brauen zusammen.

»Natürlich nicht, sondern weil er so merkwürdig reagiert hat.« Katja stockte.

»Inwiefern? Jetzt lass dir doch nicht jedes Wort aus der Nase ziehen!«

»Es ist nur … Ich bin da vielleicht ein wenig übers Ziel hinausgeschossen. Ich hatte mir wirklich fest vorgenommen, absolut freundlich und neutral zu bleiben. Aber er kam an dem Morgen, an dem ich gemerkt habe, dass du schon in Stade bist. Ich war bei deiner Wohnung und wollte mit dir sprechen.« Der kleinlaute Ton, in dem sie dies sagte, passte so gar nicht zu Katja. »Dass du schon weg warst, hat mich echt getroffen, und möglicherweise habe ich es an Henning ausgelassen.«

»Ach, das hat den Richtigen getroffen«, antwortete Miri pragmatisch, ehe sie anfügte: »Es tut mir leid, dass ich nach unserem Streit einfach ohne ein Wort gegangen bin. Nicht gerade meine beste Entscheidung. Aber ich war so durch mit allem …« Sie unterbrach sich. »Was hast du Henning denn an den Kopf geworfen?«

»Die Sache mit dem Luxushausboot und wie sehr ich ihn dafür verabscheue, dass er uns so kaltblütig die Lebensgrundlage entzieht. Ich habe es anders ausgedrückt, fürchte ich. Eher so was mit mieses A-loch und so. Schätzungsweise war ›hinterhältiges Schwein‹ noch das Freundlichste, was ich zu bieten hatte.« Katja hielt inne. »Ich bin nicht unbedingt stolz darauf.«

»Mach dir keine Vorwürfe, ich schätze, das, was ich ihm an dem Abend, als ich die Flyer auf seinem Computer entdeckt habe, so alles gesagt habe, war auch nicht damenhafter«, erklärte Miri beschwichtigend. »Sag! Wie hat er denn reagiert?«

»Eher merkwürdig. Erst hat er ein paar Fragen gestellt, so als wäre ihm nicht ganz klar, worüber ich spreche. Dann ist er plötzlich kalkweiß geworden und sah aus, als ob er jeden Augenblick umkippen wollte. Ich habe ihn auf das Sofa verfrachtet und ihm ein Glas Wasser eingeflößt. Da saß er dann eine Weile. Irgendwann schien er sich besser zu fühlen, zumindest wirkte er nicht mehr so blass. Kurz danach ist er aufgesprungen und im Eilschritt verschwunden. Ohne ein Wort, nicht mal ›Tschüss‹ hat er gesagt. Echt mysteriös.«

»Hm …« Damit konnte Miri auch nicht viel anfangen. »Keine Ahnung. Wer weiß, was in ihm vorgeht. Ich habe ja auch die ganze Zeit gedacht, er sei in mich verliebt.« Die Worte: *so wie ich in ihn*, schluckte sie schnell hinunter. »Eigentlich möchte ich mich auch lieber gar nicht mit Henning beschäftigen. Er hat mir mehr als genug von seinem Charakter gezeigt.«

»Ich weiß nicht recht. Das passt alles hinten und vorne nicht. Vielleicht sehen wir doch Zusammenhänge, wo gar keine sind. Du hättest ihn sehen sollen. Kurz habe ich gedacht, er kotzt mir vor die Füße. Wenn er so abgebrüht wäre …«

Miri fiel Katja ins Wort. »Alles schön und gut, aber dennoch nur hypothetisch. Sei mir nicht böse, aber ich habe keine Nerven dafür, mich mit Hennings Seelenleben und seinen Fehlentscheidungen zu beschäftigen. Ich sollte mich lieber auf morgen konzentrieren, da lege ich mit der Arbeit los. Sozusagen der erste Tag meines zurückgewonnenen, glücklichen Kleinstadtlebens.« Miri unterdrückte den Gedanken, dass von glücklich wahrscheinlich erst einmal keine Rede sein konnte.

»Vermisst du Hamburg?«, kam es prompt von Katja.

»Nein!«, antwortete Miri. Sie legte all ihre Überzeugungskraft in dieses eine Wort. Dass sie nicht nur Katja, sondern auch sich selbst von der Wahrhaftigkeit ihrer Aussage überzeugen wollte, versuchte sie zu verdrängen. »Das Thema Großstadt ist abgehandelt. Ich bin nun mal eine Kleinstadtpflanze, und selbst wenn ich mich nun erst wieder eingewöhnen muss, auf Dauer bin ich hier besser aufgehoben als in Hamburg«, erklärte sie mit fester Stimme.

Katja antwortete nicht. Ihr Schweigen allerdings war ebenso beredt, als hätte sie Miri der Selbstlüge überführt.

»Und du? Wie kommst du klar in Hamburg? Wie läuft das jetzt mit dem ›Kleinen Bücherschiff‹?«, schnitt Miri das schwierigste aller Themen an.

»Mit Hamburg komme ich prima klar, die Stadt hat mir nichts getan. Und das Bücherschiff …« Es dauerte einen Moment, ehe Katja – deutlich leiser jetzt – weitersprach. »Ich versuche erst einmal einfach weiterzumachen, in der Hoffnung, dass von irgendwo eine Lösung angeflogen kommt. Noch will ich nicht aufgeben. Nicht, bevor diese Horrormiete nicht fällig ist. Wenigstens gibt es Gesetze, die verbieten, Mieten von einem Tag auf den anderen zu erhöhen. Mir wäre es allerdings lieber, es handelte sich nicht nur um zwei Monate Vorlauffrist, die sind ja auch schon fast verstrichen, sondern um zwei Jahre.« Sie stieß ein freudloses Lachen aus. »Pablo hilft derweil stundenweise aus. Er macht sich gar nicht so schlecht als Buchhandelsazubi. Und ich habe angefangen, die Immobilienanzeigen zu lesen. Irgendwo gibt es ein geeignetes Ladenlokal für meine Buchhandlung. Ich muss es nur finden.«

»Du willst also weitermachen?« *Ohne mich*, schoss es Miri durch den Kopf. Katja würde ihren gemeinsamen Traum weiterleben. *Und ich? Ich sitze hier in Stade fest.* Ein Schicksal, das sie selbst gewählt hatte.

»Auf jeden Fall, auch wenn es sich ohne dich falsch anfühlt.« Katja seufzte leise. »Aber daran werde ich mich schon gewöhnen. Und du bist ja auch nicht aus der Welt. Wer weiß, vielleicht entscheidest du ja in ein paar Jahren, nach Hamburg zurückzukehren, wenn dein Kind erst einmal aus dem Gröbsten raus ist.

Wenn du dann lieb fragst, nehme ich dich vielleicht als Teilhaberin zurück.« Sie unterbrach sich. »Apropos Teilhaberin. Wir werden uns irgendwann darüber unterhalten müssen, wie wir das finanziell regeln. Aber zuerst muss ich mit der Buchhandlung umziehen, ein Wunder bewirken oder einen Killer engagieren, der Schlick klammheimlich um die Ecke bringt.«

Miri lachte. »Es würde schon reichen, wenn er das Gedächtnis verliert. Du musst ihn ja nicht gleich umbringen.«

»Vielleicht nicht, aber der Gedanke tut gut.« Katja stimmte in Miris Gelächter ein.

Eine Weile sprachen sie noch über dies und das: Miris Elternhaus, die ehemaligen Schulfreunde, die noch in Stade lebten, was der morgige Tag bringen würde und andere Belanglosigkeiten. Als sie sich schließlich verabschiedeten, fühlte Miri sich besser. In dieser Nacht würde sie hoffentlich endlich wieder richtig schlafen.

Kapitel 23
Ein Sturm ungeahnten Ausmaßes

Abgesehen davon, dass sie Katja, Henning, Finn und das Bücherschiff schmerzlich vermisste, fühlte Miri sich gut. Inzwischen hatten sich sogar die regelmäßigen Übelkeitsattacken verflüchtigt, und außer der Tatsache, dass die Müdigkeit ihr stetiger Begleiter und ihr Bauch minimal gewachsen war, bemerkte sie die Schwangerschaft kaum.

Es war Freitagnachmittag. Miri hatte ihre erste Arbeitswoche in der Arztpraxis erfolgreich hinter sich gebracht, nun saß sie im Regionalzug nach Hamburg und starrte in die gemächlich vorbeiratternde Landschaft. Sie seufzte leise, während sie den Rock des roten Etuikleides glatt strich, in das sie nach der Arbeit geschlüpft war. Gerade heute brauchte sie ein Kleidungsstück, das Kraft und Selbstvertrauen ausstrahlte, schließlich kehrte sie nach ihrem übereilten Weggang zum ersten Mal nach Hamburg zurück.

Obendrein sah sie dem Wochenende mit gemischten Gefühlen entgegen. Es war nicht auszuschließen, dass sie, sobald sie wieder mit sich allein war, erneut ins Grübeln verfiel, und zusätzlich stand das Packen all ihrer Habe an. Die Kündigung für die Wohnung hatte sie auch noch nicht geschrieben.

Das letzte Stück zu ihrem Appartement legte sie zu Fuß zurück. Dabei vermied sie es, sich umzusehen, um gar nicht erst in allzu große Sehnsucht zu verfallen. An dieser Stelle machte sie sich nichts vor. Sie liebte das Viertel und hatte es jeden Tag genossen, Teil dieser zauberhaften Nachbarschaft zu sein.

Gut eineinhalb Stunden nachdem sie in Stade losgefahren war, schloss sie die Tür zu ihrem Hamburger Appartement auf. Im Flur stieß sie auf Katja.

»Was machst du denn hier?« Erstaunt blieb Miri im Türrahmen stehen. »Als wir gestern telefoniert haben, hast du mit keinem Wort erwähnt, dass du kommen willst. Ich dachte, ich sehe dich erst morgen Abend.«

»Da guckst du, was?« Katja lief Miri entgegen und zog sie in eine feste Umarmung. Dann schob sie Miri ein Stück weg und musterte sie wie eine alte Tante, die die Wachstumsfortschritte ihrer Großnichte begutachtete. »Dafür, dass die Zeiten hart sind, siehst du gut aus.«

Ein typisches Katja-Kompliment, ging es Miri durch den Kopf. Laut sagte sie: »Man tut, was man kann oder wie meine Oma immer sagt: Man muss die Kuh da melken, wo sie fliegt.«

»Okay«, konstatierte Katja mit einem breiten Grinsen. »Ich weiß zwar nicht, was du mir damit sagen willst, aber dir geht es auf jeden Fall besser, wenn du schon wieder die schrägen Weisheiten deiner Großmutter zitierst. Davon habe ich lange keine mehr gehört.«

Miri lächelte aufrichtig zurück. Tatsächlich fühlte sie sich deutlich stabiler, seit sie wieder arbeitete. Nicht zuletzt stärkten die positiven Reaktionen der Patienten ihr Selbstwertgefühl. Fast alle hatten ihr durch die Glastür zu dem Büro, in dem Senkenbach sie untergebracht hatte, begeistert zugewinkt, sodass sie regelrecht gespürt hatte, wie sich ihre Wirbelsäule aufrichtete und sie gerader sitzen ließ. *Erstaunlich, wie sehr ein wenig Anerkennung dem angeschlagenen Selbstbewusstsein auf die Sprünge hilft*, war es ihr einige Male durch den Kopf gegangen. Selbst in ihrem Fall, in dem sie in jeder freien Minute drohte, in ihr Loch zurückzufallen, immer dann, wenn sie an »Das kleine Bücherschiff« dachte oder an Henning und natürlich auch an Finn. Sie vermisste den Kleinen schmerzlicher, als sie es sich jemals hätte vorstellen können, vor allem nach ihren ersten – auf andere Weise schmerzhaften – Begegnungen.

»Warum schmunzelst du?«, fragte Katja.

»Ich musste gerade an Finn und seine Schienbeinattacken denken. Ich hoffe, es geht ihm gut und ihm hat die Trennung nicht allzu sehr zugesetzt. Ich war zwar erst ein kleiner Teil seines Lebens, aber da er gerade anfing, Vertrauen zu fassen …« Miri seufzte. »Es täte mir einfach wahnsinnig leid, wenn er dadurch einen Rückschlag erleidet.«

»Das verstehe ich. Aber darüber musst du dir keine Gedanken machen.« Katja schien sich darüber nicht sonderlich viele Sorgen zu machen. »Wirst du sehen«, fügte sie an.

»Inwiefern?«

»Ach, ich rede nur so daher«, wiegelte Katja ab. »Das ist aber jetzt auch egal. Ich habe ganz andere Neuigkeiten. Dazu musst du aber mitkommen.«

»Wohin?«, fragte Miri.

»In den Hafen. Zum Bücherschiff. Stell dein Zeug ab und lass uns gehen. Es gibt eine Überraschung.« Katja grinste wie die Katze in Alice in Wonderland. »Mehr wird nicht verraten.«

»Ich weiß nicht.« Miri verzog das Gesicht zu einer Grimasse. Katjas Plan gefiel ihr nicht. Schließlich hatte es sie enorm viel Kraft gekostet, ihren Traum einigermaßen hinter sich zu lassen, was ihr ohnehin nur halbwegs gelungen war. Wenn sie jetzt »Das kleine Bücherschiff« wiedersähe, seine gemütliche Einrichtung

anfasste und den Duft nach Büchern, Holz und Bootslack einatmete, würde sie rückfällig werden – ohne jede Frage. Schon
der Gedanke an die Barkasse reichte aus, Miri die Tränen in
die Augen zu treiben. Geschweige denn, dass sie den Anblick
ertragen könnte oder die Gemütlichkeit des kleinen Museumshafens mit seinen Cafés, den restaurierten Schiffen und den riesigen Kränen des Containerhafens gegenüber.

Katja griff nach Miris Handtasche. »Nun komm schon.« Sie
hielt inne. »Ich weiß, du würdest am liebsten nie wieder auch
nur einen Fuß nach Oevelgönne setzen, weil es so wehtut«, sagte sie mitfühlend. »Aber es muss sein. Ich verspreche dir, du
wirst es nicht bereuen. Darauf verwette ich meinen dicken Po-
dex.«

»Der Wetteinsatz zählt nicht. Erstens ist dein Hintern nicht
dick, und zweitens gäbest du viel zu gern deine eingebildeten
Pölsterchen ab.« Trotz der Anspannung musste Miri lachen.
»Hast du nichts Besseres zu bieten?«

»Ich lege noch drei Tafeln Lakritzschokolade drauf. Igitt!«
Katja schüttelte sich angewidert. »Du bist die einzige Person,
die ich kenne, die freiwillig dieses komische Zeugs isst.«

Katja redete noch eine Weile auf Miri ein, bis diese schließlich nachgab und Katja zum Bücherschiff begleitete. Draußen
schien die Sonne warm vom Himmel. Dennoch legte Miri den
Weg zum Museumshafen mit gemischten Gefühlen zurück. Zwar
sprach Katjas Begeisterung eindeutig für gute Neuigkeiten, andererseits fehlte Miri die Vorstellungskraft, wie diese Nachrichten aussehen könnten.

Als sie die Elbchaussee überquerten, begann es zu nieseln.
Miri streckte die Hand aus und fing ein paar der feinen Tropfen

auf. Der Himmel schien sich ebenfalls unsicher zu sein, ob er lachen oder weinen sollte.

Sie betraten die Grünanlage, die den Hang zur Elbe hinunterführte. Als Miri nach Stade abgehauen war, trugen die Bäume noch ihr sommerlich grünes Kleid. Heute, kaum zwei Wochen später, mischten sich bereits die ersten gelben Blätter unter das Grün. Der Sommer war ungewöhnlich trocken gewesen, vielleicht verloren die Blätter deshalb frühzeitig ihre Farbe. Oder sie waren aus Solidarität zu Miris Stimmung in plötzliche Melancholie verfallen und drückten diese nun durch diverse Brauntöne aus.

Miri schüttelte den Kopf. Was für schräge Dinge ihr manchmal durch das Hirn tanzten. Selbst auf einen Sommer der Liebe, wie sie die kurze, aber intensive Zeit mit Henning für sich manchmal nannte, folgte irgendwann der Herbst. Miri stieß einen abgrundtiefen Seufzer aus.

»So dramatisch ist es eigentlich nicht«, drang Katjas Stimme in ihre Gedanken. »Oder besser: dramatisch vielleicht schon, aber nicht im negativen Sinne.«

Sie erreichten gerade den Aussichtspunkt Schopenhauer Weg, als die Sonne wieder rauskam. »Schau!« Katja wies auf die Schiffe des Museumshafens, die durch die Bäume blitzten. »Da kann man unsere schwimmende Buchhandlung schon sehen.«

Miri trat ein Stück nach rechts, um eine Lücke im Grün zu nutzen. Im Museumshafen war jetzt, in den frühen Abendstunden, noch allerhand los. Zahlreiche Besucher tummelten sich auf der Brücke und an den Kais. Miris Blick fiel auf »Das kleine Bücherschiff«. Es wirkte anders, als sie es in Erinnerung hatte. Mit gerunzelter Stirn betrachtete Miri die ehemalige Hafenbarkasse. Es dauerte einen Moment, bis sie die Veränderung bemerkte. »Du hast Wimpelketten aufgehängt«, stellte sie fest.

»Ja, das wollten wir doch die ganze Zeit schon machen. Ich finde, es macht den Außenbereich noch ein wenig einladender«, antwortete Katja. »Und natürlich zur Feier deiner Rückkehr.«

»Falls du glaubst, ich würde mich noch umentscheiden, täuschst du dich«, warnte Miri. »Sag mal, wer kümmert sich eigentlich um die Kunden, jetzt, wo du nicht da bist? Offensichtlich ist die Buchhandlung ja geöffnet.« Sie wies mit dem Finger auf die beiden Flyerregale in Ruderbootform, die rechts und links der Gangway standen.

»Hm …« Katja zuckte mit den Schultern. »Pablo. Und ob ich mich täusche oder nicht, werden wir ja sehen.« Sie grinste wissend.

Okay, nun war es amtlich. Irgendetwas ging hier vor. Vielleicht hatte Katja eine Abschiedsparty geplant? Aber doch sicher nicht auf dem Schiff. Katja musste sich der Gefahr bewusst sein, die ein Fest auf der Barkasse mit sich brachte. Im schlimmsten Falle trieb Miri die Stimmung auf den Nullpunkt, wenn sie vor lauter Trauer über den Verlust des Bücherschiffs den kompletten Abend durchheulte. Nein! Es musste etwas anderes sein.

So langsam wuchs Miris Neugier und verdrängte ihre negativen Gedanken. Eilig setzte sie sich wieder in Bewegung. Solange sie hier herumstanden, würde sie es jedenfalls nicht erfahren. »Dann hurtig«, forderte sie ihre beste Freundin auf.

»Apropos hurtig. Da fällt mir etwas ein: Es gibt ein neues Buch über die norwegischen Postschiffe. Ich habe ein paar Exemplare davon bestellt. ›Erfahrungen eines Hurtigruten-Kapitäns‹

lautete der Titel. Darauf bin ich echt gespannt. Ich schätze, es wird sich hervorragend verkaufen. Du weißt, wie viele Kunden von den Touren schwärmen oder davon träumen, einmal eine Kreuzfahrt mit Hurtigruten zu machen.« Miri musterte Katja irritiert. Die Leichtigkeit, mit der ihre beste Freundin auf den Buchhandelsalltag umschwenkte, irritierte Miri fast noch mehr als ihre bemerkenswerte Zuversicht. Sie wirkte beinahe so, als wäre nichts geschehen.

Es dauerte nicht lange, und Miri fand sich vor der korallenroten Tür wieder. Sie legte die Hand an die Klinke, holte tief Luft und öffnete die Tür. Zum Glück blieben die »Überraschung« rufenden Stimmen aus, die sie angesichts von Katjas merkwürdigem Verhalten schon fest erwartet hatte. Trotzdem zögerte Miri, ehe sie sich ein Herz fasste und den Salon betrat. Drinnen wirkte alles so vertraut wie immer.

Es war ein wenig wie nach Hause zu kommen. Miri ließ ihren Blick über die handgefertigten Bücherregale schweifen, deren Lack unauffällig glänzte. Sie trat an den Verkaufstresen und legte die Hand auf die Konstruktion, die sie gemeinsam mit Katja mit eigenen Händen gebaut hatte. Die silberne Kasse glänzte noch mehr als zuvor. Daneben standen die ›Bücher des Monats‹. Katja hatte in Miris Abwesenheit neue Bücher ausgewählt. Neugierig las Miri die Titel. Die im Stil der 50er Jahre gehaltenen Coverbilder der ›Adria Mortale‹-Reihe von Margherita Giovanni fielen ihr direkt ins Auge.

Ein Räuspern erklang. Zuerst dachte Miri, es komme von Katja, die nach ihr den Salon betreten hatte. Doch dann entdeckte sie Tim und Liz, die in angespannter Haltung auf dem roten Biedermeiersofa hockten. In einem der beiden zugehörigen Sesselchen saß Anne und im anderen eine Frau, die Miri kannte, aber im ersten Augenblick nicht zuordnen konnte.

Die Tür, die zu den Nebenräumen der Barkasse führte, sprang auf, und Pablo trat ein. Er trug einen Stapel Bücher auf dem Arm. Als er Miri entdeckte, wandte er sich auf dem Absatz um. Eine Minute später kehrte er zurück, doch statt der Bücher trug er nun ein Tablett vor sich her, darauf eine Flasche Champagner und sieben Gläser. »Ihr seid früher als erwartet. Aber macht nichts, dann können wir endlich anstoßen.«

»Worauf?« Verwirrt blickte sich Miri nach Katja um, die inzwischen hinter dem Verkaufstresen stand und in ihrem Rucksack kramte.

»Du hast es ihr noch nicht gesagt?«, wandte sich Pablo an Katja.

»Extra nicht. Ich dachte, ihr wolltet dabei sein.« Sie beschrieb mit den Armen einen Bogen, der die Freunde in der Biedermeierecke miteinbezog. »Aber nun ...« Ihre Stimme bekam einen feierlichen Klang. »... ist es Zeit für meine Enthüllungen.« Sie steckte den Arm wieder in den Rucksack und wühlte darin herum. »Warte, warte, warte ... Hier!«, murmelte sie, während sie ein zusammengefaltetes Stück Zeitungspapier hervorzog und Miri in die Hand drückte. »Lies!« Sie klang aufgeregt.

»Ist ja schon gut.« Miri beeilte sich, den Zettel auseinanderzufalten. Es handelte sich um einen Artikel der Hamburger Morgenpost, dessen Veröffentlichungsdatum allerdings bereits sieben Tage zurücklag. RETTET DAS BÜCHERSCHIFF!, lautete eine Überschrift in der unteren Ecke der Titelseite. Verwirrt starrte Miri auf die Schlagzeile. Offensichtlich war die Rede von ihrer schwimmenden Buchhandlung. Sie warf Katja einen fragenden Blick zu, die jedoch schwieg und stattdessen signalisierte, Miri sollte weiterlesen.

RETTET DAS BÜCHERSCHIFF!

Die schwimmende Buchhandlung im Oevelgönner Museumshafen, von der man seit der Eröffnung im Frühsommer immer öfter gehört hat, steht vor dem Aus! »Das kleine Bücherschiff«, beliebter Stadtteiltreffpunkt und Touristenattraktion, wurde Opfer einer der skandalösesten Abzockaktionen der Hamburger Geschichte.

All ihr Erspartes ließen die beiden sympathischen Inhaberinnen Miriam Cornelis und Katja Gerbaum in die Restaurierung der ehemaligen Hafenbarkasse fließen. Dafür erhielten sie die Zusage des Vermieters für eine preiswerte Miete. Doch weit gefehlt. Kaum schrieb das Bücherschiff schwarze Zahlen, folgte die Ernüchterung. Ein geschickt abgefasster Vertrag ermöglichte dem Vermieter sofortige Mietanpassungen in exorbitanter Höhe, sodass die Inhaberinnen diese nun nicht mehr aufbringen können.

Dank Insiderinformationen, die der Redaktion zugespielt wurden, konnten wir den vollständigen Plan aufdecken. Lesen Sie die perfiden Details auf Seite 6.

Miri überflog, was da stand, ohne allerdings am Ende deutlich schlauer zu sein. »Was …?«, hob sie an.

»Du bist noch nicht durch. Hier, weiterlesen!«, befahl Katja und reichte Miri noch drei weitere Ausschnitte.

Miri tat, wie ihr geheißen.

Auf der besagten Seite 6 folgten die Namen aller beteiligten Unternehmen sowie alle weiteren Einzelheiten. Es hieß, die Mitarbeiterin eines Luxusmaklers sei bei einer Lesung auf die Barkasse aufmerksam geworden. Von dieser Dame stammte die Idee, die schwimmende Buchhandlung zum Luxushausboot umzubauen und mit enormem Gewinn zu verkaufen. Dazu war sie an die Inhaberin eines Architekturbüros herangetreten. Diese – gleich Feuer und Flamme – zeichnete verantwortlich für die Umbaupläne und die Erstellung des Verkaufsflyers. Gemeinsam hatten sie den Eigentümer der Barkasse kontaktiert, der – nur seinen Gewinn vor Augen – begeistert in das Komplott eingestiegen war, indem er mit der gesetzlichen Mindestfrist von zwei Monaten Vorlauf eine Mieterhöhung aussprach. Der der Vermietung zugrunde liegende Vertrag ermöglichte es dem Schiffseigner, bei Mietverzug die Räumung innerhalb weniger Wochen zu verlangen.

Abschließend stand dort noch, dass die Vorgehensweise zwar rechtens, aber keineswegs lauter sei. Gerade in einer Hansestadt wie Hamburg, in der das Geschäft auf Treu und Glauben und per Handschlag noch etwas zähle, schäme man sich eines solch skrupellosen Geschäftsgebarens.

Neben dieser ausführlichen Abhandlung in der Morgenpost waren ähnliche, wenn auch deutlich kürzere Artikel in der Bild und im Hamburger Abendblatt erschienen, das bereits mehrfach über »Das kleine Bücherschiff« geschrieben hatte. Sie unterschieden sich allerdings in der Art der Berichterstattung. Wo die Bild noch reißerischer klang als die Morgenpost, berichtete das Hamburger Abendblatt wie gewohnt sachlich, seriös und in knappen Worten.

»Und was sagst du?« Tim sprang vom Sofa auf und trat zu Miri. Auch die anderen erhoben sich jetzt und näherten sich dem Verkaufstresen.

So richtig begriff Miri nicht, was sie mit den Artikeln anfangen sollte. Dass Schlick mit anderen Firmen unter einer Decke steckte, wussten sie ja bereits. Schließlich hatte er es ihnen bei ihrem letzten Gespräch mit unverhohlener Schadenfreude aufs Brot geschmiert. Lediglich dass die Sache den großen Hamburger Zeitungen einen Artikel wert war, entpuppte sich als Neuigkeit.

Miri überflog den Artikel des Abendblatts ein weiteres Mal. Julia Kramers lautete der Name der Verfasserin. In diesem Augenblick rasteten gleich mehrere Synapsen in Miris Hirn ein. Natürlich, bei der Frau, die gerade neben ihren Freunden am Verkaufstresen lehnte, handelte es sich um ebenjene Julia Kramers. Miri schüttelte den Kopf. Selbstverständlich kannte sie die Journalistin. Merkwürdig, dass sie sie nicht sofort erkannt hatte. Aber wahrscheinlich lag es daran, dass sie sich für gewöhnlich nicht im Umfeld der verrückten Nachbarsclique aufhielt.

»Ich sage: Ich habe keinen Schimmer, was hier vorgeht. Aber es ist nett, dass Frau Kramers sich für uns stark gemacht hat. Eine kleine Wohltat für die Seele, wenn auch wohl eher eine moralische Stärkung.« Miri schenkte der Journalistin ein dankbares Lächeln.

»Oh du Ahnungslose, oh du Unwissende, gnadenbringende Dämlichkeit«, sang Anne zu der Melodie von ›Oh du fröhliche.‹

»Ja, ist denn heut' scho' Weihnachten?«, zitierte Pablo im Singsang von Franz Beckenbauer den uralten Werbespruch, was ihm einen fragenden Blick von Tim einbrachte, der diese Frage nie zuvor gehört zu haben schien.

»Halt! Stopp!«, bremste Katja die beiden aus, ehe ihre Blödeleien eskalierten. »Einen Moment noch!«, sagte sie zu Miri, während sie erneut in ihrem Rucksack herumwühlte. Dieses Mal zog sie einen DIN-A4-Brief heraus. Mit einem breiten

Grinsen hielt sie Miri den braunen, unbeschrifteten Umschlag hin.

»Was ist das schon wieder?« Miri klappte die Lasche auf. Im Inneren steckten mehrere Seiten aneinandergeheftetes Papier, das sie nun hervorzog und zu lesen begann. Es handelte sich um zwei Exemplare eines Vertrags, genau genommen eines Kaufvertrags, als dessen Verkaufsgegenstand »Die ehemalige Hafenbarkasse ›Das kleine Bücherschiff‹, liegend im Museumshafen Hamburg Oevelgönne« genannt wurde.

Mit wachsender Neugier studierte Miri die Unterlagen. Tatsächlich wurde »Harald Schlick« samt seiner vollständigen Adresse als Verkäufer genannt. Und darunter standen die Namen zweier Käuferinnen, die sie gut kannte: »Katja Gerbaum und Miriam Cornelis«.

Miri hielt inne. Was um alles auf der Welt machten ihre beiden Namen auf dem Papier? Bisher hatten sie nicht darüber gesprochen, das Schiff zu kaufen. Wovon auch? Ein Stück tiefer entdeckte Miri den Kaufpreis: 80 000 Euro. Es folgten ein paar Klauseln über Abwicklung und Gewährleistung und die Unterschriftsfelder, in die bereits Katja und Schlick ihre Signaturen gesetzt hatten.

»Wie jetzt?« Verwirrt blickte Miri auf, geradewegs in Katjas vor Spannung glühendes Gesicht.

»Und? Was sagst du?«, fragte Katja.

»Irgendwie erinnert mich das hier an eine Ostereiersuche oder ein Puzzle. In jedem Eckchen eine Information. Was soll der Sprottenschiet?« Eigentlich wollte Miri weitersprechen, nachfragen, was hier eigentlich los war und vor allen Dingen einfordern, dass irgendjemand sich erbarmte und sie endlich vollständig ins Bild setzte, als Liz' Stimme in die Pause brach.

»Keine Sorge, der Vertrag ist seriös. Mein Bruder hat ihn aufgesetzt.«

»Ganz genau. So einen Fehler machen wir nicht zweimal. Du musst nur noch unterschreiben.« Katja klang aufgeregt wie ein kleines Mädchen, das ihre erste Eins nach Hause brachte.

»Unterschreiben? Ich habe keine 40 000 Euro, das solltest du eigentlich wissen. Außerdem begreife ich nicht, wieso sich Schlick plötzlich bereit erklärt hat, die Barkasse zu verkaufen.« Verwirrt schüttelte Miri den Kopf.

»Die Macht der Presse«, antwortete Liz kryptisch und wies auf Julia Kramers. Die Journalistin lächelte breit, sagte jedoch nichts.

»Okay, das wird jetzt eine längere Geschichte. Du hast die Artikel gesehen. Das hat einiges in Gang gebracht. Du kannst dir gar nicht vorstellen, was danach alles passiert ist.«

»Stimmt. Weil mir niemand, auch meine beste Freundin nicht, davon erzählt hat.« Miri funkelte Katja an. Der unerwartete Kaufvertrag und das Rätselspiel ihrer Freunde hatten sie zunächst abgelenkt. Nun aber fielen ihr immer mehr Merkwürdigkeiten auf. »Die Artikel sind schon vor einer Woche erschienen. Warum erfahre ich erst heute davon?«

Katja zog die Luft durch die Zähne. »Aus Gründen …«, antwortete sie kryptisch. »Ich musste Stillschweigen geloben«, fügte sie hinzu. Der gequälte Ausdruck, der auf ihrem Gesicht lag, zeigte deutlich, wie gern sie mit dem Geheimnis herausgeplatzt wäre.

Ein Blick auf die anderen Anwesenden zeigte eine Gruppe

von Leuten, die sich alle Mühe gaben, möglichst unbeteiligt zu wirken. In einem schlechten Film hätten sie jetzt alle an die Decke geschaut und eine kleine Melodie gepfiffen. Miri schüttelte den Kopf. Eindeutig wussten in diesem Raum alle Bescheid außer ihr.

Einen Augenblick lang war sie versucht, Katja etwas stärker anzugehen. Doch sie kannte ihre beste Freundin zu gut: Wenn man sie zu sehr bedrängte, zögerte man die Enthüllung nur weiter hinaus. An ein einmal gegebenes Versprechen hielte Katja sich wahrscheinlich selbst wenn man sie in eine mittelalterliche eiserne Jungfrau sperrte.

Bei dem Bild musste Miri grinsen. Wenn Katja nicht bald mit der ganzen Geschichte herausrückte, bliebe immer noch das Hamburger Dungeon. Bestimmt konnte man dort mit einem geeigneten Foltergerät aushelfen. »Okay«, stieß Miri aus. »Aus Gründen, verstanden. Aber dann erzähl doch bitte endlich wenigstens das, was du mir erzählen kannst. So langsam werde ich ungeduldig.« Miri blickte ihre beste Freundin flehend an. »Nun komm schon!«

»Also gut, dann will ich mal nicht so sein«, hob Katja an, die Kette der Ereignisse aufzurollen. »An dem Morgen nach unserer Versöhnung …«, begann sie.

»Wir haben den Artikel an diesem Morgen zuerst entdeckt«, fiel Anne ihr ins Wort.

Okay, das konnte dauern. Miri stapfte zum Biedermeiersofa hinüber und nahm, dem ehrwürdigen alten Möbelstück angemessen, vorsichtig darauf Platz. Im Sitzen ließ sich die chaotische Erzählweise ihrer Freunde besser ertragen.

Wie erwartet redeten alle durcheinander, jeder hatte immer

noch ein weiteres Detail beizutragen. Dennoch entfaltete sich vor Miri so langsam die ganze Geschichte:

Als Katja am Montagmorgen, dem Tag, nachdem sie sich mit Miri wieder vertragen hatte, das Bücherschifft öffnete, dauerte es nicht lange, bis auf der Gangway die ersten Schritte erklangen. Eilig näherten sich gleich mehrere Personen. Die korallenrote Tür sprang auf, und mit einem lautstarken »Guten Morgen« stürmten Tim, Pablo, Liz und Anne in die gemütliche Atmosphäre des »Kleinen Bücherschiffs«. Katja, die hinter dem Verkaufstresen auf die ersten Kunden des Tages wartete, hob erstaunt die Brauen.

»Hast du das gesehen?« Anne wedelte mit einer Ausgabe des Hamburger Abendblatts vor Katjas Gesicht herum, während Tim mit einer Hand eine Bildzeitung schwenkte und mit der anderen eine Ausgabe der Hamburger Morgenpost. Als Katja stumm den Kopf schüttelte, fuhr Anne fort. »Die Artikel über ›Das kleine Bücherschiff‹?« Sie deutete auf einen Teaser am unteren Rand des Titelblatts, schlug die Zeitung an der entsprechenden Stelle auf und reichte sie an Katja weiter.

Der Artikel war kurz, aber prägnant. Offensichtlich war ein Insider von sich aus an die Redaktion herangetreten und hatte die Hintergründe rund um das geplante Luxushausboot und das hinterhältige Vorgehen gegenüber Katja und Miri ausgeplaudert. Und mehr noch: Es wurden Namen genannt und die Firmen, die darin verwickelt waren. Katja entfuhr ein freudiges Lachen, als sie den Namen las, der unter dem Artikel stand. Keine Geringere als die Journalistin, die »Das kleine Bücherschiff« seit den Anfängen begleitete, hatte den Text verfasst.

»Wow«, entfuhr es ihr. »Diese Julia Kramers ist wirklich ein Fan unserer Barkasse.«

»Ja, alles super. Aber viel mehr interessiert mich, wer dieser Insider ist?«, platzte es aus Anne heraus.

»Denkst du auch an den, an den wir denken?« Tim schob Anne ein Stück zur Seite. Offensichtlich hatten die Freunde schon auf dem Weg zum Hafen darüber diskutiert.

Katja zuckte mit den Schultern. Natürlich hatte sie gleich an Henning gedacht, zumal sie an seine merkwürdige Reaktion auf ihre Anschuldigungen bei ihrem letzten Treffen denken musste. Dennoch schwieg sie. Für gewöhnlich vermied sie es, Gerüchte zu verbreiten. Die Nachbarsclique fragte noch mehrmals nach, aber Katja blieb eisern, und als die ersten echten Kunden auftauchten, verscheuchte sie die vier kurzerhand aus dem Verkaufsraum.

Nicht nur unter den Nachbarn war »Das kleine Bücherschiff« an diesem Tag Gesprächsstoff. Tatsächlich quollen die Kommentarspalten unter den Onlineversionen der Artikel regelrecht über vor empörten Diskussionen. In jeder freien Minute ließ sich Katja in den gemütlichen Ohrensessel unter Olivia Jones fallen, kramte ihr Smartphone hervor und las die zahlreichen Kommentare.

Am Nachmittag kündigte Julia Kramers ihren Besuch an. Zwei Stunden später traf sie auf dem Bücherschiff ein. Katja bediente gerade zwei Touristinnen, die sich mit Begeisterung auf die Reiseliteratur gestürzt hatten und nun mit zwei Hamburg-Reiseführern und einem Liebesroman, der auf den Nordfriesischen Inseln spielte, an der Kasse standen. Als die beiden sich, unter Lob für das Schiff und der Beteuerung, beim nächsten

Hamburg-Trip auf jeden Fall wieder vorbeizuschauen, verabschiedeten, bat Katja die Journalistin in die Kombüse. Grundsätzlich führte sie Geschäftsgespräche lieber nicht im Salon. Sie ließ die Tür zum Verkaufsraum angelehnt, um eventuell eintreffende Kunden zu bemerken.

»Wären Sie mit einer Spendenaktion einverstanden?«, platzte Julia Kramers mit der Tür ins Schiff. Katja schien einigermaßen verwirrt zu wirken, denn die Journalistin fügte an: »Ich weiß nicht, ob Sie es schon gesehen haben, aber die Leute sind nicht nur zutiefst empört, es bieten auch unfassbar viele finanzielle Hilfe an. Ich finde, Sie sollten die Angebote annehmen. Dann könnten Sie ein neues Boot suchen und herrichten. Es wäre einfach eine Schande, wenn etwas so Außergewöhnliches wie ›Das kleine Bücherschiff‹ einfach so sang- und klanglos verschwinden würde.«

Tatsächlich hatte sich Katja anfangs geziert. Es sei ihr unangenehm, Geld anzunehmen, sagte sie und dass Miri sicherlich nicht anders dächte. Doch Julia Kramers blieb hartnäckig, auch auf die Frage hin, ob es sich bei dem genannten Insider womöglich um Henning Naujocks handele. Katja musste sich mit dem Gedanken zufriedengeben, dass keine Antwort auch eine Antwort bedeutete. Als die Journalistin schließlich aufbrach, ging sie mit der Genehmigung, eine Spendenaktion seitens der Zeitung ins Leben zu rufen und die anderen Herausgeber mit einzubinden, sofern diese das wünschten.

Am nächsten Morgen erschien erneut ein Artikel über »Das kleine Bücherschiff«, dieses Mal nur im Hamburger Abendblatt, dafür mit Angabe einer Kontonummer.

Zwei Tage vergingen fast ereignislos, sah man davon ab,

dass sich halb Hamburg entschlossen hatte, dem Bücherschiff einen Besuch abzustatten. Zum Glück verbrachte Pablo gerade seinen Urlaub auf Balkonien. Als Katja merkte, dass sie mit den Menschenmassen allein nicht fertigwurde, rief sie ihn an.

»Was hältst du von einer mehrtägigen Kreuzfahrt auf dem ›Kleinen Bücherschiff‹?«, fragte sie so charmant wie möglich. »Hier ist der Teufel los. Ich brauche dringend Hilfe, sonst gehen wir mit Frau und Maus unter. Meinst du, du könntest mich unterstützen? Ich zahle auch gut.«

Pablo dachte einen Moment nach. »Mäuse akzeptiere ich aber nur in Form von Scheinen und Münzen«, erklärte er schließlich. »Wann soll ich kommen?«

»Sofort?« Katja entfloh ein nervöses Kichern, angesichts dieser dreisten Bitte.

»Wozu sind Freunde da?« Keine dreißig Minuten später stand Pablo an Katjas Seite und begrüßte die ersten Kunden.

Am fünften Tag nach der Versöhnung geschah das Wunder. Wieder enthüllte das Hamburger Abendblatt die Einzelheiten. Die Maklerfirma, die den Plan, das Bücherschiff in ein Luxushausboot umzubauen, erstellt hatte, distanzierte sich von der Verschwörung und gab stattdessen die Kündigung der verantwortlichen Mitarbeiterin bekannt. In der Folge meldete sich auch das Architekturbüro mit der Information, man habe die vertraglichen Bande mit Harald Schlick und der Maklerfirma gelöst und ziehe sich aus der Planung für einen Umbau der schwimmenden Buchhandlung zurück.

Nur von Harald Schlick hörte Katja erst am nächsten Tag in Form eines schriftlichen Kaufangebots für die Barkasse. Dies ging allerdings nicht an die Zeitung, sondern mit der Post an die Inhaberinnen des »Kleinen Bücherschiffs«.

Nachdem Katja den Umschlag aufgerissen hatte, sah sie sich nach Pablo um. Es schien, als käme er für den Augenblick gut allein zurecht. Daher nutzte sie die Gelegenheit, um sich ausnahmsweise einmal in den Schaukelstuhl zu setzen. Schlicks Schreiben legte sie auf dem Beistelltisch neben der Lesepfeife und der Kapitänsmütze ab. Sie musste in Ruhe nachdenken. 100 000 Euro wollte der miese Schleimer für das Schiff haben. Was bedeutete, dass es wahrscheinlich deutlich weniger wert war. Aber wie hoch war der ideelle Wert? Katja seufzte. Im Grunde liefen ihre Überlegungen ins Leere. Selbst wenn sie Schlick noch ein wenig herunterhandeln könnte, das Geld würden weder sie noch Miri jemals aufbringen können. Zumal Miri bis jetzt noch keinerlei Ahnung hatte, was in Hamburg gerade geschah.

Das Klingeln des Smartphones riss Katja aus ihren Überlegungen. »Hallo, hier spricht Julia Kramers«, meldete sich die Journalistin fröhlich. »Ich habe Neuigkeiten.«

»Ich auch«, antwortete Katja. »Herr Schlick bietet uns die Barkasse zum Kauf an. Leider zu einem unerschwinglichen Preis.«

»Sind Sie sicher?«, fragte die Journalistin. Sie kicherte leise.

»Definitiv. Er will 100 000 Euro für das Schiff haben. Absolut utopisch.« Katja knirschte unzufrieden mit den Zähnen. Konnte dieser Mistkerl nicht wenigstens einmal fair spielen?

Julia Kramers wirkte wenig beeindruckt. »Och«, erwiderte sie lapidar. »Ich sag’ Ihnen einfach mal den Stand der bisher eingegangenen Spenden.« Sie nannte einen Betrag, der Katja derart lautstark nach Luft schnappen ließ, dass Pablo seine Kunden stehen ließ und an Katjas Seite eilte.

»Alles in Ordnung?«, fragte er. In seiner Stimme schwang Sorge mit.

»125 296 Euro«, murmelte Katja statt einer vernünftigen Antwort.

»Sie reden wirr, Mylady.« Irritiert schüttelte Pablo den Kopf.

»Spendengelder«, flüsterte Katja. »Es ist unfassbar.«

»Glauben Sie es ruhig!« Julia Kramers am anderen Ende der Leitung lachte. »Ich schätze, es wird noch ein wenig mehr werden.«

Mit vor Staunen geöffnetem Mund saß Miri da, während sie dem Bericht lauschte. Sicher sah sie belämmert aus, aber es gelang ihr einfach nicht, die Muskeln rund um ihren Mund dazu zu überreden, sich zu entspannen. Ihr Körper war gerade anderweitig beschäftigt, vor allem damit, den Gefühlssturm, der in ihr tobte, unter Kontrolle zu halten. Zum Glück lief ihr kein Sabberfaden das Kinn hinunter, obschon nicht mehr viel fehlte.

Das, was ihr die Nachbarsclique, Julia Kramers und Katja da gerade enthüllten, ließ sich nicht so mir nichts, dir nichts erfassen.

»Um es kurz zu machen. Liz' Bruder nahm sich noch am Freitagabend Zeit, den Vertrag aufzusetzen. Heute Morgen war ich bei Schlick und habe ihm ein Gegenangebot für die Barkasse gemacht. Er hat erst ein bisschen rumgezickt, aber schließlich nachgegeben. Wir haben uns auf 80 000 Euro geeinigt. Wobei ich bei Schlick nicht glaube, dass er nachgegeben hat, um seinen Ruf zu retten. Ich denke, er war einfach froh, uns und die Barkasse vom

Hals zu haben. Außerdem macht er mit 80 000 Euro immer noch ein gutes Geschäft. Aber das ist mir unterm Strich Wurst wie Käse.« Mit einem breiten Grinsen auf dem Gesicht blickte Katja Miri an. »Und? Wie findest du die Story?«

»Könnte aus einem unserer Romane stammen.« Miri deutete auf das Bücherregal mit den Krimis. »Unfassbar. So eine wilde Geschichte.« Sie schwieg einen Augenblick, um das Gehörte ein wenig sacken zu lassen und es richtig zu begreifen.

»Wir haben unser Bücherschiff zurück«, jubelte Katja. »Du musst nur noch unterschreiben.«

»Hier«, Tim hielt ihr einen Stift hin.

»Aber dalli«, mischte sich Anne ein. »Die Pulle wird langsam warm. Außerdem warten wir hier schon seit Stunden, dass es endlich was zu trinken gibt. Und das, wo wir extra ein besonders gutes Stöffchen besorgt haben. Sozusagen zur Feier des Tages.«

Miri starrte auf das Papier. Sollte sie den Vertrag wirklich unterschreiben? Wenn sie nach Hamburg zurückkehrte, würde sie unweigerlich wieder auf Henning und Finn treffen. Sie wohnten nicht nur nebeneinander, Henning war auch im weitesten Sinne Teil der Nachbarsclique und außerdem Stammkunde auf dem Bücherschiff.

Und dann war da ja auch die neue Stelle. Sie müsste Doktor Senkenbach wieder verlassen, wenn sie nicht nur stille Teilhaberin sein wollte, obwohl sie gerade erst versprochen hatte, ihm auszuhelfen. Andererseits hatte Senkenbach Miri damals einfach so gehen lassen, statt Karsten in seine Schranken zu weisen. Da musste sie sich jetzt nicht unbedingt auf einen Fünf-Runden-Kampf gegen ihr Pflichtbewusstsein einlassen.

»Mach endlich. Du willst es doch auch.« Das kam selbstverständlich von Pablo.

Miri blickte zu ihren Freunden auf. Alle, auch Julia Kramers, warfen ihr flehende Blicke zu. Ein jeder von ihnen schien sich ein Bilderbuch-Happy-End für »Das kleine Bücherschiff« zu wünschen.

Miri seufzte, dann begann sie zu lachen. »Ihr seid alle miteinander verrückt, aber wahrscheinlich mag ich euch gerade deshalb so gern.« Sie klickte die Mine des Kugelschreibers heraus, setzte die Spitze aufs Papier und schrieb mit schwungvollen Buchstaben ihren Namen in das Dokument.

Ein lauter Knall ließ Miri zusammenzucken. Erschrocken sah sie auf und direkt in das breiteste Grinsen, das jemals Pablos Gesicht geziert hatte. »Champagner«, fragte er? Ohne ihre Antwort abzuwarten, füllte er ein Glas und reichte es Miri.

»Echt jetzt? Du gibst einer Schwangeren Alkohol?« Kopfschüttelnd reichte Miri den Champagner weiter an Liz, ehe sie zur Kombüse hinüberging und den Orangensaft aus dem Kühlschrank holte.

»Auf das Bücherschiff«, sagte Liz, als endlich jeder von ihnen ein Glas in der Hand hielt.

»Auf unser ›Kleines Bücherschiff‹«, antwortete Katja.

Mit einem Klirren schlugen die Gläser aneinander. Dann trank jeder von ihnen feierlich einen Schluck. Es folgte ein kurzer Moment, in dem die getragene Stimmung anhielt, aber schon bald redeten wieder alle durcheinander, nur Katja stand ein wenig abseits und tippte eine Nachricht in ihr Smartphone.

Kurz darauf trat sie zu Miri. »Ich bin so froh. Stell dir vor, Julia hätte nicht eingegriffen. Oh Mann, das war wirklich knapp. Und was für ein Glück, dass du deine Wohnung noch nicht gekündigt hast. Hast du doch nicht, oder?« Sie klang ein wenig nervös.

»Nein, habe ich nicht. Aber ich bin mir nicht sicher, ob ich dort wohnen bleiben will. So mit Henning und Finn gleich nebenan. Und dann auch noch der gemeinsame Balkon.« Miri seufzte leise.

»Glaub mir, du willst da wohnen.« Katja lachte. »Okay. Ich schulde dir noch die Erklärung, warum ich dir diese wilde Geschichte erst heute erzähle.« Sie holte tief Luft. »Wie ich schon sagte, ich habe es jemandem versprochen. Dem Insider, um genau zu sein.«

»Lass mich raten«, antwortete Miri. »Henning?« Sie seufzte leise. Das hier wurde langsam anstrengend. Kaum hatte sich der erste Gefühlssturm in ihrem Inneren etwas gelegt, begann der nächste. Dabei vermochte sie nicht einmal klar zu sagen, was sie gerade fühlte. Vielleicht handelte es sich bei dem Kribbeln in ihrem Bauch um Hoffnung? Hatte sie sich in Henning vielleicht doch getäuscht? Was für eine Vorstellung. Was, wenn sie mit ihm völlig ohne Grund gebrochen hätte?

Miris Eingeweide zogen sich schmerzhaft zusammen. Trug sie die Schuld, dass die Beziehung gescheitert war, weil sie voreilige Schlüsse gezogen hatte? Und wenn, könnte Henning ihr das jemals verzeihen. Ganz sicher nicht. Miri legte eine Hand auf ihren Bauch. Ob das Baby von dem Wirrwarr in ihrem Inneren etwas mitbekam? Das ganze Theater hier war doch sicher nicht gesund. So ein Mist. Miri seufzte. Das war doch wieder alles typisch Miriam: ihr Liebesleben ein einziges, elendes Durcheinander.

Aber vielleicht hatte sie doch nicht so falsch gelegen mit ihrer Annahme. Schließlich war die Frage, was der Verkaufsflyer für das Luxushausboot auf Hennings Computer zu suchen hatte, immer noch unbeantwortet. Konnte es wirklich stimmen, dass er unschuldig oder gar unwissend gewesen war?

»Komm am besten mal mit!«, durchbrach Katjas Stimme Miris Gedankensprünge. »Ich schätze, die Person sollte dir selbst alles erklären.« Sie griff nach Miris Hand und zog sie mit sich.

Der Weg, den Katja einschlug, führte durch den Salon und die korallenrote Tür nach draußen, ein Stück nach links zu der steilen Treppe, die auf das Dach des Salons führte. Dort blieb Katja so abrupt stehen, dass Miri beinahe in sie hineingelaufen wäre.

»Was …?«, fragte Miri irritiert.

Katja antwortete nicht, stattdessen deutete sie nach oben.

Dort, an der Reling, die das Dach umgab, stand Henning.

Kapitel 24
Ein abwechslungsreiches Liebesleben

»Nicht weglaufen«, befahl Katja, ehe sie Miri in Richtung der Treppe schob. »Und sag ihm bitte alles«, fuhr sie mit einem Blick zu Henning fort, ehe sie sich umwandte und in den Salon zurückkehrte.

Zwei Atemzüge lang blieb Miri einfach stehen, wo sie stand. Die Angst vor dem, was sie vielleicht gleich erführe, ließ sie erstarren. Doch schließlich siegten ihre Vernunft und ihr Pragmatismus. Sie entging der Aussprache nicht länger, besser also, sie brachte sie hinter sich. Entschlossen erklomm sie die Treppe. Aus dem Augenwinkel schielte sie zu Henning hinüber. Er stand stocksteif ein Stück entfernt von der Stelle, an der die Stufen in das Dach mündeten. Seinen Kopf hielt er nach vorn gerichtet. Ohne etwas zu sehen, schaute er in die Ferne – ein Blick ohne Blick ins eigene Innere.

»Seit wann stehst du hier?«, fragte Miri schließlich beinahe trotzig, als Henning hartnäckig schwieg.

In diesem Moment bewegte er sich, allerdings derart ruckartig, dass Miri zusammenzuckte. Henning ignorierte ihre Reaktion genauso wie ihre Frage, stattdessen kam er auf sie zu und ergriff ihre Hand. In einem ersten Impuls wollte ihm Miri die Hand entziehen, als sie seinen flehenden Blick auffing.

»Hör mir bitte zu«, bat er mit leiser Stimme. »Nicht wieder weglaufen, bitte. Ich muss dir die Sache erklären.« Er stockte. »Jetzt, da ich sie selbst endlich verstanden habe.«

Miri holte zitternd Luft. Schon Hennings Berührung sorgte dafür, dass ihr Herz aus dem Takt geriet. Der vertraute, weiche Klang seiner Stimme tat ein Übriges. Schlagartig sehnte sie sich mit jeder Faser ihres Körpers nach ihm.

»Wie geht es Finn?«, fragte sie tonlos, um sich ihre Sehnsucht nicht anmerken zu lassen. Sie wusste, das war gerade nicht das Thema, worüber Henning reden wollte, aber sie benötigte noch einen Augenblick, um sich zu sammeln.

»Gut. Er verbringt den Abend bei einem Klassenkameraden.« Ein Lächeln trat auf Hennings Züge. »Es hat sich herausgestellt, dass die beiden sich prima verstehen. Und mit seinen Eltern kommt Finn auch hervorragend klar.

»Das freut mich sehr.« Miri versuchte sich ebenfalls an einem Lächeln.

Henning räusperte sich. Er wirkte ernst und entschlossen. Miris Ablenkungsmanöver hatte seine Wirkung verloren. Jetzt und hier würde Henning seine Sicht der Dinge erklären. Noch einmal atmete Miri fest durch und wappnete sich gegen die Worte, die er gleich sagen würde.

Sie wusste nicht, was genau sie erwartete. Möglicherweise warf er ihr vor, dass allein sie und ihr elendes Misstrauen die Schuld an allem trugen. Oder aber es stellte sich heraus, dass sie gar nicht so falsch mit ihren Schlüssen gelegen hatte und Henning würde alles zugeben und sie um Verzeihung bitten. Er wirkte reuevoll auf Miri. Warum sonst hätte er mit seinem Insiderwissen an die Zeitungen herantreten sollen? Wenn nicht, um etwas wiedergutzumachen. Kurz fragte sich Miri, ob sie ihm verzeihen könnte.

Unwirsch schüttelte sie den Kopf. So langsam wusste sie gar

nichts mehr. In ihrem Herzen und in ihrem Verstand herrschte ein wildes Durcheinander. Es wurde dringend Zeit, dort einmal aufzuräumen. *Chaos im Herzen macht Knoten ins Hirn*, lautete einer der Sinnsprüche ihrer Großmutter. Und wieder einmal bewies sich, wie richtig die alte Dame mit ihren Weisheiten lag.

»Ich würde die verfahrene Geschichte zwischen uns gern klären. Ist das okay für dich?«, fragte Henning. Als Miri nickte, fuhr er fort: »Ich kenne dich inzwischen ein bisschen. Schalte doch bitte mal dein Gedankenkarussell ab und konzentriere dich auf das, was ich zu sagen habe.« Sanft drückte er ihre Hand.

Miri atmete tief ein, hob den Blick und sah ihm in die Augen.

»Wo fange ich an?« Henning wiegte den Kopf hin und her. »Ach, ich rede einfach drauflos. Ich habe ohnehin längst alles vergessen, was ich mir zurechtgelegt hatte.« Sein Daumen fuhr über Miris Handrücken.

Schon bröckelte ihre Konzentration erneut. Zu verwirrend war seine Nähe. Kurz entschlossen zog sie ihre Hand aus seiner und legte sie hinter ihren Rücken. Nur so vermochte sie, dem Sog ihrer Gefühle zu entkommen.

Einen Augenblick lang verschatteten sich seine Augen, doch er schien zu begreifen, was in ihr vorging, als er ihrem Blick begegnete. »Ich wusste das alles nicht«, begann er mit seiner Erklärung. »Und leider habe ich nicht verstanden, warum du so ausgeflippt bist, als du den Flyer auf meinem Computer entdeckt hast. Für mich war es nur irgendeine schnell erledigte Arbeitsaufgabe, die meine Chefin mir kurzfristig aufs Auge gedrückt hat. Ich sollte auf die Schnelle einen repräsentativen Flyer erstellen, mit dem der Schiffseigentümer auch ohne den vollständigen Zeichnungssatz auf die Suche nach einem solventen Mieter oder Käufer gehen könnte. Ich hatte ja nicht die geringste Ahnung, dass es sich um euer Bücherschiff handelt. Hätte ich das gewusst ...«

Er unterbrach sich und sah Miri in die Augen. »Ich hoffe du glaubst mir, dass ich euch selbstverständlich darüber informiert hätte. Selbst, wenn ich nicht in dich verliebt gewesen wäre, hätte ich loyal als Freund zu euch gestanden.« Er seufzte leise.

Der Ausdruck auf seinem Gesicht erschütterte Miri bis ins Mark. Sie hatte ihm das Schlechteste zugetraut und ihn damit zutiefst verletzt. Gerade wollte sie zu einer Entschuldigung ansetzen, als er die Hand hob, um sie zu unterbrechen.

»Ich gebe dir keine Schuld für dein Misstrauen. Du bist betrogen worden, und so etwas hängt jedem von uns nach, selbst wenn wir glauben, wir hätten es längst hinter uns gelassen. Außerdem mache ich mir selbst durchaus den einen oder anderen Vorwurf. Es hätte mir anhand der technischen Daten auffallen können, dass es sich um das Bücherschiff handelt. Dummerweise habe ich die Daten aber einfach einkopiert, ohne sie näher durchzuschauen.«

»Verdammt!«, entfuhr es Miri. »Machen wir uns nichts vor. Ich habe dieses Chaos verursacht. Du hattest nichts damit zu tun. Außerdem hast du versucht, mit mir zu sprechen, aber ich habe dich nicht angehört.«

Tränen brannten in ihren Augen. Sie blinzelte dagegen an. »Bitte, bitte«, redete sie innerlich auf sich ein. »Jetzt nicht weinen.« Es fiel ihr schwer genug, sich nicht auf der Stelle in seine Arme zu werfen. Aber – es war ihr nicht entgangen – er hatte gesagt, er sei in sie verliebt gewesen. Vergangenheitsform! Abgesehen davon wiese er sie spätestens zurück, wenn sie ihm von der

Schwangerschaft erzählte. Nein, die Heulerei musste sie sich für später aufheben. Jetzt brauchte sie alle Kraft, um dieses Gespräch zu einem würdevollen Ende zu bringen.

»Tatsächlich habe ich erst wirklich angefangen zu begreifen, was geschehen war, als Katja auf dem Schiff regelrecht auf mich losgegangen ist. Natürlich hätte ich mich niemals daran beteiligt, euren Lebenstraum zu zerstören. Ganz anders als meine Chefin, die ich nach Katjas Vorwürfen zur Rede gestellt habe. Dass sie bei einer solchen Geschichte mitgemacht hat, passt ausgezeichnet zu ihr. Ich halte sie schon seit Langem für eine miese Intrigantin.«

»Also warst du tatsächlich der Insider, der das Abendblatt mit Informationen versorgt hat«, fasste Miri tonlos zusammen.

Henning nickte. »Ja. Und auf Julias Anraten habe ich auch die anderen Blätter informiert. Als die hörten, dass das Abendblatt dazu einen Artikel bringt, haben sie meine Infos mit Kusshand genommen.« Auf seinem Gesicht lag ein zufriedener Ausdruck. »Das Ergebnis hat all meine Erwartungen übertroffen.«

Miri ignorierte diesen Aspekt. Zuerst einmal brauchte sie Klarheit. »Und wieso hat Katja mir nichts von der Sache erzählt?«

»Ganz einfach. Sie stand am Abend, nachdem der Artikel erschienen war, bei mir auf der Matte. Und da sie genauso klug ist wie du, hat sie sich zusammengereimt, wer der Insider ist. Ich bin froh, dass sie zu mir gekommen ist. Danach wusste ich dann wenigstens, wohin du so plötzlich verschwunden warst.«

»Sie hat gepetzt«, murmelte Miri.

»Nur aus Freundschaft«, versicherte Henning. »Sie möchte, dass du glücklich bist. Vielleicht habe ich sie auch ein wenig bedrängt. Du hast schließlich auf keine meiner Nachrichten reagiert.«

»Ich habe sie nicht mal gelesen oder angehört«, erwiderte Miri. »Aber ist das vielleicht ein Grund, mir die ganze Geschichte zu verschweigen?«

»Jein. Ich habe sie darum gebeten.« Er atmete vernehmlich ein. »Ich brauchte ein wenig Zeit, um zu mir zu kommen und mir über die Zukunft klar zu werden – auch beruflich. Du kannst dir vorstellen, wie begeistert meine Chefin war. Sie hat mich dann auch prompt vor die Tür gesetzt. Allerdings mit einer ordentlichen Abfindung. Sie wollte wohl nicht noch mal in die Schlagzeilen geraten.« Henning grinste. »Zum Glück hatte Katja Verständnis, und obwohl es ihr sicher unter den Nägeln brannte, dir sofort alles zu berichten, hat sie eisern geschwiegen und mir so die Zeit gegeben, einen Plan zu schmieden.«

Noch einmal holte Henning tief Luft, ehe er leise sagte: »Miriam Cornelis. Ich muss immerzu an dich denken, jeden Tag, jede Stunde, jede Minute.« Seine Stimme klang weich. »Seit wir uns begegnet sind, ist alles so viel schöner. Du hast Licht in mein Leben ...« Er unterbrach sich erneut. »... in unser Leben gebracht. Gott! Es ist so schön, dich zu sehen.« Mit unendlicher Sanftheit hob er die Hand und strich eine Haarsträhne aus Miris Stirn.

Seine Berührung jagte einen Schauer über Miris Rücken. Sie wollte etwas antworten, doch ihre Kehle war wie zugeschnürt. Sosehr sie diesen Augenblick herbeigesehnt hatte, so sehr sträubte sich nun alles in ihr. Er war hier, um sich mit ihr zu versöhnen, so viel war inzwischen klar. Und er hatte seinen Job aufgeben müssen. Dabei brauchte er das Geld dringend. Das ging doch so nicht. Er setzte seine und Finns Existenz aufs Spiel. Für sie, für die Frau, die ihm ihre Schwangerschaft verschwieg.

Miri erinnerte sich an die Vehemenz, mit der er gegen weitere Kinder gesprochen hatte. Was, wenn er nun von ihrem Zustand erfuhr? Ganz bestimmt würde er sich hintergangen fühlen und nähme alles zurück, was er ihr gerade gesagt hatte oder was dem Gesagten noch folgen würde, wenn sie nicht schnell verschwand.

Doch sie kam nicht dazu, ihre Gedanken in die Tat umzusetzen, denn Henning redete bereits weiter. »Ich bin fast wahnsinnig geworden, als du mich verlassen hast.« Mit beiden Händen ergriff er Miris Hand. »Und Finn vermisst dich auch. Er hat oft nach dir gefragt.« Ein zaghaftes Lächeln umspielte seine Mundwinkel. »Miri, ich bin hier, um dich in unser Leben zurückzuholen. Wir halten es keinen einzigen Tag mehr ohne dich aus.«

»Es geht nicht!«, flüsterte Miri. Verzweifelt versuchte sie ihm ihre Hand zu entziehen, doch er hielt sie fest.

»Bitte …«, sagte Henning.

In seinem Blick lag so viel Hoffnung, dass es Miri beinahe das Herz zerriss. Sie spürte, wie erneut Tränen in ihr aufstiegen, und sie wusste, dieses Mal gelänge es ihr nicht, sie zurückzudrängen. Mit einem Ruck entriss sie ihm die Hand und wandte sich um. Schon rannen die ersten Tropfen ihre Wangen hinunter. Sie musste weg, er sollte nicht sehen, wie es tatsächlich um sie bestellt war.

Zwei schnelle Schritte brachten Miri an den Rand des Daches. Dort hielt sie tränenblind inne und tastete nach dem Geländer. Sie wollte, sie musste fort, aber dazu müsste sie zuerst dieses vermaledeite Geländer finden. Ohne käme sie niemals unfallfrei die Stufen hinunter. Und bei aller Entschlossenheit zu gehen, dem Kind in ihrem Bauch würde sie niemals schaden. Dem Baby drohten schließlich schon genug Nachteile, wenn es ohne Vater aufwuchs.

»Miri!« Hennings Stimme klang flehend und gefährlich dicht an ihrem Ohr.

Natürlich, er war ihr gefolgt und stand nun unmittelbar hinter ihr.

»Bitte geh nicht!«, bat er.

Miri spürte seinen Atem an ihrem Ohr.

»Bitte!« Die Eindringlichkeit, mit der er dieses eine, winzige Wort sprach, entlockte Miri ein Schluchzen.

Im nächsten Augenblick spürte sie seine Hände auf ihren Schultern. Sie versuchte sich loszumachen, doch er ließ sie nicht gehen, vielmehr noch, er zog sie herum und legte die Arme um sie.

»Warum hat Katja gemeint, du solltest mir alles sagen? Was bedrückt dich so sehr, dass du darüber nicht mit mir reden kannst?« Henning zog Miri fester an sich. »Bitte, Miriam, sprich mit mir. Ich ertrage es nicht, wenn du weinst. Gib uns dreien doch eine Chance!«

Miris Widerstand schwand. Sie sah zu Henning auf. In seinen Augen standen Tränen. In diesem Augenblick stürzte Miris Abwehr in sich zusammen.

»Uns vieren!«, flüsterte sie. Sie zog den Atem durch die Zähne. Dann brach es lautstark aus ihr heraus: »Du hast mehr als deutlich gemacht, dass du auf keinen Fall ein weiteres Kind möchtest.« Sie versuchte ein erneutes Schluchzen zu unterdrücken, doch es gelang ihr nicht.

Henning erstarrte. »Wie bitte?« Er schob sie ein Stück von sich. »Wann soll ich das gesagt haben?« Er sah ihr in die Augen, sein Blick verriet Irritation. »Über gemeinsame Kinder haben wir noch nie gesprochen. Ist das denn jetzt wirklich so wichtig?«

»Du hast mit Frau Müller von nebenan darüber geredet.« Wie um sich zu wappnen und das Kind zu schützen, legte Miri eine Hand auf ihren Bauch. »Tatsächlich ist es schon seit dreizehn Wochen wichtig.«

Sie seufzte. Nun war es raus.

»Am besten, ich gehe dann.« Sie wischte sich die Tränen von den Wangen und raffte alle Kraft zusammen, um möglichst aufrecht zu erscheinen. »Über die Details oder ob und wie du als Vater in Erscheinung treten willst, reden wir besser ein anderes Mal. Unten wartet man auf mich«. Sie wählte bewusst eine eher sachliche Sprache. Er sollte nicht denken, sie komme nicht ohne ihn klar. Auf einen Mann, der aus reinem Mitleid bei ihr bliebe, konnte sie verzichten.

»Du bist schwanger?« Eine Vielzahl von Emotionen lag in Hennings Stimme.

Miri vermochte nicht zu sagen, ob er ärgerlich, empört, entsetzt oder verblüfft klang oder alles zugleich.

»Blitzmerker«, murmelte sie erbost. Einen winzigen Augenblick hatte sie sich erlaubt zu hoffen, dass er sich vielleicht doch freuen würde. Aber Freudentaumel klang anders. Umso heftiger schlug die Enttäuschung nun zu. Henning wollte keine weiteren Kinder. Punkt! Basta! Aus die Maus.

Sie wandte sich ab, um endgültig zu gehen.

»Miriam Cornelis«, erklang da Hennings Stimme. »Du bleibst sofort stehen und klärst das mit mir.«

»Wozu? Es ist doch alles gesagt.« Miri zuckte mit den Schultern.

»Nichts ist gesagt. Du glaubst doch nicht, ich lasse dich mit meinem Baby im Bauch einfach so abziehen. Vor allen Dingen bei dem Unsinn, den du dir da zusammenredest.«

Miri fuhr herum. »Ach, ich rede also Unsinn? Du bist doch derjenige, der partout kein weiteres Kind haben möchte. Wie war das noch? ›Gott bewahre! Ein Finn reicht mir fürs ganze Leben‹«, äffte sie ihn nach. »Oder willst du sagen, du hättest etwas anderes gemeint?« Ihre Stimme überschlug sich. Wut kochte in ihr hoch. »Es hätte alles so schön sein können, jetzt, wo sich herausgestellt hat, dass du mich gar nicht hintergangen hast.« Schon wieder brannten heiße Tränen in ihren Augen. Ihr Herz raste, und in ihren Ohren rauschte das Blut. »Okay, dass ich das gedacht habe, war vielleicht meine Schuld«, fuhr sie fort. »Aber nun machst du alles kaputt. Ich habe genau gehört, wie du zu Frau Müller gesagt hast, dass du keine weiteren Kinder willst.« Abrupt verstummte sie, während sie sich wieder der Treppe zuwandte. Sie fühlte sich ausgepowert, schlaff wie ein Luftballon, dem die Luft ausgegangen war. Wahrscheinlich sah sie auch so ähnlich aus: Verschrumpelt und vertrocknet im Gesicht, angesichts der vielen Tränen, die sie in den letzten Wochen vergossen hatte.

»Mi-ri-am!«, sagte Henning im Stakkato. »Du musst besser zuhören.«

Miri stutzte. Schwang in seinen Worten ein Schmunzeln mit? Erstaunt blieb sie stehen, allerdings ohne sich wieder zu ihm umzudrehen.

»Ich wusste ja, dass du manchmal ein bisschen schräg bist. Wie schlimm es aber wirklich ist, war mir bis eben nicht klar.« Jetzt lachte er tatsächlich.

Was hatte das nun wieder zu bedeuten? Sollte sie auf seine Sprüche antworten? Miri dachte einen Moment nach und entschied sich schließlich dagegen. Erst einmal wollte sie abwarten, was Henning zu sagen hatte. Weglaufen könnte sie auch in zwei Minuten noch.

»Würdest du dich bitte umdrehen.« Henning klang ganz nah. Miri schüttelte den Kopf.

»Bitte«, wiederholte er mit weicher Stimme. »Wir bekommen ein Baby. Da sollten wir einander doch in die Augen sehen können und in Ruhe darüber reden. Wie kommst du nur darauf, ich würde mich nicht darüber freuen?«

»Aber …« Miri fuhr herum. »Das war es, was du der stocktauben Müller zugebrüllt hast. Es war unmöglich zu überhören.«

»Und doch ist es dir gelungen, alles falsch zu verstehen.« In Hennings Mundwinkeln erwachte neuerlich ein Lächeln. »Wenn das mit uns als Familie funktionieren soll, musst du wirklich lernen, nicht immer mitten im Gespräch abzuhauen. Und wenn du schon lauschst …«, fuhr er fort, »… dann bitte bis zum Ende und hör gefälligst richtig zu.« Er stieß ein theatralisches Stöhnen aus, während er den Kopf schüttelte. »Ich habe nämlich nicht von Finn gesprochen, sondern von Tinn.«

»Wer um alles in der Welt ist Tinn?« Irritiert starrte Miri den Vater ihres Kindes an. Er verhielt sich gerade ausgesprochen merkwürdig. Von Minute zu Minute wirkte er fröhlicher. Freute er sich womöglich doch über das Baby in ihrem Bauch? Es gab eigentlich nur diese eine Möglichkeit, wenn man allumfassenden Irrsinn ausschloss.

»So hat die alte Müller Finn getauft«, sprach Henning weiter. »Ich habe mindestens drei Mal Finn gebrüllt, aber sie hat immer Tinn verstanden. Und als sie dann meinte, ob ich noch so einen Tinn würde haben wollen, habe ich mir den Spaß gemacht und verneint. Wenn du weiter zugehört hättest, wüsstest du, dass ich nicht nur gesagt habe: ›Ein Tinn reicht mir fürs ganze Leben‹, sondern später hinzugefügt habe: ›Bei so einem wie Finn sieht die Sache allerdings ganz anders aus.‹« Und danach habe ich noch gebrüllt, dass ich es tatsächlich ausgesprochen wundervoll fände, noch einmal Vater zu werden und es beim zweiten Mal besser hinkriegen werde mit der Familie und all dem Drumherum.« Er schenkte Miri ein liebevolles Lächeln. »Ich würde vielleicht nicht sagen, dass der Plan schon im Ansatz gescheitert ist, aber der Anfang lief zumindest etwas holprig. Das können wir besser, findest du nicht auch?« Er warf Miri einen hoffnungsvollen Blick zu. »Für Finn wäre es jedenfalls großartig, wenn er nicht allein aufwachsen müsste.«

Miri schluckte vernehmlich. »Du möchtest eine Familie mit mir?«, flüsterte sie. Einen Augenblick zweifelte sie daran, richtig zu hören. Zu tief saß die Gewissheit, Henning für immer verloren zu haben. Sie sah ihm tief in die Augen, um Klarheit zu finden.

»Natürlich will ich eine Familie mit dir.« Henning hielt den Blickkontakt aufrecht. »Schon damals auf dem Hafenfest, als ich dich gerade einmal ein paar Stunden kannte, wusste ich es. Mir war von Anfang an klar, dass du von diesem Tag an eine ganz besondere Rolle in meinem Leben spielen würdest.« Er korrigierte sich. »In unserem Leben.« Mit den Fingerspitzen tastete er nach Miris Hand.

Seine Berührung ließ Miris Herz hüpfen.

»So wie für dich habe ich noch nie für einen anderen Menschen empfunden«, fuhr Henning fort. »Ich dachte, ich hätte meine Exfrau geliebt, aber als ich dich kennenlernte, wusste ich: Meine Gefühle für sie waren nichts im Vergleich zu dem, was du mir bedeutest.« Er hielt einen Moment inne. Ein glückliches Lächeln lag auf seinen Zügen.

Miri erwiderte das Lächeln. Auch sie – gestand sie sich ein – hatte es von Anfang an gewusst: Dieser Mann, der da vor ihr stand, war der Mann ihres Lebens. So wie sie wusste, dass jeden Morgen die Sonne aufgeht. Es war das Normalste der Welt. Wie hatte sie nur einen Augenblick an ihm zweifeln können?

Sie sahen einander in die Augen. Sie brauchten keine Worte, ihre Gefühle waren ihnen ins Gesicht geschrieben. Minutenlang standen sie so von ihren Emotionen überwältigt auf dem Dach der Barkasse dieses »Kleinen Bücherschiffs«, das ihr Glück erst möglich gemacht hatte, das Miri zu einem zweiten Zuhause geworden war. Es erschien ihr nur natürlich, dass sich hier auch die Weichen für ihr weiteres Leben stellten. Sie hatte einige der glücklichsten und der traurigsten Momente hier verbracht, sah man einmal von den mit Henning geteilten Nächten ab. Bei dem Gedanken stellten sich ihre Haare auf, und ein Kribbeln wuchs an ihrer Wirbelsäule empor.

»Ich hätte es dir schon längst sagen sollen.« Henning nahm seinen Faden wieder auf. »Ich liebe dich. Und das weiß ich, spätestens seit unserer ersten gemeinsamen Nacht. Vielleicht auch schon seit deinem missglückten Kochexperiment.«

Miri grinste. Seine Gedanken schienen – zumindest teilweise – in die gleiche Richtung zu gehen wie ihre. Sie stutzte, doch dann ging ihr auf, dass er ihr soeben eine Liebeserklärung gemacht hatte.

»Du liebst mich?«, wisperte sie.

»Zweifelst du daran? Natürlich liebe ich dich, so sehr, dass ich mein Leben mit dir teilen möchte.«

Miri atmete tief ein, dann richtete sie sich kerzengerade auf. »Ich liebe dich auch«, antwortete sie mit fester Stimme. »Und ich könnte mir nichts Schöneres vorstellen, als ein Leben an deiner Seite.«

Mehr Worte brachte sie nicht zustande. Die Ereignisse der letzten Wochen und Stunden hatten sie viel Kraft gekostet. Wahrscheinlich trug auch die Schwangerschaft das Ihrige dazu bei, jedenfalls brachen in diesem Augenblick bei Miri alle Dämme. Als hätte ein Wärter die Schleusen geöffnet, begannen ihre Tränen zu fließen. Verzweifelt kämpfte Miri gegen die Rührung und das Glücksgefühl an, das sie zu immer mehr Tränen trieben, statt ihr ein breites Lachen ins Gesicht zu zaubern. Aber da waren nur immer mehr Tränen. Sie schluchzte leise, fuhr sich mangels eines Taschentuchs immer wieder mit den Händen über die Augen, um diese anschließend an ihrem roten Kleid abzuwischen.

»Habe ich etwas falsch gemacht?« Verstört rang Henning die Hände. »Ist denn jetzt nicht alles gut zwischen uns?« Er zog sie fest in seine Arme. »Weinst du wegen Finn? Weil er dich nicht sofort mochte? Ich bin sicher, darüber musst du dir keine Gedanken machen. Er hat schon so oft nach dir gefragt, und er wird auch ganz bestimmt nicht mehr herumzicken, wenn er erst einmal erfährt, dass er bald ein großer Bruder wird.« Henning schob Miri ein Stück von sich und blickte sie mit großen Augen an.

Wie ein Hundewelpe, ging es Miri durch den Kopf, worauf ihr ein Lachen entfuhr, das Henning noch verwirrter dreinblicken ließ.

»Ich kann nichts dafür«, erklärte sie, während sie weiter gegen die Tränen ankämpfte. »Ich schätze, es sind die Hormone. Oder unser allzu abwechslungsreiches Liebesleben ist einfach zu viel für mich.« Sie versuchte sich noch einmal an einem Lächeln, während die Tränen in den Kragen des Etuikleides sickerten. »Es tut mir wirklich leid. Wahrscheinlich bin ich gerade so etwas wie das menschliche Äquivalent eines Regenbogens. Ich bin glücklich. Da muss ich halt heulen.«

»Und wenn du traurig bist, heulst du nicht?«, fragte Henning.

»Doch, auch.«

»Na, da kommt noch was auf uns zu.« Henning lachte herzlich.

»Fürchtet euch nicht«, sang Miri leise. Dann neigte sie den Kopf und blickte Henning tief in die Augen.

Und er verstand die Geste. Langsam näherte sich sein Gesicht dem ihren. Miri hielt den Blickkontakt, bis seine Züge vor ihren Augen verschwammen. Endlich berührten sich ihre Lippen, erst zaghaft und dann voller Begehren. Ein Kuss, so voll Zärtlichkeit, dass Miri beinahe dahinschmolz. Sekunden später explodierte ein Feuerwerk in ihrem Inneren, als ihr klar wurde, wie lange sie diesen Augenblick herbeigesehnt hatte. Viel zu lange hatte sie gefürchtet, nie wieder in seinen Armen zu liegen, nie wieder seine Nähe zu spüren, sich nie wieder so zu fühlen wie in diesem Augenblick: schwerelos und einfach nur glücklich. Nie zuvor hatte Miri einen Kuss derart intensiv erlebt. Vielleicht war all das vorangegangene Gefühlswirrwarr dafür verantwortlich, aber vielleicht lag es auch daran, dass sie mit diesem Kuss ihre gemeinsame Zukunft besiegelten.

Epilog

Die Reste der Spaghetti aglio e olio, die Miri, seit ihr nicht mehr nach jeder Mahlzeit schlecht wurde, pfundweise verschlingen konnte, trockneten auf den weitgehend geleerten Tellern. Leise Musik erklang aus den Boxen, und auf Hennings Schreib-Esstisch brannten Kerzen in den silbernen Kerzenhaltern, die Miri von ihrer Oma bekommen hatte. Alle waren gekommen: Katja, Julia Kramers, die immer mehr ein Teil des Freundeskreises wurde, Liz, Pablo, Anne und natürlich Tim. Sie hatten sich schick gemacht für das gemeinsame Essen. Nun allerdings saßen sie mit ausgestreckten Beinen, satt und zufrieden um den Tisch herum. Nur Miri, deren runder Bauch inzwischen deutlich zu sehen war, hatte es sich, nicht weit vom Esstisch entfernt, in Hennings Ohrensessel gemütlich gemacht. Anders als die anderen trug sie einen gemütlichen Nicki-Hausanzug. Weniger schick, dafür aber bequem – Schwangere durften so etwas. Miri lächelte zufrieden.

Auf ihrem Schoß lag Finn. Er schlief zusammengerollt wie ein Kätzchen, ein ziemlich großes Kätzchen, das Miri dazu zwang, unbedachte Bewegungen zu vermeiden, damit er nicht aus Versehen zu Boden glitt.

»Ach ja.« Mit einem wohligen Seufzer ließ sie den Blick über die Szenerie schweifen. In einer Ecke des Wohnzimmers stand ein kleiner Tannenbaum, der darauf wartete, geschmückt zu werden. Auf dem weißen Couchtisch ruhte ein Adventskranz in einer Schale. Noch brannte keine Kerze.

Seit Miri den Arbeitsplatz bei Doktor Senkenbach gekündigt hatte, wohnte sie wieder in Hamburg. Zwar war der Arzt nicht begeistert gewesen, seine gerade erst zurückgewonnene Mitarbeiterin wieder zu verlieren, hatte aber schließlich Verständnis gezeigt. Der Liebe stand auch ein Philipp Senkenbach nicht im Weg, sei es nun die Liebe zu Henning oder zum Bücherschiff.

Überglücklich war Miri zu ihrer Arbeit in der schwimmenden Buchhandlung zurückgekehrt. Auch ihr Appartement hatte sie mit einem Hallo begrüßt, danach allerdings verbrachte sie deutlich mehr Zeit in Hennings Wohnung. Man könnte sagen, sie wohnte bei ihm. Nur ihre Kleidung hing noch nebenan, und hin und wieder bewährte es sich, ein zweites Badezimmer zur Verfügung zu haben.

Wenige Tage nach Miris endgültiger Rückkehr aus Stade hatte das große Bücherfest stattgefunden. Dafür hatten sie den übrig gebliebenen Betrag aus der Spendenaktion des Hamburger Abendblatts verwendet und so ihren treuen Kunden und den Spendern ein gelungenes Dankeschönfest bereitet. Zur Freude aller lief es genau so ab, wie sie es sich vorgestellt hatten. Die Sonne schien noch warm vom Himmel, während der Wind ein ums andere Mal durch die Menschenmengen fegte, die extra zum Fest gekommen waren. Zehn verschiedene Autoren, deren Bücher aus den unterschiedlichsten Genres stammten, lasen aus ihren Werken, und zwischen den Lesungen animierte der Shanty-Chor die Gäste zum Mitsingen der Seemannslieder. Nur von den angedachten Ausfahrten mit dem »Kleinen Bücherschiff« hatten sie nach längeren Überlegungen abgesehen. Die Barkasse wurde im Hafen gebraucht, die Leute sollten schließlich Bücher kaufen können. Wovon sie dann auch reichlich Gebrauch machten. Alles in allem war das Fest ein großer Erfolg gewesen, und alle Beteiligten hatten beteuert, beim nächsten Mal wiederzukommen.

»Was für Pläne habt ihr denn für das neue Jahr?«, wandte sich Liz an Miri und Katja. »Außer den Kaperfahrten und dem Bücherfest, meine ich.«

»Wir wollen mit den Mottomonaten weitermachen. Unser erster kam ja gar nicht richtig zum Tragen, weil uns Schlick mit seiner Mieterhöhung dazwischengegrätscht ist. Der Plan ist, jeden Monat ein anderes Thema auszuwählen und dazu eine entsprechend angepasste Dekoration. Und möglicherweise servieren wir demnächst Kaffee und Tee auf dem Dach des Salons. Aber vielleicht kommt die Idee auch etwas verfrüht. Zumal ich ohnehin schon befürchte, dass wir uns viel zu viel vorgenommen haben.« Katja lachte. »Vor allem da Miri bald nicht mehr Vollzeit mitarbeiten kann.«

»Wir suchen eine gute Aushilfe«, tröstete Miri. »Und für die Spezialpläne stehe ich ohnehin immer zur Verfügung.« Sie nahm einen Schluck Kinderpunsch. Die süße Plörre schmeckte zwar nicht halb so gut wie der schicke Winzerglühwein, den Pablo spendiert hatte, aber was tat man nicht alles für das Wohlbefinden des Kindes. »Wenn Kitty erst da ist, wird Henning die Hälfte der Betreuung übernehmen.«

»Ach, es wird ein Mädchen, wie schön. Und ihr wollt sie Kitty nennen?«, fragte Julia. Sie war nicht dabei gewesen, als Henning und Miri das Geschlecht des Babys verraten hatten.

Henning schmunzelte. »Nein, Kitty ist nur ein Arbeitsname. Wir müssen sie schließlich irgendwie nennen, solange wir uns noch nicht für einen Namen entschieden haben. Da hat Miri spontan Kitty rausgehauen. Nenn' es Schwangerschaftsintuition.

Wer weiß, vielleicht wird es ja am Ende sogar dabei bleiben. Wir werden sehen, ob die Maus wie eine Kitty aussieht, wenn sie erst einmal auf der Welt ist.«

»Hey!« Miri rieb sich über den Bauch. »Sie kann sich auf jeden Fall gut wehren. Fühlt sich an wie Karate, was sie da in mir treibt. Ich denke, ich nenne sie Kitty Malone, das klingt wie eine Westernheldin. Zur Geburt wünscht sich Kitty eine echte Winchester oder ein anderes Unterhebelrepetiergewehr.« Sie grinste breit. »Ich habe ein neues Wort gelernt.«

Alle lachten, doch Henning wurde bald wieder ernst.

»Es gibt noch weitere Neuigkeiten«, erklärte er, als das Gelächter verstummte und sich ihm alle Gesichter zuwandten. »Wir werden im späten Frühjahr umziehen.«

»Och nö«, kam es von Anne. »Das gibt es doch nicht. Ihr macht die ganze Hausgemeinschaft kaputt. Das muss doch nicht sein.«

»Doch, muss es. Glaub' mir, uns wäre es auch lieber, wir könnten die beiden Wohnungen zu einer zusammenlegen. Aber das geht leider aus Denkmalschutzgründen nicht.« Henning unterbrach sich. »Ich soll euch übrigens von Onkel Otto grüßen. Er wäre gern gekommen heute Abend, aber er hatte schon bei der Weihnachtsfeier seines Dartclubs zugesagt.«

»Danke. Mensch, das mit dem Auszug ist echt traurig.« Liz zog eine Schnute, und auch Tim und Pablo wirkten betroffen.

»Wie wäre es, wenn du hier einziehst«, wandte sich Anne – pragmatisch wie immer – an Julia.

»Na prima, aus den Augen, aus dem Sinn. So schnell sind wir zu ersetzen.« Miri schmunzelte. »Darauf trinken wir. Los kommt, anstoßen!« Sie hob ihr Glas.

Brav standen alle auf, traten zu Miris gemütlichem Sessel und ließen die Gläser klingen. »Richtig so, immer schön der Schwangeren gehorchen. Ich habe die Macht.« Sie schwang ein imaginäres Lichtschwert durch die Luft. »Oh, Mist«, entfuhr es ihr. Finn war ins Rutschen geraten. Gerade noch rechtzeitig griff Henning zu und verhinderte, dass sein Sohn auf dem Boden aufschlug.

Als alle wieder sicher auf ihren Stühlen saßen, wandte sich Tim an Henning. »Wie läuft's mit der Selbstständigkeit?«

»Mit den Vorbereitungen komme ich gut voran. Zum Glück geht Finn jetzt in die Schule, da habe ich genug Zeit tagsüber. Ich schätze, ich werde das Architekturbüro Mitte Januar offiziell eröffnen. Jetzt, wo Miri und Katja keine Miete mehr für das Bücherschiff bezahlen müssen, bleibt tatsächlich etwas übrig, um das Geschäft anzuschieben und die erste Durststrecke zu überwinden. Dazu kommt meine Abfindung, es sollte also mindestens für die ersten sechs Monate reichen, selbst wenn zunächst keine Kunden kommen. Womit ich übrigens nicht rechne. Einige Klienten haben meiner Exchefin die Sache mit dem Bücherschiff übel genommen und ihre Verträge gekündigt. Die warten nur darauf, dass ich endlich loslege.«

»Das sind ja großartige Aussichten.« Liz applaudierte leise. »Ich freue mich sehr für euch.«

»Na ja, große Sprünge können wir dennoch nicht machen. Deshalb wird die Hochzeit auch eher klein ausfallen«, erklärte Miri. Sie verzog keine Miene, obwohl sie genau wusste, dass sie gerade eine Bombe hatte platzen lassen.

Einen Augenblick herrschte Stille. Dann, als wäre irgendwo ein lautloses Startsignal erklungen, redeten alle durcheinander. Es regnete Glückwünsche und Fragen und natürlich wollte jeder Miri und Henning umarmen. Ein paar Minuten herrschte vollkommenes Chaos in dem kleinen Wohnzimmer.

»Was ist denn los?«, drang eine Kinderstimme in das allgemeine Hallo. Finn war aufgewacht.

»Nichts, Kleiner. Schlaf ruhig weiter.« Miri strich dem Jungen durch die seidigen Locken. »Gleich werden sich alle wieder beruhigen. Wir müssen ihnen nur schnell die Neuigkeiten erzählen.«

»Dann mal los«, forderte Katja, die zwar für gewöhnlich in Miris Pläne und Geheimnisse eingeweiht, aber dieses Mal ebenfalls ahnungslos gewesen war.

»Habt ihr schon Pläne für den siebten März?«, fragte Henning scheinheilig. »Die müsstet ihr dann absagen. Es wird zwar nur ein kleiner Kreis, die Familie, unsere engsten Freunde und natürlich alle, die uns durch die Höhen und Tiefen unserer Liebesgeschichte begleitet haben, aber mit denen wollen wir es richtig krachen lassen. Ihr seid doch hoffentlich alle mit von der Partie?«

Natürlich wollten alle dabei sein. Noch einmal prasselten Glückwünsche auf Miri und Henning ein wie Konfetti im Karneval.

»Ich habe da auch noch eine Kleinigkeit.« Miri schob Finn, der nicht wieder eingeschlafen war, von ihrem Schoß, erhob sich und ging die wenigen Schritte zum Esstisch hinüber. Vor Katja blieb sie stehen. »Katja Gerbaum, du bist meine liebste, beste und älteste Freundin. Wir sind ein Kopf und ein Popo, und wenn es drauf ankommt, halten wir immer zusammen. Selbst wenn du mich von der Barkasse wirfst.« Miri zwinkerte Katja zu.

»Hey«, fuhr Pablo dazwischen. »Wenn das hier ein Antrag wird, dann redest du mit der falschen Person.« Lachend wies er auf Henning. »Das ist der Mann deines Herzens.«

»Jetzt, wo du es sagst, erkenne ich ihn wieder.« Miri schenkte erst Pablo und dann Henning ein schiefes Grinsen. Dann wandte sie sich wieder Katja zu. »Also, was ich fragen wollte: Willst du meine Trauzeugin sein?«

In Katjas Augen standen Tränen. »Selbstverständlich will ich das.« Sie schniefte leise.

Auch Miri kämpfte gegen die Rührung. Natürlich gelang es ihr nicht, die Tränen zu unterdrücken. Diese gemeinen Hormone spielten ihr immer wieder diesen Streich. Aber inzwischen hatte Miri sich darauf eingestellt, indem sie stets ein Paket Papiertaschentücher mit sich herumtrug. Zwei davon nestelte sie nun hervor. Eines reichte sie an Katja weiter. Sie schnäuzten sich im Chor, was Tim zu dem Satz beflügelte: »Wahrlich ein Kopf und ein Arsch und eine Nase.«

Alle lachten. Doch trotz der Heiterkeit konnten die Freunde nicht verbergen, dass auch sie ein Tränchen verdrückten.

Erst Finn löste die Anspannung. »Papa«, krähte er in die allgemeine Rührseligkeit. »Wenn du Miri heiratest, gehe ich aber mit auf die Bühne.«

Alle lachten und beugten sich zu Finn hinunter. Nur Miri und Henning blieben aufrecht stehen. Einen Augenblick lang sahen sie sich über die Köpfe der anderen hinweg an, blickten einander tief in die Augen und in die Herzen.

Miri schickte einen Luftkuss zu Henning hinüber und wandte sich dann Finn zu.

»Hey, Finni«, sagte sie leise, während sie vor dem Jungen in die Hocke ging. »Natürlich gehst du mit auf die Bühne. Wir gehören doch jetzt alle zusammen.«